Andreas Franz

Mord auf Raten

Kriminalroman

Knaur Taschenbuch Verlag

Dieser Titel erschien im Knaur Taschenbuch Verlag
bereits unter der Bandnummer 62600.

Besuchen Sie uns im Internet:
www.knaur.de

Vollständige Taschenbuch-Neuausgabe Mai 2006
Knaur Taschenbuch.

Redaktion: Dr. Gisela Menza
Umschlaggestaltung: ZERO Werbeagentur, München
Umschlagabbildung: buchcover.com / Kai Remmers
Satz: Ventura Publisher im Verlag
Druck und Bindung: Clausen & Bosse, Leck
Printed in Germany
ISBN 978-3-426-50083-5

2 4 5 3 1

Knaur.

Knaur.

Über den Autor:

Andreas Franz wurde 1954 in Quedlinburg geboren. Er hat als Übersetzer für Englisch und Französisch gearbeitet und war jahrelang als Schlagzeuger tätig. Seine große Leidenschaft war aber von jeher das Schreiben. Und das zu Recht, wie u.a. sein Erfolgsroman *Jung, blond, tot* bezeugt. Seine Maxime: »Die Leser fesseln und trotzdem (vielleicht) zum Nachdenken anregen (aber nie den Zeigefinger erheben!).« Andreas Franz ist verheiratet und hat fünf Kinder. Alle seine Romane wurden zu Bestsellern.
Besuchen Sie Andreas Franz auch im Internet unter www.andreas-franz.org

Für meinen besten Freund,
den ich noch nie gesehen,
aber oft gespürt habe.

Freitag, 18. Juli 2003, 18.05 Uhr

Dr. Jürgen Kaufung hatte seine Praxis vor zwanzig Minuten geschlossen, sich umgezogen und noch einmal prüfend um sich geblickt, ob auch alles aufgeräumt und der Computer ausgeschaltet war. Seine Sprechstundenhilfe war bereits vor einer halben Stunde gegangen, weil es nichts mehr für sie zu tun gab. Das Wochenende konnte kommen, keine Patienten, die ihm die Ohren voll jammerten, wie schlecht es ihnen gehe, obwohl den wenigsten von ihnen etwas fehlte, höchstens ein sinnvoller Lebensinhalt, obgleich er natürlich auch Patienten hatte, die krank waren. Einige von ihnen blickten dem Tod sogar schon ins Auge, und doch klammerten sie sich wie Ertrinkende an das Leben, das aber nicht mehr als ein brüchiger Strohhalm war. Andere ergaben sich in ihr Schicksal, fanden sich damit ab, dass ihre Zeit gekommen war. Sein gegenwärtig schlimmster Fall war eine achtundzwanzigjährige Frau, verheiratet, Mutter von zwei kleinen Kindern, die an einem inoperablen Tumor des Stammhirns litt. Wie lange sie noch durchhalten würde, konnte keiner sagen, einen Tag, eine Woche, vielleicht auch noch ein Jahr. Die einzige Hoffnung war ein Wunder, und Kaufung war überzeugt, dass es diese Wunder gab. Er hatte selbst einige miterlebt, von denen das großartigste, die Spontanheilung eines Todgeweihten, alle behandelnden Ärzte in Erstaunen versetzte, denn die Schulmedizin hatte ihn längst aufgegeben. Mittlerweile hatte er seine große Liebe, die er in der höchsten Not kennen gelernt hatte, geheiratet, der Krebs war vollständig aus seinem Körper verschwunden, und keiner hatte eine Erklärung für das, was da geschehen war. Kaufung aber wusste, es war diese Liebe, die dem Körper neue Kraft eingehaucht hatte.

Er schloss die Praxis ab, stieg in seinen Porsche 928 und fuhr kaum zehn Minuten, bis er am Tennisplatz Siebeneichen ankam. Er hielt vergeblich Ausschau nach dem Auto seines Matchpartners, mit dem er sich für halb sieben verabredet hatte, der aber meist schon mindestens eine Viertelstunde vorher da war, und wollte gerade aussteigen, als sein Handy klingelte.

»Hi«, meldete er sich, nachdem er die Nummer auf seinem Display erkannt hatte. »Wo bist du?«

»Tut mir leid, aber ich schaff das nicht. Ich hatte bis eben ein wichtiges Kundengespräch und muss noch einige Besorgungen machen. Außerdem muss ich ganz ehrlich sagen, dass es mir heute zu heiß ist.«

»Hättest du mich nicht ein paar Minuten früher anrufen können, dann wäre ich auch nicht hergefahren«, sagte Kaufung leicht ungehalten. »Du kommst also nicht?«

»Wirklich, ich steck noch mitten in der Arbeit. Ich mach's wieder gut, versprochen.«

»Okay, dann such ich mir eben jemand anders. Aber bevor du auflegst, ich müsste mit dir reden. Passt es am Montag um halb neun?«

»Um was geht's?«

»Nicht am Telefon. Komm am Montag um halb neun in meine Praxis, oder nenn mir einen andern Termin.«

»Mein Gott, jetzt mach's doch nicht so spannend. Du tust

ja grad so, als ob ich todkrank wäre«, sagte der andere lachend.

»Lass uns am Montag in Ruhe über alles sprechen, ich habe einen anstrengenden Tag hinter mir. Und keine Angst, okay?«

»Ich hab keine Angst, verdammt noch mal! Mir geht nur deine Geheimniskrämerei auf den Senkel«, entgegnete der andere wütend.

»Moment«, bat Kaufung und stieg aus. Eine junge Dame, die eben in einem Mercedes Cabrio auf den Parkplatz gefahren war, kam auf ihn zu und hauchte ihm einen flüchtigen Kuss auf die Wange, doch der Blick, den sie ihm zuwarf, war mehr als eindeutig. Ohne die Sprechmuschel zuzuhalten, sagte er: »Hi, Denise. Hast du Lust, eine Partie mit mir zu spielen?«

»Mit Vergnügen. Ich hab nämlich eben eine Absage erhalten.«

»Was für ein Zufall, ich auch. Geh schon mal vor, ich muss noch das Telefonat zu Ende bringen, bin aber gleich bei dir.« Kaufung sah ihr nach. Er würde eine Runde mit ihr spielen, wenn auch nur in gedrosseltem Tempo, obwohl sie eine exzellente Spielerin war. Nachdem Denise außer Sichtweite war, wandte sich Kaufung wieder seinem Gesprächspartner zu. »Ich hab schon einen Ersatz für dich gefunden.«

»Hab ich mitbekommen. Sag mal, hast du mit Denise etwa auch schon …«

»Ich weiß nicht, wovon du sprichst«, erwiderte Kaufung grinsend.

»Hahaha! Deine Mädels werden auch immer jünger.«

»Genau das ist der Reiz am Ganzen, mein Lieber. Außerdem ist das meine Sache. Und überhaupt, wenn du meinst, ich würde dein Grinsen nicht sehen, das kannst du dir sparen. Ich würd mal lieber vor der eigenen Haustür kehren. So, und jetzt muss ich Schluss machen, ich hab nämlich heute Abend noch eine Verabredung.«

»Mit Denise?«

»Nein.«

»Sag bloß, du machst noch immer mit Petra rum. Sie ist verheiratet.«

»Na und? Du hast auch eine tolle Frau zu Hause und …«

»Aber man gönnt sich ja sonst nichts, oder siehst du das anders?«

Kaufung nahm, während er telefonierte, die Sporttasche aus dem Kofferraum, in der sich zwei Tennisschläger mit unterschiedlicher Bespannung, ein kleines Handtuch zum Abtrocknen des Schweißes während des Spiels, ein großes für die Dusche danach und mehrere andere Utensilien befanden, die er für das anstehende Match und das folgende obligatorische Beisammensitzen an der Bar benötigte. Es war ein drückend schwüler Tag, die Sonne schien durch dünne Schleierwolken, ein leichter Südwestwind brachte kaum Milderung. Und sollte der Wetterbericht Recht behalten, dann würden die Temperaturen in den folgenden Tagen auf über fünfunddreißig Grad steigen und sich später kräftige Gewitter entwickeln.

Kaufung zog den Reißverschluss seiner Tasche auf, nahm einen der beiden Schläger in die Hand und klopfte ein paarmal gewohnheitsmäßig gegen die Bespannung.

»Wie geht's dir eigentlich heute?«, fragte er wie beiläufig, das Handy zwischen Ohr und Schulter geklemmt, während er mit der Funkfernbedienung den Porsche abschloss.

»Wie soll's mir schon gehen? Gut, außer dass ich in Arbeit fast ersticke und beim Tennis nie eine Chance gegen dich habe«, antwortete der andere verkniffen lächelnd, was Kaufung zwar nicht sah, aber am Ton hörte.

»Aha, daher weht also der Wind!«, sagte Kaufung lachend.

»Das hat damit nichts zu tun. Ich hab dir doch gesagt, dass ich noch einiges zu erledigen habe. Und jetzt rück schon raus, weshalb willst du mich am Montag sprechen?«

Kaufung zuckte mit den Schultern, schürzte die Lippen und fuhr erneut wie beiläufig fort: »Deine Ergebnisse sind heute gekommen, und darüber sollten wir mal reden.«

Der andere griff sich an die Stirn und entgegnete: »Das hättest du doch gleich sagen können, ich hab's wirklich über all dem Stress vergessen. Und, muss ich bald sterben?«

»Quatsch! Montag, okay? Und jetzt lass uns aufhören, ich will spielen.«

»Wart doch mal. Ich hab am Montag keine Zeit, ich bin fürchterlich im Druck. Im Prinzip kann ich die ganze nächste Woche nicht. Ist es etwa doch was Ernstes?«, hakte der andere nach, dem das seltsame Gehabe von Kaufung nicht ganz geheuer war. Er benahm sich anders als sonst, auch wenn er sich das nicht anmerken lassen wollte. »Könntest du vielleicht nachher noch ein paar Minuten deiner kostbaren Zeit für einen guten Freund opfern, bevor du zu deiner Petra fährst? Ich bitte dich als Freund darum, denn ich möchte mir nicht gerne das ganze Wochenende über den Kopf zerbrechen, weshalb du so ein Geheimnis aus der ganzen Sache machst.«

Kaufung überlegte und antwortete nach einigem Zögern mit leichtem Unmut in der Stimme: »Also gut, dann eben heute, denn ab übernächste Woche bin ich, wie du weißt, für drei Wochen auf Sylt. Ich muss dir was zeigen und auch erklären. Sei um Punkt acht in der Praxis, aber länger als eine halbe Stunde hab ich nicht Zeit.«

»Keine Sorge, du wirst deine Verabredung schon nicht verpassen.«

»Das will ich auch stark hoffen. So, und jetzt möchte ich noch ein bisschen was für meine Fitness tun«, entgegnete Kaufung, dem es überhaupt nicht in den Kram passte, nachher noch einmal in die Praxis zu müssen. Bei fast jedem andern hätte er nein gesagt, wäre er am Freitagabend um einen Termin gebeten worden, aber weil es sich um einen Freund handelte, willigte er ein. »Bis dann. Und sei bitte pünktlich.«

Kaufung war dreiundvierzig, eins zweiundachtzig groß, braun gebrannt und durchtrainiert. Er wirkte sehr jugendlich und legte großen Wert auf seinen Körper, rauchte nicht, trank nur hin und wieder etwas Alkohol, aber er war stolz darauf, noch nie betrunken gewesen zu sein. Für viele seiner Patienten war Alkohol eine Art Lebenselixier, manche von ihnen tranken schon morgens auf nüchternen Magen Cognac oder Whiskey, um den Tremor, das Zittern der Finger und Hände, die Schweißausbrüche und die Übelkeit in den Griff zu bekommen. Sie hatten alles, Geld, Macht, Einfluss, und doch waren sie aus den unterschiedlichsten Gründen unzufrieden mit ihrem Leben. Ein Immobilienmakler, den er seit zehn Jahren kannte und der gerade einmal zwei Jahre älter war als er, lag seit einer Woche im Krankenhaus, wo man nach einer Biopsie eine sich noch im Anfangsstadium befindliche Leberzirrhose diagnostiziert hatte. Sollte er seinen Lebenswandel nicht grundlegend ändern, würde ihm nicht mehr viel Zeit bleiben, das Leben zu genießen, das er in den letzten fünfzehn Jahren ohnehin nur noch durch den verschwommenen Schleier des permanenten Betrunkenseins wahrgenommen hatte. Ein Pegeltrinker, wie er im Buche stand.

Kaufung, Allgemeinmediziner und Naturheilkundler, dazu

Reiki-Meister und Akupunkteur und ständig auf der Suche nach neuen, eigentlich aber alten, meist ostasiatischen Heilmethoden, führte eine etablierte Praxis für Privatpatienten, die zu einem Großteil aus der Offenbacher Oberschicht, aber auch aus der des Umlandes kamen. Sein Name hatte sich in den vergangenen elf Jahren herumgesprochen. Er nahm sich Zeit für seine Patienten, die zu über siebzig Prozent aus einer weiblichen Klientel bestand, unter ihnen einige gelangweilte und bisweilen auch langweilige Damen, die ihn genauso oft konsultierten, wie sie zum Friseur oder zur Kosmetikerin gingen oder den Friseur oder die Kosmetikerin zu sich ins Haus kommen ließen. Diese Damen kamen nur äußerst selten, weil sie krank waren, sie brauchten einfach jemanden, bei dem sie sich ausquatschen konnten, auch wenn sie ihrem Friseur oder der Kosmetikerin bereits allen Klatsch und Tratsch anvertraut hatten. Es war das von so vielen erträumte und erlangte Luxusleben, das sie frustriert und irgendwie abgestumpft hatte werden lassen, ein Leben, das kaum noch Platz für Hobbys bot außer Einkaufen oder sich mit Freundinnen oder Liebhabern zu treffen. Sie vertrieben sich die Zeit mit Shopping, aber nicht in Offenbach oder Frankfurt, nein, es mussten schon die außergewöhnlichen Orte sein wie Paris, London, Mailand oder New York, wo sie das Geld ihrer Männer mit vollen Händen ausgaben, um nach diesen sinnlosen Shoppingtouren schon bald wieder in die alte Frustration und Melancholie zu verfallen, bis sie ein paar Tage oder Wochen später erneut einen Flieger bestiegen, um sich Dinge zu kaufen, die sie gar nicht benötigten.

Kaufung kannte genügend Frauen, darunter welche, die kaum älter als zwanzig waren, die bereits mehrere Schönheitsoperationen hinter sich hatten, die sich den Busen aufpumpen und die Lippen unterspritzen ließen, die meinten, unter Zellulitis zu leiden, obgleich ihre Haut an den Oberschenkeln und dem Po makellos oder zumindest beinahe makellos war, und die trotzdem ein ums andere Mal den Schönheitschirurgen aufsuchten, um Korrekturen durchführen zu lassen, welche letztlich gar keine waren. Aber nach einer Narkose und nachdem die Bandagen abgenommen waren, glaubten die Patientinnen endlich perfekt zu sein. Dabei hatte der Chirurg meist nur geringfügig etwas verändert, dafür jedoch exzellent an dieser Geringfügigkeit verdient. Kaufung sah in den Gesichtern, vor allem in den glanzlosen Augen und am Mund vieler dieser Frauen, dass sie im Innern leer waren. Sie konnten sich kaum noch wirklich über etwas freuen, achteten einerseits auf gesunde Ernährung, versuchten aber andererseits diese Leere und bisweilen sogar Sinnlosigkeit ihres Daseins mit Alkohol, Medikamenten oder gar Drogen zu füllen, auch wenn nur die wenigsten von ihnen sich dieser Sinnlosigkeit und Leere wirklich bewusst waren, weil sie sie nicht wahrhaben wollten.

Nur ein paar, Kaufung konnte sie an einer Hand abzählen, führten eine harmonische Ehe oder Beziehung, und diese paar erschienen nur dann in seiner Praxis, wenn ihnen wirklich etwas fehlte. Sie gehörten nicht zur Party-Society, lebten eher zurückgezogen, hatten jedoch gelernt, ihrem Dasein einen Sinn zu verleihen, indem sie einer Tätigkeit nachgingen, die sie erfüllte, und wenn es nur ein Hobby war wie Malen oder Schreiben. Eine von ihnen hatte sich eine Töpferwerkstatt eingerichtet und verkaufte mittlerweile ihre selbst gefertigten Produkte zu hohen Preisen, spendete jedoch das eingenommene Geld einer Organisation, die sich um Obdachlose kümmerte, wobei sie sich selbst regelmäßig vergewisserte, dass ihr Geld auch sinnvoll verwendet wurde. Eine andere schrieb Sachbücher über geschichtliche Themen, die hohe

Auflagen erzielten, wieder eine andere hatte im Alter von fünfunddreißig beschlossen, Jura zu studieren.

Doch das Verhalten vieler dieser frustrierten Frauen war auch wiederum von Vorteil für ihn, schließlich hatte er dadurch schon das eine und andere Techtelmechtel mit Patientinnen gehabt. Aber er wusste immer genau, wo die Grenze war, denn sobald er merkte, dass eine von ihnen ernstere Absichten hegte und alles zu einem Spiel mit dem Feuer zu werden drohte, zog er sich zurück. Seine Menschenkenntnis war ausgeprägt genug, um zu erkennen, wer wie er nur das unverbindliche Abenteuer und die Befriedigung körperlicher Lust suchte und wer nicht. Die junge Dame, mit der er die kommende Nacht verbringen würde, gehörte zur ersten Kategorie. Sie liebte den Reichtum und ein bisweilen ausschweifendes Leben, ohne jedoch dabei den Boden unter den Füßen zu verlieren. Ihr Mann war knapp dreißig Jahre älter und konnte ihr außer einem prall gefüllten Bankkonto und einem luxuriösen Haus kaum etwas bieten, nur hin und wieder etwas Sex, weshalb sie sich ihre Befriedigung woanders holte. Petras Mann wusste darüber Bescheid, angeblich hatte er ihr sogar gesagt, sie solle sich andere Spielplätze suchen, um sich auszutoben, denn sie hatte etwas Nymphomanisches an sich, auch wenn sie keine Nymphomanin im klinischen Sinn war. Dazu hatte sie sich zu sehr unter Kontrolle. Sich mit ihr zu unterhalten war ein Vergnügen. Sie hatte eine hervorragende Schulbildung genossen, das Abitur bereits mit sechzehn bestanden und das Sinologiestudium mit zwanzig beendet, beherrschte neben Chinesisch sechs weitere Fremdsprachen – und sie war im Bett ein wahrer Teufel, und etwas anderes wollte Kaufung auch nicht. Sie stellte keine Ansprüche an ihn, und das war das Wichtigste, neben der Anonymität. Wenn er sich bis jetzt auf etwas verlassen konnte, dann auf die Verschwiegenheit seiner Liebschaften. Petra hatte bisher auch noch keinen Schönheitschirurgen konsultiert, sie hatte es nicht nötig. Sie lebte nicht in den Tag hinein, sondern übersetzte Bücher vom Chinesischen ins Deutsche oder Englische und umgekehrt, eine Powerfrau, deren IQ weit über dem der Normalsterblichen lag.

Für einundzwanzig Uhr hatten sie sich verabredet, um zu Lorenzo, seinem Stammitaliener, zu fahren, und danach würden sie die Nacht in seinem Haus im Hunsrückweg verbringen, wo ihn zwar viele kannten, sich aber trotzdem jeder um seine eigenen Angelegenheiten kümmerte, auch wenn einige seiner Patienten ebenfalls in seinem Viertel residierten. Abgeschieden, wie es dort eben so üblich war.

Und weil die Zeiger der Uhr schon auf fast halb sieben standen, wollte er so schnell wie möglich mit dem Spiel beginnen, sich eine Stunde in der Hitze auspowern, hinterher an der Bar noch einen Orangensaft trinken, sich vielleicht kurz unterhalten, Smalltalk wie zumeist, außer wenn Petra oder Denise dabei waren und er Zeit hatte, denn die Gespräche mit ihnen waren alles andere als oberflächlich, dazu waren die beiden zu intelligent. Hübsch und intelligent, eine reizvolle Mischung. Erst philosophischer Tiefgang, danach sexueller Höhepunkt.

Die Plätze waren alle belegt bis auf einen, der für ihn bis um halb acht reserviert war.

Er wurde von Denise bereits erwartet, die am Zaun lehnte und ihn anlächelte. Sie spielten drei Sätze, einen ließ er Denise gewinnen, obwohl er ein Gewinnertyp war und sich noch nie mit halben Sachen zufrieden gegeben hatte. Das Leben hatte es einfach gut mit ihm gemeint, er genoss es in vollen Zügen und hatte vor, dies auch in den kommenden Jahren und Jahrzehnten zu tun. Natürlich hatte Kaufung auch seine

Schwachpunkte, zwei, um genau zu sein, Frauen und ein luxuriöses Leben, aber diese störten ihn wenig, im Gegenteil, sie machten für ihn das Dasein erst so richtig spannend und interessant.

Weil Kaufung unter Zeitdruck stand, verzichtete er diesmal ausnahmsweise auf das Duschen nach dem Match, genau wie Denise. Sie verstauten die verschwitzten Sachen in ihren Taschen, trockneten sich lediglich den Schweiß ab und begaben sich an die Bar, die um diese Zeit noch nicht so gut besucht war wie in einer Stunde, wenn der Betrieb richtig losging.

Kaufung bestellte bei Pierre, den er seit sechs Jahren kannte, zwei Orangensaft mit Eis, unterhielt sich noch ein paar Minuten mit der bezaubernden Denise, die ihre körperlichen Vorzüge wie immer hervorragend in Szene zu setzen verstand, verabredete sich mit ihr für den kommenden Dienstagabend, schaute zum wer weiß wievielten Mal auf die Uhr, zehn vor acht, zahlte und sagte, er habe noch einen wichtigen Termin. Doch er verriet nicht, mit wem. Es ging auch keinen etwas an, nicht einmal Denise, die Frau, mit der er schon einige heiße Nächte verbracht hatte.

Freitag, 20.00 Uhr

Sein Freund war noch einmal kurz in die Stadt gefahren, um ein paar Besorgungen zu machen. Das Gespräch mit Kaufung ging ihm nicht aus dem Kopf. Seine Stimme hatte einen seltsamen Unterton gehabt, den er nicht deuten konnte. Ein ungutes Gefühl war da in seiner Magengegend, denn Kaufung redete normalerweise nicht um den heißen Brei herum, er hätte ihm auch am Telefon die Ergebnisse mitteilen können.

Um zwei Minuten nach acht fand er einen Parkplatz etwa fünfzig Meter von Kaufungs Praxis entfernt, weil alle anderen Parkplätze von Anwohnern der umliegenden Häuser besetzt waren. Kaufungs Porsche stand bereits vor der alten und gediegen wirkenden Jugendstilvilla, die er vor sieben Jahren von der Vorbesitzerin geerbt hatte, einer ehemaligen Patientin, die ihn wie einen jungen Gott verehrt hatte, weil sie sich bei ihm jeden Kummer von der Seele reden konnte. Sie hatte ihren Mann früh verloren, und ihre einzige Tochter war nach langem erfolglosem Kampf mit knapp vierzig den Drogen zum Opfer gefallen, woraufhin sich die alte Dame völlig zurückgezogen hatte und es niemanden mehr gab, dem sie sich anvertraute. Bis Kaufung nach geeigneten Praxisräumen suchte und dabei erfuhr, dass in der Parkstraße, einer der besten Gegenden Offenbachs, in einer Villa das Erdgeschoss zu vermieten war. Damals ahnte er noch nicht im Entferntesten, dass ihm nur vier Jahre später die ganze Villa gehören würde, weil die alte Dame, die friedlich im Bett eingeschlafen war, keine weiteren Verwandten hatte. Außerdem hatte sie ihm die Hälfte ihres nicht unbeträchtlichen Vermögens vermacht, der andere Teil war an eine öffentliche Institution für Drogen- und Suchtbekämpfung gegangen. Die beiden oberen Stockwerke hatte er renovieren lassen und exklusiv eingerichtet, obwohl er sich nicht allzu oft hier aufhielt, außer wenn er eine seiner Liebschaften empfing und keiner auf der Rosenhöhe das mitbekommen durfte, weil diese Liebschaft vielleicht aus der direkten Nachbarschaft stammte.

Die Tür war nur angelehnt, und er ging hinein. Kaufung war in einem seiner beiden Sprechzimmer und saß hinter dem Schreibtisch aus Mahagoniholz. Bis auf den Röntgenraum und das Behandlungszimmer mit dem Ultraschallgerät bestand das gesamte Inventar der Praxis aus edelsten warmen Hölzern, ein dicker Teppichboden machte jeden Schritt beinahe lautlos, die Halogenlampen waren in die Decken eingelassen, an den Wänden hingen Reproduktionen von Gauguin, und ein paar hochgewachsene und stilvoll platzierte Grünpflanzen rundeten das elegante Bild ab. Kaufung hatte sich voll und ganz auf seine betuchte Klientel eingestellt.

»Nimm Platz«, sagte Kaufung und deutete auf einen braunen Ledersessel. In der Hand hielt er die Karteikarte und ein Schriftstück, der PC war an, die Maske geöffnet.

»Also, was gibt's so Wichtiges? Mein Gott, jetzt mach nicht so ein Gesicht, als würdest du mir doch gleich verkünden, dass ich abkratzen muss«, sagte der andere mit gekünsteltem Lachen, denn da war eine unterschwellige Angst vor den nächsten Minuten, eine Angst, die er nicht beschreiben konnte. Kaufung war zwar ein Spieler, aber diesmal schien er nicht zu spielen, dazu wirkte sein Gesichtausdruck zu ernst, und außerdem kannte er ihn schon viel zu lange.

Kaufung fuhr sich mit der Zunge über die Innenseite der Wange und wartete, bis sein Freund sich gesetzt hatte.

»Deine Werte sind so weit okay, Gamma GT, Blutsenkung, Blutbild … Es gibt nur ein Problem …«

»Was für ein Problem?«, fragte der andere misstrauisch und mit noch mehr Unbehagen als eben schon. Er hatte dieses blöde Gefühl, dass seine schlimmsten Alpträume Wirklichkeit werden könnten. Dabei war es doch nur ein Test gewesen, nichts als ein lausiger Test, von dem er nicht einmal wusste, warum er ihn überhaupt hatte machen lassen.

Kaufung atmete einmal tief durch und kniff die Lippen zusammen, was er immer machte, wenn ihm etwas unangenehm war. »Also gut, es hat sowieso keinen Sinn, lange um den heißen Brei rumzureden – du bist HIV-positiv. Du hast dich freiwillig testen lassen, und hier vor mir liegt das Ergebnis schwarz auf weiß. Tut mir leid, dir keine bessere Mitteilung machen zu können.«

Der andere wurde aschfahl im Gesicht, seine Nasenflügel bebten, seine Mundwinkel zuckten. Er beugte sich nach vorn, die Hände gefaltet, und sagte mit leiser Stimme: »Was bin ich? Heißt das, ich habe Aids? Ich hab das doch mehr zum Spaß gemacht, ich meine, das machen doch viele heutzutage.«

»Tja, und nun ist bitterer Ernst daraus geworden. Aber um dich zu beruhigen, noch ist die Krankheit bei dir nicht ausgebrochen, doch du trägst das Virus in dir. Jetzt muss ich dir aber mal von Freund zu Freund eine Frage stellen: Hast du eigentlich noch nie was von Prävention gehört?« Kaufung beugte sich jetzt ebenfalls nach vorn, die Stirn in Falten gezogen, und fuhr fort: »Mein Gott, seit fast zwanzig Jahren sprechen wir davon, überall laufen Kampagnen, aber du scheinst es wie so viele noch immer nicht begriffen zu haben. Wenn du einen One-Night-Stand mit einer Frau hast, die du nicht kennst, nie ohne Kondom. Wir kennen uns jetzt schon seit einigen Jahren, wir haben uns über das Thema schon unterhalten, aber …«

»Halt die Klappe«, zischte der andere und fuhr sich mit beiden Händen durchs Haar.

»Nein, tu ich nicht. Weißt du, du reißt irgendwo eine auf, schaltest dein Gehirn aus und bumst sie. Okay, ich hab auch meine Affären, aber glaub mir, nie ohne Kondom, selbst wenn ich die Frauen schon länger kenne, denn ich weiß ja nicht, mit wem sie sonst noch rummachen. Ich hab keine Ahnung, wie lange das Virus schon in dir ist, aber bei deinem Frauenverschleiß könnte es sein, dass du andere infiziert hast, vor allem deine eigene Frau.«

»Jetzt halt mir um Himmels willen keine Moralpredigt, das ist das Letzte, was ich vertragen kann!«, schrie Kaufungs Freund aufgebracht mit hochrotem Gesicht und sprang auf.

»Das ist keine Moralpredigt, denn ich habe dich nicht nur einmal gewarnt. Ich habe bereits zwei Patienten, die das Virus in sich tragen. Du bist Nummer drei. Und bei den andern beiden war es das gleiche Dilemma – jeder von ihnen dachte nämlich auch, mir wird schon nichts passieren. Aber die schützende Hand ist nicht immer über dir. Weißt du eigentlich, wie viele Menschen inzwischen weltweit mit dem Virus rumlaufen?«

»Das ist mir so was von scheißegal!«

»Ich sag's dir trotzdem – die WHO schätzt, dass in zwanzig bis dreißig Jahren allein in Afrika etwa die Hälfte der Bevölkerung an Aids gestorben sein wird. Einige Länder wie Uganda und Kenia werden fast ausgerottet sein. Und glaub mir, die Dunkelziffer hier bei uns ist viel höher, als die meisten annehmen, weil sich die wenigsten testen lassen. Und das nur, weil man die Warnungen in den Wind schlägt. Die Jugend rennt am Wochenende in die Disco, wirft ein paar Pillen ein, dazu Alkohol, und die Hemmschwelle ist weg. Einfach so. Und wenn dein Hirn vernebelt ist, weißt du nicht mal mehr, wie das Wort Kondom buchstabiert wird.«

Der andere schüttelte fassungslos den Kopf und sah Kaufung wütend an: »Erstens bin ich kein Jugendlicher mehr, zweitens renne ich nicht in die Disco, und Pillen schluck ich auch keine …«

»Aber du hast offensichtlich geglaubt, unverwundbar zu sein.«

»Ah, der heilige Jürgen spricht!«

»Hör doch auf mit dem Quatsch! Ich will dir doch nur helfen. Krieg dein Leben in den Griff, und achte auf deine

Gesundheit. Ich bin jederzeit für dich da, wenn du Hilfe brauchst. Aber in Zukunft nur noch mit, wenn du verstehst.«

»Und wie lange?«, fragte der andere, als hätte er die letzten Worte gar nicht wahrgenommen.

»Was wie lange?«

»Wie lange hab ich noch?«

»Bis jetzt bist du nur positiv, die Krankheit ist noch nicht ausgebrochen, was du außerdem längst gemerkt hättest. Das heißt, bei gesunder Lebensführung, sprich, kein Alkohol, keine Zigaretten, ballaststoffreiche Ernährung, viel Bewegung und so weiter, kann es durchaus fünf bis zehn Jahre, unter Umständen sogar länger dauern, bis die Krankheit ausbricht. Und die Pharmaindustrie hat inzwischen Mittel auf den Markt gebracht, die den Ausbruch immer weiter hinauszögern. Wer weiß, vielleicht hat man schon bald ein Heilmittel gefunden. Ich muss dir aber sagen, dass du ab sofort verpflichtet bist, nicht mehr ohne Kondom mit einer Frau zu verkehren. Klar?«

»Scheiße, das muss ich erst mal verdauen. Ich habe Aids …«

»Nein, verdammt noch mal, du hast kein Aids! Aids ist die Krankheit, und die ist noch nicht ausgebrochen. Und jetzt setz dich wieder hin und lass uns in Ruhe reden.«

»Du hast vielleicht Humor! In Ruhe reden! Mann o Mann, ich kapier's nicht, ich krieg das nicht in meinen Kopf.«

»Setzt du dich jetzt bitte, oder wollen wir das Gespräch verschieben, bis ich aus dem Urlaub zurück bin?«

»Okay, bringen wir's hinter uns«, antwortete Kaufungs Freund und ließ sich in den Sessel fallen.

»Gut so. Und jetzt sag mir, mit wem außer mit deiner Frau hast du in letzter Zeit Geschlechtsverkehr gehabt?«

»Was heißt in letzter Zeit?«

»Sagen wir in den letzten zwölf Monaten.«

»Woher soll ich das wissen?! Ich führ doch kein Buch darüber!«

»Überleg sehr gut, denn wie gesagt, es ist immerhin möglich, dass du schon andere infiziert hast.«

»Das ist mir scheißegal! Ich möchte wissen, wer *mir* das angehängt hat!«

»Das ist im Augenblick nicht so wichtig. Überleg lieber, mit wem du im letzten Jahr geschlafen hast. Denn ich sollte dir vielleicht auch noch sagen, dass die Gefahr, sich mit dem Virus anzustecken, bei Frauen ungleich höher ist als bei Männern.«

Als hätte der andere die letzten Worte nicht vernommen, meinte er: »Hör zu, wir sind Freunde, und ich verspreche dir, ab sofort nur noch mit …«

Kaufung hob die Hand und unterbrach seinen Freund: »Du kannst mir versprechen, was du willst, aber jede Frau, die mit dir im letzten Jahr geschlafen hat, ist eine potentielle Überträgerin beziehungsweise könnte selbst schon infiziert sein, was sogar recht wahrscheinlich ist. Das kann eine Spirale ohne Ende werden. Ergo, überleg gut, mit wem du im Bett warst, und sag ihnen, dass sie sich testen lassen sollen. Es werden ja nicht hunderte von Frauen sein. Nur so kann Schlimmeres verhindert werden. Solltest du jedoch weiterhin ungeschützten Geschlechtsverkehr haben, machst du dich strafbar, auch wenn ich selbst keine Anzeige erstatten kann. Also, mit wem?«

»Keine Ahnung, ich hab ’nen Blackout, ich muss das erst mal verdauen. Ich schreib’s auf, wenn ich zu Hause bin. Scheiße, Mann! Große gottverdammte Scheiße! Ausgerechnet ich!«

»Ich weiß zumindest von zwei Frauen, mit denen du regelmäßig verkehrst, und beide kenne ich persönlich sehr gut. Dazu kommt natürlich noch deine Ehefrau. Wenn du es ihnen nicht sagst, werde ich es tun und sie bitten, sich testen zu lassen …«

»Du vögelst doch genauso wild in der Gegend rum! Willst du mich in die Pfanne hauen?«, fuhr ihn sein Gegenüber noch wütender an. Seine Augen waren glühende Kohlen. »Klar, damit du endlich richtig freie Bahn hast!«

»Kein Mensch will dich in die Pfanne hauen«, erwiderte Kaufung ruhig. »Ich möchte nur verhindern, dass noch mehr Unheil angerichtet wird. Versteh doch, du hast eine Verpflichtung den Frauen gegenüber. Und nicht nur denen gegenüber, sondern auch den Männern, mit denen sie noch verkehren.«

»Ich kann das nicht.« Er vergrub sein Gesicht in den Händen und schüttelte immer wieder den Kopf.

»Was kannst du nicht? Es sagen?«

»Was denn sonst! Würdest du hingehen und einer deiner Damen mitteilen, dass es dir leid tut, aber du hast dich mal so nebenbei testen lassen, und dabei ist rausgekommen, dass du HIV-positiv bist?«

»Diese Frage steht nicht zur Debatte. Aber wenn du's genau wissen willst, ich würd's tun …«

Der andere machte eine wegwerfende Handbewegung. »Komm mir doch nicht mit so 'nem saudummen Geschwätz, du würdest es genauso für dich behalten und weiter rumvögeln wie bisher. Ich werde keinen Ton sagen, und du wirst auch schön den Mund halten. Versprochen, ich mach's in Zukunft nur noch mit Kondom. Mit meiner Frau mach ich's seit Jahren sowieso nur mit Präser, das ist so 'ne Vereinbarung zwischen uns. Ich lasse ihr ihre Freiheit, sie mir meine, dafür hat sie aber verlangt, dass wir nur geschützt …«

Kaufung ließ ihn nicht ausreden. »Ist das dein letztes Wort?«, fragte er mit hochgezogenen Brauen.

»Allerdings.«

»Dann lässt du mir keine andere Wahl. Ich werde beide Damen bitten, sich testen zu lassen, aber keine Sorge, ich werde deinen Namen nicht nennen. Und ich tue das nur, weil ich dein Freund bin …«

»Toll! Sie werden Fragen stellen, warum sie den Test machen sollen. Und was wirst du ihnen darauf antworten? Einfach so, prophylaktisch?«, schrie er höhnisch mit einer ausholenden Handbewegung. »Du bist ein Arschloch, die kaufen dir das nie ab!«

»Sorry, aber ich muss es tun, vor allem, weil ich die beiden mag und weiß, dass sie alles andere als Nonnen sind. Es wäre nicht fair, ihnen gegenüber nicht und auch nicht …«

»Spar dir dein Geschwafel!« Kaufungs Freund stand wieder auf, fuhr mit einer Hand über den Schreibtisch, überlegte und sagte mit einem zynischen Unterton: »Also gut, ich bin einverstanden. Ich werde die – freudige – Botschaft persönlich überbringen und dir dann Bericht erstatten.«

»Und wann?«

»Morgen oder übermorgen.«

»Okay. Sollte ich allerdings bis, sagen wir, Dienstag nichts von dir hören, werde ich mich persönlich drum kümmern. Bis jetzt weiß kein Mensch von diesem Befund, und es weiß auch keiner, dass wir in diesem Augenblick hier zusammensitzen. Du weißt, dass ich es mit der ärztlichen Schweigepflicht sehr genau nehme. Aber zwing mich nicht, etwas zu tun, was ich eigentlich nicht will.« Kaufung legte den Laborbericht in die Karteikarte und erhob sich, nachdem er auf die Uhr geschaut hatte. »Ich muss jetzt los. Tut mir leid, dass es so gelaufen ist. Wie gesagt, die Krankheit ist noch nicht ausgebrochen, und wenn du gesund lebst, wer weiß …«

»Musst du das eigentlich melden?«

»Nein, es besteht eine nichtnamentliche Meldepflicht, wenn jemand HIV-positiv ist. Es bleibt also alles anonym. Ich kann dir auch noch ein paar Verhaltensmaßregeln geben, damit dein Immunsystem gestärkt wird.«

»Ich denke, mein Immunsystem ist sowieso schon geschwächt …«

»Ich erklär's dir zum letzten Mal. Du trägst zwar das Virus in dir, dein Immunsystem ist aber noch intakt. Und damit das auch so lange wie möglich so bleibt, gebe ich dir folgende Tipps: viel Bewegung, ballaststoffreiche Ernährung, viel Obst und Gemüse, keine Zigaretten mehr und möglichst auch kein Alkohol. Wenn, dann nur in Maßen. Ich stelle dir eine Liste mit Lebensmitteln zusammen, bevor ich in Urlaub fahre. Und ganz wichtig, jeden Tag fünfhundert Milligramm Vitamin C, das schützt vor Erkältungen und Infektionen. Gibt's als Retardkapseln in der Apotheke, dadurch wird das Vitamin C allmählich an den Körper abgegeben. Außerdem kann ich dich einmal wöchentlich akupunktieren, um so deinen Energiefluss aufrechtzuerhalten. Und natürlich kann ich dir die zur Zeit besten Medikamente verschreiben. Das ist im Moment alles, was ich für dich tun kann. Wenn du meine Ratschläge befolgst, garantiere ich dir, dass du noch lange leben wirst.«

»Lange leben! Ich bin noch nicht mal vierzig, und du sprichst von lange leben! Wie lang ist das denn in deinen Augen? Zwei Jahre, fünf Jahre?«

»Das hab ich dir schon gesagt. Aber im Wesentlichen hängt es von dir ab.« Kaufung ging auf seinen Freund zu, legte ihm die Hand auf die Schulter und sagte in versöhnlichem Ton: »He, Alter, was glaubst du, was ich für einen Schiss vor diesem Gespräch hatte. Meinst du, es macht mir Spaß, jemandem so was mitzuteilen? Hättest du nicht das volle Programm verlangt, du wüsstest es heute noch nicht. Sei nicht sauer auf mich, ich kann nichts dafür. Außerdem können wir einen zweiten Test machen lassen, manchmal sind die Ergebnisse auch fehlerhaft oder die Proben werden vertauscht. Kopf hoch, okay?«

»Schon gut. Ich hab nur eine verdammte Angst. Kannst du mir was zur Beruhigung mitgeben, ich bin total fertig.«

»Kann ich verstehen. Was willst du haben? Valium?«

»Wenn du hast.«

Kaufung ging an den Schrank, öffnete ihn und fragte: »Lieber Tabletten oder lieber Tropfen?«

»Was ist denn besser?«, fragte der andere, nahm, nachdem sein Freund ihm den Rücken zugewandt hatte, den Brieföffner vom Tisch und stellte sich hinter Kaufung, als wollte er ihm über die Schulter schauen.

»Tropfen wirken schneller und lassen sich vor allem besser dosieren.« Er hielt beide Packungen hoch, ohne sich umzudrehen. »Welche willst du? Aber bitte nicht in Kombination mit Alkohol, dadurch wird die Wirkung um ein Vielfaches potenziert. Außerdem solltest du sowieso in Zukunft auf Alkohol weitestgehend verzichten.«

»Die Tropfen.« Kaufung wollte sich gerade wieder umdrehen, als er einen stechenden Schmerz im Rücken verspürte. Er ließ alles fallen. Noch zweimal wurde er von wuchtig geführten Stichen getroffen, machte eine halbe Drehung, ein weiterer Stich in den Bauch. Er sank zu Boden, schlug mit dem Hinterkopf gegen den Schrank und blieb fast aufrecht und trotzdem in unnatürlicher Haltung sitzen. Er fasste sich mit einer Hand an die blutende Wunde in seiner rechten

Seite und sah seinen Freund stumm und hilfesuchend an. Blut rann aus seinem Mundwinkel, die Packungen Valium lagen neben ihm. Er wollte etwas sagen, aber kein Laut kam aus seinem Mund. Sein Körper zuckte ein paarmal, seine Augen waren weit aufgerissen, bis jeder Glanz aus ihnen verschwand.

»Du wirst mich nicht verraten, Freund! Niemals!«, zischte der andere mit hasserfülltem Blick. Er schlug mit einem Stuhl die Scheibe des Arzneischranks ein, entnahm ihm mehrere Ampullen Morphium sowie alles, was er an Beruhigungs- und Betäubungs- und auch Schmerzmitteln fand, griff nach einem Beutel mit der Aufschrift Bayer und stopfte alles hinein. Anschließend wischte er mit mehreren Desinfektionstüchern den Brieföffner, den Schreibtisch und die Stuhllehne ab, ging zur Toilette und spülte die Tücher hinunter. Wieder im Sprechzimmer, sah er auf den Toten, verzog die Mundwinkel verächtlich und sagte kaum hörbar: »Schade, dass wir nicht mehr Tennis spielen können. Was soll's, du hast sowieso immer gewonnen, das wurde mit der Zeit langweilig. Du warst eben immer ein Gewinner. Aber irgendwann muss man auch mal verlieren können.«

Er zog das Schreiben des Labors aus seiner Patientenkarte heraus, steckte es in die Tasche und schaute nach, ob irgendetwas über seine Infizierung oder den durchgeführten Test in seiner Karte stand, doch noch hatte Kaufung nichts vermerkt. Er ging an den Computer, sah, dass Kaufung dort einen Eintrag über den Laborbericht gemacht hatte, löschte diesen und fuhr den PC herunter. Die Patientenkarte verstaute er wieder zwischen den anderen alphabetisch geordneten Karten im Schrank, schloss ihn ab und legte den Schlüssel in die oberste Schreibtischschublade.

Ein Blick durch die halb offene Tür in den edel dekorierten

Hausflur, niemand war zu sehen, wie auch, wenn außer Kaufung, seiner Sprechstundenhilfe, der Putzfrau und natürlich den Patienten kaum jemand sonst diese Villa betrat. Vielleicht noch die eine oder andere Liebschaft, mit der Kaufung hier ein Schäferstündchen abgehalten hatte. Er sah an sich hinunter, an seiner Kleidung und seinen Schuhen war kein Blut, huschte durch den Ausgang und ließ die Tür nur angelehnt. Im Park gegenüber herrschte noch reges Treiben, doch keiner nahm Notiz von dem Mann, der soeben einen Mord begangen hatte. Mit gemäßigtem Schritt ging er zu seinem Auto, schließlich wollte er nicht auffallen. Er hatte eine Verabredung, und er wollte die Dame nicht zu lange warten lassen. Während der Fahrt rief er sie an und sagte, er sei in etwa zwanzig Minuten bei ihr.

Freitag, 22.17 Uhr

Peter Brandt und Andrea Sievers saßen seit einer Stunde in einem italienischen Restaurant. Seine Töchter Sarah und Michelle waren am Nachmittag von ihrer Mutter abgeholt worden. Fünf Wochen in Spanien, fünf Wochen Luxusleben pur, und obwohl die Mädchen beteuerten, dass sie nicht deswegen zu seiner Ex und ihrem Neuen fuhren, hatte Brandt doch ein ungutes Gefühl im Bauch, das eigentlich hauptsächlich aus Angst bestand. Er liebte seine Töchter über alles, aber er wusste auch, dass sie sich in einem Alter befanden, in dem das Materielle einen extrem hohen Stellenwert einnahm. Und seine Exfrau hatte jetzt das Geld, das sie sich immer wünschte. Er hoffte inständig, sie würde nicht auf diese Weise die Mädchen auf ihre Seite ziehen wollen, doch kannte er sie gut genug, um nicht zu wissen, dass sie es versuchen würde, auch wenn ihr eigentlich relativ wenig an Sarah und Michelle lag. Ihr ging es hauptsächlich darum, ihm eins auszuwischen. Was dabei aus den gemeinsamen Töchtern wurde, war ihr egal. Die Tatsache, dass er das alleinige Sorgerecht besaß, war für sie ein Stachel in ihrem Fleisch, den sie jedoch niemals würde entfernen können. Deshalb war seine Laune auch nicht die beste, obwohl er versuchte, sich das Andrea gegenüber nicht anmerken zu lassen. Das Einzige, worauf er bestanden hatte, war, dass Sarah und Michelle ihn regelmäßig anriefen, damit er wusste, ob es ihnen wirklich gut ging. Und sollte er auch nur den Hauch einer Ahnung haben, es wäre nicht so, würde er sich in den nächsten Flieger setzen und sie holen.

Brandt und Andrea hatten sich die ganze Woche über nicht gesehen und genossen den Abend zu zweit. Sie hatten gut gegessen und jeder zwei Gläser Rotwein getrunken. In Andreas Gegenwart vergaß Brandt zu einem großen Teil seine Sorgen. Er hatte Bereitschaft, aber wie meistens, vor allem im Sommer und zur Ferienzeit, war diese Bereitschaft nichts anderes als jeder normale Dienst. In den mittlerweile mehr als fünfundzwanzig Jahren bei der Polizei war er nur selten nachts aus dem Schlaf geklingelt und zu einem Tatort gerufen worden, und er verschwendete auch keinen Gedanken daran, dass es in dieser Nacht anders sein könnte. Er und Andrea unterhielten sich über die vergangenen Tage, an denen sie zwar regelmäßig telefoniert hatten, aber es war doch ein Unterschied, ob man über das Telefon miteinander sprach oder sich in die Augen sehen oder bei den Händen fassen konnte. Sie würden so gegen halb elf zu ihm fahren, Andrea würde das Wochenende bei ihm verbringen, bis am Montag wieder der Alltagstrott einkehrte. Sie kannten sich jetzt seit fast einem halben Jahr näher, und Brandt war in dieser Zeit richtig aufgeblüht. Aus dem schlappen Bullen, wie er sich selbst manchmal seit seiner Scheidung bezeichnete, war wieder ein dynamischer Mann geworden, der sich urplötzlich um mindestens zehn Jahre jünger fühlte. Allein zu wissen, dass da eine Frau war, die ihn mochte, mit der er über alles sprechen konnte, die seine Töchter voll und ganz akzeptierte und die auch von ihnen akzeptiert wurde, machte ihn glücklich.

Sie hielt seine Hand und wollte gerade etwas sagen, als Brandts Handy klingelte. Er runzelte die Stirn, sah die Nummer auf dem Display, schüttelte den Kopf und murmelte ein kaum hörbares »Scheiße«.

»Ja?«, meldete er sich barsch.

»Hier Krüger. Sorry, Alter, aber die Arbeit ruft. Ein Toter in der Parkstraße, vermutlich Mord. Ein gewisser Dr. Jürgen Kaufung, Arzt. Die Spurenleser und der Fotomensch machen sich gerade zum Aufbruch bereit.«

»Okay.« Er drückte auf Aus und steckte das Handy in die Brusttasche seines Hemdes. Sein Blick sagte mehr, als tausend Worte es vermocht hätten. Er seufzte auf und sah Andrea an. »Ausgerechnet heute. Kann so was nicht passieren, wenn andere Bereitschaft haben?«

»Was ist denn los?«

»Mord«, war die trockene Antwort.

»Dann fahren wir eben zusammen. Ich habe zwar keine Bereitschaft, aber was soll's. Und jetzt zieh nicht so 'ne Flunsch, lass uns lieber zahlen und gehen, umso schneller haben wir's hinter uns. Wo ist es denn?«

»Parkstraße.«

»Wo ist die?«

Brandt musste unwillkürlich lächeln. »Gleich beim Präsidium. Führt direkt dran vorbei.« Er winkte den Kellner heran, bat um die Rechnung und zahlte mit Kreditkarte. Sie brauchten kaum fünf Minuten vom Lokal bis zum Tatort. Zwei Streifenwagen standen vor dem Haus.

»War hier schon jemand drin?«, fragte Brandt einen der Beamten, die sich vor der Tür postiert hatten, und hielt ihm seinen Ausweis hin.

»Nur ich und mein Kollege und diese junge Dame dort«, antwortete der Angesprochene und deutete auf das Polizeiauto. »Sie hat ihn auch gefunden.«

»Schon die Personalien aufgenommen?«

»Ja.«

Brandt und Sievers begaben sich zu der jungen Frau, die an einen Streifenwagen gelehnt dastand. Ihr Gesicht war verheult, was aber nichts an ihrer Attraktivität änderte. Sie hatte kurze blonde Haare, grün-braune Augen und eine Figur, die fast zu perfekt war, um echt zu sein, wie Brandt feststellte. Ich kann mich aber auch irren, dachte er, solche Naturwunder soll's schließlich geben. Und außerdem ist sie bestimmt nicht älter als Mitte zwanzig.

»Brandt, Mordkommission. Und das ist Dr. Sievers von der Rechtsmedizin. Sie haben den Toten also gefunden, Frau ...«

»Petra Johannsen.« Sie wischte sich mit dem Handrücken über die vom Weinen geröteten Augen.

»Wann war das?«

»Weiß nicht, so vor zwanzig Minuten etwa, vielleicht ist es auch schon eine halbe Stunde her.«

»Und was haben Sie hier gemacht, ich meine, um diese Zeit ist die Praxis doch normalerweise geschlossen?«

»Jürgen, ich meine Dr. Kaufung und ich waren verabredet, und als er nicht gekommen ist und ich ihn zu Hause und auch auf seinem Handy und in der Praxis nicht erreichen konnte, bin ich einfach hierher gefahren.« Sie zuckte mit den Schultern. »Fragen Sie mich nicht, warum. Vielleicht, weil er die Pünktlichkeit in Person war. Und als ich sein Auto hier stehen sah«, sie deutete mit dem Kopf auf den Porsche, »hatte ich gleich so ein mulmiges Gefühl. Und da habe ich ihn gefunden. Mein Gott, wer macht so was?«, sagte sie, wobei wieder Tränen über ihr Gesicht liefen. »Alles voller Blut. Und diese Augen!«

»Sind Sie und Dr. Kaufung liiert?«

Sie lächelte etwas gequält. »Nein, wir sind beziehungsweise waren nur befreundet.« Und nach einer kurzen Pause und mit einem verlegenen Gesichtsausdruck: »Hören Sie, es wäre gut, wenn keiner erfahren würde, dass ich ihn gefunden habe und dass wir verabredet waren.«

»Warum?«

Sie druckste einen Moment herum, bis sie schließlich antwortete: »Ich bin verheiratet. Mein Mann weiß zwar, dass ich … Geht das, oder müssen Sie meinen Mann auch befragen?«

»Nur, wenn unbedingt nötig. Das heißt also, Sie und Dr. Kaufung hatten eine Affäre, richtig?«

»Ja.«

»Ging das schon länger?«

»Seit gut einem halben Jahr.«

»Und Ihr Mann wusste nichts von Ihrem Verhältnis mit Dr. Kaufung, weil …«

»Doch, er wusste es. Wir hatten ein Agreement.«

»Was für ein Agreement?«, wollte Brandt wissen.

»Mein Mann ist knapp dreißig Jahre älter als ich und … Na ja, er hat gesagt, dass er nichts dagegen hat, wenn ich ab und zu …«

»Dann wäre es doch nicht weiter schlimm, wenn wir ihn befragen würden, wenn er es sowieso weiß.«

»Da haben Sie auch wieder Recht. Ich bin nur durcheinander.«

»Wo ist Ihr Mann jetzt?«

»In Shanghai, geschäftlich. Er ist sehr viel unterwegs.«

»Und wann kommt er wieder?«

»Am Dienstag. Er ist vorgestern geflogen.«

»Okay. Sie warten bitte noch, bis wir drinnen fertig sind.« Er wollte sich gerade umdrehen, als er innehielt und fragte: »War Dr. Kaufung eigentlich verheiratet?«

»Nein, er wäre nie eine feste Beziehung eingegangen. Seine Freiheit ging ihm über alles.«

»Verstehe. Gibt es außer Ihnen noch andere Frauen, mit denen er …«

»Glauben Sie vielleicht, ich war die Erste, mit der er was hatte?«, entgegnete sie unerwartet spöttisch. »Entschuldigung, war nicht so gemeint.«

»Schon gut. Wir sehen uns gleich noch mal.«

Die Leute von der Spurensicherung und der Fotograf kamen an, ein Mann stand mit diesem typischen Koffer in der Hand im Hausflur. Brandt musste innerlich grinsen, als er auf den groß gewachsenen Mann zuging und sagte: »Sie sind Arzt?«

»Ja, ich wurde herbestellt. Dr. Vierling, ich habe Notdienst.«

Brandt zwinkerte Andrea unauffällig, aber vielsagend zu und wandte sich wieder an Vierling: »Dann wollen wir uns die Bescherung mal anschauen. Aber erst, nachdem der Fotograf seine Arbeit beendet hat.«

Sie warteten zehn Minuten, bis der Fotograf wieder herauskam und sagte, die Fotos seien in einer Stunde fertig, zogen sich Plastikhandschuhe über, die sie sich von einem Streifenbeamten hatten geben lassen, und betraten die Praxis. Obwohl es draußen noch relativ warm war, herrschte hier eine angenehme Kühle.

»Nobel, nobel«, bemerkte Brandt, nachdem er einen ersten Eindruck von den Praxisräumen gewonnen hatte.

»Dr. Kaufung hatte nur Privatpatienten«, sagte Dr. Vierling mit diesem Unterton, der Brandt nur zu bekannt vorkam. Vierling, ein normaler Arzt, Kaufung, der das Privileg genossen hatte, die oberen Zehntausend zu versorgen.

»Sie kennen ihn?« Brandt betrachtete Kaufung, der mit weit aufgerissenen Augen an den Schrank gelehnt dasaß. Ein makabrer Anblick, aber der Tod hatte nur selten ein schönes Gesicht.

»Wer kennt ihn nicht?! Er hatte nur Patienten, die sich ihn auch leisten konnten. Der hat sich nicht mit Kleinkram abgegeben.«

»Neidisch?«, konnte Brandt sich nicht verkneifen zu bemerken.

»Nein, so war das nicht gemeint«, versuchte sich Vierling zu rechtfertigen, was Brandt ihm aber nicht abkaufte. Während Kaufung nur die Sahneschnitten bekam, musste er sich mit einfachen Keksen begnügen.

»Also gut, dann tun Sie mal Ihre Arbeit.« Brandt schaute sich inzwischen um. Das Glas des Medizinschranks war zerbrochen, Scherben waren über den Boden darunter verteilt, ansonsten wirkte alles sehr aufgeräumt und sauber.

Vierling ging in die Hocke und beugte sich über Kaufung, um dessen Körper sich eine große Blutlache gebildet hatte, die vom Teppichboden aufgesogen worden und zum Teil schon getrocknet war. Immer mehr Fliegen fanden sich ein und bevölkerten den Körper des Toten.

»Wollen Sie keine Handschuhe anziehen?«, fragte Andrea Sievers mit hochgezogenen Brauen.

»Hab ich in der Aufregung ganz vergessen. Das ist das erste Mal, dass ich von der Polizei gerufen werde«, versuchte er sich zu entschuldigen. Er holte die Handschuhe aus seinem Koffer, zog sie über, fühlte Kaufungs Puls, leuchtete mit einer Lampe in seine Augen, stellte sich wieder aufrecht hin und meinte: »Er ist tot. Ein gewaltsamer Tod kann nicht ausgeschlossen werden.«

»Sehr scharfsinnig«, sagte Brandt mit ironischem Unterton, »aber dass er tot ist, wissen wir schon. Und wie lange ist er tot? Eine Stunde, zwei, drei?«

»Woher soll ich das wissen? Ich bin kein Rechtsmediziner.«

»Aber die Grundkenntnisse sollten Sie schon beherrschen, finde ich«, mischte sich jetzt Andrea Sievers ein. »Lassen Sie mich mal ran.«

»Wenn Sie meinen, es besser zu können«, sagte Vierling leicht pikiert.

»Sie kann«, entgegnete Brandt trocken. Und an Andrea gewandt: »Und, was kannst du sagen?«

Sievers knöpfte vorsichtig das Hemd auf und stellte fest: »Ein Einstich links seitlich in den Bauch, der aber mit Sicherheit nicht tödlich war. Hilf mir mal, ihn hinzulegen und umzudrehen, aber vorsichtig, damit keine Spuren verwischt werden.« Und nach einer weiteren Begutachtung: »Hier, drei Einstiche in den Rücken, wobei einer vermutlich das Herz getroffen hat. Das war dann auch der Todesstoß.« Und an Vierling gewandt: »Haben Sie mal ein Thermometer?«

Dieser holte es aus seiner Tasche und reichte es Sievers wortlos. Sie zog Kaufungs Hose runter, maß die Temperatur und sagte nach zwei Minuten: »34,1 Grad. Der ist so vor zwei bis zweieinhalb Stunden übern Jordan gegangen. Allmähliches Einsetzen der Totenstarre, das Kiefergelenk ist kaum noch beweglich, Leichenflecken konfluierend … Wie gesagt, zwei bis zweieinhalb Stunden, auf keinen Fall länger.«

»Lernt man das heutzutage bei der Polizei?«, fragte Vierling sichtlich verwirrt. »Wozu brauchen Sie dann noch einen Arzt, wenn Sie sowieso alles besser wissen?«

Sievers erhob sich wieder, setzte ihr charmantestes Lächeln auf und antwortete: »Verzeihen Sie, aber ich habe mich noch gar nicht vorgestellt. Sievers, Dr. Sievers. Ich bin Rechtsmedizinerin. Ist mehr Zufall als Absicht, dass ich hier bin. Sie sollten sich aber trotzdem mal für den Fall der Fälle, ich meine, um für alle Eventualitäten gerüstet zu sein, die entsprechende Literatur zu Gemüte führen. Dass dieser Mann tot ist, würde auch ein Kind erkennen. Und jetzt stellen Sie bitte den Totenschein aus, alles Weitere übernehmen wir. Und sollten Sie zufällig mal wieder an einen Tatort gerufen werden und das Opfer hat ein Messer im Rücken, dann kreuzen Sie unter Todesart bitte nicht ›natürlich‹ an.«

Vierling erwiderte darauf nichts mehr, stellte wortlos den Totenschein aus und reichte ihn Brandt. Dann machte er auf dem Absatz kehrt, murmelte ein »N'abend« und verschwand nach draußen.

»Den hast du aber ganz schön auflaufen lassen«, sagte Brandt.

»Aber hallo, wenn der nach einer Minute sagt, dass ein gewaltsamer Tod nicht ausgeschlossen werden kann, dann attestiert er womöglich nach zwei Minuten eine natürliche Todesursache. Solche Typen habe ich gefressen, die bringen den gesamten Berufsstand in Verruf. Ich stell mir nur vor, der behandelt seine Patienten genauso. So einen Fall hab ich übrigens schon gehabt, wo einer ein Messer im Rücken hatte, die Leiche bei der Erstbeschau aber nicht umgedreht wurde, auf dem Totenschein war ›natürlich‹ angekreuzt, und als wir ihn bekamen, haben wir das Messer entdeckt. Lass ihn in die Pathologie bringen, ich untersuch ihn morgen Vormittag. Oder brauchst du das Obduktionsergebnis sofort?«

Brandt fuhr sich mit der Hand übers Kinn, was er immer tat, wenn er nachdachte. Er schien die letzten Worte von Andrea Sievers gar nicht mehr mitbekommen zu haben. Stattdessen sagte er: »Du meinst, er ist seit zwei, maximal zweieinhalb Stunden tot. Was hat er um diese Zeit noch hier gemacht? Es ist Freitag, und einer wie er macht bestimmt keine Überstunden.«

»Was denkst du?«

»Na ja, nehmen wir an, er ist so gegen halb neun getötet worden. Kein normaler Arzt hält sich um halb neun noch in der Praxis auf, es sei denn, er hat Notdienst. Aber einer, der nur Privatpatienten behandelt, macht doch keinen Notdienst …«

»Stopp, stopp!«, wurde er von Andrea unterbrochen. »Auch Privatärzte haben einen Notdienst, schließlich erwarten deren Patienten für teures Geld einen entsprechenden Service. Aber er hatte heute bestimmt keinen, er hatte schließlich eine Verabredung mit einer bezaubernden jungen Dame.«

»Trotzdem, dieser Typ war privilegiert. Wenn einer aus seiner erlesenen Klientel mal nachts einen Arzt brauchte, dann konnte er Kaufung bestimmt auch zu Hause oder über Handy erreichen. Ich will wissen, was er vor seinem Tod hier gemacht hat.«

»Ich weiß zwar nicht, worauf du hinauswillst, aber das alles riecht doch ziemlich stark nach Raubmord«, meinte Andrea Sievers und deutete auf die Glasscherben und den demolierten Arzneischrank. »Da hat jemand alles mitgehen lassen, was irgendwie high macht oder beruhigend wirkt.«

»Mag schon sein, und trotzdem kommt mir das Ganze spanisch vor. Da wird ein Promiarzt, der seine Praxis gleich neben dem Präsidium hat, an einem späten Freitagabend umgebracht …«

»Warum kommt dir das spanisch vor? Nur weil er irgendwann zwischen acht und neun umgebracht wurde und du dir nicht vorstellen kannst, dass ein Arzt wie er sich um diese Zeit noch in der Praxis aufhält? Vielleicht wollte er nur noch etwas holen, was er vergessen hatte. Was weiß ich.«

»Schau dir doch mal an, wie er angezogen ist«, sagte Brandt mit Blick auf den Toten. »So läuft der doch nicht während der Sprechzeiten rum.«

Andrea Sievers lachte auf. »Wenn er wirklich ein Promiarzt war, dann ist er so rumgelaufen. Van-Laack-Hemd, Armani-Hose, italienische Schuhe, eben das, was man in den besseren Kreisen so anzieht. Außerdem hatte er ja keine Sprechzeit. Ich könnte mir vorstellen, dass seine Patienten vorwiegend weiblichen Geschlechts waren. Weiblich und gelangweilt. Und sie haben sich bestimmt gerne von ihm untersuchen lassen.«

»Ja, ja, war schon ein knackiges Kerlchen. Woher kennst du eigentlich die ganzen Markennamen?«

»Was glaubst du, was bei mir schon alles auf dem Tisch gelandet ist. Da wirft man zwangsläufig auch mal einen Blick auf die Etiketten.«

»Auch gut. Und jetzt lassen wir ihn in deine heiligen Hallen bringen, wo du ihn morgen untersuchen wirst.« Und nach einer kurzen Pause: »Wie ist die Johannsen überhaupt hier reingekommen? Die hat doch bestimmt keinen Schlüssel für die Praxis.« Er wollte bereits nach draußen gehen, als ihn die Stimme von Andrea zurückhielt.

»Hier, sein Portemonnaie. Alles drin, Kreditkarten, Bargeld ...«

»Was?«, fragte Brandt erstaunt.

»Also ich revidiere meine Meinung den Raubmord betreffend. Ich weiß jedenfalls, dass ein Junkie alles mitgehen lassen würde, was auch nur im Entferntesten mit Geld zu tun haben könnte. Für meine Begriffe sollte es nur nach Raubmord aussehen. Ich will damit sagen, dass Kaufung seinen Mörder möglicherweise gekannt hat. Aber der hat eben nicht wie ein Junkie gedacht.«

»Und Kaufung war mit ihm hier verabredet«, sagte Brandt leise. »Ich muss das alles in Ruhe durchgehen. Ich will erst wissen, wie die Johannsen hier reingekommen ist.«

Er lief mit ausgreifenden Schritten nach draußen. Andrea Sievers folgte ihm.

»Frau Johannsen, wie sind Sie in die Praxis gekommen? Haben Sie einen Schlüssel?«

Sie schüttelte den Kopf. »Nein, die Tür war angelehnt, was mich schon ein bisschen gewundert hat. Ich bin rein und habe seinen Namen gerufen. Und als er nicht geantwortet hat, bin ich weitergegangen und habe ihn am Schrank ...« Mit einem Mal wurde sie von einem Weinkrampf geschüttelt. Andrea legte einen Arm um sie und sprach leise auf sie ein. Als sie sich einigermaßen beruhigt und die Tränen aus dem Gesicht gewischt hatte, stieß sie bitter hervor: »Er war doch noch so jung!«

»Wie alt war er?«

»Dreiundvierzig.«

»Kam es öfter vor, dass er so spät noch in der Praxis war?«

»Nein. Ich weiß auch nicht, was er hier gemacht hat. Er hat

mich um kurz vor sechs noch angerufen und gesagt, er würde bis um halb acht Tennis spielen und sei um neun bei mir …«

»Moment«, wurde Petra Johannsen von Brandt unterbrochen, »Dr. Kaufung war vorhin noch Tennis spielen?«

»Ja. Für ihn war jeden Dienstag und Freitag ein Platz reserviert.«

»Hat er auch mit Ihnen gespielt?« Natürlich hat er mit dir gespielt, aber bestimmt lieber was anderes als Tennis, dachte Brandt.

»Selten, dazu war er viel zu gut.«

»Und wer waren seine Partner?«

»Unterschiedlich. Meistens hat er mit Herrn Wedel gespielt, aber auch mit Herrn Friedrichs oder Herrn Schmieding und natürlich der einen oder andern Frau, ab und zu auch mal mit mir, aber nur, wenn sich niemand anders fand.«

»Und auf welchem Tennisplatz?«

»In Bieber, Siebeneichen. Allerdings nur im Sommer. Im Herbst und Winter ist er immer nach Sachsenhausen gefahren, weil die dort angeblich die beste Halle haben. Ich habe vorhin vergessen zu erwähnen, dass ich auch noch im Tennisclub angerufen habe, wo man mir aber mitteilte, dass Dr. Kaufung schon vor acht gegangen sei.«

»Hatte er einen besten Freund?«

Petra Johannsen zuckte mit den Schultern und meinte nach einigem Überlegen: »Herr Wedel. Aber Jürgen hatte eigentlich keine wirklichen Freunde, er war, was das angeht, eher zurückhaltend. Er scheute enge Beziehungen jeglicher Art, auch wenn er Herrn Wedel das Gefühl gab, sein bester Freund zu sein.«

»Wissen Sie, wie dieser Wedel mit Vornamen heißt?«

»Klaus. Ihm gehört eine Galerie in der Waldstraße.«

»Ach so, daher kommt mir der Name bekannt vor«, meinte

Brandt. »Sie können uns nicht zufällig sagen, wo er wohnt, oder?«

»Im Feldbergweg, aber fragen Sie mich nicht nach der Hausnummer. Dr. Kaufung wohnt übrigens im Hunsrückweg.«

»Danke für die Auskunft. Ach ja, Sie sagten, Dr. Kaufung habe Sie um kurz vor sechs angerufen. Danach hat er sich nicht mehr bei Ihnen gemeldet?«

»Nein. Kann ich jetzt gehen, ich bin ziemlich fertig?«

»Sicher. Nur noch eine Frage. Dr. Kaufung hatte doch sicherlich auch eine Sprechstundenhilfe. Kennen Sie ihren Namen oder wissen Sie vielleicht sogar, wo sie wohnt?«

»Annette Blohm. Aber wo sie wohnt, kann ich Ihnen nicht sagen.«

»Das kriegen wir schon raus.«

»Finden Sie das verdammte Schwein, das ihm das angetan hat. Er war ein guter Mensch und ein hervorragender Arzt. Das werden Ihnen alle Patienten bestätigen können. Er war sehr einfühlsam, aber verstehen Sie das bloß nicht falsch.«

»Schon gut. Jetzt hab ich noch eine Frage. Dieser Tennisplatz, wie lange kann man dort jemanden antreffen?«

»Das Restaurant ist auf jeden Fall bis eins, manchmal auch länger geöffnet. Heute bestimmt länger.«

»Schönen Dank, das war's schon. Wir melden uns morgen so gegen Mittag noch einmal bei Ihnen. Es wäre gut, wenn Sie dann zu Hause wären.«

»Ich werde da sein.«

Brandt wartete, bis Petra Johannsen in ihr BMW Cabrio eingestiegen war, den Motor anließ und Gas gab.

»Sehr hübsch, die Kleine, was?«, sagte Andrea Sievers verschmitzt lächelnd.

»Hm«, murmelte er nachdenklich, als hätte er die Bemerkung nicht gehört, musste Andrea jedoch Recht geben. »Was hat Kaufung nach dem Tennis noch mal hier in der Praxis gewollt? War er mit jemandem verabredet? Oder hat er nur was vergessen und ist dabei zufällig seinem Mörder in die Hände gefallen? Vielleicht hat er einfach nur einen Einbrecher auf frischer Tat ertappt und ist dabei umgebracht worden. Es gibt ziemlich viele Möglichkeiten.« Er sah auf die Uhr. »Zwanzig nach elf. Ich werd mal beim Tennisplatz vorbeischauen. Willst du mitkommen?«

»Was soll ich denn sonst machen? Vielleicht hier auf dich warten?«, entgegnete Andrea und zündete sich eine Zigarette an.

»War 'ne blöde Frage.« Er wandte sich an einen der Streifenpolizisten und sagte: »Klappern Sie doch mal mit Ihren Kollegen die Nachbarschaft ab, ob irgendwer was gesehen oder gehört hat. Ich weiß, es ist spät, aber das Gedächtnis der Leute noch frisch, wenn denn einem was Merkwürdiges aufgefallen sein sollte.«

»Wird gemacht.«

Und zu Andrea Sievers: »Fahren wir.«

Freitag, 23.31 Uhr

Im Restaurant des Tennisclubs herrschte Hochbetrieb. Brandt und Sievers begaben sich direkt zur Bar, wo kein Hocker mehr frei war.

»Wer ist hier der Chef?«, fragte Brandt den Barmixer, einen mittelgroßen braungebrannten jungen Mann mit schwarzen Haaren und dunklen Augen, der gerade zwei Cocktails einschenkte, und hielt ihm seinen Ausweis entgegen. »Brandt, Kripo Offenbach. Das ist meine Kollegin.«

»Dort drüben«, antwortete der Angesprochene mit unüberhörbar französischem Akzent und deutete auf einen Tisch am Fenster. »Der mit dem Bart.«

»Danke.«

Brandt bestellte für sich und Sievers je einen alkoholfreien Cocktail, den sie nachher trinken würden, dann gingen sie zu dem angegebenen Tisch. Er stellte sich und Andrea ein weiteres Mal vor und bat den Besitzer des Restaurants, Norbert Müller, ihn kurz zu sprechen.

»Gehen wir in mein Büro, dort sind wir ungestört.« Im Büro angekommen, fragte Müller, ein bulliger, muskulöser Mann, den Brandt zwischen vierzig und fünfzig schätzte, mit kritischem Blick, während seine Augen verräterisch aufblitzten, als er Andrea Sievers ansah: »Was kann ich für Sie tun?«

»Nur ein paar Fragen. Kennen Sie einen Dr. Kaufung?«

»Natürlich kenne ich ihn. Warum fragen Sie?«

»War er heute hier?«

»Ja, er kommt jeden Dienstag und Freitag. Was ist mit ihm?«

»Er ist tot. Umgebracht, um genau zu sein«, sagte Brandt trocken, woraufhin Müller ihn ungläubig und mit leicht zur Seite geneigtem Kopf ansah.

»Bitte was? Er war doch vorhin gerade erst … Er hat wie immer gespielt und sich dann noch kurz an der Bar aufgehalten.«

»Wann genau war das?«

Müller überlegte einen Moment, bevor er antwortete: »So gegen halb acht. Aber da fragen Sie am besten Pierre, der kann Ihnen das genauer sagen, er steht immer ab sechs hinter der Bar. Mein Gott, ausgerechnet Kaufung. Der ist schon seit Jahren Mitglied im Club. Das muss ich erst mal verdauen.«

»War er allein hier?«

Müller schüttelte den Kopf und sagte mit einem schmierigen Gesichtsausdruck: »Kaufung war nie allein.«

»Wollen Sie damit irgendetwas Bestimmtes ausdrücken?«, fragte Brandt kühl, dem die Art von Müller immer weniger gefiel.

»Nein. Aber erstens kann man schlecht allein Tennis spielen, und zweitens, er hatte nichts gegen gepflegte und angenehme Gesellschaft, wenn Sie verstehen«, entgegnete er noch eine Spur schmieriger. Die gerade noch vorhandene, offensichtlich gespielte Trauer, zumindest empfand Brandt sie als gespielt, war mit einem Mal verflogen.

»Nicht ganz«, sagte Brandt noch kühler als eben schon. »Von was für einer Gesellschaft sprechen Sie? Frauen?«

»Gibt es vielleicht eine angenehmere Gesellschaft als die von Frauen?«, fragte er mit einem Blick auf Andrea Sievers.

Brandt ging auf die letzte Bemerkung von Müller nicht ein. »Und seine Spielpartner waren auch Frauen?«

»Nicht unbedingt auf dem Tennisplatz, aber hier weiß so ziemlich jeder, dass Kaufung nichts anbrennen ließ. Der hatte eben was, auf das die Frauen nur so flogen.«

»Und mit wem war er heute hier?«

»Wie gesagt, fragen Sie Pierre, ich habe nicht darauf geachtet.«

»Sie sagen, er war jeden Dienstag und Freitag hier. Hatte er einen Platz immer für eine bestimmte Zeit reserviert?«

»Ja, das machen aber viele unserer Mitglieder.«

»Gut, dann unterhalten wir uns mal mit Pierre. Das war's fürs Erste. Vielen Dank, und sollten wir noch Fragen haben, kommen wir wieder. Ach ja, wir würden auch mit Pierre gerne allein sprechen. Kann jemand solange seinen Job übernehmen?«

»Ich kümmere mich drum.«

Auf dem Weg zur Bar quetschte Brandt leise durch die Lippen: »Schleimiger Typ. Der hat was in den Augen, was mir nicht gefällt.«

»Mir auch nicht. Aber ich meine, es gibt Wichtigeres, als sich darüber Gedanken zu machen.«

Die Fruchtcocktails standen bereit, Brandt und Andrea nahmen einen Schluck aus dem Strohhalm, und Brandt sagte zu Pierre: »Herr Müller hat Sie für ein paar Minuten freigestellt. Gehen wir am besten raus an die frische Luft.«

»Was wollen Sie von mir?«

»Das erkläre ich Ihnen draußen.« Sie gingen auf den Parkplatz, wo sie allein waren. »Herr …«

»Nennen Sie mich Pierre, das machen alle so. Obwohl ich eigentlich Gérard heiße.«

»Ich würde trotzdem gerne Ihren Nachnamen kennen.«

»Malet.«

»Sie sind Franzose?«

»Ja. Aber ich lebe schon seit acht Jahren in Deutschland.«

»Ihr Chef sagte uns, dass Dr. Kaufung heute hier war. Können Sie sich erinnern, wann genau das war?«

»Wann er gespielt hat, kann ich nicht sagen, aber an die Bar kam er so gegen halb acht. Er hat einen Orangensaft getrunken und ist schon bald wieder gegangen.«

»War er allein oder in Begleitung?«

»Denise war bei ihm, aber …« Er sah Brandt fragend an.

»Denise und weiter?«

»Denise Zinner. Sie ist fast jeden Tag hier. Warum fragen Sie mich das alles?«

»Dr. Kaufung wurde heute Abend ermordet, deshalb stellen wir Ihnen diese Fragen.«

Pierre beziehungsweise Gérard zeigte fast die gleiche Bestürzung wie eben schon Müller, seine dunklen Augen blitzten erschrocken auf, was selbst im matten Licht der Laternen zu erkennen war. Allerdings kaufte Brandt ihm, im Gegensatz zu seinem Chef, diese Bestürzung ab. »Dr. Kaufung est mort?«, sagte er mehr zu sich selbst. »Entschuldigen Sie, aber das ist unfassbar. C'est incroyable! Wissen Sie schon, wer es war?«

»Nein, sonst wären wir nicht hier. Wir müssen seine letzten Stunden rekonstruieren. Wo finden wir Frau Zinner?«

»Sie müsste längst zu Hause sein, sie ist kurz nach Dr. Kaufung gegangen. Mon dieu, ausgerechnet Dr. Kaufung!«

»Wo wohnt diese Frau Zinner?«

Pierre nannte die Straße und die Hausnummer, Brandt schrieb mit.

»Das wissen Sie aus dem Kopf?«

»In meinem Job muss man sich viel behalten können. Dr. Kaufung«, stieß er immer noch fassungslos hervor. »Er war ein sehr netter Mann, glauben Sie mir.«

»War er oft hier?«

»Mindestens zweimal in der Woche.«

»Hatte er einen festen Spielpartner oder Freund?«

»Er hat meistens mit Herrn Wedel gespielt, ab und zu auch mit Herrn Schmieding, aber heute mit keinem von beiden.«

»Sie wissen nicht, warum die Herren heute verhindert waren, oder?«

Pierre schüttelte den Kopf. »Nein. Es wird wohl etwas dazwischengekommen sein. Aber am besten fragen Sie sie selbst.«

»Das werden wir. Herr Müller hat eine Andeutung gemacht, dass Dr. Kaufung sich gerne mit Frauen umgeben hat. Können Sie uns dazu etwas sagen?«

»Ja, das stimmt, er war gerne in weiblicher Begleitung. Er hat eine große Anziehungskraft auf Frauen ausgeübt.«

»Sie müssen diese Frage nicht beantworten, vielleicht wissen Sie es auch gar nicht, aber hatte er die eine oder andere Affäre mit Frauen aus dem Club?«

Pierre zögerte mit der Antwort, druckste verlegen herum und rieb sich leicht übers linke Ohrläppchen. »Kann schon sein.«

»Heißt das jetzt ja oder nein?«

»Ja, zumindest sagt man, dass er schon mit etlichen Frauen aus dem Club etwas hatte. Aber bitte, Sie haben das nicht von mir, denn normalerweise wird bei uns großer Wert auf Diskretion gelegt.«

»Keine Angst. Waren darunter auch verheiratete Frauen?«

»Mon dieu, Sie bringen mich in Teufels Küche. Am Ende wollen Sie auch noch Namen von mir wissen.«

»Ich versichere Ihnen, dass alle Informationen vertraulich behandelt werden. Haben Sie Informationen?«

Pierre tänzelte unruhig von einem Bein auf das andere. »Muss das unbedingt hier sein?«

»Sie haben Recht, das ist kein guter Ort für eine solche Befragung. Können Sie morgen Vormittag um zehn auf dem Präsidium sein?«

»Natürlich.«

»Wissen Sie, ob sich vorhin telefonisch eine junge Dame nach ihm erkundigt hat?«

Pierre nickte. »Ja, Frau Johannsen. Sie hat angerufen und gefragt, ob Jürgen noch da ist. Ich habe ihr gesagt, dass er schon vor fast zwei Stunden weggefahren ist.«

»Das war's für heute. Wir sehen uns morgen in meinem Büro. Und jetzt gehen Sie wieder rein, sonst stellt Ihnen Herr Müller noch dumme Fragen … Warten Sie, nur noch eine Frage. Hat sich Dr. Kaufung heute vielleicht anders verhalten als üblich? Ich meine, wirkte er nervös, aufgeregt? Ich weiß doch, dass ein versierter Barkeeper wie Sie sofort merkt, wenn mit den Stammgästen etwas nicht stimmt. Sie sind doch schon fast so was wie ein Psychologe.«

»Danke für das Kompliment, aber Dr. Kaufung war wie immer. Freundlich und nett, doch er hatte es ausnahmsweise ziemlich eilig.«

»Aber Sie wissen nicht, was er vorhatte?«

»Er hat sich nur sehr kurz an der Bar aufgehalten. Er hat einen Orangensaft getrunken, sich noch einen Moment mit Denise unterhalten und ist schon nach ein paar Minuten gegangen, was er normalerweise nicht macht.« Pierres Gesicht wurde nachdenklich, er kaute auf der Unterlippe und fuhr schließlich mit gerunzelter Stirn fort: »Merkwürdig, mir fällt da ein, dass er andauernd auf die Uhr geschaut hat, als hätte er noch einen wichtigen Termin. Er war in Eile, da bin ich mir sogar ziemlich sicher.«

»Doch er wirkte dabei nicht nervös, oder?«

Pierre überlegte einen Moment und antwortete: »Vielleicht ein wenig, aber ich kann mich auch täuschen. Bestimmt kann Denise Ihnen mehr dazu sagen, sie hat sich mit ihm unterhalten.«

»Um welche Zeit ist er denn gegangen?«

»So gegen Viertel vor acht. Nein, er war nicht länger als eine Viertelstunde an der Bar.«

»Viertel vor acht also. Tja, dann erst mal vielen Dank, und wir sehen uns morgen.«

»Was ist mit Ihren Cocktails? Soll ich sie wegschütten?«

»Nein, das hätte ich ja beinahe vergessen. Wir kommen gleich nach.«

Brandt wartete, bis Pierre alias Gérard wieder im Restaurant war, und sagte zu Andrea: »Scheint, als hätte Kaufung eine Verabredung in seiner Praxis gehabt. Oder was denkst du?«

»Du bist der Kriminalist.«

»Ach komm, du machst dir doch auch deine Gedanken. Jetzt rück schon raus mit der Sprache.«

»Wenn es stimmt, was Pierre sagt, dann wird es wohl so gewesen sein. Doch mit wem hat er sich so gegen acht in seiner Praxis getroffen?«

»Das gilt es herauszufinden. Aber selbst wenn er sich noch mit jemandem dort getroffen hat, dann heißt das noch längst nicht, dass der- oder diejenige auch sein Mörder ist. Du kannst doch sicherlich den Todeszeitpunkt auf wenige Minuten eingrenzen, oder?«

»Ich hab ja zum Glück die Daten von vorhin. Temperatur et cetera. Das krieg ich schon hin. Plus minus fünf Minuten.«

»Okay, dann lass uns reingehen, austrinken und endlich heimfahren, denn heute können wir eh nichts mehr tun.«

Samstag, 0.34 Uhr

Um zwanzig nach zwölf machten sie sich auf den Weg zu Brandts Wohnung. Er öffnete das Wohnzimmerfenster, um die stickige und abgestandene Luft durch frische zu ersetzen, auch wenn die Nacht sehr warm war, beugte sich über die Marmorplatte und sah hinunter auf die Straße. Andrea stellte sich zu ihm und fragte: »An was denkst du?«

»An alles Mögliche. Der Abend hat so gut begonnen, und jetzt ...«

»Das schaffst du schon. Kaufungs Mörder hat bestimmt einen Fehler gemacht.«

»Jeder Mörder macht einen Fehler, aber wir Polizisten sind auch nur Menschen und sehen nicht jeden Fehler, oder anders ausgedrückt, wir übersehen manche Dinge. Es ist alles Scheiße«, sagte er mit einer Resignation in der Stimme, die Andrea aufhorchen ließ.

»Was ist alles Scheiße? Irgendwas bedrückt dich, aber wie ich dich kenne, muss ich erst lange bohren, bevor du es ausspuckst. Es ist wegen Sarah und Michelle, hab ich Recht?«

Brandt antwortete nicht darauf, er starrte nur in die Dunkelheit.

»Du hast Angst wegen der fünf Wochen, stimmt's?«

Er holte tief Luft, faltete die Hände und sagte: »Ich hab so ein blödes Gefühl. Wenn ich mir vorstelle, dass die beiden jetzt fünf Wochen bei ihrer Mutter und diesem Schnösel sind, wird mir schlecht. Es ist das erste Mal seit unserer Scheidung, dass sie so lange bei ihr sind. Du glaubst gar nicht, was Carola für einen Einfluss ausüben kann. Und vor allem Sarah ist mit vierzehn in einem Alter, in dem Geld ihr eine Menge bedeutet, Geld, das ich nicht habe. Ich kann ihr nicht all die Dinge kaufen, die sie sich wünscht, aber Carola kann es. Und du weißt ja, mit Speck fängt man Mäuse.«

»Meinst du nicht, dass Sarah inzwischen genügend Abstand zu der ganzen Sache gewonnen hat? Sie liebt dich, und ich kenne sie mittlerweile auch gut genug, um sagen zu können, dass sie sich nicht so einfach blenden lässt. Es ist ganz logisch, dass sie sich bestimmte Dinge wünscht, aber ich denke, du, Michelle und deine Eltern sind ihr immer noch wichtiger als das Geld deiner Ex. Sieh nicht so schwarz.«

»Das sagst du so einfach«, seufzte er. »Und was ist, wenn …«

»Hör auf, so negativ zu denken. In Spanien kennt sie niemanden außer deiner Frau …«

»Exfrau«, wurde sie von Brandt verbessert.

»Entschuldigung. Hier hat sie jedenfalls ihre Freunde und

vor allem den besten Vater der Welt. He, das hat sie mir erst kürzlich im Vertrauen gesagt. Großes Indianerehrenwort. Und bei Michelle ist das nicht anders. Die beiden hängen an dir. Und eines darfst du auch nicht vergessen – sie sind immerhin zu ihrer Mutter gefahren. Egal, ob sie ein egoistisches Weib ist oder nicht, sie hat die beiden zur Welt gebracht. Sieh's mal von der Seite. Du brauchst keine Angst zu haben, glaub mir. Und um dich noch ein wenig mehr zu beruhigen, Sarah hat gesagt, dass sie eigentlich gar nicht so große Lust hatte zu fahren. Andererseits, was sollen sie hier, wenn all ihre Freundinnen auch weg sind? Sich bei deinen Eltern langweilen? Wir haben doch schon für Weihnachten drei Wochen Gran Canaria gebucht. Das wird für uns alle ganz toll.«

»Ich weiß auch nicht, was mit mir los ist, ich komm mit der ganzen Situation nicht klar.«

»Mit was konkret?«

»Ich bin doch nur ein Bulle. Andere Leute verdienen sich dumm und dämlich, wie dieser Lackaffe von Carola …«

»Mein Gott, das ist ja das erste Mal, dass ich dich in Selbstmitleid versinken sehe. Schämst du dich dafür, dass du bei der Polizei bist und einen hervorragenden Job machst? Oder bist du neidisch auf Leute, die mehr Geld haben? Komm, sag's?«

»Weder noch«, entgegnete Brandt unwirsch, »aber wie du weißt, hatte ich eigentlich vor, mit dir und den Mädchen in den Ferien in Urlaub zu fahren. Und dann kommt mit einem Mal Carola und macht mir einen gewaltigen Strich durch die Rechnung. Ich hab zwar das alleinige Sorgerecht, aber in dem Urteil steht, dass Carola die Mädchen wenigstens einmal im Monat für zwei Tage sehen darf. Und weil sie nicht immer von ihrem Luxusdomizil in Spanien nach Offenbach kommen will, hat sie durchgesetzt, dass die beiden fast die ganzen Ferien bei ihr verbringen dürfen … Ach, was soll's, ich will nicht mehr darüber reden, ich werd schon damit klarkommen.«

»Sicher. Und ihr werdet bestimmt jeden Tag telefonieren …«

»Ist ja gut.«

»Und außerdem bin ich ja auch noch da, um dich ein bisschen aufzumuntern. Wollen wir noch was trinken? Ein Gläschen Rotwein vielleicht?« Bei dieser Frage streichelte Andrea ihm über den Kopf und sah ihn von unten herauf an.

»Du meinst wohl, das hellt meine Laune auf, was?« Ein Lächeln huschte über sein Gesicht. Er mochte es, wie Andrea mit ihm redete, wie sie immer die richtigen Worte fand, wenn er sich nicht gut fühlte, was zum Glück nicht so häufig vorkam.

»Vielleicht. Und danach gehen wir ins Bett, denn du musst morgen früh um zehn im Präsidium sein.«

»Das Leben ist nicht einfach.« Brandt drehte sich zu ihr hin und nahm sie in den Arm. »Ich bin froh, dass du bei mir bist. Weißt du, wenn Carola mir so 'ne Frage gestellt hätte wie du eben …«

»Was für eine Frage?«

»Na, ob ich neidisch bin oder mich für meinen Beruf schäme …«

»Was dann?«

»Ich hätte mich wahrscheinlich umgedreht und wäre ins Bett gegangen. Sie konnte sehr verletzend sein, allein durch die Art, *wie* sie mit mir gesprochen hat. Was für ein Glück, dass das alles Vergangenheit ist.«

»Aber irgendwann hast du sie auch mal geliebt.«

»Das liegt Ewigkeiten zurück. Und jetzt hören wir auf, von ihr zu reden, das macht mich nur aggressiv.«

»Du und aggressiv?«, sagte Andrea lachend und gab ihm einen Kuss. »Also das möchte ich mal erleben. Kannst du überhaupt aggressiv sein?«

»Kommt auf die Situation an. Man muss mich nur lange genug reizen. Aber das wirst du nie schaffen, weil du einfach ganz anders bist.« Und nach einer kurzen Pause: »Weißt du was, ich lass uns Badewasser ein, wir trinken dabei ein Gläschen und …«

»Und was?«, fragte Andrea mit diesem Augenaufschlag, den Brandt so liebte.

»Na ja, wir machen halt ein bisschen rum. Das soll bekanntlich die Sorgen vertreiben.«

»Ich hab nichts dagegen.«

Es war fast vier Uhr morgens, als sie das Licht löschten. Andrea schlief in seinem Arm ein, so wie sie es immer machte, wenn sie bei ihm oder er bei ihr übernachtete. Brandts vor wenigen Stunden noch vorhandene depressive Stimmung war wie weggeblasen. Er fühlte sich wieder gut.

Samstag, 9.00 Uhr

Der Wecker hatte sie um halb neun aus dem Schlaf geklingelt. Andrea gab ein leises Knurren von sich und drehte sich auf die andere Seite, während Brandt aufstand, ins Bad ging, sich frisch machte, anzog und beim Bäcker Brötchen, die *Bild*-Zeitung und die *Offenbach Post* holte. Obwohl es noch recht früh war, brannte die Sonne bereits jetzt von einem wolkenlosen Himmel, kaum ein Luftzug war zu spüren. Der gestrige Wetterbericht hatte für heute über fünfunddreißig Grad angekündigt, eine Temperatur, die im Rhein-Main-Gebiet kaum zu ertragen war. Er hatte nichts gegen Hitze – solange er am Strand lag und das Wasser nur ein paar Meter entfernt war. Aber im Präsidium würde, wie immer im Sommer, die Luft zum Schneiden dick sein. In diesem Moment beneidete er Sarah und Michelle, die das Meer direkt vor der Tür hatten.

Als er zurückkam, war Andrea gerade auf dem Weg ins Bad. Ihre Augen waren noch klein, und sie gähnte.

»Ausgeschlafen?«

»Haha! Wie soll man nach nicht mal fünf Stunden ausgeschlafen sein. Ich frag mich, wie du immer so schnell wieder fit sein kannst.«

»Training und zwei Töchter«, erwiderte er, deckte den Tisch, kochte Kaffee und vertrieb sich die Zeit, bis Andrea mit ihrer Morgentoilette fertig war, mit Zeitunglesen.

»Und, steht was Interessantes drin?«, fragte sie und umarmte ihn von hinten. Er hatte sie nicht kommen hören.

»Von Kaufung jedenfalls noch nichts. Ist auch ganz gut so. Ich hab's aber ein bisschen eilig. Ich muss um zehn im Büro sein, du weißt schon, dieser Pierre.«

»Gérard«, verbesserte ihn Andrea, während sie sich setzte, ein Brötchen nahm und es in der Mitte durchschnitt.

»Ist mir wurscht, wie der Typ heißt, ich brauch Informationen, und die Erfahrung hat mich nun mal gelehrt, dass gerade Kneipenbesitzer oder Barkeeper meistens die besten haben, auch wenn sie sie manchmal nur unter Druck rausrücken. Aber Pierre wird mir bestimmt den einen oder andern Namen nennen.«

»Gérard«, sagte Andrea schmunzelnd und biss von einer mit Erdbeermarmelade bestrichenen Brötchenhälfte ab.

»Sprichst du eigentlich Französisch?«, wollte Brandt wissen.

»Ich kann mich gut verständigen, warum?«

»Nur so. Und was ist mit Englisch?«

»Ziemlich gut. Außerdem spreche ich noch einigermaßen Spanisch, und dass ich gerne Portugiesisch lernen möchte, weißt du.«

»Du meine Güte, ich bin schon froh, wenn ich ein paar Brocken Englisch rauskriege, und du …«

»Wieso, du sprichst dafür perfekt Italienisch. Du hast das Glück, zweisprachig aufgewachsen zu sein.«

»Das ist was anderes. Du hast alles lernen müssen.« Brandt schaute auf die Uhr. »Ich muss gleich los. Und du eigentlich auch, denn ich möchte gerne so schnell wie möglich wissen, wann genau Kaufung das Zeitliche gesegnet hat.«

»Alter Sklaventreiber. Aber meinen Kaffee darf ich noch austrinken, oder?«

»Ich bin gespannt, ob die Klein schon von der Sache Wind bekommen hat«, sagte Brandt. »Wundern würde es mich jedenfalls nicht.«

»Lass dich überraschen. So, fertig. Gehen wir. Oder nein, du gehst, ich räum noch schnell auf. Ich melde mich bei dir, sobald ich Kaufung wieder zugenäht habe.«

»Das mit dem Aufräumen lässt du schön bleiben, Kaufung ist wichtiger. Wir sehen uns heute Abend. Ich weiß nicht genau, wann ich mit meinen Befragungen fertig bin, ich hoffe, nicht zu spät. Mach's gut, meine Liebe.« Brandt gab ihr einen Kuss und wollte bereits die Wohnung verlassen, als das Telefon klingelte. Er nahm ab, es waren Sarah und Michelle. Er freute sich, ihre Stimmen zu hören. Sie sagten, sie seien gut angekommen, erzählten etwas über den Flug, aber nichts darüber, ob es ihnen bei ihrer Mutter gefiel. Er hoffte insgeheim, sie würden solches Heimweh haben, dass sie früher nach Hause kommen würden. Andererseits hätte er sich im Moment ohnehin nicht weiter um sie kümmern können, nicht, solange der Mord an Kaufung nicht aufgeklärt war. Am Ende des Gesprächs sagte Sarah von sich aus, dass sie am Sonntagabend wieder anrufen würde. Brandt war erleichtert, Andrea hatte wohl doch Recht gehabt.

Samstag, 9.50 Uhr

Es war in der kurzen Zeit noch heißer geworden, obwohl es noch nicht einmal zehn Uhr war. Er parkte vor dem Präsidium und begab sich in den ersten Stock zu seinem Büro. Bernhard Spitzer saß hinter seinem Schreibtisch, und auch Nicole Eberl war da. Sie hatte wie Brandt Bereitschaft und sah ihn verständnislos an, ein Blick, der bei ihr nur ganz selten war.

»Hi, da bin ich«, sagte er und setzte sich Spitzer gegenüber. »Schon lange hier?« Keine Antwort. »He, was ist los? Seid ihr beide auf einmal stumm geworden?«

Spitzer drehte einen Stift zwischen seinen Fingern und meinte mit hochgezogenen Brauen: »Wieso hast du Nicole nicht informiert? Ihr habt beide Bereitschaft«, wobei er das beide besonders betonte.

»Du meine Güte, deshalb seid ihr so komisch. Ganz einfach – ich war gestern Abend mit Andrea essen, Krüger hat mich angerufen, und ich bin mit Andrea zum Tatort gefahren. Und ich bin froh, dass sie dabei war, denn der Arzt, der uns geschickt wurde, ist mehr als eine Niete. Andrea konnte den Todeszeitpunkt schon vor Ort ziemlich genau eingrenzen. Danach sind wir nur noch zum Tennisclub gefahren, ich habe den Chef und einen seiner Mitarbeiter befragt, der übrigens gleich hier antanzen wird, und das war's schon. Die Hauptarbeit kommt heute und in den nächsten Tagen auf uns zu, und da hätte ich Nicole sowieso einbezogen. Macht bitte jetzt keinen Aufstand deswegen, okay?«

»Ist ja schon gut«, beschwichtigte ihn Spitzer, »aber du weißt, dass das eigentlich nicht die übliche Vorgehensweise ist.«

»Ich bitte dich, seit wann scheren wir uns um irgendwelche Vorgehensweisen?! Andrea kümmert sich gleich um Kaufung und wird uns noch heute das Autopsieergebnis durchgeben. Und Nicole und ich haben einige Leute zu befragen. Zufrieden?«

»Jetzt komm wieder runter, war nicht so gemeint. Das Problem ist nur, dass die Klein schon nach dir gefragt hat.«

Brandt lehnte sich zurück, schlug die Beine übereinander und stöhnte auf. »Auch das noch! Hätt ich mir denken können. Und was wollte sie?«

»Dich sprechen, was sonst.«

»Will sie vielleicht schon den Mörder präsentiert haben?«

»Keine Ahnung, du sollst sie jedenfalls anrufen.«

Brandt wollte bereits zum Telefon greifen, um das Gespräch so schnell wie möglich hinter sich zu bringen, als es an der Tür klopfte.

»Das wird dieser Pierre sein«, sagte er. »Der Barkeeper vom Tennisclub, wo Kaufung gestern zuletzt lebend gesehen wurde. Herein!«

Die Tür ging auf, der junge Mann kam herein und sah in die Runde.

»Herr Malet, das sind meine Kollegen Frau Eberl und Herr Spitzer. Sie haben sicherlich nichts dagegen, wenn sie dabei sind.«

»Nein, ich wollte nur gestern Abend ...«, er zuckte mit den Schultern, »na ja, Sie verstehen schon. Ich habe manchmal das Gefühl, als ob dort alles Ohren hat, wie man so schön sagt.«

»Kann ich verstehen. Nehmen Sie doch bitte Platz. Einen Kaffee oder eine Cola?«

»Nein, danke. Ist Ihre Kollegin von gestern nicht da?«, fragte Pierre.

»Sie hat leider anderweitig zu tun. Aber kommen wir doch gleich zur Sache. Sie erwähnten gestern, dass Dr. Kaufung des Öfteren die Frauen gewechselt hat. Zumindest haben Sie das so ähnlich ausgedrückt. Und Sie wollten mir die dazugehörigen Namen geben.«

»Schauen Sie, Dr. Kaufung war nicht verheiratet, er konnte jede haben, die er wollte.«

»Aber er hat doch auch vor verheirateten Frauen nicht Halt gemacht, wenn ich Ihre Andeutung gestern Abend richtig verstanden habe. Sie brauchen wirklich keine Angst zu haben, alles, was Sie uns in diesem Büro sagen, wird absolut vertraulich behandelt, Ihr Name wird nicht genannt, und es wird nie jemand erfahren, dass Sie hier gewesen sind.«

»Das würde mich auch meinen Job kosten.«

»Gut, dann schießen Sie mal los. Am besten erzählen Sie uns zuerst etwas über Dr. Kaufung. Was für ein Mensch war er in Ihren Augen? Ich nehme an, Sie kannten ihn nur aus dem Tennisclub, oder gehörten Sie auch zu seinen Patienten?«

»Nein, nur aus dem Tennisclub.« Pierre holte eine Schachtel Zigaretten aus der Hemdtasche und fragte, ob er rauchen dürfe. Spitzer schob einen Aschenbecher über den Tisch und zündete sich selbst eine Zigarette an. »Was für ein Mensch war er? Mon dieu, das ist nicht leicht zu beantworten. Wissen

Sie, ich habe mit vielen Menschen zu tun, aber er gehörte zu denen, die ich nur schwer einschätzen konnte. Er schien immer gut gelaunt zu sein, er war immer freundlich und hat gute Trinkgelder gegeben. Ich habe mich auch einige Male mit ihm unterhalten, wenn nicht so viel los war, aber die Gespräche blieben jedes Mal an der Oberfläche, wenn Sie verstehen.«

»Wie war denn so sein Verhältnis zu den andern Mitgliedern im Club?«

Pierre nahm einen Zug an seiner Zigarette, streifte die Asche ab und schaute zu Boden. Eine Weile verging, ohne dass ein Wort fiel. Brandt merkte, dass es in Pierre arbeitete. Schließlich sagte er: »Einige liebten ihn, einige hassten ihn.«

»Wie haben wir das zu verstehen?«

»Er war ein Sonnyboy, wie man so schön sagt, und er hatte dadurch viele Neider. Vor allem Männer mochten ihn deshalb nicht sonderlich gerne.«

»Weil er ihnen die Frauen ausgespannt hat?«

»Das wird wohl der Hauptgrund gewesen sein. Ob er wirklich mit all jenen etwas hatte, von denen es behauptet wird, kann ich nicht sagen, aber ich denke, viele Männer hatten Angst, dass er eine Affäre mit ihrer Frau anfangen könnte. Und diese Angst war bestimmt nicht unberechtigt. Ich glaube, fast alle der reicheren Frauen im Club gehörten zu seinen Patientinnen.«

»Sind in dem Club eigentlich nur wohlhabende oder reiche Mitglieder?«

»Nein, ich würde sagen, etwa ein Drittel, vielleicht auch die Hälfte von ihnen ist vermögend oder reich. Wir haben Unternehmer, Ärzte, Manager, was man sich eben so vorstellen kann, und allein schon an den Autos, die sie fahren, sieht man, dass sie Geld haben.«

»Halten wir also fest, Dr. Kaufung war nicht bei allen beliebt, richtig?«

»Bei den meisten Frauen schon. Es gab aber auch einige Männer, mit denen er ziemlich gut auskam.«

»Tja, dann nennen Sie uns doch mal ein paar Namen. Erst die Damen, dann die Herren.«

»Denise Zinner, von ihr habe ich Ihnen gestern schon erzählt. Sie ist verheiratet, ihr Mann ist auch Mitglied bei uns, aber er kommt nur selten, er ist ein Workaholic, wie er im Buche steht. Claudia Vogel, ihr Mann ist im Vorstand einer Bank, und von ihr weiß ich bestimmt, dass sie schon etwas mit Dr. Kaufung hatte.«

»Woher?«, wurde Pierre von Brandt unterbrochen.

»Sie hat es mir selbst gesagt. Sie hatte ein bisschen zu viel getrunken, und da ist es ihr rausgerutscht.«

»Was hat sie gesagt?«

»Das weiß ich nicht mehr genau, aber sie hat sich beklagt, dass Kaufung sich schon seit einer ganzen Weile nicht mehr bei ihr gemeldet hat. Dann hat sie irgendwann gesagt, er sei ein Gott und ein Schweinehund, in jeder Beziehung. Zum Glück war außer ihr niemand sonst an der Bar, denn wenn andere das mitgekriegt hätten, ich mag mir nicht vorstellen, was dann passiert wäre.«

»Was wäre denn passiert?«

»Was bisher nur hinter vorgehaltener Hand getuschelt wird, wäre dann mit einem Mal offiziell gewesen. Ich habe versucht, sie zu beruhigen, aber sie ist irgendwann einfach aufgestanden und gegangen. Sie war danach nur noch zwei- oder dreimal bei uns. Ich weiß nicht, was sie jetzt macht.«

»Und diese Denise Zinner?«

»Ich bin ganz sicher, dass da auch schon was gelaufen ist. Ich habe jedenfalls gestern Abend mitbekommen, dass sie sich für Dienstagabend verabredet haben. Na ja, Denise wird den Abend wohl allein verbringen müssen.« Bei den letzten Worten lächelte er still vor sich hin und drückte dabei die Zigarette aus. »Dann wäre da noch Evelyn Gerster, die von ihrem Mann getrennt lebt, und Selma Chase, eine Amerikanerin, die schon mit einigen Männern aus dem Club was hatte. Ihr Mann ist ebenfalls ein hohes Tier bei einer Bank.«

»Und die Ehemänner wissen von dem Treiben ihrer Frauen?«

»Je ne sais pas, und wenn, dann lassen sie es sich nicht anmerken. Nur einer hat sich mir gegenüber einmal über Kaufung geäußert und ihn als verdammtes Dreckschwein bezeichnet, dem er am liebsten den Schwanz abschneiden würde.«

»Wann war das, und vor allem, wer?«

»Dr. Krüger. Das ist jetzt aber bestimmt schon ein Jahr her. Er war so wütend auf Kaufung, er sagte, dass Kaufung und seine Frau regelmäßig ficken würden. Ich gebe nur das wieder, was er gesagt hat«, antwortete Pierre mit entschuldigendem Blick in Nicole Eberls Richtung. »Außerdem hatte er auch schon reichlich getrunken.«

»Könnten Sie sich vorstellen, dass einer von diesen Männern Rachegefühle gegenüber Dr. Kaufung hatte?«

»Bestimmt hatten einige von ihnen eine ziemliche Wut auf Kaufung, weil er alles bekam, was er wollte, einschließlich ihrer Frauen.« Pierre schaute erst Brandt, dann Nicole Eberl an und schüttelte den Kopf. »Ach, wissen Sie, die meisten von denen sind so beschäftigt … Nein, ich kenne sie alle, und zu einem Mord wäre keiner von ihnen fähig. Sie sind hart im Job, aber privat eher zahm.«

»Nun gut, wir werden mit den Herrschaften sprechen. Sie

haben gesagt, dass Dr. Kaufung auch mit einigen Männern gut auskam. Mit welchen denn?«

»Herr Wedel ist sein bester Freund. Aber auch Herr Friedrichs und Herr Schmieding gehörten zu seinen besseren Bekannten.«

Brandt fiel auf, dass Pierre sowohl in der Gegenwarts- als auch in der Vergangenheitsform sprach, ein typisches Zeichen von jemandem, der sich noch nicht ganz bewusst war, dass er über einen Menschen sprach, den er nie wiedersehen würde. Kein Besuch mehr im Club und im Restaurant, kein Plausch mehr mit dem Barkeeper, kein üppiges Trinkgeld mehr, nicht mehr das Mitbekommen interessanter Konversationen zwischen Kaufung und seinen Liebschaften.

»Und sonst niemand?«

»Nein.«

»Haben Sie zufällig die Adressen der Personen, die Sie uns eben genannt haben? Die von Frau Zinner haben Sie uns ja bereits gegeben.«

Pierre lächelte wieder, bevor er antwortete: »Ja, ich habe die Adressen.«

»Im Kopf?«, fragte Brandt ungläubig.

»Ich habe ein gutes Gedächtnis, das habe ich Ihnen gestern schon gesagt.«

»Dann mal los.«

Pierre nannte die Adressen, Nicole Eberl schrieb mit. Als er geendet hatte, sagte Brandt: »Ja, dann erst mal herzlichen Dank, dass Sie gekommen sind. Und für den Fall, dass wir noch Fragen haben, wo können wir Sie dann erreichen, außer im Tennisclub?«

Pierre zog aus der Brusttasche seines Hemdes eine Visitenkarte, legte sie auf den Tisch und stand auf. Er war schon an der Tür, als Brandts Stimme ihn zurückhielt.

»Sagen Sie, Sie sind doch ein gutaussehender junger Mann. Haben Sie nicht auch schon mit der einen oder andern Dame etwas gehabt?«

»Und wenn?«, fragte Pierre vielsagend lächelnd zurück, was für Brandt Antwort genug war.

»Nichts, pure Neugier. Wiedersehen.«

Nachdem Pierre weg war, sagte Brandt: »Und, was haltet ihr davon?«

Nicole Eberl zuckte mit den Schultern. »Keine Ahnung. Wir müssen alle befragen, die auf meinem Zettel stehen, einschließlich dieser Denise Zinner, deren Adresse du hast. Erst dann werde ich einen Kommentar abgeben. Auf jeden Fall hat Kaufung einigen Leuten mächtig auf die Füße getreten. Ein smarter Typ, bei dem kaum eine Frau nein gesagt hätte, vorausgesetzt, es stimmt, was dieser Pierre erzählt hat. Wenn ich mir vorstelle, der hat sich durch den ganzen Club ...« Das letzte Wort ließ sie unausgesprochen, sie mochte keine Gossensprache. Brandt hatte sie auch noch nie richtig fluchen hören.

»Könntest du ein bisschen genauer werden?«, sagte Brandt.

»Na ja, ich stell mir nur vor, ein reicher Mann im besten Alter hat eine Affäre nach der andern und serviert die Damen der Reihe nach ab, gerade so, wie's ihm passt. Ich meine, er hat sein Vergnügen, macht die Frauen heiß, weil er ihnen das gibt, was sie vermutlich von ihren Männern nicht bekommen, und dann sagt er plötzlich ›tschüs, das war's‹, weil ihm jede Affäre nach einer gewissen Zeit langweilig wird. Kaufung, der ruhelose Wolf, der ständig nach neuen Opfern Ausschau hält. Das könnte auch ein Motiv sein. Ich sage nur, wenn Frauen hassen. Und bestimmt hat sich die eine oder andere in ihn verliebt, und wenn es nur in sein Ding zwischen den Beinen war.«

»Aber dann würden die doch nicht mehr in diesen Club gehen, sondern sich einen anderen suchen«, warf Spitzer ein.

»Du kennst die Frauen nicht. Wenn die so sind, wie ich vermute, würden die sich nie die Blöße geben, weil ja jeder fragen würde: ›Warum kommst du nicht mehr zu uns?‹ Diese Vogel mag da eine Ausnahme gewesen sein.« Nicole Eberl sah in die breit grinsenden Gesichter von Spitzer und Brandt und runzelte die Stirn. »Was ist los?«

»Nichts, rein gar nichts«, antwortete Brandt.

»Hab ich irgendwas Falsches gesagt?«

»Nein, jetzt mach dir keinen Kopf …«

»Ich will's aber wissen«, beharrte sie auf einer Antwort.

»Na gut, wenn's unbedingt sein muss. Wir denken halt nur, die Vogel hat schon den richtigen Nachnamen.«

»Männer!«, stieß sie lachend hervor. »Auf so was würd ich nicht mal im Traum kommen.«

»Das ist eben der Unterschied«, bemerkte Spitzer. »Doch du wolltest noch was sagen.«

»Ja. Wir könnten es aber auch mit Frauen zu tun haben, die einfach nur das Abenteuer suchen und denen es egal ist, wenn eine Affäre vorbei ist. Der Nächste kommt bestimmt. Dieser Pierre Malet hat's jedenfalls faustdick hinter den Ohren oder an einer andern Stelle. So wie der aussieht, hat der bestimmt auch schon mit dem halben Club was gehabt. Hast du auf seine Klamotten geachtet?«

Brandt schüttelte den Kopf. »War da irgendwas Besonderes dran?«

»Kannst du dich noch erinnern, wie du im Winter gesagt hast, hundertfünfzig Euro für eine Daunenjacke, als Sarah und Michelle sich eine Helly Hansen gewünscht haben? Das Hemd, das der Junge anhatte, hat mit Sicherheit so viel gekostet wie eine von diesen Jacken, von der Hose und den

Schuhen ganz zu schweigen. Und solche Sachen kann man sich nicht vom Gehalt eines Barkeepers leisten, da muss schon noch jemand sein, der einem was hintenrum zusteckt, wenn ihr versteht.«

»Du meinst, er lässt sich kaufen?«, fragte Spitzer zweifelnd.

»Kaufen, kaufen! Er ist kein Callboy, wenn du darauf hinauswillst. Aber es soll Damen geben, die gegen Bares Liebesdienste erwarten. Was Männer können, können Frauen inzwischen auch. Wenn Männer wochenlang auf Geschäftsreise sind oder bis in die Nacht arbeiten oder zumindest behaupten, es zu tun, sich aber in Wirklichkeit mit ihrer Sekretärin oder einer andern Geliebten vergnügen, dann suchen sich Frauen eben ihre Befriedigung auch woanders. Ich bin sicher, Pierre weiß noch eine Menge mehr, aber er wird einen Teufel tun und es uns verraten. Würd ich übrigens auch nicht.«

»Nicole, Nicole«, sagte Brandt gespielt vorwurfsvoll, »wenn ich da was merke.«

»Liebster Peter, ich bin doch nur eine unterbezahlte Polizistin, ich darf an so was nicht mal denken. Und ich bezweifle, dass mein geliebter Mann mir Geld dafür geben würde.«

»Mal was anderes«, wechselte Brandt das Thema, »hat sich die KTU schon gemeldet?«

»Die schicken einen vorläufigen Bericht bald durch. Die waren bis heute früh um drei in der Praxis und auch in der darüberliegenden Wohnung.«

»Ach ja, bevor ich's vergesse, versucht doch mal eine gewisse Annette Blohm ausfindig zu machen, das ist die Sprechstundenhilfe. Und die Vita von diesem Kaufung sollte auch überprüft werden, und zwar so schnell wie möglich.

Schick außerdem jemanden zu Kaufungs Haus, die sollen sich dort mal umsehen. Am besten wäre es, wenn ein Fotograf mitgehen könnte.«

»Sonst noch was?«, fragte Spitzer.

»Nee, ich denke, damit hast du erst mal ein bisschen was zu tun. Und Nicole und ich machen uns auf den Weg …«

»Aber erst tätigst du noch einen Anruf.«

»Was für einen Anruf?«

»Eine schöne junge Frau wartet sehnsüchtig darauf, dass du ihr etwas ins Ohr säuselst«, sagte Spitzer.

»Shit, hätt ich beinahe vergessen. Ist sie im Büro?«

»Sie ist.«

»Was macht die eigentlich an einem Samstag im Büro? Hat die etwa auch Bereitschaft?«

»Keine Ahnung, frag sie doch einfach.«

Brandt griff zum Telefon und tippte die Nummer von Elvira Klein ein. Der Hörer wurde bereits nach dem ersten Läuten abgenommen, was ihn nicht verwunderte, da sie wahrscheinlich schon seit einer Stunde ungeduldig auf den Apparat starrte. Brandt musste innerlich lachen, wenn er sich dieses Bild vorstellte, die Klein in ihrem Ledersessel, den Blick unverwandt auf das Telefon gerichtet.

»Klein.«

»Brandt.«

»Ach, das ist ja nett, dass Sie sich auch mal melden. Ich habe gehört, Sie wurden gestern Abend zu einem Tatort gerufen. Würde es Ihnen etwas ausmachen, kurz in meinem Büro vorbeizukommen?«

»Wenn Sie sich etwas davon versprechen.«

»Das klingt irgendwie anzüglich. Sei's drum, ich bin noch bis mindestens dreizehn Uhr hier.«

Brandt legte einfach auf, ohne etwas zu erwidern. In ihm

kochte es, er hatte keine Lust auf eine unnütze Konversation mit Elvira Klein. Er kannte bereits jetzt ihre Fragen, auf die er keine Antworten haben würde, ihre wahrscheinlich wieder einmal spitzen Bemerkungen, die ihm den ganzen Tag vermiesen konnten, ihre herablassende Art und vor allem den Befehlston, in dem sie ihn aufforderte, sich bei der Tätersuche gefälligst zu beeilen.

»Also, erst mal zur Klein. Kommst du schon mit?«, fragte er Eberl.

»Ich würd lieber hier warten. Was soll ich bei der Hitze im Auto hocken?«

»Auch gut, dann bis gleich. Hoffentlich. Ach ja, Bernie, lass doch mal alle aktenkundigen Junkies abchecken, ob von denen einer für die Tat in Frage kommen könnte.«

Brandt ging zu seinem Alfa 147, der in der prallen Sonne stand, machte die Tür auf, ein Schwall heißer Luft schoss ihm aus dem Wageninnern entgegen. Er wartete einen kurzen Moment, setzte sich hinein, startete den Motor und ließ die Fenster herunter. Dann schaltete er die Klimaanlage ein, schloss die Fenster wieder, allmählich wurde es kühler. Er dachte an den vor ihm liegenden Tag, an die vielen Gespräche, die zu führen waren und die ihn vermutlich keinen Schritt weiterbringen würden. Es war ein Bauchgefühl, nicht mehr, aber er glaubte einfach nicht daran, dass einer der gehörnten Ehemänner etwas mit dem Mord an Kaufung zu tun hatte. Vielleicht handelte es sich doch nur um einen dummen Zufall der Art, wie Brandt sie schon einige Male erlebt hatte, wenn auch nicht auf solch grausame Weise. Kaufung mag eine Verabredung in seiner Praxis gehabt haben, mit wem auch immer, hinterher war er noch einen Moment allein, und irgendein durchgeknallter Junkie hatte die Situation instinktiv erfasst und brutal für sich ausgenutzt. Obwohl der dem

Haus gegenüberliegende Park nicht von Drogensüchtigen frequentiert wurde, allein schon wegen des in unmittelbarer Nähe gelegenen Präsidiums, höchstens nachts, wenn alles schlief, hielten sich ab und zu ein paar von ihnen dort auf. Nein, er wusste bis jetzt noch gar nichts, er hoffte nur, wenigstens einen kleinen Hinweis im Laufe des Tages zu bekommen. Ein Puzzleteilchen ans andere fügen, um allmählich ein ganzes Bild zu erhalten. Nein, dachte er, Junkies brechen in Apotheken ein oder sie überfallen, wenn sie auf Turkey sind und nicht mehr klar denken können, alte Mütterchen und rauben ihre Handtaschen oder verticken Diebesgut.

Einen Arzt so kaltblütig zu ermorden gehörte eigentlich nicht zur Vorgehensweise von Süchtigen. Sicher, es waren auch schon Ärzte überfallen und mit gezücktem Messer oder einer angeblich mit Aids-Viren verseuchten Spritze gezwungen worden, bestimmte Medikamente wie Rohypnol, Valium oder andere Beruhigungsmittel herauszurücken, aber bislang war noch kein Arzt einem Mord aus diesen Beweggründen zum Opfer gefallen. Zumindest nicht in Offenbach oder irgendeiner anderen Stadt, die in den Zuständigkeitsbereich der Kripo Offenbach fiel. Er erinnerte sich nicht einmal an einen Fall aus der benachbarten Drogenhochburg Frankfurt, und das wollte schon etwas heißen. Das Motiv musste woanders liegen und damit auch der Mörder in einem ganz anderen Umfeld zu suchen sein. Kaufung war mit drei Stichen in den Rücken und einem von vorn umgebracht worden. Es war offensichtlich vorher zu keiner Auseinandersetzung gekommen, was nichts anderes hieß, als dass Kaufung völlig überraschend niedergestochen worden war. Vielleicht von jemandem, den er kannte und von dem er niemals vermutet hätte, dass er ihn umbringen würde. Jemand, dem Kaufung vertraute. Außerdem hätte, und da musste er Andrea Recht geben, ein Einbrecher oder Junkie mit Sicherheit das Portemonnaie mitgehen lassen und auch den Schreibtisch und die Schränke nach weiteren Wertgegenständen durchwühlt.

Nach sieben Minuten hielt er vor dem Gebäude, in dem die Staatsanwaltschaft ihren Sitz hatte. Er begab sich in den ersten Stock und ging zielstrebig an der Sekretärin vorbei, die er freundlich grüßte, während sie ihn nur wie immer mit diesem leicht herablassenden Lächeln ansah, auf das Büro von Elvira Klein zu. Er klopfte, ein aufforderndes »Herein« kam von drinnen. Sie saß hinter ihrem Schreibtisch und machte ein paar handschriftliche Notizen in einer Akte. Es war angenehm kühl in dem Raum, ganz anders als im Präsidium. Das Privileg der Staatsanwaltschaft.

»Einen schönen guten Tag, Herr Brandt. Nehmen Sie bitte Platz«, sagte sie, ohne aufzublicken.

»Ich hab nicht viel Zeit, meine Kollegin wartet, wir haben eine Menge zu tun.«

»Das verstehe ich. Trotzdem hätte ich gerne Informationen über den gegenwärtigen Stand der Ermittlungen. Was haben Sie bis jetzt? Sie haben doch schon Informationen, oder?«

»Sicher nicht mehr als Sie. Wir arbeiten an dem Fall, und ich werde Sie zu gegebener Zeit wissen lassen, wenn wir etwas rausgefunden haben. Haben Sie auch Bereitschaft?«

Sie schlug die Akte zu und legte sie auf einen Stapel anderer Akten, lehnte sich zurück und faltete die Hände. »Herr Brandt, ich bin immer im Dienst, nur so kommt man weiter. Aber um Sie zu beruhigen, ich habe Bereitschaft, deshalb ist auch meine Sekretärin hier. Netter Zufall, nicht?«

»Wenn Sie meinen.«

»In welcher Richtung ermitteln Sie, wenn ich fragen darf?« Da war wieder dieser Ton, den er nur schwer ertragen konnte, spitz und von oben herab.

»Es gibt noch keine Richtung«, erwiderte Brandt trocken. »Wir befragen das Umfeld von Kaufung, seine Freunde, seine Bekannten, seine Liebschaften und so weiter. Mehr kann ich Ihnen nicht sagen.«

»Liebschaften?«, fragte Elvira Klein, hellhörig geworden und mit hochgezogenen Brauen. »Wie habe ich das zu verstehen?«

»So, wie ich es gesagt habe. Der gute Mann hat keine Gelegenheit ausgelassen. Kannten Sie ihn zufällig?«

»Nein. Hätte ich ihn kennen sollen?«, fragte sie mit unergründlichem Lächeln.

»Es hätte vielleicht Ihr Leben bereichert«, konnte Brandt sich nicht verkneifen zu sagen.

»Herr Brandt, ich bitte Sie, wofür halten Sie mich?«

Für eine, die irgendwann als alte Jungfer endet, wenn du immer nur Arbeit im Kopf hast, dachte Brandt, antwortete aber stattdessen: »Ich dachte nur, dass er es bestimmt auch bei Ihnen versucht hätte.«

»Soll ich das etwa als Kompliment auffassen?«

»Wenn Sie möchten. Fakt ist, Kaufung hatte zahlreiche Affären, und es könnte immerhin sein, dass sein Mörder in diesem Umfeld zu finden ist. Ein eifersüchtiger Ehemann, eine sitzen gelassene Frau …«

»Ja, ja, wenn Frauen hassen …«

»Das hab ich vorhin schon einmal gehört. Sie hätten ihn doch bestimmt umgebracht, oder?«

»Wer weiß, kommt drauf an, was für ein Mann er war. Aber hören wir mit diesem dummen Geplänkel auf. Woher wissen Sie, dass Kaufung zahlreiche Affären hatte?«

»Er wurde von seiner Geliebten gefunden, einer jungen Frau, die mit einem dreißig Jahre älteren Mann verheiratet ist. Die beiden hatten für gestern Abend eine Verabredung.

Ich habe mich daraufhin im Tennisclub umgehört, wo Kaufung gestern zuletzt gesehen wurde, und habe erfahren, dass er schon einige andere Frauen von dort flachgelegt hat. Unter anderem verheiratete Frauen.«

»So einer war das also. Das wirft natürlich ein ganz besonderes Licht auf die Angelegenheit. Was aber nicht unbedingt bedeuten muss, dass eine von ihnen etwas mit seinem Tod zu tun hat. Was ist mit Drogensüchtigen? Haben Sie auch diese Möglichkeit in Erwägung gezogen? Soweit ich gehört habe, wurde sein Medikamentenschrank geplündert.«

»Meine Kollegen arbeiten dran. Wie gesagt, es gibt noch keine Richtung, wir stehen am Anfang. Aber Sie werden selbstverständlich mit den nötigen Informationen gefüttert, sobald wir welche haben«, sagte er ironisch.

»Ich habe nichts anderes erwartet«, erwiderte sie spöttisch. »Und wann, glauben Sie, können Sie mit ersten Ergebnissen aufwarten?«

»Von was für Ergebnissen sprechen Sie? Kaufungs Tod liegt gerade einmal«, Brandt schaute auf seine Uhr, »knapp fünfzehn Stunden zurück. Wir können nicht hexen, falls Sie das denken. Aber wir kriegen den oder die Täter.«

»Das hoffe ich doch, denn wie würden wir in der Öffentlichkeit dastehen, wenn die Kripo Offenbach nicht in der Lage wäre, den Mörder eines Prominentenarztes zu fassen.«

»Ja, wie würden wir wohl dastehen, Sie und ich? Ich werde mich dann mal an die Arbeit machen. Einen schönen Tag noch.«

»Und Sie halten mich auf dem Laufenden?«

»Sie hören von mir«, sagte Brandt nur und ging nach draußen. Er holte tief Luft, schüttelte den Kopf und lief mit schnellen Schritten zu seinem Auto. Auf der Fahrt zurück ins Präsidium stellte er das Radio auf volle Lautstärke. Elvira

Klein, eine Frau, mit der er nie auf einer Wellenlänge funken würde. Ja, er würde den Mörder finden, aber er würde es auf seine Art machen und nicht, wie die Klein es ihm befahl. Du dumme Zicke, dachte er. Dir fehlt ein Mann, aber welcher Mann würde es mit dir schon länger als eine Stunde aushalten? Kaufung wäre wahrscheinlich genau der Richtige für dich gewesen, damit du mal an was anderes als nur Arbeit denkst.

Am Präsidium angelangt, rief er Nicole Eberl an und bat sie runterzukommen.

»Komm du lieber noch mal kurz nach oben«, sagte sie. »Der vorläufige Bericht der Spurensicherung ist gerade eingetroffen. Ist vielleicht ganz interessant für dich.«

Brandt begab sich ins Büro. Spitzer deutete auf den Bericht, der auf dem Schreibtisch lag. Er nahm ihn in die Hand und las ihn durch, ohne eine Miene zu verziehen. Als er fertig war, legte er ihn zurück und sagte nachdenklich: »Er wurde also mit seinem eigenen Brieföffner ermordet. Das heißt, die Tat war nicht geplant, was ich schon die ganze Zeit vermutet habe.«

»Könnte sein«, bemerkte Eberl. »Auf jeden Fall hat er oder sie den Brieföffner abgewischt, aber wie das nun mal so ist, ein paar winzige Blutspuren sind trotzdem drangeblieben.«

»Ich mag diesen Konjunktiv nicht«, sagte Brandt. »Für mich ist ziemlich klar, dass da jemand im Affekt zugestochen hat. Die Frage ist, warum. Ich möchte noch mal die Fotos sehen, vielleicht geben die uns noch ein bisschen mehr Aufschluss über den möglichen Tathergang. Die Lage der Leiche und so weiter.«

»Hier in dem Ordner«, sagte Spitzer und schob ihn über den Tisch.

Brandt betrachtete die Fotos, legte drei davon nebeneinander vor sich hin und strich sich ein paarmal mit der Hand über das Kinn.

»Was denkst du?«, fragte Spitzer.

»Er sitzt am Schrank, hatte aber drei Einstiche hinten und nur einen vorne, wenn ich mich recht erinnere.«

»Und worauf willst du hinaus?«

»Er muss von hinten angegriffen worden sein. Dann hat er sich umgedreht und dabei von vorne noch einen reingekriegt. Danach ist er zu Boden gesunken und mit dem Rücken am Schrank sitzen geblieben. Aber das wird uns wohl Andrea am besten sagen können.«

Brandt griff zum Hörer und tippte die Nummer von Andrea Sievers ein.

»Sievers.«

»Ich bin's. Sag mal, hast du schon erste Ergebnisse?«

»Was meinst du mit ersten Ergebnissen?«

»Wir wissen inzwischen, dass Kaufung mit seinem eigenen Brieföffner getötet wurde, das hat die KTU ergeben. Sie haben auch keine Kampfspuren feststellen können, keine Fremdfasern unter seinen Fingernägeln oder Sonstiges. Ich hab mir jetzt noch mal die Fotos vom Tatort zu Gemüte geführt, und da fällt mir auf, dass Kaufung am Schrank sitzt, aber drei von den vier Stichen wurden doch von hinten …«

»Ja, ja, schon gut. Das mit dem Brieföffner kommt hin, ich hab nämlich schon die ganze Zeit überlegt, was für ein Werkzeug benutzt wurde, denn die Einstichkanäle sind ziemlich schmal. Hundertprozentig kann ich's noch nicht sagen, aber es deutet alles darauf hin, dass der Angriff von hinten kam, das heißt, die ersten drei Stiche wurden ihm versetzt, als er seinem Mörder den Rücken zugewandt hat, und zwei von diesen Stichen waren definitiv tödlich, müssen aber nicht unbedingt sofort zum Tode geführt haben. Der letzte Stich von vorne war praktisch nur eine kleine Zugabe, so wie der obligatorische Ouzo beim Griechen nach dem Essen«, sagte sie trocken. Andrea hatte ihn auch, diesen seltsamen Humor der Rechtsmediziner und Pathologen, die ohne ihn diesen Beruf wohl nicht durchstehen würden.

»Das heißt, er muss seinen Mörder gekannt haben«, sagte er mehr zu sich selbst.

»Anzunehmen. Dafür spricht auch die Tatsache mit dem Brieföffner. Ein vorbereiteter Gangster hätte seine eigene Waffe mitgebracht. Und wäre der erste Stich von vorne gesetzt worden, hätte Kaufung sich möglicherweise noch wehren können, durchtrainiert genug war er, das kann ich dir sagen.«

»Danke erst mal. Gibt's sonst noch irgendwas Besonderes?«

»Nee, soweit ich bis jetzt feststellen konnte, war Kaufung fit wie ein Turnschuh. Der hätte hundert werden können. Der war ein Arzt, wie man sie manchmal im Fernsehen sieht.«

»Was meinst du damit?«

»Gut aussehend, toller Körper, na ja, er hatte eben all das, worauf Frauen so fliegen.«

»So genau wollt ich's auch wieder nicht wissen«, brummte Brandt in den Hörer. »Bis später.«

»Eifersüchtig?«

»Ciao, bella, wir sehen uns.«

»Ja, ja. Aber komm nicht zu spät, es ist schließlich Wochenende. Und noch was – sein kleiner Mann war wirklich nur ein kleiner Mann.«

»Bis dann.«

Brandt legte auf und sah in die neugierigen Gesichter von Eberl und Spitzer. »Was ist los?«

»Nichts«, antwortete Spitzer. »Was hat deine Liebste gesagt?«

»He, wir sind inoffiziell zusammen. Die Klein darf das niemals erfahren, klar? Und auch keiner von den andern Kollegen.«

»Das brauchst du nicht andauernd zu wiederholen. Bis jetzt sind nur Nicole und ich eingeweiht, und auf unsere Verschwiegenheit kannst du dich verlassen, alter Freund. Also, was hat sie gesagt?«

»Sie hat lediglich meine Vermutung bestätigt. Kaufung muss seinen Mörder gekannt haben. Ich gehe sogar davon aus, dass er ihn sehr gut gekannt hat. So gut, dass er ihm arglos den Rücken zugewandt hat.«

»Oder ihr«, bemerkte Eberl.

»Sicher, es kann auch eine Sie gewesen sein. Ich frag mich nur, warum er vom Tennisplatz noch mal in die Praxis gefahren ist, obwohl er doch um neun die Verabredung mit seiner Geliebten hatte. Das macht für mich irgendwie keinen Sinn. Aber vielleicht kann uns diese Denise Zinner mehr sagen.«

»Wieso?«, wollte Spitzer wissen.

»Mit ihr hat er gestern gespielt – Tennis.«

»Ach so.«

»Obwohl mir das ein bisschen zu einfach wäre. Wir fragen sie trotzdem.« Und nach einer kurzen Pause, nachdem er sich ein Glas Wasser eingeschenkt hatte: »Hat eigentlich die Befragung der Anwohner etwas ergeben?«

Spitzer schüttelte den Kopf. »Nichts. Keiner hat angeblich irgendwas bemerkt oder gesehen. Du weißt doch, wie das hier ist, man lebt anonym. Das ist das Problem.«

»Sicher«, sagte Brandt mit einem Seufzer und trank sein Glas in einem Zug leer.

»Und einen Raubmord durch einen völlig Unbekannten schließt du aus?«

Brandt zuckte mit den Schultern. »Bis jetzt schließe ich

noch überhaupt nichts aus. Ich kann auch völlig danebenliegen, aber ich glaube nicht an den geheimnisvollen Unbekannten. Es sprechen zu viele Fakten dagegen.«

»Dann zieht los und findet den oder die. Viel Glück.«

»Können wir jetzt gehen?«, fragte Brandt Nicole Eberl.

»Klar doch, ich warte nur auf dich.«

»Bist du noch länger im Büro?«

»So bis drei etwa«, antwortete Spitzer. »Ich arbeite noch ein paar Akten auf, unter anderem auch ein paar von dir.«

»Danke.« Und an Eberl gewandt: »Hauen wir ab, auch wenn ich mir bei der Sauhitze was Besseres vorstellen könnte, als einen Haufen Leute zu befragen.«

Auf dem Weg zum Auto sagte Eberl: »Und, sind Sarah und Michelle gut weggekommen?«

»Denk schon.«

»Du musst auch mal loslassen können. Man kann deine Gedanken förmlich lesen.«

»Aha. Dann sag mir doch mal, was ich denke.«

»Ein andermal. Wem statten wir als Erstes einen Besuch ab?«

»Denise Zinner. Sie war schließlich eine der letzten Personen, die Kaufung lebend gesehen haben. Ich hoffe und bete, dass sie ein paar verwertbare Informationen für uns hat.«

Samstag, 11.55 Uhr

Denise Zinner bewohnte einen weißen Bungalow, dessen Fenster an der Vorderfront mit Gittern vor Einbrechern geschützt war. Dazu kamen zwei Überwachungskameras und sicher auch Bewegungsmelder, die vor allem nachts jede Annäherung an das Gebäude registrierten.

Eine großzügige Doppelgarage, deren Tor offen war und in der ein Mercedes Cabrio und ein Audi A8 standen, schloss direkt an das Haus an. Brandt und Eberl stiegen aus und gingen auf das Haus zu. Brandt legte den Finger auf den bronzefarbenen Klingelknopf. Sie warteten einen Moment, bis eine junge, sehr attraktive Frau die Haustür öffnete und die Beamten aus etwa zehn Metern Entfernung fragend anschaute.

»Ja, bitte?« Sie war barfuß und trug eine ärmellose weiße Bluse, deren Ausschnitt bis zum Brustansatz reichte, und eine sehr knapp geschnittene Jeans-Shorts, die lange, schlanke Beine zum Vorschein brachte. Sie hatte mittelbraune Haare, die hinten zu einem Pferdeschwanz gebunden waren, dazu grüne Augen, schlanke Oberarme und eine sanfte Bräune. Brandt schätzte sie auf nicht älter als Mitte zwanzig, und das auch nur, weil er sich nicht vorstellen konnte, dass eine noch jüngere Frau verheiratet in einem solchen Haus lebte.

Er hielt seinen Ausweis hoch und sagte: »Brandt, Kripo Offenbach. Das ist meine Kollegin Frau Eberl. Wir hätten ein paar Fragen an Sie.«

»Kriminalpolizei? Ist irgendwas passiert?«

»Sie wissen es noch nicht?«, fragte Brandt sichtlich überrascht, hatte er doch geglaubt, eine solche Nachricht würde sich in Windeseile verbreiten.

»Nein, was soll ich wissen?«

»Dürfen wir reinkommen? Ich unterhalte mich nicht gerne zwischen Tür und Angel, schon gar nicht bei dieser Hitze.«

»Natürlich, entschuldigen Sie.« Denise Zinner kam an das weiß gestrichene Tor und machte es auf. Sie ließ die Kommissare an sich vorbeitreten, schloss das Tor wieder und ging vor ihnen ins Haus. Es war kühl im Innern, aber nicht unangenehm. Brandt war sicher, dass eine Klimaanlage dafür verantwortlich war. Er warf einen Blick um sich, wie er es immer tat, wenn er eine fremde Wohnung betrat, und war angetan von der geschmackvollen Einrichtung. Nichts wirkte überladen oder erdrückend, jugendliche, verspielte Farben bestimmten das Bild. Dennoch war es kein Haus, in dem er gerne gewohnt hätte. Er konnte nicht beschreiben, was ihn störte, aber es war wie immer dieser erste Eindruck, der für ihn zählte, der ihm sagte, ob er sich gerne länger aufhalten oder lieber so schnell wie möglich wieder gehen wollte. Hier war es Letzteres.

»Nehmen Sie doch Platz«, sagte Denise Zinner und deutete auf eine mattweiße Ledergarnitur, die, so schätzte Brandt, mit Sicherheit mehr gekostet hatte, als er in einem halben Jahr verdiente. »Soll ich meinen Mann holen, er ist in seinem Arbeitszimmer?«

»Wir wollten eigentlich mit Ihnen allein sprechen«, sagte Brandt, während er und Eberl sich auf die breite Couch setzten.

»Hab ich was verbrochen?«, fragte sie in reinstem Hochdeutsch. Ihre Stimme war warm und weich.

»Ich hoffe, nicht«, antwortete Brandt lächelnd, dem die junge Frau nicht unsympathisch war, ganz im Gegenteil, die seiner Meinung nach aber nicht in dieses Haus passte, ja, geradezu fehl am Platz war. Es war nicht ihre Erscheinung, auch nicht ihre Art, sie hatte sogar etwas gediegen Elegantes an sich, auch wenn sie sehr sexy gekleidet war, und dennoch passte sie nicht hierher.

Sie zögerte einige Sekunden, als würde sie überlegen, was Brandt damit gemeint haben könnte. Schließlich ließ sie sich in einen der beiden Sessel fallen. Sie schlug die Beine übereinander und sah die Beamten kokett und herausfordernd und doch irgendwie ängstlich an.

»Würden Sie mir jetzt bitte verraten, was Sie von mir wollen?«

»Selbstverständlich, wir wollen Ihre Zeit auch nicht unnötig in Anspruch nehmen. Sie kennen einen Dr. Jürgen Kaufung?«

»Ja«, antwortete sie mit gerunzelter Stirn, den Kopf ein wenig zur Seite geneigt und mit diesem seltsam misstrauischen Blick, den Brandt nur zu gut kannte. Als würde sie ahnen, dass er gleich etwas sagen würde, das sie aber gar nicht hören wollte. »Was ist mit ihm?«

»Es wundert mich wirklich, dass es noch nicht bis zu Ihnen vorgedrungen ist. Dr. Kaufung wurde gestern Abend Opfer eines Gewaltverbrechens.«

Denise Zinner starrte Brandt wie einen bösen Geist an. Erst allmählich schien sie zu begreifen, was er gerade gesagt hatte.

»Bitte was? Jürgen ist tot? Ich hab ihn doch gestern Abend noch gesehen.« Sie schüttelte fassungslos den Kopf, vergrub das Gesicht in den Händen und fing an zu schluchzen. Brandt und Eberl sahen sich nur an, sie dachten beide dasselbe.

»Frau Zinner, wir müssten Ihnen trotzdem ein paar Fragen stellen«, sagte Nicole Eberl sanft.

Die junge Frau stand auf, holte ein Päckchen Taschentücher aus einer Schublade des Schranks, nahm eines aus der Packung, wischte sich erst über die Augen und putzte sich anschließend die Nase. Sie nickte.

»Wann haben Sie Dr. Kaufung genau gesehen? Ich meine die Uhrzeit.«

Sie holte tief Luft, ihre Mundwinkel zuckten, ein paar Tränen liefen über ihre Wangen. Sie antwortete mit stockender Stimme: »Ich bin so um kurz vor halb sieben auf den Parkplatz gefahren, da hat er gerade telefoniert. Als er mich kommen sah, hat er das Gespräch kurz unterbrochen und mich gefragt, ob ich nicht Lust hätte, eine Partie mit ihm zu spielen, weil sein Partner ihm gerade abgesagt hatte.« Sie fuhr sich mit der Zunge über die Lippen, ihr Blick schien ins Leere zu gehen.

»Wer wäre denn gestern sein Partner gewesen?«

»Herr Wedel. Die beiden waren ziemlich gut befreundet.«

»Kennen Sie Herrn Wedel?«

»Wer kennt ihn nicht? Der geht im Club ein und aus.«

»Aber Sie wissen nicht, warum er gestern nicht zum Tennis gekommen ist, oder?«

»Nein, das hat Jürgen nicht gesagt. Aber ich nehme an, das hat mit den Vorbereitungen seiner großen Ausstellung zu tun, die angeblich eines der Topereignisse in diesem Jahr in Offenbach sein soll.«

»Und wie lange haben Sie gespielt?«

»Bis kurz vor halb acht, hinterher haben wir noch eine Viertelstunde oder zwanzig Minuten an der Bar gesessen und etwas getrunken.«

»Und dann?«

»Er ist so gegen zehn vor acht gegangen, weil er noch einen Termin hatte, der ihm offensichtlich nicht passte. Wir hatten deshalb auch gar keine Zeit zum Duschen, eben weil er so schnell wieder wegmusste.«

»Wissen Sie zufällig, um was für einen Termin es sich dabei gehandelt hat? Vielleicht sogar, mit wem er sich treffen wollte und wo?«

»Er hat nur gesagt, dass er noch mal in die Praxis muss. Aber mit wem er sich dort verabredet hatte, kann ich beim besten Willen nicht sagen. Er hatte Prinzipien, und eine davon war Diskretion. Er war der diskreteste Mensch, den ich kenne.« Sie sah Brandt hilfesuchend an. »Mein Gott, warum ausgerechnet er? Er war doch so ein liebenswürdiger Mann.« Und nach einer Pause: »Wie ist er denn gestorben?«

»Er wurde erstochen. Feige und hinterhältig erstochen«, antwortete Brandt.

»Und wo?«

»In seiner Praxis. Aber Sie sagten eben, dass ihm das offensichtlich gar nicht so recht war, diesen Termin wahrnehmen zu müssen. Hat er Ihnen das gesagt, oder vermuten Sie das nur?«

Zum ersten Mal huschte ein zaghaftes Lächeln über Denise Zinners Gesicht. »Er hat gesagt, dass es ihm stinkt, noch einmal in die Praxis zu müssen.«

»Aber er hat nicht gesagt, warum es ihm stinkt, oder?«

»Nein.«

»War er deswegen wütend oder aufgebracht?«

»So kann man das nicht sagen. Ich habe ihn sowieso nie wütend erlebt. Es hat nur irgendwie seinen Zeitplan durcheinander gebracht.«

»Und wann sind Sie gegangen?«

»Kurz nach ihm.«

»Sie sind nach Hause gefahren?«

»Ja, warum?«

»Nur so. Kann das jemand bezeugen?«

»Ich weiß zwar nicht, warum Sie mich das fragen, aber ich habe leider keine Zeugen, es sei denn, jemand aus der Nachbarschaft hat mich kommen sehen, doch das ist eher unwahrscheinlich. Mein Mann war fast bis Mitternacht im Büro, und auch heute werde ich ihn wohl kaum einmal zu Gesicht bekommen, weil Arbeit seine einzige große Liebe ist.«

»Dann können wir ja ganz offen sprechen«, sagte Brandt und beugte sich nach vorn. »Uns ist zu Ohren gekommen, dass Sie und Herr Kaufung nicht nur befreundet waren, wenn Sie verstehen. Können Sie uns dazu etwas sagen?«

»Wie kommen Sie darauf?«

»Wir sind von der Polizei, und es gibt sehr viele Vöglein, die singen. Sagen Sie nur ja oder nein.«

Sie zupfte verlegen an ihrem Taschentuch. Lauter kleine Flocken fielen auf den Teppich, was sie aber nicht weiter zu stören schien. Ihr Blick war zu Boden gerichtet, als sie antwortete: »Und wenn? Wäre ich dann gleich eine Verdächtige?«

»Also ja. Und wie lange ging das zwischen Ihnen schon?«

»Ein paar Monate. Und wir hatten uns für Dienstagabend verabredet, wenn Sie's genau wissen wollen.«

»Und Ihr Mann?«

»Was soll mit dem sein«, erwiderte sie mit einem verächtlichen Zug um den Mund. »Ich habe Ihnen doch gesagt, dass seine große Liebe die Arbeit ist. Ich glaube, der bumst sie auch.« Sie blickte erschrocken auf und fügte gleich hinzu: »Entschuldigung, war nicht so gemeint.«

»Schon gut. Was macht Ihr Mann beruflich?«

»Er ist Geschäftsführer eines großen Softwareunternehmens. Ständig unterwegs, und wenn er mal nicht unterwegs ist, verkriecht er sich in seinem Büro oder hier in seinem Arbeitszimmer. Dass er heute zu Hause ist, ist eine Ausnahme, denn morgen muss er schon wieder für eine ganze Woche weg«, sagte sie mit unverhohlener Bitterkeit in der Stimme. »Als wir geheiratet haben, habe ich mir unser Leben ganz anders vorgestellt, glauben Sie mir.«

»Darf ich fragen, wie alt Sie sind?«

»Fünfundzwanzig.«

»Und Ihr Mann?«

»Genau zehn Jahre älter. Aber wenn er so weitermacht wie

bisher, wird er nicht mehr lange leben. Er arbeitet wie ein Tier, qualmt wie ein Schlot und trinkt am Tag mindestens zwanzig Tassen Kaffee. Ich warte nur darauf, dass er irgendwann einen Herzinfarkt bekommt, damit er endlich einsieht, dass es so nicht weitergehen kann. Nicht, dass Sie denken, ich würde ihm das wünschen, aber das ist kein Leben. Wir haben Geld ohne Ende, aber … Nein, ich werde mein Leben leben, und wenn sich nichts ändert, bin ich irgendwann weg. Dann soll er schauen, wie er zurechtkommt. Ich möchte nicht mit ansehen müssen, wie er allmählich zugrunde geht. Zwischen uns läuft ja schon seit über einem Jahr nichts mehr. Wir gehen nicht mehr weg, wir reden kaum noch miteinander, ich kann an einer Hand abzählen, wie oft wir gemeinsam die Mahlzeiten eingenommen haben, vom Schlafzimmer ganz zu schweigen. Das ist doch keine Ehe, oder?«

»Haben Sie schon einmal mit ihm darüber gesprochen?«, fragte Nicole Eberl mitfühlend.

»Einmal? Mein Gott, bestimmt hundertmal! Aber er hört mir nicht einmal mehr zu, er winkt immer nur ab, und inzwischen habe ich es aufgegeben, mir den Mund fusselig zu reden. Ich habe auch mit Jürgen gesprochen. Er hat nur gemeint, dass mein Mann kein Einzelfall ist und er mehr von seiner Sorte kennt. Und ich weiß ja, dass er Recht hat, und ich bin weiß Gott kein Einzelfall. Sie brauchen nur im Tennisclub die Frauen zu fragen, wie viele von denen frustriert sind. Was glauben Sie, was die machen, wenn ihre Männer ständig auf Achse sind oder sie nicht mehr beachten, außer sie brauchen sie zum Vorzeigen? Zu Hause sitzen und Däumchen drehen?« Sie lachte auf und schüttelte den Kopf. »Das hört sich schlimm an, aber Tatsache ist, dass ich nicht die Einzige bin, die noch was nebenher laufen hat.«

»Was können Sie uns über Dr. Kaufung als Menschen sagen? Wie war er?«

Denise Zinner hob die Schultern, ihre Nasenflügel bebten, sie zitterte und hatte Mühe, die Kontrolle zu bewahren und nicht wieder in Tränen auszubrechen. »Er hat zugehört. Natürlich musste man dafür bezahlen, aber wer wie ich nicht jeden Pfennig dreimal umdrehen muss, dem ist das egal. Er hat gut von den Problemen anderer gelebt, doch er hat auch eine entsprechende Leistung dafür geliefert. Ja, ich habe mit ihm geschlafen, andere Frauen haben das auch getan, und jeder wusste es, aber ob Sie es glauben oder nicht, es war nicht das Wichtigste. Er hat die Menschen, vor allem die Frauen, verstanden. Und das ist heutzutage gar nicht so selbstverständlich. Er war einfühlsam, verständnisvoll und zärtlich. Und er hatte die begnadetsten Hände der Welt. Wenn er eine Reiki-Behandlung gemacht hat, dann wurde man in eine andere Dimension geführt«, sagte sie mit verklärtem Blick. »Ich habe dagelegen, im Hintergrund lief leise Meditationsmusik, aber sonst gab es keine Geräusche. Wir haben nicht gesprochen, doch hinterher hat er mir jedes Mal seine Wahrnehmungen mitgeteilt, und er hat immer Recht gehabt. Er wusste genau, wie ich mich fühlte, wo meine Schwachstellen waren, und hat mir allmählich geholfen, zu mir selbst zu finden. So tief wie er hat noch niemand in mich hineingesehen. Und sollten Sie meinen, er wäre einer gewesen, der andere nur ausgenutzt hat, dann täuschen Sie sich. Eigentlich haben wir ihn ausgenutzt, und er hat es nicht einmal gemerkt.«

»Wer ist wir?«

»Seine Patientinnen. Ich bin unendlich traurig, dass er tot ist, das müssen Sie mir glauben, denn jetzt habe ich niemanden mehr, mit dem ich über meine Sorgen sprechen kann.«

»Haben Sie denn keine Eltern oder Geschwister?«

»Natürlich habe ich Eltern, aber mit denen kann ich nicht so reden wie mit Jürgen. Sie sagen immer nur, Kind, du musst Geduld haben, es wird schon alles werden, es ist doch wichtig, dass dein Mann für dich sorgt … blablabla. Na ja, sie waren schon ziemlich alt, als ich geboren wurde, deshalb sei ihnen diese Einstellung verziehen. Aber verdammt noch mal, ich will keine Geduld mehr haben! Und jetzt, da Jürgen tot ist, werde ich wohl meinen Entschluss in die Tat umsetzen.«

»Welchen Entschluss?«, wollte Brandt wissen.

»Ich werde meine Sachen packen und weggehen. Vielleicht werde ich Medizin studieren und später einmal eine Praxis aufmachen. Ich habe leider den Fehler begangen zu heiraten, als ich gerade mein erstes Semester beendet hatte und mein Mann verlangte, das Studium aufzugeben. Aber dieses Leben lasse ich mir nicht länger gefallen, ich werde mein Studium wiederaufnehmen. Und mein Vorbild wird Jürgen sein.«

»Ich wünsche Ihnen alles Gute«, sagte Brandt und erhob sich zusammen mit Eberl. »Trotzdem möchte ich Sie bitten, sich noch eine Weile zu unserer Verfügung zu halten. Es könnte sein, dass wir noch die eine oder andere Frage haben.«

»Keine Sorge, ich werde nicht gleich heute packen. Irgendwann in den nächsten Wochen oder Monaten.«

Denise Zinner begleitete die Beamten zur Tür, wo Brandt sie fragte: »Wirkte Dr. Kaufung gestern anders auf Sie als sonst?«

»Wie meinen Sie das?«

»Nervös, hektisch, unruhig?«

»Wenn Sie mich so fragen, mir ist aufgefallen, dass er andauernd auf die Uhr geschaut hat. Ja, doch, ich würde sagen, er wirkte etwas angespannt, vielleicht sogar nervös. Auch während des Spiels war er nicht so konzentriert wie sonst. Aber ich weiß nicht, ob das etwas zu bedeuten hat. An der Bar haben wir uns nur über ein paar Banalitäten unterhalten, was eigentlich nicht seine Art war, und uns, wie gesagt, für Dienstag verabredet.«

»Das heißt, wenn ich Sie richtig verstehe, Dr. Kaufung war ein ausgeglichener Mensch.«

»Er war nicht nur ausgeglichen, er war die Ruhe in Person. Ihn hat nichts umgehauen. Wann ist er denn umgebracht worden?«

»Irgendwann zwischen acht und neun, genau wissen wir es noch nicht. Machen Sie's gut und tschüs.«

»Wiedersehen.«

Im Auto sagte Eberl: »Ist dir was an der Kleinen aufgefallen?«

»Ja, sie sieht verdammt gut aus«, antwortete Brandt trocken und startete den Motor. »Die würd ich auch nicht von der Bettkante stoßen.«

»Idiot, das meine ich nicht. Und außerdem werde ich das Andrea erzählen.«

»Das würdest du mir antun?«

»Quatsch! Dass Kaufung Spaß mit ihr hatte, kann ich mir jedenfalls gut vorstellen. Aber sie erscheint mir wesentlich reifer als die meisten andern jungen Frauen heutzutage. Allein wie sie sich ausgedrückt hat. Die hat Besseres verdient als dieses Leben. Und ihr Mann scheint ein echtes Arschloch zu sein, wenn es stimmt, was sie über ihn berichtet.«

»Hm«, murmelte Brandt.

»Hörst du mir eigentlich zu?«

»Ja, ja.«

»Was geht jetzt schon wieder in deinem Kopf vor?«

»Nichts weiter.«

»Jetzt sag schon. Wenn du so ein Gesicht machst, dann ...«

»Die Parallelen in den Aussagen von diesem Pierre und ihr. Beiden ist aufgefallen, dass Kaufung dauernd auf die Uhr geschaut hat, zudem schien ihm dieser Termin unangenehm gewesen zu sein, gleichzeitig aber irgendwie unvermeidbar, weil wichtig.«

»Wie kommst du darauf?«

»Die Zinner sagt, dass er angespannt und nervös gewirkt hat. Ich frag mich, was für eine Verabredung er in seiner Praxis hatte und vor allem, mit wem er sich dort getroffen hat.«

»Aller Wahrscheinlichkeit nach mit seinem Mörder.«

»Der ist aber nicht mit dem Vorsatz hingegangen, ihn zu töten«, erwiderte Brandt und fügte hinzu: »Wie ich schon sagte, die Tat muss im Affekt geschehen sein.«

»Und was macht dich da so sicher?«

»Ich bin mir überhaupt nicht sicher, ich denke nur laut. Fakt ist, es gibt keine Kampfspuren und auch sonst nichts, das darauf hindeutet, dass es vorher zu einer Auseinandersetzung gekommen ist. Aber was kann den Mörder veranlasst haben, Kaufung umzubringen?«

»Vielleicht hat Kaufung eine dunkle Stelle, von der wir bis jetzt nichts wissen. Schulden zum Beispiel.«

»Kann ich mir nicht vorstellen, der hatte Geld wie Heu. Wir lassen's trotzdem überprüfen. Es muss was anderes gewesen sein. Vielleicht doch ein gehörnter Ehemann?« Er schüttelte den Kopf. »Nein, das passt auch nicht. Affären hin, Affären her, er war schließlich bekannt dafür, dass er den Weibern nicht nur zugehört hat, wenn sie mit ihren Problemen zu ihm kamen. Und eine Frau schließe ich auch aus, denn Frauen morden anders. Sie planen in der Regel ihre Taten und nehmen nicht einfach den Brieföffner vom

Tisch und stechen von hinten zu. Eine Frau würde auch kaum auf die Idee kommen, danach den Medikamentenschrank einzuschlagen und zu plündern, damit es wie Raubmord aussieht.« Und nach einer kurzen Pause: »Warum war er nervös, wenn er sonst die Ruhe in Person war, wie die Zinner behauptet? Er muss gewusst haben, dass es ein unangenehmes Treffen werden würde. Aber er hat nicht im Traum daran gedacht, dass er dabei sein Leben verlieren könnte. Wie hat sich alles abgespielt? Und warum hat keiner etwas bemerkt? Es war taghell, aber der Mörder konnte unerkannt entkommen, und das direkt neben dem Präsidium.«

»Wir finden ihn«, versuchte Eberl ihm Mut zu machen.

»Fragt sich nur, wann. Wir brauchen ein Motiv, und solange wir das nicht haben, können wir den Kreis der Verdächtigen nicht eingrenzen. Lass uns doch mal schnell ein Brainstorming machen. Was könnten deiner Meinung nach Motive sein?«

Nach einigem Überlegen sagte Eberl: »Neid, Eifersucht, verschmähte Liebe, eine falsche Behandlung, bei der jemand gestorben ist oder zum Krüppel wurde, es gibt im Grunde tausend Möglichkeiten.«

»Neid auf was? Seine Patienten haben alle Geld.«

»Ich spreche nicht von Geld. Konkurrenzneid zum Beispiel. Er hat alle Frauen bekommen, die er wollte, und ein anderer hat ihm diesen Erfolg nicht gegönnt.«

»Zu weit hergeholt. Dafür mache ich keinen Termin aus, sondern erledige ihn unangemeldet. Am besten nachts, wenn alles schläft.«

»Und Eifersucht? Eine Frau ist stinksauer, dass eine andere jetzt ihren Platz eingenommen hat, obwohl sie haargenau weiß, dass Kaufung sich nie binden würde.«

»Du als Frau müsstest doch am besten wissen, wie Frauen

morden. Die hätte sich vielleicht mit ihm verabredet, dann aber eine Pistole gezogen und das ganze Magazin leer geschossen. Sie hätte es aber bestimmt nicht am Freitagabend gemacht und schon gar nicht am helllichten Tag.«

»Und warum nicht? Was, wenn sie eine letzte Aussprache mit ihm wollte oder verlangte, er hat eingewilligt, sie jedoch eiskalt abblitzen lassen oder sogar ausgelacht, und dann sind bei ihr alle Sicherungen durchgebrannt? Soll's auch schon gegeben haben.«

»Aber er wurde von hinten mit seinem Brieföffner erstochen, das heißt, er muss sich umgedreht haben.«

»Affekthandlung. Er hat sie verhöhnt, sie hat sich den Brieföffner geschnappt und einfach zugestochen.«

»Könnte sein. Trotzdem, diese letzte Aussprache lege ich nicht auf einen Freitagabend, schon gar nicht in der Praxis, schließlich hatte er ja auch noch eine Wohnung in der Villa. Außerdem bin ich sicher, dass Kaufung derjenigen gesagt hätte, dass er an diesem Abend nicht kann, denn er hatte ja die Verabredung mit der Johannsen. Und noch was zu der Eifersucht – eine eifersüchtige Frau bringt in der Regel nicht den Mann um, den sie liebt, sondern die Nebenbuhlerin. Oder wie siehst du das?«

»Kommt drauf an. Was ist mit falscher Behandlung?«

Brandt hielt an einer Ampel und trommelte mit den Fingern aufs Lenkrad. »Weißt du, was mich ganz einfach stört? Es ist der Tatort und der Tatzeitpunkt. Ganz gleich, ob Neid, Eifersucht oder was auch immer, dafür hätte Kaufung nicht in die Praxis fahren müssen.«

»Und wenn ihm jemand vorgeschwindelt hat, krank zu sein und dringend seine Hilfe zu brauchen?«

»Dann hätte er nicht so nervös sein müssen. Ein kurzer Abstecher in die Praxis, fünf Minuten Untersuchung, ein Rezept oder ein Medikament aus seinem eigenen Sortiment … Und schon sind wir wieder am Anfang.«

»Sorry, aber ich bin vorläufig mit meinem Latein am Ende«, sagte Eberl.

»Warum in seiner Praxis?« Brandt sah seine Kollegin von der Seite an. Die Ampel sprang auf Grün, was er nicht gleich bemerkte. Hinter ihm wurde gehupt, er legte den Gang ein und gab Gas. »Warum nicht bei ihm zu Hause? Ich meine, Kaufung war mit der Johannsen für neun verabredet. Er war in Eile und wollte diesen unangenehmen oder ungelegenen Termin bestimmt so schnell wie möglich hinter sich bringen, denn eine Frau wie die Johannsen lässt man ungern warten. Außerdem sagt sie selbst, dass er die Pünktlichkeit in Person war. Dann mache ich doch nicht den Umweg über die Praxis, sondern sage zu demjenigen, er soll gefälligst zu mir nach Hause kommen, schließlich wohnen Kaufung und die Johannsen nur ein paar Meter auseinander. Und wenn wir schon dabei sind, ich bin mir inzwischen fast sicher, dass das ein sehr kurzfristig abgemachter Termin war, den er gar nicht eingeplant hatte.«

»Warum hat er ihn dann wahrgenommen?«

»Vielleicht wurde er unter Druck gesetzt? Das konnte die ungewohnte Nervosität erklären.«

»Merkst du was?«, fragte Eberl. »Wir stellen Hypothesen auf, ohne auch nur das Geringste zu wissen. Kaufung ist tot, und wir haben nicht den blassesten Schimmer, warum. Hören wir doch einfach, was die andern über ihn zu berichten haben.«

Das Haus von Petra Johannsen lag versteckt hinter einer hohen Hecke, die so exakt geschnitten war, wie es nur ein Gärtner oder eine äußerst geübte Hand konnte. Über der

Klingel waren die Initialen W.P.J. in bronzefarbenen Lettern angebracht. Petra Johannsen meldete sich über die Sprechanlage, Brandt nannte seinen Namen. Sie kam heraus, um sich zu vergewissern, dass es auch der Mann war, mit dem sie gestern Abend gesprochen hatte, und öffnete das Tor. Trotz der brütenden Hitze, die von Minute zu Minute unerträglicher wurde, trug sie eine lange Jeans, Turnschuhe und einen Sweater. Sie war ungeschminkt und sah dennoch ausgesprochen hübsch aus, auch wenn in ihrem Gesicht noch deutliche Spuren des vergangenen Abends abzulesen waren.

»Hallo«, begrüßte sie die Beamten und reichte erst Brandt und dann Eberl die Hand. »Ich habe Sie schon erwartet. Kommen Sie bitte rein, mir ist es draußen zu heiß.«

»Wem sagen Sie das«, meinte Brandt und folgte der jungen Frau mit der aufregenden Figur zusammen mit Eberl ins Haus. Sie gingen durch einen großen Vorraum und kamen schließlich in den Wohnbereich, der exklusiver war, als Brandt es jemals zuvor gesehen hatte. Hier hatte jemand bei der Einrichtung großen Geschmack bewiesen, und Brandt fragte sich, ob Petra Johannsen diejenige war. Er traute es ihr zu, sie machte einen intelligenten und außerordentlich feinsinnigen Eindruck. Im Gegensatz zum Haus von Denise Zinner fühlte er sich hier sofort wohl. Es roch gut, die Atmosphäre war nicht bedrückend, obgleich Petra Johannsen sicher eine schlaflose Nacht mit quälenden Gedanken hinter sich hatte. Der Raum war klimatisiert, weshalb Brandt verstand, dass sie in Jeans und Turnschuhen rumlief. Sie deutete auf die Sitzgarnitur aus dunkelblauem Samt.

»Darf ich Ihnen etwas zu trinken anbieten?«, fragte sie. »Wasser, Saft oder irgendetwas anderes?«

»Wenn es Ihnen nichts ausmacht, hätte ich gerne ein Glas

Wasser«, sagte Brandt, dem die junge Frau zunehmend sympathischer wurde. Sie wirkte stark und zerbrechlich zugleich, sie hatte Charisma, das sich aber nicht nur auf ihre körperlichen Vorzüge beschränkte.

»Und Sie?«

Nicole Eberl, die sich noch immer umsah, antwortete schnell: »Für mich bitte auch ein Glas Wasser. Danke.«

Petra Johannsen kam wenig später mit drei Gläsern und einer Flasche Wasser zurück und schenkte ein. Sie setzte sich den Kommissaren gegenüber auf den Zweisitzer, die Ellbogen auf den Schenkeln, die Hände gefaltet.

»Haben Sie schon eine Spur?«, fragte sie.

»Nein, leider nicht. Wir sind hier, um noch mehr über Dr. Kaufung zu erfahren. Dazu gehört natürlich auch, dass Sie uns etwas über Ihre Beziehung zu ihm erzählen. Das bleibt selbstverständlich streng vertraulich.«

»Was wollen Sie wissen?«

»Seit wann kannten Sie Dr. Kaufung?«

»Seit gut zwei Jahren. Ich bin erst vor drei Jahren nach Offenbach gezogen, als ich meinen Mann heiratete. Ich komme eigentlich aus Berlin, wo wir uns auch kennen gelernt haben. Und um auch gleich Ihre nächste Frage zu beantworten, unser Verhältnis ging seit ziemlich genau sechs Monaten, aber das habe ich, soweit ich weiß, bereits gestern gesagt. Na ja, egal. Wir sind uns auf einer Vernissage bei Herrn Wedel zum ersten Mal über den Weg gelaufen. Dort habe ich erfahren, dass er Arzt ist, und weil er mir von Anfang an gut gefallen hat, bin ich seine Patientin geworden. Er war ein exzellenter Gesprächspartner, bei ihm fing es nicht mit dem Wetter an und hörte auch nicht damit auf. Er legte Wert auf gepflegte Konversation, genau wie ich. Und dann hat vor sechs Monaten unsere Affäre begonnen …«

»Ich unterbreche Sie ungern, aber wer wusste alles von dieser Affäre?«, fragte Brandt.

Sie fuhr sich mit der Zunge über die Lippen, nippte an ihrem Wasser und antwortete: »Mein Mann und ein paar andere noch.«

»Und Sie sagten, Ihr Mann war damit einverstanden, richtig?«

»Ja. Er lässt mir alle Freiheiten. Bei dreißig Jahren Altersunterschied … Ich habe ihn nicht aus Liebe geheiratet, auch nicht wegen des Geldes, falls Sie das denken sollten. Es ist etwas anderes, das uns verbindet. Lassen Sie es mich so ausdrücken – mein Mann ist mein bester Freund, dem ich alles erzählen kann. Wenn er zu Hause ist, quatschen wir manchmal die ganze Nacht durch, trinken Rotwein, hören Musik. Er ist ein wunderbarer Mann, aber sexuell läuft nicht sehr viel zwischen uns.«

»Aber so, wie Sie ihn schildern, lieben Sie ihn anscheinend doch, oder?«, sagte Eberl.

Petra Johannsen zuckte mit den Schultern, sah Eberl traurig an und erwiderte: »Kann schon sein, ich fühle mich jedenfalls wohl in seiner Gegenwart. Er hat etwas sehr Beruhigendes an sich. Ja, mag sein, dass ich ihn liebe. Ich weiß auch, dass er Angst hat, ich könnte ihn verlassen, doch das würde ich niemals tun.«

»Aber Ihre Affäre mit Dr. Kaufung hat er geduldet? Einfach so?«, fragte Brandt zweifelnd.

Sie lachte auf, trank einen Schluck von ihrem Wasser und drehte das Glas zwischen den Fingern. »Ja, einfach so. Er kannte Jürgen schon viel länger als ich und wusste, dass er keine Konkurrenz darstellte. Sie verstehen das vielleicht nicht, aber es ist möglich, Sexualität und emotionale Liebe voneinander zu trennen. Und wenn ich mit Jürgen zusammen war, dann war es die körperliche Anziehungskraft, die uns verband, aber ich hätte nie mit ihm zusammenleben können. Dazu war er viel zu ruhelos, wie ein einsamer Wolf, und ich glaube, in seinem tiefsten Innern war er einsam, auch wenn er ständig mit vielen Menschen zu tun hatte. Er lebte ein Leben auf der Überholspur, arbeiten, reisen, Frauen, arbeiten, Sport und wieder Frauen. Er trank nicht, er rauchte nicht, aber er konnte auch nicht abschalten. Einmal sagte er mir, dass er nie länger als vier Stunden schlafe. Wie er das durchhielt, werde ich wohl nie verstehen, doch ich denke, irgendwann hätte sein Körper schlappgemacht.« Sie blickte zu Boden, drehte noch immer das Glas zwischen ihren Fingern und fuhr fort: »Er war ein guter Mensch. Aber trotz allen Wissens, das er besaß, hat er nie seine innere Mitte gefunden. Er war ein ausgezeichneter Akupunkteur, er hat sich mit allerlei fernöstlichen Heilmethoden beschäftigt, und er war der beste Zuhörer, den man sich vorstellen kann.«

Brandt musste unwillkürlich lächeln. »Das haben wir heute schon einmal gehört. Allerdings hat diejenige behauptet, er sei die Ruhe in Person gewesen.«

Petra Johannsen lächelte ebenfalls, aber es lag etwas Geheimnisvolles darin, als sie erwiderte: »Nun, dann hat diejenige ihn nicht so gut gekannt wie ich. Nach außen hin war er sicherlich ruhig, aber in ihm drin, da brodelte es ständig, wie in einem Vulkan, der kurz vor dem Ausbruch steht. Nur haben das die wenigsten gemerkt, vielleicht bin ich sogar die Einzige. Aber das ist jetzt auch egal.«

»Frau Johannsen, haben Sie eine Vorstellung, wer ihm das angetan haben könnte?«, fragte Brandt.

Sie schüttelte kaum merklich den Kopf und sah ihn direkt an. »Nein, absolut nicht. Ich habe die ganze Nacht kein Auge zugemacht, ich habe immer wieder das Bild vor mir gesehen, wie er am Schrank gelehnt und mich mit weit aufgerissenen Augen angestarrt hat. Ich werde diesen Anblick nie vergessen, niemals.«

»Hatte er denn überhaupt keine Feinde?«

»Ich kenne niemanden, das müssen Sie mir glauben. Das Ganze ist mir völlig unverständlich.«

»Und was ist mit andern Ehemännern? Es ist doch bestimmt nicht jeder so tolerant wie Ihr Mann.«

»Natürlich gibt es einige, die sauer auf ihn waren, aber sie würden keinen Mord begehen. Außerdem hatte er in den letzten sechs Monaten nur noch eine Frau neben mir.«

»Und wer ist das?«

»Denise Zinner. Ihr Mann ist gelinde gesagt ein Arschloch, wie der die behandelt. Entschuldigen Sie diesen Ausdruck, aber ich finde einfach kein anderes Wort für diesen Kerl. Sie ist so lieb, sie hat so einen Idioten nicht verdient. Wenn Sie mit ihr sprechen, werden Sie mir sicherlich Recht geben.«

»Das haben wir bereits getan, bevor wir zu Ihnen gekommen sind.«

Sie lachte auf und sagte: »Dann wissen Sie ja schon alles. Jürgen war in den letzten Monaten abwechselnd mit ihr und mit mir zusammen. Es gab keine dritte Frau in dieser Zeit. Und der Mann von Denise würde nicht mal merken, dass sie fremdgeht, selbst wenn er im selben Raum wäre. Unsere beiden Männer kommen nicht in Frage, dafür lege ich meine beiden Hände ins Feuer.«

»Und sonst gibt es nichts, wo Sie sagen würden, das könnte ein Motiv sein, ihn umzubringen?«

»Ich habe mir die ganze Nacht den Kopf darüber zermartert und keine Erklärung gefunden. Ich kann es drehen und wenden, wie ich will, aber das alles ist so rätselhaft, so verdammt mysteriös. Ich frage mich allerdings, was er noch einmal in der Praxis gemacht hat, wo wir uns doch für neun verabredet hatten. Normalerweise ist er nach dem Tennis entweder direkt zu mir gekommen, um mich abzuholen, oder wir haben uns gleich bei ihm getroffen. Wenn er die Praxis zugeschlossen hatte, betrat er sie auch nicht mehr bis zum nächsten Morgen. Und am Wochenende hat er sich nie dort aufgehalten.«

»Und wenn er Notdienst hatte?«, wollte Brandt wissen.

»Dann war er zu Hause erreichbar und ist von dort zu den Patienten gefahren.« Sie hielt inne, lehnte sich zurück, den Kopf in den Nacken gelegt, die Augen geschlossen. »Gestern wollten wir essen gehen und anschließend die Nacht bei ihm verbringen, denn die einzige Bitte, die mein Mann hatte, war, dass ich nie mit Jürgen in unserm Haus … Nun, ich habe mich daran gehalten, weil ich meinen Mann nicht verletzen wollte. Das hat er nicht verdient.«

»Wann genau haben Sie Dr. Kaufung zum letzten Mal gesprochen?«

»Genau kann ich es nicht sagen, es war aber kurz vor sechs.«

»Wirkte er da anders als sonst?«

»Wie meinen Sie das?«

»Sie kennen ihn seit zwei Jahren, haben seit sechs Monaten ein Verhältnis mit ihm, da hört man doch schon an der Stimme, ob den andern etwas bedrückt oder es ihm nicht gut geht.«

»Nein, mir ist nichts aufgefallen, absolut nichts.«

»Keine Spur von Nervosität oder Hektik?«, hakte Brandt nach.

»Nein, überhaupt nicht. Er hat ganz normal geklungen. Er hat gesagt, dass er sich auf den Abend freut, und sogar noch einen Scherz gemacht. Er war weder nervös noch hektisch, das hätte ich gemerkt.«

»Seltsam, Frau Zinner behauptet genau das Gegenteil, ebenso wie Pierre, der Barkeeper. Beide sagen übereinstimmend aus, dass Dr. Kaufung nervös gewirkt hat und in Eile war, weil er um acht noch einen Termin hatte. Er hat Ihnen gegenüber nichts von einem solchen Termin erwähnt?«

Petra Johannsen schüttelte energisch den Kopf. Sie hatte die Augen zu Schlitzen verengt und sah Brandt an. »Keinen Ton. Das ergibt für mich keinen Sinn, denn dann hätte er mir gesagt, dass es eventuell später werden könnte. Aber nichts dergleichen. Vielleicht hat er den Termin ausgemacht, nachdem er mit mir telefoniert hat. Sollte es so gewesen sein, hat er bestimmt geglaubt, dass es nicht lange dauern würde, denn ich bin sicher, er hätte mich informiert, wäre es anders gewesen. Er hat mich noch nie versetzt.«

Brandt sah Eberl an, nickte kaum merklich und sagte: »Das wäre natürlich eine Erklärung. Wir werden sämtliche Telefonate überprüfen, die er zwischen siebzehn Uhr dreißig und zwanzig Uhr geführt hat. Vielleicht bringt uns das auf eine Spur.«

»Können Sie sich noch erinnern, wie ich Ihnen gestern Abend gesagt habe, dass ich selber nicht wusste, weshalb ich zur Praxis gefahren bin? Es muss eine innere Stimme gewesen sein, die mich dorthin geführt hat.«

»Ja«, entgegnete Brandt.

»Als er um zehn nach neun noch nicht da war, habe ich schon angefangen, mir Gedanken zu machen. Um diese Zeit herrscht nicht mehr sonderlich viel Verkehr, er hätte längst bei mir sein müssen, um mich abzuholen. Wir hatten für halb zehn einen Tisch bei Lorenzo bestellt, wo wir häufig essen waren. Ich habe bei ihm zu Hause angerufen, auf seinem Handy und in der Praxis. Tja, und dann bin ich losgefahren.«

Brandt und Eberl standen auf. Sie hatten ihre Gläser leer getrunken und auf den Tisch gestellt. »Sie haben uns möglicherweise sehr geholfen. Vielen Dank.«

»Ich weiß zwar nicht, womit, aber wenn Sie noch Fragen haben, ich bin das ganze Wochenende über hier zu erreichen. Ich begleite Sie hinaus. Ach, was ich Sie noch fragen wollte – wie geht es Denise?«

»Nicht besonders. Wenn ich das vorhin richtig gedeutet habe, gibt es zwischen Ihnen keinen Konkurrenzneid, oder?«

»Nein, überhaupt nicht. Wir sind sogar ziemlich eng befreundet. Ich ruf sie an, mal sehen, vielleicht hat sie Lust, herzukommen. Wie heißt es doch so schön, geteiltes Leid ist halbes Leid.«

»Wenn Sie so gut befreundet sind, warum haben Sie sie nicht über Dr. Kaufungs Tod informiert?«

»Ich musste erst einmal selbst damit klarkommen. Es ist für mich immer noch unbegreiflich. Wie hat Denise es denn aufgenommen?«

»Rufen Sie sie an, ich könnte mir vorstellen, sie braucht jetzt auch jemanden, mit dem sie sprechen kann«, sagte Brandt und reichte ihr die Hand.

»Machen Sie's gut, ich drücke Ihnen ganz fest die Daumen, dass Sie den Kerl finden. Und dann soll er für den Rest seines Lebens hinter Gittern schmoren.«

»Wir werden ihn finden, garantiert. Auch Ihnen alles Gute.«

Sobald sie die Tür aufmachten, schlug ihnen brütend heiße Luft entgegen. Brandt nahm sein Handy aus der Brusttasche und tippte die Nummer von Bernhard Spitzer ein.

»Hi, Bernie. Hör zu, ich brauch eine Liste sämtlicher

Telefonate, die Kaufung gestern in der Zeit zwischen siebzehn Uhr dreißig und zwanzig Uhr geführt hat. Nicht nur Festnetz, sondern auch Handy. Und zwar so schnell wie möglich.«

»Eine Spur?«

»Vielleicht. Wie lange wirst du brauchen?«

»Ein paar Minuten. Ich ruf dich an.«

Nachdem er sein Handy wieder eingesteckt hatte, fragte er: »Wer ist der oder die Nächste auf unserer Liste?«

Nicole Eberl sah nach und sagte: »Klaus Wedel im Feldbergweg. Ist gleich hier vorne.«

»Soll einer von Kaufungs Freunden gewesen sein. Dann mal los.«

Samstag, 13.30 Uhr

Katharina Wedel kam an die Tür, eine mittelgroße, sehr schlanke Frau, die Brandt auf Mitte bis Ende dreißig schätzte. Auffällig waren die tiefblauen Augen, die einen außergewöhnlichen Kontrast zu ihrem halblangen schwarzen Haar und der braunen Haut bildeten. Ihre Figur versteckte sie unter einem knöchellangen weißen Kaftan, unter dem sie nackt war und sich der dunkle Warzenhof ihrer Brüste deutlich abzeichnete. Sie war keine jugendliche Schönheit wie Denise Zinner oder Petra Johannsen, aber sie hatte ein apartes Gesicht mit markanten Wangenknochen und einem vollen, sinnlichen Mund.

»Mein Mann ist leider nicht zu Hause«, sagte sie mit rauchiger Stimme. »Er ist in der Galerie. Kann ich ihm etwas ausrichten?«

»Nein, wir müssten ihn persönlich sprechen.«

»Ist etwas passiert?«

»Das kann man so sagen. Dr. Kaufung wurde gestern Abend ermordet, und wir haben erfahren, dass Ihr Mann und er gut befreundet waren.«

»Jürgen ist tot?«, fragte sie mit dem gleichen entsetzten und ungläubigen Gesichtsausdruck wie schon Denise Zinner. »Mein Gott, das ist ja schrecklich! Merkwürdig, dass ich bis jetzt noch nichts davon mitbekommen habe. Normalerweise spricht sich so was doch wie ein Lauffeuer rum.«

»Hat es diesmal offensichtlich nicht. Sie kannten Dr. Kaufung gut?«, fragte Brandt neugierig, der nicht ausschließen wollte, dass auch Katharina Wedel etwas mit Kaufung hatte. Er konnte es sich sogar lebhaft vorstellen.

»Ja, schließlich waren mein Mann und er beste Freunde, und Dr. Kaufung war des Öfteren bei uns zu Gast. Und ich war seine Patientin, mehr nicht. Aber kommen Sie doch rein.«

»Gut, hier draußen ist es mir sowieso ein bisschen zu heiß.«

»Kann ich verstehen«, sagte sie und machte die Tür zu, nachdem die Kommissare im Haus waren. »Gleich hier vorne rechts.«

Auch wenn die Häuser sich äußerlich unterschieden, so war ihnen eines doch gemeinsam – alle waren erlesen elegant eingerichtet. Brandt und Eberl nahmen auf dem Sofa Platz, während sich Katharina Wedel in einen Sessel niederließ, die Beine angewinkelt, die Füße berührten den Po.

»Diese Nachricht ist wirklich schwer zu verdauen. Ausgerechnet Jürgen. Das kann ich nicht begreifen. Wer tut so etwas?«

»Das versuchen wir herauszufinden. Was können Sie uns denn über Dr. Kaufung sagen?«

»Was haben Sie denn schon über ihn in Erfahrung gebracht?«

»Das dürfen wir Ihnen leider nicht verraten«, erwiderte Brandt milde lächelnd. »Sie sagen, Sie waren seine Patientin. Was meinen Sie mit ›mehr nicht‹?«

Katharina Wedels Augen blitzten spöttisch auf, als sie antwortete: »Ich könnte mir vorstellen, dass Sie bereits mit andern Frauen gesprochen haben und wissen, dass er kein Kostverächter war. Aber ich hatte nie etwas mit ihm, ich bin glücklich verheiratet und habe alles, was ich brauche, was man von einigen anderen seiner Patientinnen nicht gerade behaupten kann. Ich habe einen guten Mann, eine reizende Tochter, eben alles, was das Herz begehrt.«

»Dass Dr. Kaufung sich gerne mit Frauen umgeben hat, ist uns bekannt. Was uns viel mehr interessiert, ist, wie er als Mensch und als Arzt war.«

»Nett, freundlich, zuvorkommend und niemals oberflächlich. Er hat jeden ernst genommen und ihm das Gefühl gegeben, wichtig zu sein. Sie sehen, ich kann nur Positives über ihn berichten.«

»Und er hatte keine dunkle Seite oder wenigstens eine Schwäche?«

»Natürlich hatte er Schwächen. Nennen Sie mir einen Menschen, der keine hat. Seine größte Schwäche waren sicherlich die Frauen. Er hatte ständig irgendwelche Affären, und er war ein Spieler.«

Brandt wurde hellhörig, beugte sich nach vorn, sah Katharina Wedel in die Augen und fragte: »Er war ein Spieler?«

»Oh, das ist also noch nicht bis zu Ihnen vorgedrungen. Er war ein Spieler im klassischen Sinn, ein Zocker eben. Ich möchte nicht wissen, wie viel Geld er schon in den diversen

Kasinos gelassen hat, aber das war eine Leidenschaft oder auch Sucht, die er einfach nicht in den Griff bekam.«

»Hatte er Schulden?«

Katharina Wedel zuckte mit den Schultern. »Da fragen Sie mich zu viel. Ich denke aber nicht, dazu war er zu vermögend. Außerdem, glaube ich, konnte er ganz genau abschätzen, wie weit er gehen konnte. Er hat jedenfalls nie versucht, uns anzupumpen. Aber ob er Schulden hatte, können Sie doch bestimmt ganz leicht rausfinden. Ich kann mir jedoch nicht vorstellen, dass er Schulden hatte, das Geld kam immer im Überfluss zu ihm. Wo andere es sich mühsam erarbeiten müssen, flog es ihm nur so zu. Die Villa, in der er seine Praxis hat, hat er von der Vorbesitzerin, einer alten Dame, nach ihrem Tod geerbt. Sie sehen, er hat nicht nur bei den jungen Frauen Schlag gehabt, sondern auch bei den älteren Semestern.«

»Und was können Sie uns sonst über ihn sagen?«

»Eigentlich nichts weiter, um ganz ehrlich zu sein. Er war ein feiner Kerl, das ist alles. Wenn Sie mehr über ihn wissen wollen, müssen Sie wohl doch meinen Mann fragen.«

»Das werden wir auch gleich tun, denn die Zeit drängt. Es ist die Galerie in der Waldstraße, richtig?«

»Er ist ganz sicher bis mindestens zwanzig Uhr dort anzutreffen. Er bereitet gerade eine Ausstellung des weltberühmten Malers und Fotografen David Patterson vor. Das ist ein ganz außergewöhnliches Ereignis für die Kulturwüste Offenbach. Mein Mann hängt sich da mächtig rein, er kann es einfach nicht begreifen, dass seine Stadt, in der er geboren wurde, so wenig für den Kulturbereich tut. Er sagt, diese Ausstellung könnte vielleicht ein Wendepunkt sein oder zumindest ein Anstoß für die Stadtväter, endlich mal in die Gänge zu kommen. Ich finde auch, es wäre an der Zeit, denn in Frankfurt ist wesentlich mehr los. Aber ich will Sie nicht länger aufhalten, Sie haben ja noch eine Menge zu tun.«

»Nur eine Frage noch. Können Sie sich vorstellen, dass Dr. Kaufung Feinde hatte?«

»Jeder Mensch hat Feinde, aber die allerwenigsten begehen einen Mord, was Sie am besten wissen sollten. Tut mir leid, wenn ich Ihnen nicht weiterhelfen kann.«

Brandt und Eberl wollten sich gerade von Katharina Wedel verabschieden, als sein Handy klingelte. Spitzer.

»Wir haben die letzten Gespräche überprüft, die Kaufung geführt hat. In der von dir genannten Zeit gab es nur zwei, eins mit der Johannsen um siebzehn Uhr einundfünfzig von seiner Praxis aus, Dauer zwei Minuten, sechsundvierzig Sekunden, der zweite Anruf war über Handy mit Klaus Wedel, von dem er ebenfalls angerufen wurde, und zwar um exakt achtzehn Uhr neunzehn. Das Gespräch dauerte vier Minuten, zweiunddreißig Sekunden. Danach hat Kaufung nicht mehr telefoniert.«

»Okay. Ich melde mich wieder.« Und an Katharina Wedel gewandt: »Meine Kollegin und ich müssen los.«

»Kann ich verstehen. Aber wenn Sie noch Fragen haben …«

»Dann melden wir uns. Schönen Tag noch.«

Im Auto berichtete Brandt von Spitzers Anruf.

»Das ist nicht viel. Wir wissen, dass er mit beiden in der Zeit telefoniert hat. Und jetzt?«, fragte Eberl.

»Jetzt schauen wir mal, was der Wedel uns zu sagen hat. Was hältst du von seiner Frau?«

»Schwer zu durchschauen. Kann ich nicht sagen.«

»Mir hat sie ein wenig zu stark betont, dass zwischen ihr und Kaufung nichts gelaufen ist. Entweder war da was und sie wollte dummen Fragen unsererseits vorbeugen, oder sie hätte gerne gehabt, dass da was gewesen wäre, aber er hat sie nicht beachtet.«

»Er hat sie vielleicht schon beachtet, aber mit der Frau des besten Freundes? Nach all den Beschreibungen, die wir bis jetzt von Kaufung haben, hätte es allein schon der Respekt vor seinem Freund verboten, etwas mit dessen Frau anzufangen.«

»Na, ich weiß nicht. Kaufung scheint gerne in verbotenen Jagdgründen gewildert zu haben. Und wir wissen jetzt auch, dass er ein Zocker war. Möglicherweise liegt da das Motiv begraben. Ich lass mich gerne überraschen.«

»Sie war übrigens nackt unter ihrem Umhang«, sagte Eberl schmunzelnd. »Ist dir das gar nicht aufgefallen?«

»Schon«, antwortete Brandt trocken.

»Sie sieht ganz passabel aus, obwohl sie bestimmt schon an die vierzig ist.«

»Na und?«

»Ich meine das ernst. Irgendwie exotisch.«

»Hm.«

»Gefallen dir solche Frauen nicht?«

»Mir gefallen alle Frauen, die nett sind. Da ist es mir egal, wie sie aussehen.«

»Wow, klasse Spruch.«

»Halt die Klappe«, sagte Brandt grinsend.

»Ist ja gut. Warst du schon mal in der Galerie von dem Wedel?«

»Nee. In solchen Schuppen wird doch sowieso meistens nur so moderner Kram ausgestellt, mit dem keine Sau was anfangen kann, aber jeder gibt seinen Senf dazu und meint, was von Kunst zu verstehen. Manchmal frage ich mich, was Kunst überhaupt ist. Da schmeißt jemand Farbe an die Leinwand und behauptet, das ist ein Bild. Blödsinn!«

»De gustibus non est disputandum«, sagte Eberl und schaute aus dem Seitenfenster.

»Doch, ich denke, darüber kann man sehr wohl streiten«, entgegnete Brandt wie selbstverständlich.

»He, ich wusste gar nicht, dass du auch Latein hattest.«

»Ich bin ein halber Italiener, falls du das vergessen haben solltest. Und wenn's sein muss, streite ich mich auch über Geschmack.«

»Aber nicht mit mir. Außerdem sind wir da, und mir graut's schon wieder, wenn wir aussteigen müssen. Am liebsten wäre ich jetzt irgendwo am Strand oder bei mir zu Hause.«

»Stell dich nicht so an, ich muss die Hitze schließlich auch ertragen.«

Brandt fand einen Parkplatz in unmittelbarer Nähe zur Galerie. In der Innenstadt herrschte Hochbetrieb, trotz der unerträglichen Temperaturen und der gerade angefangenen Ferien. Aber das alles interessierte ihn im Augenblick wenig, zu sehr beschäftigte ihn die Frage, wer Kaufung auf dem Gewissen hatte. Er hoffte, von Wedel mehr über dessen Freund zu erfahren.

Samstag, 14.12 Uhr

Sie betraten die Galerie, die komplett mit edelstem Teppichboden ausgelegt war. An den Wänden hingen Bilder, von denen einige so aussahen, wie Brandt sie sich vorgestellt hatte, Farbkleckse, die für ihn keinen Sinn machten, dafür aber umso teurer waren, zumindest vermutete er dies. Zum Glück gab es auch andere Motive, die ihm eher zusagten, wie schöne Landschaften oder

Menschen. Zwei elegant gekleidete Frauen unterhielten sich mit einem Mann, die jüngere von ihnen kam mit einem Zahnpastalächeln auf die Beamten zu.

»Guten Tag, kann ich Ihnen weiterhelfen?«

»Brandt, Kripo Offenbach. Das ist meine Kollegin Frau Eberl. Wir würden gerne mit Herrn Wedel sprechen. Seine Frau sagte uns, dass er hier ist.«

»Wenn Sie bitte einen Moment warten wollen, ich hole ihn.«

»Nein, ist nicht nötig, wir würden lieber allein mit ihm sprechen. Zeigen Sie uns nur, wo sein Büro ist.«

»Wie Sie wünschen«, sagte die mittelgroße blonde Frau von etwa dreißig Jahren, die einen dunkelblauen Rock, eine weiße Bluse und Pumps trug, nicht unfreundlich. Sie ging mit eleganten Schritten wie ein Model vor den Kommissaren her. Die Galerie bestand aus zwei Ebenen, die zweite war sechs Stufen über der ersten, das Büro von Wedel befand sich am Ende dieser zweiten Ebene. Die junge Frau klopfte an die weiße Tür, von drinnen kam ein kaum hörbares »Herein«.

»Hier sind zwei …«

Brandt drängte sich einfach vorbei, zeigte seinen Ausweis und sagte: »Brandt, Mordkommission. Meine Kollegin Frau Eberl. Herr Wedel?«

»Ja«, antwortete der Angesprochene und stand auf. »Was will die Polizei von mir?«

»Das werden wir Ihnen gleich erklären. Ihre Frau hat Sie noch nicht informiert?«

»Nein, warum?«, fragte Wedel mit hochgezogenen Brauen und deutete auf zwei Stühle, die vor seinem Schreibtisch standen.

»Es geht um Ihren Freund Dr. Kaufung. Es stimmt doch, dass Sie befreundet sind?«

»Ja, wir sind sogar sehr eng befreundet, wenn ich das so sagen darf. Hat er etwas verbrochen?« Wedel lachte dabei gekünstelt und setzte sich wieder, nachdem auch Brandt und Eberl Platz genommen hatten. Er war nur unwesentlich größer als Brandt, hatte volles graues Haar, blaue Augen, mit denen er die Beamten nicht nur kritisch musterte, sondern förmlich zu durchbohren schien, und ungewöhnlich volle Lippen, die ihm etwas Feminines verliehen. Seine Hände waren gepflegt, die Finger lang und feingliedrig, seine Statur schlank und doch muskulös. Er hatte breite Schultern und kräftige Oberarme, die man nur bekam, wenn man regelmäßig ins Fitness-Studio ging. Er trug eine beige Sommerhose und ein kurzärmliges hellblaues Hemd sowie bordeauxfarbene Slipper. Brandt fiel es schwer, Wedel einzuschätzen, obwohl er in der Regel auf den ersten Blick einen recht genauen Eindruck von einer ihm fremden Person zu gewinnen vermochte. Wedel wirkte derart unverbindlich, dass Brandt diesmal nicht in der Lage war zu sagen, was für ein Mensch ihm gegenübersaß, ob er ihn sympathisch oder eher unsympathisch finden sollte.

Die junge Dame war wieder nach draußen gegangen und hatte die Tür hinter sich geschlossen. Eine Klimaanlage machte den Aufenthalt erträglich.

»Ob er etwas verbrochen hat, können wir noch nicht sagen. Wir wissen lediglich, dass er tot ist. Deshalb sind wir auch hier.«

Wedels Miene versteinerte sich schlagartig, er schluckte schwer und schüttelte kaum merklich den Kopf, seine Finger krampften sich um die Sessellehne.

»Was sagen Sie da? Jürgen ist tot? Das ist nicht Ihr Ernst, oder?«

»Bei Mord pflegen wir nicht zu spaßen«, antwortete

Brandt gelassen. »Wann haben Sie Dr. Kaufung das letzte Mal gesehen?«

»Am Dienstag im Tennisclub. Eigentlich wollten wir auch gestern spielen, aber ich habe es einfach nicht geschafft, weil ich im Moment unter ungeheurem Zeitdruck stehe. Ab Ende September haben wir hier eine Ausstellung mit Gemälden und Fotografien von David Patterson …«

»Das haben wir bereits von Ihrer Frau gehört. Verzeihen Sie, aber Sie haben gestern um achtzehn Uhr neunzehn mit Dr. Kaufung telefoniert. Um was ging es dabei?«

»Ich weiß zwar nicht, warum Sie das wissen wollen, aber gut, ich habe ihm abgesagt. Ich hatte noch etwas zu erledigen und bin anschließend wieder hierher zurückgekommen.«

»Kann das jemand bestätigen?«

»Wieso fragen Sie mich, ob das jemand bestätigen kann? Das klingt ja gerade so, als stünde ich unter Verdacht, meinen besten Freund ermordet zu haben«, sagte Wedel lachend, wobei er erst Brandt, dann Eberl direkt ansah und keine Spur von Nervosität zeigte.

»Wir verdächtigen noch niemanden. Deshalb noch einmal meine Frage: Kann das jemand bestätigen?«

Wedel zuckte mit den Schultern. »Ich habe mir bei einem Herrenausstatter in der Goethestraße in Frankfurt eine Hose, ein Hemd und eine Krawatte gekauft und war um halb acht noch bei Hugendubel, wo ich mir ein Buch gekauft habe. Danach habe ich eine Kleinigkeit gegessen und bin, wie gesagt, wieder hierher zurückgekommen. Aber ich war die ganze Zeit allein, meine Mitarbeiterinnen haben bereits gegen achtzehn Uhr die Galerie verlassen. Ich kann Ihnen den Kassenzettel von Hugendubel zeigen, worauf auch die Uhrzeit vermerkt ist, wann ich dort war. Vom Herrenausstatter habe ich nur eine Quittung.« Er zog die mittlere Schublade seines

Schreibtischs heraus und reichte Brandt den Kassenzettel und die Quittung. »Mehr habe ich leider nicht zu bieten. Aber ganz ehrlich, weshalb sollte ich meinen besten Freund umbringen? Wie ist er überhaupt gestorben?«

»Er wurde erstochen. Und kein Mensch behauptet, dass Sie ihn umgebracht haben. Wir überprüfen zunächst lediglich die Alibis aller, die gestern mit ihm zu tun hatten. Und Sie haben ja ein Alibi, wie es aussieht.«

»Hören Sie, auch wenn ich mir das vielleicht nicht anmerken lasse, aber die Nachricht, dass mein bester Freund tot ist, ist für mich ein großer Schock. Ich würde auf den Schreck jetzt gerne einen Cognac trinken, wenn Sie nichts dagegen haben. Möchten Sie auch …«

Brandt winkte ab. »Wir sind im Dienst, und außerdem mag ich keinen Cognac. Sie haben also Dr. Kaufung gestern Abend nicht mehr gesehen? Sie sind auch nicht mehr zufällig so zwischen acht und neun durch die Parkstraße gefahren oder in seiner Praxis gewesen?«

»Was zum Teufel hätte ich denn dort gesollt?«, fragte Wedel sichtlich verärgert. »Dann hätte ich auch zum Tennis fahren können. Ich sagte doch schon, ich habe das Spiel platzen lassen, weil ich keine Zeit hatte. Sie wissen offensichtlich nicht, was für einen Aufwand es bedeutet, eine solche Ausstellung zu organisieren! Neben der normalen Arbeit, wohlgemerkt!«

»Beruhigen Sie sich wieder«, sagte Brandt mit stoischer Ruhe. »Wir müssen diese Fragen stellen, das ist Routine. Erzählen Sie uns etwas über Dr. Kaufung. Wie lange kannten Sie sich, was haben Sie so gemacht, was für ein Mensch war er, hatte er Feinde?«

Wedel schenkte sich einen Cognac ein und trank das Glas in einem Zug leer. Er stellte es auf den Tisch, ging ans Fenster, die Hände in den Hosentaschen vergraben, und blickte hinaus auf den Garten, der von der Straße aus nicht einmal zu erahnen war. Wenn man an der Galerie vorbeiging, wo sich ein Haus unmittelbar ans nächste reihte, konnte man denken, dass sich auf der andern Seite ein düsterer Hinterhof befand oder ein alter Schuppen oder auch nichts außer Erde und Steinen oder ein Haufen Müll, aber diesen Garten vermutete wohl keiner. Ein gepflegter Rasen, ein paar Büsche und vor allem Rosen, die jetzt im gleißenden Licht der hochstehenden Sonne ihre Farbenpracht entfalteten. Das sind diese Stückchen Paradies, die kaum einmal jemand zu Gesicht bekommt, dachte Brandt, diese hübschen Fleckchen inmitten der Stadt.

»Wir haben uns vor knapp zehn Jahren kennen gelernt. Er hatte kurz zuvor seine Praxis aufgemacht, und meine Frau und ich haben einen neuen Arzt gesucht. Hier in Offenbach spricht es sich in gewissen Kreisen schnell herum, wenn ein fähiger Arzt ausgerechnet hier tätig wird. Sie wissen ja, dass er nur Privatpatienten behandelt hat, und eine bestimmte Klientel steht eben auf diese Sonderbehandlung, so wie meine Frau und ich. Nun, wir haben ihn ausprobiert und für gut befunden. Schließlich entstand daraus eine richtig tiefe Freundschaft, weil wir einfach auf einer Wellenlänge funkten. Wir haben viel unternommen, waren einige Male allein in Urlaub, unter anderem in seinem Haus auf Sylt, wo wir jedes Mal so richtig die Sau rausgelassen haben.« Er hielt kurz inne und sagte dann: »Entschuldigen Sie, das war jetzt vielleicht nicht passend ausgedrückt. Wir haben es uns einfach gut gehen lassen. Wir hatten eine Menge Spaß, und er war ein toller Kumpel, mit dem man Pferde stehlen konnte.« Wedel machte eine Pause und drehte sich um, ging erneut an den Schrank und schenkte sich einen weiteren Cognac ein. »Ich weiß zwar nicht, wen Sie schon alles befragt haben, aber ich nehme an, ich bin nicht der Erste. Natürlich bin ich nicht der Erste, Sie waren ja auch schon bei meiner Frau. Ich bin jedoch sicher, dass Sie von allen so ziemlich das Gleiche gehört haben oder hören werden. Man kann es drehen und wenden, wie man will, er war einfach ein guter Mensch.« Er trank aus und fuhr fort: »Feinde? Mag sein. Ich kenne aber keinen persönlich.«

»Doch von seinen Frauengeschichten wissen Sie?«, fragte Eberl.

Wedel lächelte und schüttelte verständnisvoll den Kopf. »Er war alleinstehend, und die Frauen lagen ihm zu Füßen, nicht nur, weil er gut aussah, sondern weil er irgendetwas an sich hatte, das sie einfach anzog. Es war wie mit den Motten und dem Licht. Nein, das ist ein blöder Vergleich, die Motten verenden, aber er hat die Frauen niemals verletzt, im Gegenteil, er hat sie wie rohe Eier behandelt.«

»Er hatte aber auch Affären mit verheirateten Frauen«, sagte Brandt.

»Na und? Es gibt Millionen von Männern in diesem Land, die etwas mit verheirateten Frauen haben, ohne mit ihnen verheiratet zu sein, wenn Sie verstehen. Er hat keine von ihnen gezwungen, mit ihm ins Bett zu steigen, sie haben es alle freiwillig getan, und meist ging die Initiative sogar von ihnen aus.«

»Kommt da nicht ein bisschen Neid hoch, wenn der beste Freund eine nach der andern abschleppt und man selbst immer dieselbe Hausmannskost vorgesetzt bekommt?«, fragte Brandt bewusst provozierend, worauf Wedel jedoch nicht einging. Er verzog nur wieder den Mund zu einem Lächeln, das auf Brandt jedoch nicht echt, sondern aufgesetzt und gekünstelt wirkte.

»Warum sollte ich neidisch sein? Ich habe doch eine tolle

Frau, Sie haben sie selbst gesehen. Und außerdem, wer sagt Ihnen denn, dass ich nicht auch die eine oder andere Sache nebenher laufen hatte?«

»Hatten oder haben Sie?«

»Das überlasse ich Ihrer Phantasie. Aber ich denke, das hat mit dem Mord an Dr. Kaufung wohl nicht das Geringste zu tun. Finden Sie seinen Mörder, ich setze eine Belohnung von fünftausend Euro aus. Ist das okay?«

»Das ist Ihre Sache. Kommen Sie aufs Präsidium, dort wird es zu Protokoll genommen. Aber eine Belohnung ist immer gut, dadurch wird das Gedächtnis der Leute angeregt. Hat Dr. Kaufung Angehörige?«

»Seine Eltern leben in Hanau, und dann gibt es noch eine Schwester in München. Sonst kenne ich niemanden aus seiner Familie.«

»Was ist mit den Ehemännern seiner Geliebten? Könnte von denen einer in Frage kommen?«, wollte Brandt wissen.

»Keine Ahnung, da müssen Sie jeden selber fragen. Es gibt schon den einen oder andern, der auf Kaufung nicht sonderlich gut zu sprechen war, was ja wohl auch verständlich ist. Aber die, die ich kenne, hätten ihm vielleicht gerne mal eine reingehauen, doch jemanden umbringen ist eine ganz andere Dimension. Vorstellen kann ich es mir nicht.«

»Uns wurde auch gesagt, dass er ein Spieler war. Als Freunde spricht man doch über solche Dinge. Hatte er Schulden?«

»Jürgen hatte keine Schulden, er kannte immer genau seine Grenzen. Sicher, er hat ein kleines Vermögen verspielt, aber er hatte genug Geld. Manchen Leuten fällt es einfach in den Schoß, und bei ihm war es so.«

»Hat er als Arzt so viel verdient?«

»Er hat sogar sehr gut verdient, ich schätze so zwischen drei- und vierhunderttausend im Jahr.«

»Euro?«, fragte Brandt ungläubig.

»Was denken Sie denn?«

»Das ist selbst für einen Arzt enorm viel. Schätzen Sie, oder wissen Sie es?«

»Er hat es mal so nebenbei erwähnt. Da kommt man schon ins Grübeln und fragt sich, was man falsch gemacht hat. Aber dass Sie mich nicht falsch verstehen, ich bin auch kein armer Mann, und meine Frau verdient mit ihren Büchern ebenfalls eine Menge. Wir leben jedenfalls nicht in Armut.«

»Ihre Frau ist Schriftstellerin?«, fragte Eberl neugierig.

»Das wussten Sie nicht? Sie schreibt sehr erfolgreiche historische Romane, und mir gehört diese Galerie. Uns verbindet nicht nur die Liebe, sondern auch die Kunst. Deshalb harmonieren wir auch so prächtig.«

Es klopfte an der Tür, die junge Frau kam herein und sagte leise: »Herr Kolkow ist draußen, Sie haben einen Termin mit ihm. Soll ich ihm sagen, dass er sich noch einen Augenblick gedulden möchte?«

Wedel blickte erst die Kommissare und anschließend die junge Frau an. »Hab ich jetzt ganz vergessen. Ja, sagen Sie ihm, dass er sich noch einen Moment gedulden soll.« Und als sie wieder draußen war: »Haben Sie noch Fragen?«

»Vorerst nicht. Wenn Sie uns bitte nur noch Ihre Telefonnummer sagen würden, damit wir uns gegebenenfalls mit Ihnen in Verbindung setzen können«, erwiderte Brandt. Wedel reichte ihm seine Visitenkarte, auf der auch die Privatnummer vermerkt war.

»Dann noch einen schönen Tag. Und sollten Sie noch Informationen für uns haben oder falls Ihnen noch etwas zu gestern Abend einfällt, hier ist meine Karte.«

»Einen schönen Tag werde ich ganz sicher nicht haben, ich

muss erst einmal diese Nachricht verdauen. Nie mehr Tennis mit meinem Freund. Wenn ich das Schwein vor Ihnen finde, ich garantiere für nichts.«

»Wo wollen Sie denn suchen? Haben Sie doch eine Vermutung, die Sie uns aber nicht mitteilen möchten?«

»War nur so dahergesagt. Ich habe keine Vermutung.«

»Sie haben übrigens eine hübsche Galerie. Allerdings verstehe ich nicht viel von Kunst. Diese zwei Bilder links neben dem Eingang, ich weiß nicht so recht«, sagte Brandt provozierend ruhig und mit leicht herabgezogenen Mundwinkeln. Es war eine bewusste Provokation, mit der er testen wollte, ob sich Wedel aus der Reserve locken ließ. Die einzige Reaktion war jedoch ein vergebendes Lächeln.

»Es ist Kunst. Aber trösten Sie sich, Sie sind nicht der Einzige, der damit nichts anfangen kann.«

»Das beruhigt mich«, erwiderte Brandt ironisch und verließ mit Eberl die Galerie. Er spürte Wedels stechenden Blick in seinem Rücken, aber er drehte sich nicht mehr um. Irgendetwas störte ihn, doch er konnte nicht genau definieren, was es war. Er brauchte Ruhe, um darüber nachzudenken, was an dem eben geführten Gespräch merkwürdig war. Brandt würde Andrea nachher von Wedel berichten, nach einer kalten Dusche und einem noch kälteren Bier. Er hätte jetzt große Lust gehabt, schwimmen zu gehen, aber in Offenbach gab es nicht einmal ein vernünftiges Freibad. In Offenbach gab es fast nichts, was ihn gereizt hätte, hinzugehen, außer auf den Bieberer Berg, aber seit die Kickers nur noch in der Amateurliga rumgurkten, machte ihm auch das keinen Spaß mehr. Dennoch liebte er seine Stadt, hier war er geboren worden, hier war er aufgewachsen, hier war er zur Schule gegangen. Er musste Katharina Wedel Recht geben, die Stadtväter sollten endlich einmal etwas tun, um Offenbach aus dem Schattendasein herauszuholen, das es seit langem führte. Eine graue Maus neben der schillernden Metropole Frankfurt. Die Frankfurter machten Witze über die Offenbacher, sie fragten, was das Autokennzeichen OF bedeute, und wenn ein Fremder ratlos mit der Schulter zuckte, sagten sie lachend »Ohne Verstand«, weil die Offenbacher nicht einmal das Wort Verstand richtig buchstabieren konnten. Es war natürlich nicht fair, aber Offenbach hatte sich einen Großteil seiner Nichtbeachtung selbst zuzuschreiben. Wer wollte schon in einer Stadt leben, die kaum eine Perspektive bot, wo die Lebensqualität Jahr für Jahr sank, die alteingesessenen Offenbacher immer weniger wurden und und und.

»Wir fahren zurück ins Präsidium«, sagte er zu Eberl. »Ich hab keinen Bock, heute noch mehr in der Gegend rumzufahren, es würde sowieso nichts bringen. Vielleicht liegt auch schon der endgültige Bericht der KTU vor. Und Andrea müsste eigentlich auch fertig sein.«

»Der Wedel gefällt mir nicht«, bemerkte Eberl, ohne auf Brandts Worte einzugehen. »Frag mich aber nicht, warum.«

»Warum?«, fragte Brandt dennoch mit einem Schmunzeln.

»Einfach ein Bauchgefühl. Und wie ist es bei dir?«

»Ähnlich. Er kommt mir ziemlich arrogant vor.«

»Das auch, aber es ist was anderes. Doch was?«

»Keine Ahnung. Aber wir werden ihn im Auge behalten.«

Eberl wischte sich den Schweiß von der Stirn, obwohl es im Auto relativ kühl war. Sie mochte diese Hitze im Kessel des Rhein-Main-Gebiets nicht, sie hatte diese Hitze noch nie gemocht. Und sie verstand diejenigen nicht, die sich angeblich darüber freuten. Selbst die Katzen und Hunde suchten sich bei dem Wetter ein schattiges oder kühles Plätzchen. Sie freute sich schon auf den Feierabend, wenn sie in ihr Haus kam, das ihr Mann entworfen und gebaut hatte und das keine Klimaanlage besaß, in dem aber das ganze Jahr über eine ziemlich gleichmäßige Temperatur herrschte. Er hatte es von den Mauren abgeguckt, den Häusern, deren überlieferte Bauweise er in Spanien, Portugal und Marokko studiert hatte. Während andere in ihren Häusern und Wohnungen nachts schwitzten, schliefen sie bei zwanzig Grad, selbst wenn die Außentemperatur auf über fünfunddreißig Grad stieg und nachts bisweilen nicht unter fünfundzwanzig Grad fiel. Sie bewunderte ihren Mann, der so viel Liebe ins Detail gesteckt und ein Haus für die Ewigkeit gebaut hatte, wie er ihr einst sagte.

»Willst du ihn überwachen lassen?«, fragte sie.

»Wie soll ich das denn vor der Klein begründen? Die lacht mich doch nur aus. Außerdem haben wir nicht genügend Leute für so eine Aktion. Das halbe Präsidium ist in Urlaub, und auch bei der Schupo sind viele mit ihren Familien verreist. Keine Chance.«

»Aber du denkst das Gleiche wie ich, nämlich dass Wedel nicht ganz koscher ist, oder?«

Brandt zuckte mit den Schultern. »Ich weiß nicht. Der Typ ist unheimlich schwer einzuschätzen. Möglich, dass er uns etwas verheimlicht. Fragt sich nur, was. Aber vielleicht bilden wir uns da auch was ein. «

»Könntest du dir vorstellen, dass er seinen besten Freund umgebracht hat?« Eberls Frage klang beiläufig, zu beiläufig, wie er fand.

»Nicole, wir kennen uns lange genug. Du weißt, dass ich nichts für unmöglich halte, aber wir haben nicht den Hauch eines Motivs. Warum sollte ausgerechnet er ihn umgebracht haben? Da müsste ein sehr triftiger Grund dahinterstecken, doch ich sehe nicht mal im Entferntesten einen. Du etwa?«

»Nee. Ist wohl nur ein Hirngespinst, weil ich den Typ irgendwie nicht leiden kann. Ich hätte wahrscheinlich auch den Kaufung nicht abgekonnt. Männer, die ihre Frauen wechseln wie die Unterhosen, sind mir einfach zuwider, da kann einer noch so gut aussehen und noch so charmant sein.«

»Und wenn du's vorher nicht weißt?«

»Wenn ich was nicht weiß?«

»Na, dass er ein Playboy ist.«

»Keine Ahnung. Lassen wir das jetzt einfach, es führt zu nichts. Ich bin erschossen und kann wegen der Hitze sowieso keinen klaren Gedanken mehr fassen.«

Brandt entgegnete nichts darauf, er hätte nur das Gleiche sagen können.

Samstag, 15.20 Uhr

Bernhard Spitzer, der eigentlich nicht länger als bis fünfzehn Uhr im Büro bleiben wollte, saß noch immer hinter seinem Schreibtisch und wälzte Akten. Er blickte hoch, als die Tür aufging und Brandt und Eberl hereinkamen.

»Du bist ja immer noch hier«, sagte Brandt, holte eine Flasche Wasser aus dem Kühlschrank, schraubte den Verschluss ab und trank sie in einem Zug halb leer. Er wischte sich den Mund ab, behielt aber die Flasche in der Hand.

»Ich wollte auf euch warten. Schießt los, was habt ihr bis jetzt?« Er lehnte sich zurück, die Hände hinter dem Kopf verschränkt, und gähnte.

»Nicht viel oder, um genau zu sein, so gut wie gar nichts. Kaufung war ein toller Kerl, bei fast allen beliebt, hat eine Menge Kohle gescheffelt und auch eine Menge davon verzockt. Wir waren bei der Zinner und der Johannsen, mit denen er gleichzeitig was hatte. Die beiden wussten aber davon und sind zudem befreundet. Da kann ein Eifersuchtsmotiv schon mal so gut wie sicher ausgeschlossen werden, weil die zwei uns gegenüber sehr offen waren. Dann hatten wir noch das Vergnügen mit Katharina Wedel, der Frau seines besten Freundes, die auch nur Gutes über ihn zu berichten wusste. Und zuletzt haben wir mit Wedel selbst gesprochen. Nicole und ich sind uns einig, dass mit dem Typ irgendwas nicht stimmt, aber wir können noch nicht sagen, was.«

»Ist das nur ein Gefühl oder …«

»Keine Ahnung«, wurde Spitzer von Brandt etwas unwirsch unterbrochen, was auch an der stickigen Luft im Büro lag. »Ich muss das Gespräch noch mal in aller Ruhe Revue passieren lassen. Vielleicht komm ich drauf.«

»Und du, Nicole?«, fragte Spitzer.

»Ich muss auch drüber nachdenken. Ich hab nur Angst, dass wir uns jetzt schon auf jemanden versteifen, der damit gar nichts zu tun hat.«

»Und warum Wedel? Nicole?«

Sie rollte mit den Augen und schüttelte den Kopf. »Stell mir doch nicht ausgerechnet jetzt so eine Frage«, antwortete sie ungewohnt gereizt. »Ich weiß es nicht, er ist mir einfach unsympathisch. Aber ich will und darf mich nicht von persönlichen Gefühlen leiten lassen. Keiner von uns darf das.«

»Und du?«

Brandt hatte die Flasche erneut angesetzt und trank sie aus. Er rülpste leise und sagte: »Jetzt hör doch mal mit diesen Fragen auf! Wenn ihr nichts dagegen habt, nehm ich die Fotos und den Bericht der Spurensicherung mit nach Hause. Vielleicht kommt dort die große Erleuchtung.«

»Aber keine Alleingänge, okay?«, entgegnete Spitzer mahnend.

»Bernie, bitte nerv mich nicht, dazu bin ich jetzt nicht in der Stimmung. Und wenn ich alleine was mach, was dann? Willst du mir den Fall entziehen?«

»Red doch nicht so'n Blödsinn! Bis vor einem halben Jahr hätte ich dir alle Freiheiten zugestanden, die du haben wolltest, aber mit der Klein im Rücken …«

»Die soll mir den Buckel runterrutschen! Ist das der vollständige Bericht der Spusi?«

»Vor zwanzig Minuten reingekommen. Nimm den ganzen Kram mit. Macht ihr morgen auch irgendwas?«

Brandt sah Eberl an und zuckte mit den Schultern. »Keinen Schimmer. Wenn ja, ruf ich dich an, okay?«

Nicole Eberl legte einen Arm um seine Schulter. »Hör zu, ich wäre froh, wenn ich morgen nichts machen müsste. Hast du mich verstanden?«, sagte sie mit unwiderstehlichem Lächeln. Ihre Gereiztheit war schon wieder verflogen.

»Denke schon.«

»Also gut, dann sind wir uns ja einig. Und die Klein braucht das gar nicht zu erfahren. Wenn sie dumme Fragen stellt, sagen wir einfach, dass wir zusammen unterwegs waren. Sollte allerdings in unserem beschaulichen Ort ein weiterer Mord geschehen, lass es mich wissen. Dann wäre ich schon gerne dabei.«

»Sicher. Aber es wird keinen zweiten Mord geben.«

»Woher nimmst du diese Gewissheit?«, fragte Spitzer.

»Wie oft soll ich es noch wiederholen, die Tat geschah im Affekt. Das war kein kaltblütig geplanter Mord. Dem ist irgendwas vorausgegangen, fragt sich nur, was. So, und jetzt hau ich ab. Als Erstes stell ich mich unter die Dusche, und anschließend zieh ich mir ein schönes kaltes Pils rein. Oder auch zwei. Heut brauch ich das. Ciao und bis morgen oder spätestens übermorgen.«

»Mach's gut, Alter«, sagte Spitzer und stand auf, streckte sich und gähnte erneut. »Ich hau auch ab. Bis dann.«

Brandt und Eberl verließen das Büro, doch nach wenigen Schritten machte Brandt wieder kehrt und fragte Spitzer, der gerade seinen Schreibtisch abschloss: »Sag mal, war eigentlich jemand in Kaufungs Haus?«

»Die Fotos sind auch in der Akte. Aber Didi und Robert wussten ja nicht einmal genau, wonach sie suchen oder worauf sie achten sollten. Kannst morgen ja mal einen Ausflug dorthin machen, soll 'ne richtige Nobelbude sein, wie die zwei gesagt haben.«

»Und die Sprechstundenhilfe?«

»Fehlanzeige. Sie hat die Praxis um halb sechs verlassen und kann absolut nichts sagen. Sie scheint mit den privaten Gewohnheiten von Kaufung nicht vertraut zu sein.«

»Kann man nichts machen. Jetzt bin ich aber endgültig weg.«

Eberl hatte auf Brandt gewartet. Im Hinuntergehen tauschten sie nur noch ein paar Belanglosigkeiten aus, bevor jeder in sein Auto stieg. Als er vor seinem Haus in der Elisabethenstraße ankam, sah er schon von weitem den Wagen von Andrea. Er freute sich darauf, sie zu sehen. Jeder Tag mit ihr war ein guter Tag.

Samstag, 16.30 Uhr

Andrea Sievers hatte bereits die Wohnung aufgeräumt, geduscht und lag, als Brandt zur Tür hereinkam, auf dem Sofa, mit nichts als einer weißen Shorts und einem weißen Spaghetti-Shirt bekleidet.

»Da bist du ja endlich«, empfing sie ihn mit müder Stimme

und wandte ihren Kopf in seine Richtung. »Diese Hitze bringt mich noch um. Ich glaub, ich stell mein Bett in der Pathologie auf.«

»Liebste Andrea, mein Tag war bestimmt heißer als deiner«, erwiderte er, kniete sich vor sie und gab ihr einen Kuss. »Schon lange hier?«

»Seit drei. Und, Erfolg gehabt?«

»Und wie! Wir haben den Täter, morgen beginnt der Prozess, und übermorgen wandert er lebenslang hinter Gitter.« Er machte eine resignierende Handbewegung und sagte: »Es war ein beschissener Tag. Nein, kein Erfolg, nur Befragungen, Befragungen, Befragungen und keine Resultate. Und deine liebe Freundin nervt mich auch schon wieder. Hast du wenigstens was Neues für mich?«

Andrea setzte sich auf, strich sich mit beiden Händen durchs Haar und schüttelte den Kopf. »Nichts, was dich weiterbringen würde. Der Angriff kam definitiv von hinten, das heißt, Kaufung muss dem Angreifer oder der Angreiferin den Rücken zugewandt haben. Aber aufgrund der Tiefe der Stichkanäle und auch der Form muss die Person ziemlich kräftig sein, weshalb ich eine Frau fast ausschließen würde. Denn es wurde ja kein scharfes Messer, sondern ein Brieföffner benutzt.«

»Wie groß war Kaufung?«, fragte Brandt.

»Eins zweiundachtzig, circa fünfundsiebzig Kilo, sehr durchtrainiert und muskulös, aber nicht wie ein Bodybuilder. Der Typ hatte ein unglaubliches Körperbewusstsein. Ehrlich, ich hab selten einen solch perfekten Körper auf den Tisch gekriegt. Da tut's richtig weh, wenn man so was aufschneiden muss.«

»Ach ja, wie hab ich das denn zu verstehen?«

»Och, hab ich nur so gesagt. Aber mit dir kann der im Leben nicht mithalten.«

»Dein Glück, du hast gerade noch deinen Kopf gerettet.« Und nach einer kurzen Pause: »Sag mal, wie verlaufen eigentlich die Stichkanäle?« Brandt erhob sich wieder, zog sein Hemd und die Hose aus und legte beides über einen Stuhl.

»Was hast du denn vor?«, fragte Andrea und fuhr sich lasziv mit der Zunge über die Lippen.

»Meinen perfekten Body wässern«, erwiderte er. »Und jetzt beantworte bitte meine Frage, das ist wichtig.«

»Ich gehe stark davon aus, dass der Täter kleiner als Kaufung ist, denn die Einstichkanäle verlaufen leicht ansteigend.«

»Wie viel kleiner?«

»Warte mal kurz«, sagte sie und stand auf und stellte sich hinter Brandt. »Du bist eins siebzig und ich eins fünfundsechzig. Fünf bis maximal zehn Zentimeter.«

»Schau an. Und du sagst kräftig.« Brandt drehte sich um und sah Andrea nachdenklich an. »Ich habe heute so jemanden kennen gelernt. Eine Idee größer als ich, schlank, aber muskulös.« Er schürzte die Lippen und schien für einen Moment durch Andrea hindurchzusehen.

»Verrätst du mir auch, wer das ist?«

»Sein bester Freund, dieser Wedel.«

»Der Galerist? Wie kommst du darauf, dass er …«

»Weiß ich noch nicht«, antwortete Brandt schnell. »Ich muss jetzt erst mal den Schweiß runterkriegen und meine Gedanken sortieren.«

Er verschwand im Bad, ohne die Tür hinter sich zuzumachen. Das lauwarme Wasser empfand er als ausgesprochen angenehm, das kühlende Duschgel tat sein Übriges dazu. Er wusch sich die Haare, rasierte sich und zog eine kurze Hose und ein T-Shirt über. Aus der Küche holte er eine Flasche Bier und ein Glas und ließ sich in den Sessel fallen.

»Das tut gut«, sagte er, nachdem er ausgetrunken hatte. »Unternehmen wir heute Abend was?«

»Mach einen Vorschlag.«

»Kino?«

»Was läuft denn?«

»Du hörst dich nicht gerade begeistert an. Also kein Kino. Das Essen von gestern nachholen?«

»Im Augenblick bin ich müde und würde am liebsten hier bleiben. Du müsstest doch auch todmüde sein nach der kurzen Nacht und dem anstrengenden Tag.«

»Geht so. Aber wir können ja zwei Stunden schlafen und dann weitersehen. Wenn ich überhaupt schlafen kann.« Er trank das zweite Glas Bier und warf einen Blick in den Bericht der Spurensicherung. Was er las, war aussagelos, keine einer einschlägig vorbestraften Person zuzuordnende Fingerabdrücke, keine Kampfspuren. Er legte die Akte wieder auf den Tisch.

»Okay«, sagte sie, »dann schieß doch mal los. Was für ein Typ ist dieser Wedel, vielleicht kann ich dir helfen?«

»Du hast ihn ja noch nicht mal gesehen.«

»Na und? Meine Erkenntnisse gepaart mit deinen … Spann mich bitte nicht so auf die Folter.«

»Er hat geschauspielert, das weiß ich. Die Trauer um seinen Freund war nicht echt, auch wenn er uns zu erklären versuchte, dass er die nicht so zeigen kann. Dazu kommt, dass Wedel die letzte Person war, die mit Kaufung telefoniert hat.«

»Und um was ging's bei dem Gespräch?«

»Er hat das Tennis mit ihm abgesagt, weil er noch ein paar dringende Sachen zu erledigen hatte.« Er schloss für einen Moment die Augen und dachte nach. Mit einem Mal kam er nach vorn und sagte: »Das ist es. Er hat abgesagt, weil er *an-*

geblich noch dringend etwas zu erledigen hatte. Aber das Einzige, was er uns vorweisen kann, ist eine Quittung von einem Herrenausstatter und ein Kassenbon von Hugendubel, wo er auch um kurz vor halb acht war …«

»Wenn ich dich unterbrechen darf«, sagte Andrea, »aber diese Kassenzettel lügen manchmal. Die Uhrzeit darauf stimmt bisweilen nicht. Die zeigen halt hin und wieder nicht die genaue Uhrzeit an.«

»Echt? In welche Richtung, ich meine, nach vorn oder nach hinten?«

»Ich bin da mal durch Zufall drauf gestoßen. Ich habe nachmittags um drei ein Kleid gekauft, aber auf dem Kassenzettel war sechzehn Uhr noch was vermerkt. Danach hab ich das ein paar Mal kontrolliert, und auf einigen dieser Bons stand nicht die wirkliche Zeit. Lass bei Hugendubel die Uhr in der Kasse um zehn Minuten oder eine Viertelstunde vorgehen … Allerdings heute, wo alles computergesteuert ist.«

»Interessant. Wir überprüfen das. Jedenfalls behauptet Wedel, danach auch angeblich etwas gegessen zu haben und wieder in die Galerie gefahren zu sein, wofür es natürlich keine Zeugen gibt. Aber was um alles in der Welt ist so dringend daran, nach Frankfurt zu fahren, um sich ein paar Klamotten und ein Buch bei Hugendubel zu kaufen? Das hätte er doch auch heute oder am Montag machen können? Dafür versetze ich doch nicht in letzter Minute meinen besten Freund, sondern sage ihm rechtzeitig Bescheid. Außerdem würde ich meine Bücher bei Gondrom kaufen, das ist bei Wedel praktisch gegenüber. Fakt ist, er hätte ab halb acht genügend Zeit gehabt, in die Parkstraße zu fahren, wo er sich vielleicht mit Kaufung verabredet hatte. Klingt das logisch?«

Andrea hatte aufmerksam zugehört und meinte nach einer Weile: »Alles, was du sagst, klingt logisch. Es fehlt nur etwas

Entscheidendes – das Motiv. Warum hätte er sich für acht mit Kaufung in dessen Praxis verabreden sollen, wenn er schon den ersten Termin nicht wahrgenommen hat? Und wenn eure Spurensicherung keine Hinweise findet, die darauf hindeuten, dass Wedel gestern Abend dort war, oder wenn nicht zufällig noch jemand auftaucht, der Wedel dort um die fragliche Zeit gesehen hat, stehst du wieder am Anfang.«

»Hast du unter den Fingernägeln nachgeschaut?«

»Ganz kurz geschnitten, er hat offenbar eine Maniküre gehabt, keine Fasern oder Sonstiges. Und ich muss dich noch weiter enttäuschen, es gibt auch keinerlei Hinweise, dass es vorher zu einer Auseinandersetzung gekommen ist. Sorry.«

»Die KTU hat auch nichts ergeben«, sagte Brandt. »Scheiße! Warum hat keiner was gesehen?! Es kann doch nicht angehen, dass im Hochsommer, wenn die Sonne noch scheint und die Straße und der Park noch voller Menschen sind, keiner etwas gesehen haben will! Ich kapier das nicht!«

»Warum bist du eigentlich so auf Wedel fixiert? Ist er dir unsympathisch?«

»Blödsinn!«

»Er ist dir also unsympathisch«, entgegnete Andrea lapidar. »Und warum ist er es?«

»Keine Ahnung«, sagte Brandt mürrisch. »Der ist so ein Typ, den man nicht greifen kann. Aalglatt und … Woher weißt du eigentlich immer, was ich fühle oder denke?«

»Weibliche Intuition, Feingefühl, der sechste Sinn, such dir was raus.« Sie lächelte ihn verschmitzt an. »Ihr Männer könnt euch eben nicht verstellen, im Gegensatz zu uns. Wir sind euch da einen Riesenschritt voraus.«

»Hahaha!«

Andrea setzte sich zu ihm auf die Sessellehne und kraulte

seinen Kopf. »Ach komm, Schatz, du bist doch die große Ausnahme. Ich spreche ja von den andern Männern, die mit dir gar nicht mithalten können. Denk nur an unsern ersten richtigen Fall und wie du den gelöst hast. Das war mehr als nur Intuition und Feingefühl.«

»Meinst du das jetzt ernst, oder willst du mich verarschen?«

»Nein, diesmal will ich dich ausnahmsweise nicht verarschen.«

»Weißt du was? Ich würde jetzt am liebsten mal zu Hugendubel fahren und mir ein Buch kaufen. Kommst du mit?«

»Aha, der Wolf hat die Fährte aufgenommen. Klar komm ich mit. Auch wenn ich eigentlich hundemüde bin, doch das interessiert hier ja keinen. Aber den Abend verbringen wir gemütlich zu Hause. Entweder hier oder bei mir. Wir könnten uns eine DVD ausleihen, uns eine Pizza kommen lassen und dazu einen schönen Rotwein trinken. Was hältst du davon?«

»Von mir aus.«

»Von mir aus, von mir aus! Willst du unbedingt weggehen?«

»Nein, ich find den Vorschlag gut, ehrlich. Was für einen Film denn?«

»Das können wir entscheiden, wenn wir in der Videothek sind. Ich zieh mir nur schnell was an, dann können wir los. Du hast ganz schön Glück, dass die Geschäfte in Frankfurt auch am Samstag erst um acht schließen und nicht wie in diesem Kaff schon um vier. Das ist der Unterschied zwischen einer Weltstadt und einem Dorf«, sagte sie und verschwand mit wackelndem Hintern im Schlafzimmer.

»Ja, ja, gib's mir nur«, brummte er und folgte ihr, um sich ebenfalls etwas anzuziehen.

Eine halbe Stunde später stellte Brandt seinen Alfa 147 im Parkhaus Hauptwache ab. Als sie ins Freie traten, glaubte er in einem Glutofen zu sein. Die Luft war heiß und schwer zu atmen, die Dusche von vorhin gehörte längst der Vergangenheit an, Schweiß rann in Bächen über seinen Körper.

»Willst du dir ein bestimmtes Buch kaufen?«, fragte Andrea, als sie durch die B-Ebene der Hauptwache gingen.

»*Stupid White Men* von Michael Moore. Steht seit Monaten auf der Bestsellerliste, alle reden drüber, weil er so auf'n Busch haut. Ich meine *den* Bush, wenn du verstehst.«

»Bin ja nicht blöd. Hab nur davon gehört, aber noch nicht gelesen. Ich geh ganz nach oben, in die Esoterik-Ecke.«

»Und da?«

»Ein Buch von Michael Newton, *Die Reisen der Seele*. Interessiert dich bestimmt nicht.«

»Um was geht's denn da?«

»Leben nach dem Tod und so weiter.«

»Warum sollte mich das nicht interessieren? Du meinst wohl, ich würde nur das glauben, was ich mit meinen fünf Sinnen wahrnehme?«

»Entschuldigung, aber …«

»Wenn ich dir erzählen würde, was ich schon alles erlebt habe. Aber darüber können wir uns ja später unterhalten.«

Im Geschäft trennten sie sich, Andrea fuhr mit der Rolltreppe nach oben, während Brandt im Erdgeschoss blieb. Nach einer Stunde hatte er fünf Bücher in der Hand, drei Sachbücher und zwei Romane, während Andrea sich gleich zwei Bücher von Newton geholt hatte. Sie gingen zur Kasse, schauten auf die Uhr und bezahlten. Brandt warf im Hinausgehen einen Blick auf den Kassenzettel und schnalzte mit der Zunge.

»Schau an«, sagte er, »als der Bon ausgedruckt wurde, war

es genau neunzehn Uhr zwei, aber hier steht neunzehn Uhr vierzehn. Und ich kann mir beim besten Willen nicht vorstellen, dass von gestern auf heute eine Korrektur vorgenommen wurde. Also, was sagt uns das? Wedel war nicht um halb acht bei Hugendubel, sondern mindestens zwölf Minuten vorher. Und schon davor beim Herrenausstatter.«

»Was beweist das schon?«

»Er hat uns angelogen, ganz einfach. Und ich traue Menschen nicht, die mich in einem Mordfall anlügen. Er hat Zeit genug gehabt, um um acht wieder in Offenbach zu sein, selbst wenn er zwischendurch noch an einer Pommesbude Halt gemacht hat.«

»Ich bitte dich, du hast nichts, aber auch rein gar nichts gegen ihn in der Hand. Sei vorsichtig, denn wenn er eine reine Weste hat, kann der Schuss ganz schnell nach hinten losgehen. Und Elvira wartet bestimmt nur darauf, dass du einen Fehler machst.«

»Keine Sorge, ich werde ganz behutsam vorgehen, so wie immer.«

Auf der Rückfahrt erzählte Brandt von seinen Gesprächen, die er mit Denise Zinner, Petra Johannsen und Katharina Wedel geführt hatte.

»Du meine Güte«, sagte Andrea, als er geendet hatte, »Kaufung hatte zwei Geliebte gleichzeitig? Und die beiden sind auch noch befreundet? Das ist ja der reinste Sündenpfuhl.«

»Die Zeiten haben sich eben geändert. Mir ist wurscht, mit wie vielen Frauen Kaufung rumgemacht hat. Er ist tot, und ich will seinen Mörder haben. Und ich schwöre dir, ich krieg ihn.«

»Das glaub ich dir, aber nicht mehr heute. Der Abend heute gehört uns, und wir reden auch nicht mehr über den Fall.«

Sie hielten an der Videothek, liehen sich *Pretty Woman* und *Ring* aus, ließen sich Pizza ins Haus liefern und tranken über mehrere Stunden verteilt eine Flasche Rotwein. Sie hatten sämtliche Fenster geöffnet, allmählich wurde die heiße Luft durch kühlere ersetzt und damit der Aufenthalt in der Wohnung erträglicher, und es war wieder weit nach Mitternacht, bevor sie zu Bett gingen. In den nächsten fünf Wochen aber war an Schlaf kaum zu denken, eine Hitzewelle hatte das Land erfasst, wie man sie hier noch nie erlebt hatte. Die Temperaturen in den Häuserschluchten der Innenstädte stiegen bisweilen auf über vierzig Grad an, die Nächte waren so warm wie früher ein normaler Sommertag. Es gab viele, die unter dieser Hitze litten, vor allem Alte und Kranke. Die Pegelstände der Flüsse und Seen sanken auf Rekordwerte, überall in West- und Südeuropa herrschten zum Teil verheerende Waldbrände, und fast jeder sehnte sich nach einem Ende dieses Sommers. Auch Brandt, der sich am wohlsten in seinem Auto fühlte, wenn die Klimaanlage lief.

Ende Juli bis Mitte September 2003

In den folgenden Tagen und Wochen liefen die Ermittlungen im Fall Kaufung auf Hochtouren, Klaus Wedel und dessen Umfeld wurden von Brandt und Eberl mehrere Male befragt, ebenso alle Frauen, die in den letzten Jahren ein Verhältnis mit dem Toten hatten. Auch die Ehemänner von Kaufungs verheirateten Geliebten wurden befragt, unter anderem Michael Zinner und Wolfgang Johannsen, aber alle konnten für die Tatzeit ein einwandfreies Alibi vorweisen. Die Öffentlichkeit wurde um Mithilfe gebeten, doch es ergaben sich keine neuen Hinweise auf den Mörder. Die Vergangenheit von Kaufung wurde bis ins kleinste Detail durchleuchtet, aber auch hier fand sich nichts Verwertbares. Elvira Klein zeigte sich alles andere als erfreut über die nicht vorhandenen Ergebnisse und ließ Brandt mehrfach ihren Unmut deutlich spüren, was er jedoch mit der ihm eigenen stoischen Gelassenheit hinnahm.

Die Schulferien gingen zu Ende, Sarah und Michelle kamen braungebrannt aus Spanien zurück. Brandt war froh, sie wieder bei sich zu haben. Sie hatten sich nicht verändert, wie er befürchtet hatte, sie betonten aber, dass es ein schöner Urlaub war und sie vielleicht im nächsten Sommer wieder zu ihrer Mutter fahren würden.

Am 1. September begann die Schule, und wie immer gingen Sarah und Michelle nach dem Unterricht zu ihren Großeltern, um zu Mittag zu essen, und machten dort oder bei

Freundinnen ihre Hausaufgaben. Der heißeste und trockenste Sommer (ein Mördersommer, wie ihn viele im Präsidium nannten) seit Menschengedenken neigte sich allmählich dem Ende zu, die Nächte wurden kühler, die Tage kürzer, die Menschen atmeten auf. Noch war kein ergiebiger Regen in Sicht, der die fast ausgetrockneten Flussbetten wieder mit Wasser füllte und die verdorrte Erde tränkte. Aber dies war die geringste Sorge, die Brandt plagte, denn der mysteriöse Mord an Kaufung schien mit jedem Tag mehr, der verging, zu einem unlösbaren Fall zu werden, zu einem perfekten Verbrechen, bei dem der Mörder nicht die winzigste Spur hinterlassen hatte. Bis zum 24. September, gut zwei Monate nach dem Mord.

Mittwoch, 24. September 2003, 9.30 Uhr

Sandra Heuser hatte das lange blonde Haar zu einem Zopf gebunden. Sie war gutgelaunt wie fast immer, als sie sich auf den Weg zu ihrem Arbeitsplatz machte, der Galerie Wedel. Sie wohnte nur zehn Minuten zu Fuß entfernt, genoss die Sonne, die aber nicht mehr die Kraft besaß wie noch vor wenigen Tagen. An einem Zeitungskiosk kaufte sie zwei Magazine und eine Schachtel Zigaretten, unterhielt sich noch einen Moment mit dem Besitzer, den sie seit mehr als drei Jahren kannte, ein junger Türke, der hier aufgewachsen war und besser Deutsch als Türkisch sprach und der gerne etwas mit ihr angefangen hätte. Aber im Gegensatz zu früher stand sie nicht mehr auf südländische Männer. Eine schlechte Erfahrung vor sechs Jahren mit einem Marokkaner, der auch vor Handgreiflichkeiten nicht zurückschreckte, hatte sie vorsichtig werden lassen. Zur Zeit lebte sie allein, auch wenn es viele Männer gab, die sie hofierten, aber sie war wählerisch und sicher, bei passender Gelegenheit einen zu finden, mit dem sie alt werden würde. Noch aber hatte sie ihn nicht gefunden, war sich jedoch bewusst, dass ihre biologische Uhr bereits in immer schnellerem Tempo tickte, und wenn nicht bald Mr. Right in ihr Leben trat, würde ihr größter Wunsch, eine eigene Familie zu gründen, nie in Erfüllung gehen. Trotz allem war sie kein Kind von Traurigkeit. Sie verzichtete nicht auf die Freuden und Annehmlichkeiten des Lebens, wozu auch Männer gehörten, mit denen sie ihre Nächte verbrachte, ohne bisher auch nur einen von ihnen näher als an ihren Körper zu lassen. Daran dachte sie jedoch an diesem herrlichen Vormittag nicht, als sie nach dem kurzen Gespräch ihren Weg zur Galerie fortsetzte, wo die letzten Vorbereitungen rund um die Ausstellung mit den Fotografien und Gemälden von David Patterson auf Hochtouren liefen. Von heute bis Freitag würde die Galerie geschlossen bleiben, lediglich gute Freunde und gutbetuchte Stammkunden hatten nach telefonischer Vorankündigung Zutritt.

Die Vorbereitungen hatten bislang mehr als drei Monate in Anspruch genommen. Dafür waren schon jetzt Klaus Wedels Erwartungen weit übertroffen worden, was nicht zuletzt damit zusammenhing, dass die Medien bereits im Vorfeld ausführlich über die anstehende Ausstellung berichteten, Wedel und Patterson gemeinsam im Fernsehen aufgetreten waren und mit einem enormen Besucherandrang gerechnet wurde. Patterson hatte den Transport seiner Werke vor einer Woche persönlich überwacht und dafür gesorgt, dass alles ordnungsgemäß von New York nach Offenbach gebracht wurde. Wedel und viele andere waren von der charismatischen Ausstrahlung Pattersons begeistert, nur Sandra Heuser nicht, die in ihm eher einen blasierten und arroganten Typen sah, der so sehr von sich überzeugt war und dies sein Umfeld auch spüren ließ, dass es sie fast anwiderte. Ein weiterer Grund war sicherlich, dass er ihr gleich beim ersten Zusammentreffen in der Galerie unverhohlen Avancen gemacht hatte, aber er war Ende fünfzig und sie gerade einmal achtundzwanzig, und sie würde sich schon gar nicht kaufen lassen. Die Abfuhr hatte Patterson getroffen, auch wenn er sich das nicht anmerken ließ.

Doch daran verschwendete sie heute keinen Gedanken, wichtig war, der Ausstellung den letzten Schliff zu verpassen, denn für den Eröffnungstag, an dem der große Meister persönlich anwesend sein würde, hatten sich viele Journalisten von großen und kleinen Zeitungen und Magazinen sowie Rundfunk und Fernsehen nicht nur des Rhein-Main-Gebiets angekündigt und würden Offenbach so für einen kurzen Zeitraum zum Interesse der Öffentlichkeit machen, war dies doch das erste Mal überhaupt, dass Patterson in Deutschland ausstellte. Am 26. September um Punkt neunzehn Uhr würde die Ausstellung feierlich eröffnet werden und die letzten Besucher sich am 31. Oktober verabschieden. Abschließend sollte es eine große Feier geben, bis der normale Alltag wieder in der Galerie Einzug hielt.

Sandra Heuser überquerte die Waldstraße, auf der wie meist um diese Zeit reger Verkehr herrschte. Die Gitter vor dem Eingang waren noch heruntergelassen. Sie ging durch den Hof, um durch die Hintertür, die aus einbruchsicherem Material und Schloss bestand, in die Galerie zu gelangen. Sie lächelte in die Überwachungskamera über ihr und tippte den vierstelligen Code ein. Erst dann war es ihr möglich, mit dem Schlüssel die Tür zu öffnen. Sie würde wie immer die Erste sein – ihre beiden Kolleginnen und Wedel erschienen in der Regel um kurz vor zehn, die Neue manchmal auch erst um elf, dafür blieb sie meist länger – und die Nachrichten, falls welche vorhanden waren, auf dem Anrufbeantworter abhören und notieren. Das Hochziehen der Gitter war Aufgabe ihres Chefs, der als Einziger den Code der Alarmanlage für den Eingangsbereich kannte. Patterson hatte auf diese Sicherheitsvorkehrungen bestanden, die zwar sehr kostenintensiv waren, was Wedel aber gelassen hinnahm, hatte er doch bereits weitere große Pläne für die Zukunft.

Sie zog die Tür hinter sich zu, sah nach, ob auch alles sauber und aufgeräumt war, nickte zufrieden und begab sich in den hinteren Teil der Galerie, um den Anrufbeantworter abzuhören. Es befanden sich nur vier Nachrichten von Stammkunden und Freunden Wedels darauf, die um einen Rückruf baten.

Sie wollte bereits wieder nach unten gehen, als sie innehielt und sich über die einen Spaltbreit offene Tür zu Wedels Büro wunderte. Sie kniff die Augen zusammen und schüttelte den Kopf, denn normalerweise machte ihr Chef jeden Abend, bevor er die Galerie verließ, seine Tür zu, meistens schloss er sie sogar ab. Sandra Heuser dachte, vielleicht ist er schon da, ging hin und warf einen Blick in das Büro. Sie rümpfte die Nase, ein merkwürdiger Geruch hing in der Luft. Mit einem Mal erstarrte sie, alles in ihr zog sich zusammen, sie hatte das Gefühl, gleich ohnmächtig zu werden. Er saß in seinem Ledersessel hinter dem Schreibtisch, den Kopf zur Seite geneigt, sein Hemd war blutgetränkt. Sie trat langsam näher heran, schluckte schwer, ihr Herz begann zu rasen. Eine große Blutlache hatte sich um den Sessel herum gebildet, das Blut war bereits verkrustet. Erst jetzt bemerkte sie seine weit aufgerissenen Augen, die ins Nichts starrten. Es war wie in einem Horrorfilm, nur dies war die Wirklichkeit.

Sandra Heuser schrie nicht, wie die meisten andern es getan hätten, sie griff mechanisch zum Telefon, tippte die 110 ein und sagte mit ruhiger Stimme: »Kommen Sie bitte schnell in die Waldstraße, Galerie Wedel. Herr Wedel ist tot, er wurde umgebracht.« Danach legte sie auf, warf einen weiteren Blick auf den Toten und begab sich nach draußen. Mit fahrigen Fingern zündete sie sich eine Zigarette an und setzte sich auf einen Stuhl. Wedel hatte verboten, in der Galerie zu rauchen, aber das kümmerte sie jetzt herzlich wenig, ihn würde es sowieso nicht mehr stören. Sie dachte nicht, ihr Kopf war leer. Sie rauchte die Zigarette bis zum Filter, stand auf, holte eine Untertasse aus dem kleinen Schrank, der in der Küche stand, und legte die Kippe darauf. Das durchdringende Geräusch der Polizeisirenen riss sie aus ihrer Lethargie, sie nahm ihren Schlüssel, ging zur Hintertür und durch den schmalen Hof zur Straße. Die beiden Streifenwagen hielten, vier Beamte stiegen aus, zwei Männer und zwei Frauen. Sandra Heuser führte sie in die Galerie und in das Büro von Klaus Wedel. Kurz darauf erschien auch ihre Kollegin Doreen Müller.

Mittwoch, 9.55 Uhr

Peter Brandt war in seinem Büro und verhörte einen siebzehnjährigen Albaner, der verdächtigt wurde, in Obertshausen eine junge Frau in ihrer Wohnung überfallen, schwer misshandelt, vergewaltigt und ausgeraubt zu haben, als Spitzer hereinkam. Dieser gab ihm ein Zeichen, kurz mit nach draußen zu kommen.

»Was ist?«, fragte Brandt leicht ungehalten. »Ich hab den kleinen Bastard gleich so weit, dass er gesteht.«

»Ich übernehm ihn. Dein Typ wird verlangt. Mord in der Waldstraße, ein gewisser Klaus Wedel, wenn dir der Name noch was sagt.«

»Bitte was? Wedel?«, fragte er ungläubig.

»Fahr hin. Nicole kommt mit, alles andere leite ich sofort in die Wege. Um den kleinen Scheißer da drin kümmere ich mich. Viel Erfolg.«

»Scherzkeks. Wo ist Nicole?«

»Hier«, sagte sie, Brandt drehte sich um. »Bin schon bereit.«

Brandt fragte Spitzer, bevor er ging: »Ist schon ein Arzt verständigt?«

»Nein.«

»Okay, dann gib Andrea Bescheid, sie soll alles stehen und liegen lassen und die Leichenschau vor Ort vornehmen. Sie war bei Kaufung dabei, jetzt will ich sie auch hier dabeihaben.«

»Mach ich doch.«

Während der Fahrt zur Galerie sagte Eberl: »Damit ist dein Hauptverdächtiger aus dem Rennen.«

Brandt schien ihre Worte nicht gehört zu haben, denn er sagte: »Das ist mir zu hoch. Warum Wedel? Ich war inzwischen fast überzeugt, dass er was mit dem Mord an Kaufung zu tun hatte. Ich kapier's nicht.«

»Solche Fragen darfst du zu diesem Zeitpunkt noch gar nicht stellen. Lass ihn uns erst einmal anschauen und dann nachdenken.«

Sie wurden von einem Streifenbeamten erwartet, der sie in die Galerie begleitete.

»Hallo«, sagte Brandt zu Sandra Heuser und Doreen Müller, an deren Gesichter er sich noch gut erinnern konnte. »Wer von Ihnen hat ihn gefunden?«

»Ich«, antwortete Sandra Heuser, der noch immer der Schreck in den Gliedern steckte. Sie zitterte ein wenig, als sie auf Brandt zukam und ihm die kalte Hand reichte.

»Geht es Ihnen einigermaßen, oder brauchen Sie einen Arzt?«

»Es geht. Aber Doreen, ich meine Frau Müller, ist ziemlich fertig. Sie hat sich schon zweimal übergeben.«

»Ich möchte Sie bitten, trotzdem noch eine Weile zu bleiben, ich habe nämlich noch einige Fragen an Sie beide. Wird auch nicht lange dauern. Wo ist er?«

»In seinem Büro.«

Eine junge Beamtin, die Brandt schon einige Male gesehen hatte und von der er wusste, dass sie nach dem Dienst bei der Schutzpolizei die Polizeischule besuchen wollte, um später eine Laufbahn als Kommissarin einzuschlagen, war davor postiert. Brandt fragte sie, ob in dem Büro etwas angefasst oder verändert wurde. Sie verneinte und sah dabei Brandt mit diesem Meinst-du-vielleicht-ich-weiß-nicht-wie-man-einen-Tatort-sichert-Blick an; sie würde einmal eine gute Kommissarin werden, da war sich Brandt gewiss. Er winkte Sandra Heuser zu sich heran und sagte: »Haben Sie etwas angerührt, nachdem Sie ihn gefunden haben?«

»Nein. Das heißt, ich habe die Polizei von seinem Apparat aus gerufen.«

»Sonst nichts?«

»Nein, ich wollte nur so schnell wie möglich da wieder raus.«

»Kann ich verstehen.«

Brandt und Eberl betraten das Büro, in dem sich der süßliche Geruch des Todes festgefressen hatte. Es war ein seltsamer Geruch, der nicht zu beschreiben war, den man gerochen haben musste und ihn doch nicht erklären konnte, selbst nach dem zehnten oder zwanzigsten oder hundertsten Mal. Sie zogen sich Handschuhe über, Brandt ging wortlos in die Knie, um Wedel von unten zu betrachten, und sagte trocken: »Der ist nicht erst seit ein oder zwei Stunden tot. Verdammte Scheiße, warum ausgerechnet auch noch du?«, murmelte er den letzten Satz vor sich hin.

»Was hast du gesagt?«, fragte Eberl, die die letzten Worte nicht mitbekommen hatte.

»Nichts weiter, hab nur mit mir selbst gesprochen. Fällt dir was auf?«

»Was meinst du?«

»Sieh dich doch mal um.«

»Es hat keinen Kampf gegeben, wenn du darauf hinauswillst«, antwortete sie lapidar.

»Genau wie bei Kaufung. Das heißt, er hat seinen Mörder gekannt.«

»Bei Kaufung war ich nicht dabei«, sagte sie mit einem ironischen Unterton. Sie schien noch immer beleidigt zu sein, damals nicht von ihm gerufen worden zu sein. »Aber nicht so voreilig. Er könnte doch auch von einem Fremden überrascht worden sein.«

»Und was soll dieser ominöse Fremde hier gewollt haben?«, fragte Brandt bissig und sah Eberl an. »Ein Bild oder ein Foto klauen? Vergiss es. Wer immer ihn umgebracht hat, Wedel hat ihn gekannt und ihm vertraut, genau wie Kaufung seinen Mörder gekannt und ihm vertraut hat.«

»Du meinst also, dass es sich um ein und denselben Täter handelt?«

»Ich meine gar nichts, ich stelle lediglich fest.«

Der Fotograf kam herein und fragte, ob er mit seiner Arbeit

beginnen könne. Brandt nickte nur und verließ mit Eberl den Raum. Er ging zu Sandra Heuser und Doreen Müller, in deren Gesicht allmählich wieder Farbe zurückkehrte. Sie hielt eine Zigarette in der Hand und hatte ein Glas Sekt vor sich stehen. Brandt konnte es ihr nicht verübeln. Vermutlich wird sie sich heute noch die Kante geben, dachte Brandt. Er nahm sich einen Stuhl und setzte sich zu ihnen an den Tisch.

»Kann ich Ihnen ein paar Fragen stellen?«

»Natürlich«, sagte Sandra Heuser, während Doreen Müller nur zaghaft nickte.

»Wann haben Sie ihn gefunden?«

»Ich bin um halb zehn reingekommen und habe gesehen, dass seine Tür einen Spalt offen stand. Das war sonst nie so, die Tür war immer zu, wenn ich gekommen bin, meistens sogar abgeschlossen.«

»Hatte das einen Grund?«

»Er war ein Sicherheitsfanatiker. In seinem Büro ist ein Tresor, aber fragen Sie mich nicht nach der Zahlenkombination und was drin ist. Herr Wedel hat auch immer gewartet, bis die Putzfrauen mit ihrer Arbeit fertig waren, und hat als Letzter die Galerie verlassen. Er ist sogar manchmal bis Mitternacht hier geblieben, vor allem in den vergangenen Wochen, als er die Ausstellung vorbereitet hat.«

»Die Ausstellung ist ja in aller Munde«, sagte Brandt. »Kommen Sie immer als Erste?«

»Ja, das hat sich in den letzten knapp drei Jahren so eingebürgert.«

»Und warum ist vorne noch alles runtergelassen?«

»Weil nur Herr Wedel den Code kennt, mit dem man die Gitter hochfahren kann.«

»Ich kenne den Code auch«, meldete sich erstmals Doreen Müller schüchtern zu Wort, eine herbe Erscheinung, sehr schlank, doch mit einer beachtlichen Oberweite, die auch durch die vorteilhaft geschnittene hellblaue Bluse nicht gänzlich verdeckt werden konnte, was vermutlich auch nicht beabsichtigt war. Sie trug Highheels (Brandt fragte sich immer, wie man in solchen Schuhen laufen konnte, ohne sich dabei die Beine zu brechen) und schwarze Strümpfe sowie einen sehr körperbetonten schwarzen Rock. Brandt schätzte sie sechs bis sieben Jahre älter als Sandra Heuser, beides Frauen, nach denen sich Männer öfter als nur einmal umdrehten. Die eine blond mit einer scheinbar porenlosen, glatten Haut und großen blauen Augen, die andere dunkelhaarig und exotische Erotik pur. Sie war zwar nicht sonderlich hübsch, eher apart, aber sie hatte das gewisse Etwas. Frauen, die Wedel sich nach bestimmten Kriterien ausgesucht hatte, Frauen zum Vorzeigen für reiche Kunden. Männliche Kunden.

»Du kennst ihn?«, fragte Sandra Heuser mit gerunzelter Stirn. »Seit wann?«

»Ist doch egal.«

»Was für Sicherheitsvorkehrungen gibt es hier noch?«

»Videoüberwachung des Vorder- und Hintereingangs, drei Kameras im Ladenbereich, Sicherheitsglas, die Hintertür ist aus einem besonderen Material und absolut einbruchsicher, weil man auch dort einen Code eingeben muss, bevor man den Schlüssel ins Schloss steckt, sonst geht der Alarm los …«

»Eine Videoüberwachung? Mit Aufzeichnungsgerät?«, fragte Brandt wie elektrisiert.

»Natürlich, Herr Wedel hat sich von einer Sicherheitsfirma beraten lassen und nur die besten und teuersten Geräte angeschafft.«

»Wo ist das Bandgerät?«

»In seinem Büro. Warten Sie, ich zeig's Ihnen«, sagte Sandra Heuser und stand auf. Der Fotograf kam ihnen entgegen und meinte leise, er drucke die Fotos gleich am Computer aus und lege sie auf Brandts Schreibtisch. Brandt nickte ihm nur zu und folgte Sandra Heuser in Wedels Büro. Sie wollte bereits die Schranktür öffnen, hinter der sich das Aufzeichnungsgerät der Videokameras befand, als Brandt sie zurückhielt.

»Warten Sie, nicht anfassen, unsere Spurensicherung muss hier noch arbeiten.« Er streifte sich erneut die Handschuhe über, machte die Tür auf, warf einen Blick in den Schrank und verzog den Mund. »Nicole, kommst du bitte mal.«

»Was gibt's denn?«

»Das Band ist weg. Wer immer hier war, er hat seine Spuren sehr sorgfältig verwischt. Kein Band, kein Mörder.« Und an Sandra Heuser gewandt: »Das ist der einzige Rekorder?«

»Ja. Beide Kameras sind daran angeschlossen. Wir haben außerdem je einen Monitor im Laden, vor dem Hinterausgang und einen dort oben.« Sie deutete über die Tür. Brandt sah den Monitor, den er vorhin gar nicht wahrgenommen hatte.

»Wer wusste alles von dieser Anlage?«

»Sehr viele Leute. Auf jeden Fall zu viele, als dass ich sie alle nennen könnte. Außerdem sieht man, wenn man nicht ganz blind ist, zumindest die Kamera über dem Haupteingang. Aber die große Kamera ist nur eine Attrappe, die eigentliche ist so klein und versteckt angebracht …«

»Das nützt uns alles nichts. Wenn das Band verschwunden ist, ist auch die teuerste Anlage für uns wertlos. Sagen Sie, wirkte Herr Wedel gestern oder in letzter Zeit verändert?«

»Was meinen Sie mit verändert?«

»Nervös, fahrig, aufbrausend, in sich gekehrt, um es kurz zu machen, hat er sich anders verhalten als sonst?«

»Nein, ganz im Gegenteil. Diese Ausstellung ist das Größte, was er in seinem Leben bisher zustande gebracht hat, sagt er jedenfalls. Seit Wochen war er wie aufgedreht und schwärmte ständig von dem großen Coup, der ihm gelungen war. Er hatte schon wieder wahnsinnig viele Pläne, was er in Zukunft alles machen wollte. Ich kann ihm diese Euphorie aber auch nicht verdenken, schließlich war der Erfolg nicht selbstverständlich, wenn man bedenkt, dass Patterson nicht in Frankfurt, sondern hier in Offenbach ausstellt. Aber das kam nur, weil Herr Wedel den großen Patterson in New York kennen gelernt hatte.« Bei den letzten Worten verzog sie den Mund leicht verächtlich.

»Das klingt so, als ob Sie Patterson nicht sonderlich mögen.«

»Was heißt hier nicht mögen«, erwiderte sie schulterzuckend. »Er hat was Besonderes an sich, aber im Grunde ist er ein arrogantes … Na ja, das ist jedenfalls meine Meinung. Schauen Sie sich doch nur um. Ich frage mich, was dieses fast schon pornographische Zeug mit Kunst zu tun hat. Ich werde es jedenfalls nie verstehen. Aber er ist damit berühmt geworden, die Welt liegt ihm zu Füßen, und wahrscheinlich bin ich einfach nur zu blöd, um dahinter die Kunst zu sehen.«

»Sie sind nicht zu blöd, mir gefällt das Zeug auch nicht. Gab es gestern oder in den Tagen davor irgendwelche Vorkommnisse, die ungewöhnlich waren?«

»Nein, nur das Übliche.«

»Was ist denn das Übliche?«

»Es gibt Leute, denen man nichts recht machen kann. Aber das kommt fast täglich vor, und man gewöhnt sich daran.«

»Seit wann arbeiten Sie für Herrn Wedel?«

»Er hat mich eingestellt, als er die Galerie vor drei Jahren eröffnet hat.«

»Nachdem Sie Herrn Wedel gefunden haben, haben Sie außer bei der Polizei noch jemand anders angerufen? Frau Wedel zum Beispiel?«

»Nein, daran habe ich überhaupt nicht gedacht.«

»Sehr gut.«

Brandt schaute zur Tür, Andrea Sievers kam herein. »Das ist Dr. Sievers von der Rechtsmedizin. Wir unterhalten uns nachher weiter. Nicole, kümmerst du dich bitte um die Damen?«

»Natürlich.«

»Hi«, wurde er von Andrea begrüßt, die sich zurückhalten musste, um ihn nicht zu umarmen, da sie sich seit dem Wochenende nicht gesehen hatten. »Ich hab gedacht, ich hör nicht richtig, als Bernie mich angerufen hat. Damit ist wohl alles hinfällig, was du bisher über Wedel gedacht hast.«

»Musst du auch noch damit anfangen, meine Laune ist nämlich nicht gerade die beste«, sagte Brandt missmutig. »Es reicht doch schon, wenn Nicole mir das unter die Nase reibt. Außerdem, warum sollte alles hinfällig sein, nur weil er tot ist?«

»Warum, warum?!« Sie machte eine wegwerfende Handbewegung und fuhr versöhnlich schmunzelnd fort: »Na, dann zeig mir doch mal, wo der gute Junge ist. Und jetzt lächle gefälligst.«

»Wenn Sie mir bitte folgen wollen«, sagte er und machte eine leichte Verbeugung.

»Benimm dich, sonst wissen bald alle über uns Bescheid«, quetschte sie leise hervor.

In Wedels Büro sagte Brandt: »Hier sitzt er und steht nicht wieder auf. Bitte schön, er gehört dir.«

Andrea ging in die Hocke, um Wedel von unten zu betrachten. »Den hat's ganz schön erwischt, was? Der wird nicht wieder gesund, so wie der aussieht. Schau dir nur mal die Gesichtsfarbe an. Nee, sieht verdammt schlecht um ihn aus. Da nützt auch kein Defi was.«

»War auch mein erster Eindruck, als ich ihn gesehen habe. Ich wollte eigentlich erst einen Notarzt alarmieren, aber ich glaub auch, dass da nichts mehr zu retten ist«, sagte Brandt trocken.

»Dann wollen wir doch mal anfangen.« Sie versuchte Wedels Arme zu bewegen, was ihr nur unter größter Kraftanstrengung gelang, und sagte zu Brandt: »Hilf mir mal, ihn auf den Boden zu legen. Aber vorsichtig.«

»Hast du Angst, er könnte vor Schmerzen schreien, wenn wir ihn fallen lassen?«

»Nein, ich will nur nicht, dass er aufwacht. Er schläft so schön.«

Sie legten Wedel auf den Boden, Andrea zog ihm das vorne leicht und hinten stark blutverschmierte Hemd aus der Hose und meinte: »Aber hallo, der sitzt nicht erst seit heute in dem Sessel.« Sie drehte ihn mit Brandt auf den Bauch und drückte auf die Haut, die sich am Rücken dunkel verfärbt hatte. »Leichenflecken nicht mehr wegdrückbar, vollständig eingesetzte Totenstarre, das verkrustete Blut ist auch schon ein bisschen älter. Wie viel Grad sind hier drin?«

»Woher soll ich das wissen?«, sagte Brandt. »Vielleicht zwanzig oder einundzwanzig, keine Ahnung.«

Andrea Sievers stöhnte auf und holte ein modernes Digitalthermometer aus ihrem Koffer. »Alles muss man alleine machen.« Und nach zwei Minuten: »19,6 Grad.« Und nachdem sie Wedels Temperatur gemessen hatte: »25,8 Grad. Der ist schon gestern Abend übern Jordan gegangen. Irgendwann zwischen zwanzig und vierundzwanzig Uhr. Genau kann ich es erst sagen, wenn er bei mir auf dem Tisch liegt.« Und nach kurzem Überlegen: »Aber der Temperatur und der Totenstarre nach zu urteilen, doch eher nach neun.«

»Wie ist er gestorben?«

»Willst du mich auf den Arm nehmen? Das sieht doch jedes Kind. Er wurde erschossen.«

»Und mit wie vielen Kugeln?«

»Mein Gott, ist das jetzt so wichtig?«

»Für dich vielleicht nicht, für mich schon.«

Sie verzog den Mund und sagte nach einer weiteren eingehenden Begutachtung: »Ziemlich großes Kaliber. Drei Einschüsse, soweit ich das jetzt erkennen kann, alle von vorn, die Kugeln sind hinten ausgetreten und im Sessel stecken geblieben. Mach mal deine Augen auf, dann kannst du's sehen. Der muss auf der Stelle tot gewesen sein. Aber wie gesagt, Genaueres erst nach der Autopsie.«

»Wann?«

»Um vier, keine Minute früher«, antwortete Andrea und erhob sich wieder. Sie blickte um sich, noch waren sie allein in dem Büro, die Tür war angelehnt. Sie flüsterte: »Wie sieht's heute Abend aus? Kommst du zu mir, oder soll ich zu dir …«

Brandt zuckte mit den Schultern und meinte ebenfalls leise und nur für Andrea hörbar: »Ich kann noch nicht sagen, wie spät es werden wird. Lass uns telefonieren.«

»Wir haben uns seit Sonntag nicht gesehen, ich habe Sehnsucht«, sagte sie mit diesem Augenaufschlag, dem er nicht widerstehen konnte.

»Ich doch auch. Ich hoffe nicht, dass es zu spät wird. Aber ich will die Mädchen auch nicht schon wieder alleine lassen.«

»Du, ich kann auch schon um sechs oder sieben bei dir sein und mit Sarah und Michelle was kochen oder fernsehen oder ihnen bei den Hausaufgaben helfen.«

»Das ist ein Wort. Und jetzt gehen wir hier raus, sonst denken die noch wer weiß was.«

Nach einer Viertelstunde begaben sie sich wieder in den Ausstellungsbereich, wo die Männer und Frauen der Spurensicherung bereits ungeduldig darauf warteten, mit ihrer Arbeit beginnen zu können. Brandt gab ihnen ein Zeichen und sagte: »Ich erwarte, dass ihr so akribisch arbeitet wie noch nie zuvor in eurem Leben. Nicht nur das Büro, sondern auch den ganzen Rest vom Vordereingang bis zur Hintertür. Es darf nichts übersehen werden. Und wenn ihr zwei Tage dafür braucht. Alles klar?«

»Wir arbeiten immer gründlich.«

»Das weiß ich doch. Aber diesmal bitte ganz besonders gründlich.«

Während Andrea Sievers den Gnadenlosen, das waren die Männer in den grauen Anzügen vom Bestattungsinstitut, die Anweisung gab, den Toten in die Rechtsmedizin zu bringen, ging Brandt zu Eberl, die mit Sandra Heuser und Doreen Müller sprach.

»Kann ich dich bitte kurz einmal unter vier Augen sprechen?«

Nicole Eberl stand auf und folgte Brandt in den vorderen Teil der Galerie, wo sie ungestört waren.

»Was haben die beiden gesagt?«

»Ich habe ihnen nur ein paar Fragen zu gestern gestellt. Die Heuser ist um sieben gegangen, die Müller kurz danach. Später waren sie zusammen im Kino und in einer Bar. Beide behaupten, Wedel habe gestern völlig normal gewirkt. Im Augenblick ist aber noch nicht viel aus ihnen rauszukriegen, die sind völlig runter mit den Nerven, vor allem die Müller. Die kippt sich ein Glas Schampus nach dem andern rein.«

»Kann ich ihr nicht verdenken. Trotzdem muss ich mit ihnen allein sprechen, aber nicht hier. Das Beste ist, wenn ich das bei denen zu Hause mache. Vorher sollten wir aber noch die Ehefrau aufsuchen und ihr die freudige Botschaft überbringen. Ich frage mich, ob sie ihren Mann noch gar nicht vermisst hat. Das wundert mich schon ein bisschen, nachdem die beiden doch angeblich so eine harmonische Beziehung geführt haben. Oder wie siehst du das?«

»Und wenn sie gar nicht zu Hause ist? Vielleicht macht sie auch Urlaub allein, was weiß ich.«

»Das werden wir gleich rausfinden, denn wir fahren hin. Übrigens, die beiden Morde hängen unmittelbar zusammen«, fügte er lapidar hinzu und fuhr sich mit der Hand übers Kinn.

»Was macht dich da so sicher?«

»Mein Bauch. Mehr kann ich dir im Augenblick noch nicht sagen. So, und jetzt entlassen wir die beiden Damen nach Hause.«

Brandt und Eberl gingen wieder zu Sandra Heuser und Doreen Müller. Er sagte: »Im Moment haben wir keine weiteren Fragen an Sie. Die Spurensicherung wird heute den ganzen Tag in der Galerie zubringen, weshalb Sie nach Hause gehen können …«

»Aber die Vorbereitungen der Ausstellung …«, wurde er von Sandra Heuser unterbrochen.

»Ich glaube, das ist im Moment das geringste Problem.

Tut mir leid, aber vorerst bleibt der Laden geschlossen. Könnte denn überhaupt eine von Ihnen das Geschäft weiterführen?«

»Ich«, antwortete Doreen Müller. »Ich habe Kunst studiert und auch eine kaufmännische Ausbildung gemacht. Aber Frau Wedel müsste damit einverstanden sein, nehme ich zumindest an.«

»Frau Eberl und ich fahren gleich zu ihr. Ihre Adressen wurden schon aufgenommen?«

»Ich hab sie hier«, beantwortete Eberl die Frage.

»Gut. Ich möchte Sie bitten, sich heute den ganzen Tag zur Verfügung zu halten, da ich noch einige Fragen habe, die ich aber nicht hier stellen möchte. Wir alle sollten jetzt auch besser gehen, damit die Spurensicherung freie Bahn hat. Und heute Nachmittag werde ich mich bei Ihnen melden, ich kann Ihnen aber noch nicht genau sagen, wann das sein wird. Sollten Sie also noch irgendetwas zu erledigen haben, einkaufen oder so, dann tun Sie das bitte möglichst bald.«

»Ich will nur nach Hause«, sagte Sandra Heuser, und Doreen Müller nickte zustimmend. Brandt fragte sich, ob Sandra Heuser wirklich so stark war, wie sie sich gab, oder ob der Zusammenbruch nach dem Gesehenen und Erlebten noch kommen würde. Nein, sie ist stark, auch wenn sie zerbrechlich zu sein scheint. Die Frau hat Power. Die Müller kann ich noch gar nicht einschätzen.

Sie befanden sich schon auf dem Weg zum Hinterausgang, als eine junge Frau hereinkam, die Brandt und Eberl nur zu gut kannten. Petra Johannsen.

»Was ist denn hier los?«, fragte sie, die Stirn in Falten gezogen. »Was soll dieser Polizeiauflauf?«

»Frau Johannsen, darf ich fragen, was Sie hierher führt?«

»Ich arbeite hier, hat man Ihnen das nicht gesagt? Dürfte ich jetzt bitte erfahren, was los ist?«

»Klaus wurde ermordet«, erklärte Sandra Heuser.

»Sag, dass das nicht wahr ist?! Klaus ist tot? Das versteh ich nicht. Wann ist das denn passiert? Ich war doch gestern Abend noch bis neun hier mit ihm zusammen. Wir sind noch einmal den Freitagabend durchgegangen und ... Erst Jürgen und jetzt ... Ich fass es nicht«, sagte sie, wobei ihr das Entsetzen deutlich ins Gesicht geschrieben stand. »Wurde er hier umgebracht?«

»Sie haben es erraten«, mischte sich Brandt ein, bevor es zu einem Dialog zwischen Sandra Heuser und Petra Johannsen wurde. »Frau Johannsen, seit wann arbeiten Sie für Herrn Wedel?«

»Bitte?«, fragte sie geistesabwesend, als hätte sie die Frage nur aus weiter Ferne vernommen.

»Seit wann Sie für Herrn Wedel arbeiten?«

Sie holte tief Luft, begab sich zu einem Stuhl und setzte sich. Sie war sichtlich durcheinander und schüttelte nur immer wieder den Kopf. »Er hat mich Ende Juli angesprochen und gefragt, ob ich ihm nicht bei den Vorbereitungen zur Ausstellung helfen möchte, er könnte jemanden mit meinen Sprachkenntnissen gut gebrauchen. Und da sehr viele Ausländer, unter anderem Japaner, erwartet werden, habe ich zugesagt. Ich sollte vielleicht hinzufügen, dass ich außer Deutsch noch sechs weitere Sprachen beherrsche, unter anderem Chinesisch und Japanisch ... Das alles ist für mich zu hoch. Warum er? Das muss ein Geisteskranker sein, der so was anrichtet, anders kann ich es mir nicht erklären. Weder Kaufung noch Wedel haben doch irgendjemandem etwas getan!«

»Ich glaube nicht, dass es sich um die Tat eines Geisteskranken handelt«, widersprach ihr Brandt. »Sie sagen, Sie haben gegen neun die Galerie verlassen. Da war Herr Wedel aber noch hier, oder?«

»Ja, ja, doch er wollte gleich nach mir gehen«, sagte sie gedankenverloren.

»Hat sich gestern Abend noch irgendetwas Außergewöhnliches ereignet? Ein Telefonanruf vielleicht, der Herrn Wedel unangenehm war?«

»Nein, zumindest habe ich davon nichts mitbekommen. Blödsinn, wir waren ja die ganze Zeit zusammen, ich hätte es bemerkt. Er war wie immer.«

»Gut, Sie können auch nach Hause gehen, wir werden aber auch an Sie noch ein paar Fragen haben.«

»Und was soll jetzt mit der Ausstellung passieren? Es ist doch alles schon vorbereitet für den Freitagabend.«

»Das ist wohl die Entscheidung von Frau Wedel. Heute können Sie hier sowieso nichts mehr tun, die Räumlichkeiten werden auf mögliche Spuren hin untersucht und anschließend versiegelt. Ich glaube kaum, dass am Freitagabend hier schon etwas stattfinden kann.«

»Sie haben Recht, das wäre auch pietätlos«, sagte Petra Johannsen. »Und er hatte sich so darauf gefreut. Wie ein kleines Kind, das die ersten Schritte macht.«

»Gehen Sie nach Hause und ruhen Sie sich aus. Ich schaue heute Nachmittag bei Ihnen vorbei.«

Während der Fahrt sagte Eberl mit ihrem trockenen Humor: »Offenbach ist schon eine Mordsstadt, was? Macht fast Frankfurt Konkurrenz.«

»Hm.«

»Du bist nicht gerade sehr gesprächig.«

»Ich kann nicht nachdenken und gleichzeitig reden. Warum Wedel, warum auch noch er?«

»Machst du dir Gedanken, wie du's seiner Frau beibringen sollst?«

»Weniger.«

»Lässt du mich trotzdem an deinen Gedanken teilhaben? Nur ein bisschen?«

»Es sind zu viele. Ich wette, die Spusi findet keinen einzigen Hinweis auf den Mörder. Wie schon bei Kaufung.«

»Kann schon sein. Was glaubst du, haben wir es mit einem oder zwei Tätern zu tun?«

»Kein Kommentar.«

»Nehmen wir an, Wedel hat Kaufung umgebracht, rein hypothetisch natürlich, wer hat dann Wedel auf dem Gewissen und warum? Zwei Morde, zwei Täter, von denen einer tot ist. Weiß da jemand etwas oder hat etwas herausgefunden und die Sache selbst in die Hand genommen, ich meine, hat da jemand blutige Rache geübt?«

»Spekulationen. Kann genauso gut sein, dass ich mich bei Wedel in was verrannt habe. Es ist zum Kotzen, wir stehen wieder am Anfang. Mich wundert nur, dass die Klein sich noch nicht gemeldet hat.«

»Vielleicht ist sie im Gericht und konnte deshalb noch nicht informiert werden. Du wirst schon noch rechtzeitig von ihr hören«, meinte sie spöttisch.

»Vielen Dank für deine aufmunternden Worte«, bemerkte Brandt bissig, worauf Eberl nichts mehr sagte, denn sie wusste, dass jedes weitere Wort von ihr ihn nur noch mehr reizen würde. Er stellte den Wagen vor dem Haus der Wedels ab, doch bevor sie ausstiegen, sagte er: »Wieso hat die Johannsen für Wedel gearbeitet? Kaum ist Kaufung unter der Erde, schon bietet er ihr einen Job an. Reichlich seltsam, oder?«

»Sie verfügt offensichtlich über die Qualifikationen, die er brauchte«, erwiderte Eberl spöttisch. »Wer sechs Sprachen spricht und dazu noch so aussieht, findet überall auf dieser Welt einen Job. Und wenn es in einer Galerie ist.«

»Auch wieder wahr.«

Mittwoch, 11.45 Uhr

Aus der Sprechanlage ertönte die ihm bereits bekannte Stimme. Brandt meldete sich, der elektrische Türöffner wurde betätigt. Er stieß das Tor auf, das hinter ihnen automatisch wieder ins Schloss fiel.

»Die Polizei.« Sie stand in der Tür, ein spöttisches Lächeln zeichnete sich auf ihren Lippen ab. »Was führt Sie schon wieder zu mir? Wie oft haben wir uns in den vergangenen zwei Monaten gesehen? Viermal, fünfmal?«

»Lassen Sie uns drinnen in Ruhe reden«, sagte Brandt, ohne auf die spitze Bemerkung von Katharina Wedel einzugehen.

»Bitte schön, treten Sie ein. Sie tun ja so geheimnisvoll.«

»Frau Wedel«, begann Brandt, nachdem er und Eberl sich gesetzt hatten, während Katharina Wedel stehen blieb, als wollte sie damit demonstrieren: Ich will euch hier nicht haben, ihr könnt gleich wieder gehen, »wir sind gekommen, um Ihnen mitzuteilen, dass Ihr Mann tot ist.«

Für einen Moment herrschte vollkommene Stille. Katharina Wedel sah Brandt an, als hätte er einen üblen Scherz gemacht und als würde sie nun darauf warten, dass er sich dafür entschuldigte. Doch als auch nach einigen Sekunden nichts dergleichen geschah, setzte sie sich in den breiten und tiefen Ledersessel, den Blick unverwandt auf den Mann gerichtet, der ihr diese Nachricht überbracht hatte.

»Was sagen Sie da? Mein Mann ist tot? Was ist passiert? Hatte er einen Unfall oder …«

»Er wurde umgebracht.«

»Umgebracht? Wann und wo?«

»In seiner Galerie.« Die Frage nach dem Wann ließ Brandt vorläufig unbeantwortet.

Sie schürzte die Lippen und schüttelte den Kopf. Sie weinte nicht, sie fing nicht an zu schreien, sie wirkte vollkommen ruhig, aber es war nicht diese Ruhe vor dem Sturm oder besser vor dem Zusammenbruch, es war eher eine ganz normale, unerklärliche Ruhe, die Brandt so noch nie zuvor bei einem Angehörigen erlebt hatte.

»Wie wurde er umgebracht?«

»Erschossen.«

»Das ist furchtbar. Hat er lange leiden müssen?«

»Das wissen wir nicht, aber …«

»Erst Jürgen, dann mein Mann«, wurde Brandt von ihr unterbrochen. »Da hat jemand ganze Arbeit geleistet.«

»Wie soll ich das verstehen?«, fragte Brandt leicht irritiert.

»Wer immer es auch war, er hat zwei Männer ermordet, die die besten Freunde waren.«

»Frau Wedel, wir müssen Ihnen die obligatorischen Fragen stellen. Zum Beispiel die, ob Ihr Mann Feinde hatte?«

»Jeder Mensch hat Feinde, nur die meisten geben sich nicht als solche zu erkennen. Man lächelt einem freundlich ins Gesicht und stößt ihm dabei ein Messer in den Rücken. Man merkt es erst, wenn es zu spät ist.«

»Frau Wedel, ihre philosophischen Ergüsse in allen Ehren, aber wir müssen herausfinden, ob Ihr Mann real existierende Feinde hatte, die sowohl ihm als auch Ihnen bekannt sind.«

Sie überlegte einen Augenblick und antwortete: »Ich denke schon, aber ich kann leider nicht mit Namen dienen, denn er hat mit mir nicht darüber gesprochen. Er war überaus erfolgreich, was sicherlich einigen Leuten nicht gepasst hat. Sie kennen das ja, Neid beherrscht unsere Welt. Neid und Gier. Und dahinter verbergen sich immer Feinde.«

»Wie würden Sie Ihre Ehe beschreiben? War sie glücklich, harmonisch?«

Katharina Wedel senkte den Kopf und sagte: »Wir haben eine überaus glückliche und harmonische Ehe geführt, aber das habe ich Ihnen, soweit ich weiß, bereits gesagt, als Sie mich über den Tod von Dr. Kaufung informiert haben.«

»Haben Sie Ihren Mann eigentlich gar nicht vermisst?«

»Ich verstehe Ihre Frage nicht.«

»Nun, das ist ganz einfach, und damit will ich auch Ihre Frage nach dem Wann beantworten. Ihr Mann wurde gestern Abend irgendwann zwischen einundzwanzig Uhr dreißig und Mitternacht getötet, genau wissen wir es erst nach der Autopsie. Haben Sie sich nicht gewundert, dass er heute Morgen nicht zu Hause war?«

»Nein«, antwortete sie kühl, »das habe ich nicht, weil ich die ganze Nacht durchgearbeitet habe und mein Mann weiß, dass ich dann nicht gestört werden möchte.«

»Kann das jemand bezeugen?«

»Ist das eine normale Frage, oder steckt da etwa mehr dahinter?«

»Beantworten Sie bitte einfach nur meine Frage, umso schneller sind wir wieder weg.«

»Ich schreibe gerade an meinem neuen Buch, und dabei pflege ich alleine zu sein. Ich bin Schriftstellerin, falls Sie das vergessen haben sollten. Überhaupt, was soll das? Stehe ich etwa unter Verdacht, meinen Mann getötet zu haben? Wenn ja, dann sagen Sie es. Ich mag es nicht, wenn mit verdeckten Karten gespielt wird.«

»Frau Wedel, das ist kein Spiel, das wir hier spielen …«

»Und ich versichere Ihnen, mit dem Tod meines Mannes nicht das Geringste zu tun zu haben, auch wenn ich es nicht beweisen kann, weil ich ja kein Alibi habe.«

»Was ist mit Ihrer Tochter?«

»Die wird um acht ins Bett geschickt, sie kann nicht bezeugen, ob ich hier war oder nicht.«

»Hat sich Ihr Mann oft so lange in der Galerie aufgehalten?«

»In letzter Zeit immer häufiger, schließlich sollte übermorgen seine große Ausstellung feierlich eröffnet werden.«

Brandt meinte einen zynischen Unterton aus ihren Worten zu hören, ging aber nicht darauf ein, würde es jedoch auch nicht vergessen. »Und Sie haben den ganzen Abend nicht telefoniert und gefragt, wie es ihm geht, oder er hat hier angerufen und sich nach Ihrem Befinden erkundigt? Ich dachte immer, in einer harmonischen Ehe wäre so etwas üblich.«

»Harmonie kann auch bedeuten, den andern in Ruhe zu lassen, wenn es die Situation erfordert«, antwortete sie noch kühler und abweisender als schon zuvor.

»Seltsam. Wenn ich verheiratet wäre, meine Frau wüsste immer, wo ich bin und was ich mache.«

»Das ist das Problem an Beziehungen, dieses immer wissen wollen, was der andere macht und wo er ist. Ich nenne das schlicht Kontrolle. Wir haben uns nicht kontrolliert, denn wir haben einander vertraut. Wir sind seit zehn Jahren verheiratet, und ich kann mich nicht beklagen.«

»So hat jeder seine Sicht vom Leben«, sagte Brandt. »Ich bin wohl doch eher konservativ. Nur noch eine Frage. Trauern Sie um Ihren Mann?«

»Natürlich tue ich das, auch wenn es für Sie nicht den Anschein hat. Sie platzen hier herein, hauen mir die Nachricht vom Tod meines Mannes um die Ohren und stellen mich auch noch als Verdächtige hin …«

»Kein Mensch verdächtigt Sie, Frau Wedel. Ich finde nur Ihr Verhalten etwas merkwürdig …«

»Und ich Ihre Fragen. Sonst noch was?«

»Hat Ihr Mann Verwandte?«

»Er hat einen Bruder, Jochen. Mein Schwiegervater ist vor vier Jahren gestorben, und meine Schwiegermutter, wenn ich sie überhaupt als solche bezeichnen kann, hat sich schon vor fast dreißig Jahren aus dem Staub gemacht und lebt jetzt irgendwo in Südamerika. Ich habe sie jedenfalls nie kennen gelernt, ich weiß nur, dass sie ein verdammtes Miststück sein muss, so wie mein Mann sie geschildert hat. Bei Nacht und Nebel ist sie mit ihrem Liebhaber durchgebrannt und hat sich erst ein halbes Jahr später gemeldet.«

»Und wo können wir den Bruder finden?«

»Ich gebe Ihnen die Adresse, aber er ist sehr viel unterwegs. Meine Schwägerin müsste allerdings zu Hause sein.« Sie stand auf, notierte die Adresse und Telefonnummer auf einem Zettel und reichte ihn Brandt.

»Vielen Dank. Und rufen Sie mich an, falls Ihnen doch noch etwas einfallen sollte, was uns weiterhelfen könnte. Meine Nummer haben Sie ja.«

»Selbstverständlich.«

»Wir finden allein hinaus. Einen schönen Tag noch«, konnte er sich nicht verkneifen zu sagen, bevor er mit Eberl das Haus verließ. In der Tür drehte er sich noch einmal um und sah Katharina Wedel an. »Wer führt jetzt eigentlich die Galerie weiter?«

»Das scheint ja ungeheuer wichtig zu sein, jetzt, da mein Mann tot ist«, antwortete sie spöttisch. »Wissen Sie was, mir ist es vollkommen egal, wer diese verdammte Galerie weiterführt, mir hat sie nie etwas bedeutet.«

»Und warum nicht? Es ist schließlich so etwas wie das Lebenswerk Ihres Mannes.«

»Jeder hat sein Lebenswerk. Das gilt für einen Handwerker genauso wie für einen Künstler. Ich kann nur mit diesen modernen Bildern nicht viel anfangen.«

»Und hat Ihr Mann genauso über Ihre Schriftstellerei gedacht?«

»Nein, hat er nicht. Er war mein bester Lektor, er hat meine Manuskripte gelesen, bevor irgendjemand im Verlag sie zu Gesicht bekommen hat. Und er war mein schärfster Kritiker. Genügt Ihnen diese Antwort?«

»Fürs Erste ja. Dennoch bitte ich Sie darüber nachzudenken, was aus der Galerie werden soll, vor allem jetzt, wo diese Ausstellung ansteht.«

»Fragen Sie doch seine Angestellten, die können das bestimmt managen. Und nun würde ich gerne allein sein. Auf Wiedersehen.«

»Wiedersehen«, sagte Brandt nur und begab sich mit Eberl zum Ausgang.

Im Auto sagte er zu ihr, während er den Motor startete: »Hau mir mal mit voller Wucht in die Fresse, damit ich sicher bin, dass ich das eben nicht geträumt habe. Die ist kalt wie eine Hundeschnauze. Irgendwas stimmt doch da nicht, oder wie siehst du das?«

»Willst du wirklich eine Antwort darauf? Eine Hundeschnauze ist der reinste Feuerofen dagegen. Ich habe mich gewundert, wie du so ruhig bleiben konntest.«

»Was hätte ich denn machen sollen? Sie anbrüllen, dass sie gefälligst Trauer zu zeigen hat? Die hat was zu verbergen, fragt sich nur, was.«

»Es hat mit ihrer Ehe zu tun«, entgegnete Eberl lakonisch.

»Inwiefern?«

»Wenn diese Ehe harmonisch war, hänge ich sofort meinen Job an den Nagel. Oder ich lebe in einer andern Welt.«

»Wir hatten das doch schon bei Kaufung. Bei den Reichen und Schönen geht es eben anders zu als bei uns Normalos.«

»Quatsch! Mein Mann ist auch nicht gerade arm und verkehrt viel in den sogenannten besseren Kreisen …«

»Aber weiß er auch, wie das Privatleben seiner Kunden aussieht? Was hinter der Fassade der Wohlanständigkeit ist, wenn die Türen und Fenster geschlossen sind? Am Ende sind wir alle gleich, wenn wir nackt vor dem Spiegel stehen und unsere äußeren Unzulänglichkeiten sehen. Und vor unseren inneren verschließen wir gerne die Augen. Ich mach da keinen Unterschied. Der einzige Unterschied ist, dass manche sich dumm und dämlich verdienen und andere fast nichts zum Leben haben. Aber sind die Menschen glücklicher, wenn sie von einem Bett ins nächste hüpfen? Weder die Johannsen noch die Zinner, noch irgendeiner sonst von denen, die wir kennen gelernt haben, ist glücklich. Ich möchte jedenfalls mein Leben mit keinem von denen tauschen. Ich habe zwei wunderbare Töchter, ich liebe meine Eltern und …«

Als er nicht weitersprach, sagte Eberl: »Du kannst es ruhig sagen, wir sind ganz allein.«

»Die Frau ist der absolute Wahnsinn. Und das Schöne ist, dass sie sich so gut mit Sarah und Michelle versteht. Wenn ich da an andere Alleinerziehende denke, die den größten Zoff mit ihren Kindern haben, wenn plötzlich ein Neuer oder eine Neue auftaucht. Das ist ein echter Glücksfall.«

»Sie ist das Beste, was dir passieren konnte. Und außerdem bist du ein toller Vater. Fahren wir jetzt zum Bruder? Kennst du dich überhaupt in Heusenstamm aus?«

»Meine Liebe, ich kenne mich überall in unserm Zuständigkeitsbereich aus. Aber erst essen wir was, mir hängt der Magen in den Kniekehlen.«

Sie hielten an einer Imbissbude, Brandt aß eine Rindswurst mit einer doppelten Portion Pommes frites rot-weiß und trank dazu eine Cola, Eberl begnügte sich mit einer Bratwurst mit Brötchen.

Mittwoch, 13.35 Uhr

Jochen und Christine Wedel bewohnten einen Bungalow in einer Siedlung voller Bungalows und Doppelhaushälften. Nur wenige Menschen waren um diese Zeit auf der Straße zu sehen. An das Haus angebaut war eine Doppelgarage, in der ein Mercedes und ein BMW Cabrio standen. Auf Brandts Klingeln erschien gleich darauf ein großer braungebrannter Mann mit vollem dunklem Haar, der höchstens vierzig war, eher jünger.

»Herr Wedel?«, fragte Brandt.

»Ja. Aber wenn Sie etwas verkaufen möchten …«

»Wir wollen nichts verkaufen. Kripo Offenbach. Mein Name ist Brandt, das ist meine Kollegin Frau Eberl. Wir würden gerne mit Ihnen sprechen. Haben Sie ein paar Minuten für uns?«

»Kriminalpolizei?«, fragte Jochen Wedel misstrauisch nach und kam näher, um sich die Ausweise genauer zu betrachten. Erst danach öffnete er das Tor und ließ die Beamten eintreten. »Darf ich fragen, was Sie zu mir führt?«

»Das besprechen wir besser im Haus.«

Jochen Wedel ging vor ihnen hinein, der Geruch südländischer Küche hing in der Luft. Eine relativ junge Frau, die von

Brandt auf höchstens dreißig geschätzt wurde, kam aus der Küche und musterte die Kommissare kritisch.

»Meine Frau«, stellte er sie vor, »das sind zwei Beamte von der Kriminalpolizei.«

»Was will die Polizei von uns?«, fragte Christine Wedel und sah ihren Mann an.

»Das werden wir Ihnen gleich erklären. Können wir uns irgendwo in Ruhe unterhalten?«

»Gehen wir ins Wohnzimmer. Schatz, wärst du bitte so nett, uns etwas zu trinken zu bringen. Sie trinken doch sicherlich auch einen Orangensaft?«

»Gerne«, antworteten Brandt und Eberl wie aus einem Mund.

»Nehmen Sie doch bitte Platz«, sagte Wedel und deutete auf die Sitzgarnitur. Christine Wedel kam mit einem Tablett zurück, stellte die Gläser auf den Tisch und schenkte ein. Brandt betrachtete sie aus dem Augenwinkel, eine hübsche, attraktive junge Frau, die jedoch einen melancholischen, etwas gequälten Gesichtsausdruck hatte, fein geschwungene Lippen, große braune Augen, braune, bis auf die Schultern fallende Haare, schmale Hände, feingliedrige, fast fragile Finger.

Er wartete, bis sie sich gesetzt hatte, und sagte, wobei er Jochen Wedel ansah: »Wir sind gekommen, um Ihnen mitzuteilen, dass Ihr Bruder Opfer eines Gewaltverbrechens wurde. Es tut mir leid, aber …«

»Was sagen Sie da? Klaus ist tot? Das ist kein Scherz, oder?«

»Damit macht man keine Scherze. Ich wünschte, ich hätte es Ihnen schonender beibringen können, aber …«

»Schon gut, es ist egal, wie Sie es sagen, das Resultat ist doch dasselbe. Wann und wie ist es passiert?«

»Gestern am späten Abend, in der Galerie. Er wurde erschossen.«

Es entstand eine Pause. Christine Wedel hatte den Blick zu Boden gerichtet und nestelte nervös am Saum ihrer Bluse, die sie über der Jeans trug. Jochen Wedel stand auf, ging ans Fenster und schaute hinaus in den Garten, dessen Rasen nach dem Jahrhundertsommer gelb und vertrocknet war, wie überhaupt die ganze Natur großen Schaden davongetragen und viele Bäume früh ihre Blätter verloren oder abgeworfen hatten und alles sich nach Regen sehnte, der aber weit und breit nicht in Sicht war.

»Hat er leiden müssen?«

»Nein, er war sofort tot.«

»Das ist gut, das ist das einzig Gute an dieser schrecklichen Nachricht. Dabei hatte er noch so viele Pläne für die Zukunft. Die Ausstellung sollte eigentlich erst der Anfang sein, seine nächsten Projekte hat er mir aber schon in groben Umrissen geschildert. Haben Sie schon einen Anhaltspunkt, wer der Mörder sein könnte?«

»Nein, bisher leider nicht. Wie war denn das Verhältnis zwischen Ihnen? Haben Sie sich gut verstanden?«

»Wir sind oder besser gesagt waren Brüder. Früher waren wir wie Hund und Katze, doch im Laufe der Jahre hat sich das etwas gebessert. Allerdings muss ich ehrlicherweise gestehen, dass wir uns trotzdem nie wirklich nahe gestanden haben. Klaus hat sich mehr schlecht als recht durchs Leben geschlagen, was unserem Vater natürlich nicht sonderlich gefallen hat, bis er Katharina kennen lernte. Mit ihr ist so etwas wie Konstanz in sein Leben getreten, er hat sein BWL-Studium beendet und anschließend drei Jahre die Buchhaltung unseres Vaters gemacht, der vor vier Jahren gestorben ist. Wir haben die beiden Apotheken verkauft, weil Klaus keine Lust hatte, auch nur eine davon zu übernehmen. Er hatte auch gar nicht die Ausbildung dafür, und kaum ein Jahr später hat er die Galerie gekauft.«

»Hätten Sie nicht ...?«

»Nein«, wurde Brandt von Wedel lächelnd unterbrochen, »ich bin Pilot, und das seit fast vierzehn Jahren. Diesen Beruf würde ich um nichts in der Welt aufgeben. Ich habe mir meinen Lebenstraum damit erfüllt.«

»Und Sie, Frau Wedel?«

Sie blickte erschrocken auf, als hätte sie nicht damit gerechnet, angesprochen zu werden. »Was meinen Sie?«

»Was machen Sie?«

»Nichts Besonderes. Ich kümmere mich um das Haus und einige andere Dinge.«

»Ach komm, Schatz, du bist eine begnadete Malerin. Schauen Sie, die Bilder, die hier hängen, hat alle meine Frau gemalt. Sie hat sogar schon einmal bei meinem Bruder ausgestellt.«

Brandt sah sich die Bilder an und nickte beeindruckt. Das waren keine Farbkleckse, das waren Bilder, die seinem Geschmack entsprachen, sanfte Farben, sanfte und doch nachdenklich stimmende Motive aus dem Leben.

»Sehr schön, wirklich«, sagte er anerkennend. »Ich kann nicht einmal Strichmännchen richtig zeichnen.«

»Danke«, erwiderte sie verlegen lächelnd, schüchtern wie ein junges Mädchen.

»Wann haben Sie Ihren Bruder beziehungsweise Ihren Schwager das letzte Mal gesehen?«

Jochen Wedel zuckte mit den Schultern. »Wann war das, Schatz? Vor drei Wochen, oder ist das schon länger her? Ich weiß es nicht mehr genau.«

»Das war Anfang August, als wir bei Klaus und Katharina

zum Essen eingeladen waren«, sagte Christine Wedel, die zunehmend nervöser wirkte, als wollte sie gleich aufspringen und aus dem Zimmer rennen.

»Stimmt, das war an dem Tag, als du wieder diese Migräne hattest und eigentlich gar nicht mitkommen wolltest. Ich erinnere mich jetzt wieder. Durch diese vielen Flüge verliert man jedes Zeitgefühl. Wir haben uns jedenfalls nicht oft gesehen, höchstens neun- oder zehnmal im Jahr.«

»Dann können Sie mir wohl auch nicht sagen, ob Ihr Bruder irgendwelche Feinde hatte?«

»Mein lieber Bruder hatte Freunde und Feinde. Aber wenn Sie mich jetzt nach Namen fragen, muss ich leider passen. Ich kenne nur einen Freund mit Namen, aber der ist auch schon tot.«

»Sie sprechen von Dr. Kaufung?«

Jochen Wedel nickte nur.

»Und woher wissen Sie, dass er Feinde hatte?«

»Weil es in seiner Natur lag, sich welche zu schaffen. Es war für ihn wie ein Spiel, und es könnte sein, dass er es diesmal zu weit getrieben hat. Oder was meinst du, Schatz?«

»Du kennst ihn besser als ich, schließlich bist du sein Bruder. Aber ich denke schon, dass er welche hatte«, antwortete sie zaghaft.

»Inwiefern lag es in seiner Natur, sich Feinde zu schaffen? Und was für ein Spiel war das?«

»Er hat es schon als Kind blendend verstanden, sich mit andern anzulegen, oder besser gesagt, sie reinzulegen. Als er älter wurde, hat er seine Methoden verfeinert, er ist subtiler vorgegangen, so dass die andern nicht gleich gemerkt haben, was er wirklich vorhatte.«

»Entschuldigen Sie, aber das klingt nicht sehr freundlich, wie Sie über Ihren Bruder sprechen …«

»Soll ich Ihnen vielleicht etwas vorlügen?« Er lachte auf und schüttelte den Kopf. »Nein, das war noch nie meine Art. Entweder geradeheraus oder den Mund halten. Was immer mit ihm passiert ist, er wird nicht ganz unschuldig daran sein. Oft genug habe ich ihn gewarnt, es nicht zu weit zu treiben, aber er wollte nie auf mich hören. Ich war ja nur der kleine blöde Bruder, der keine Ahnung vom Spiel des Lebens hat. Und als solches hat er das Leben gesehen, als ein Spiel, als ein großes, gottverdammtes Spiel.« Er machte eine Pause, seine Kiefer mahlten aufeinander, bis er seinen Mund entschuldigend zu einem Lächeln verzog. »Entschuldigen Sie, wenn ich zu hart geklungen habe, aber diese Nachricht hat mich ziemlich umgehauen.« Jochen Wedel kam zurück, setzte sich zu seiner Frau und nahm sie in den Arm.

»Ist schon gut. Es ist besser, wenn die Leute ehrlich sind. Sie haben vorhin den Namen Kaufung erwähnt. Kannten Sie ihn?«

»Natürlich, er war unser Hausarzt. Ich habe ehrlich gesagt nie verstanden, wie die Freundschaft zwischen ihm und meinem Bruder funktionieren konnte. Aber es hat keinen Sinn, sich jetzt noch darüber Gedanken zu machen.«

»Und wie standen Sie zu Dr. Kaufung?«

»Er war einer der besten Ärzte, die wir jemals hatten. Nein, er war der beste. Und meine Frau wird Ihnen das nur bestätigen können. Nicht wahr, Schatz?«

Christine Wedel nickte nur und nestelte immer noch an ihrer Bluse.

»Geht es Ihnen nicht gut?«, fragte Brandt.

»Meine Frau ist gesundheitlich etwas angeschlagen und ...«

»Es ist nicht so schlimm, ich habe nur seit gestern starke Migräne.«

»Und jetzt, da Dr. Kaufung nicht mehr da ist, finden wir

keinen Arzt mehr, der diese Attacken effizient behandeln kann. Wenn meine Frau früher Migräne hatte, ist sie zu ihm gefahren, er hat sie akupunktiert oder Reiki gemacht, und die Beschwerden waren weg. Aber finden Sie mal einen wirklich kompetenten Akupunkteur. Die meisten sind nur Stümper, die vorgeben, etwas zu können.«

»Wussten Sie von den zahlreichen Affären, die Dr. Kaufung hatte?«

»Es ist ein offenes Geheimnis, dass er kein Kind von Traurigkeit war. Aber was hat das mit dem Tod meines Bruders zu tun?«

»Nun, die beiden waren beste Freunde. Hatte Ihr Bruder vielleicht eine ähnliche Neigung?«

»Hören Sie«, antwortete Wedel aufgebracht und ziemlich scharf, »ich habe nicht die geringste Ahnung, ob mein Bruder eine ähnliche Neigung hatte oder fremdgegangen ist, und es interessiert mich auch nicht im Geringsten. Er hat sein Leben gelebt, wir unseres.«

Brandt überlegte, ob er die nächste Frage, die ihm auf der Zunge lag, stellen sollte, und entschied sich schließlich, es zu tun. »Was können Sie uns über die Ehe Ihres Bruders sagen?«

»Haben Sie noch nicht mit meiner Schwägerin gesprochen?«, fragte Wedel mit zusammengekniffenen Augen.

»Doch, aber ich würde auch gerne Ihre Meinung hören.«

Wedel stand erneut auf, ging an den Schrank, holte eine Flasche Whiskey und ein Glas heraus und schenkte sich ein. Er trank es in einem Zug leer, um es gleich wieder zu füllen. »Klaus und Katharina haben sich hervorragend verstanden, sie haben sozusagen auf einer Wellenlänge gefunkt. Ich würde es mit ihr nicht eine Stunde allein aushalten. Sie ist scharfzüngig und eine Zynikerin, wie sie im Buche steht, aber die beiden haben sich gesucht und gefunden. So wie meine Frau und ich. Klaus und Katharina haben uns nur eines voraus – sie haben ein Kind und wir noch nicht.« In seinen letzten Worten schwang eine Spur Bitterkeit mit. Er hielt inne, trank seinen Whiskey aus, stellte das Glas ab und ging wieder zu seiner Frau, gab ihr einen Kuss auf die Stirn und fuhr fort: »Aber was nicht ist, kann ja noch werden. Nicht wahr, Schatz? Wir geben uns jedenfalls größte Mühe. Haben Sie Kinder?«

»Ich habe zwei Töchter im besten oder besser gesagt schwierigsten Alter. Und ich bin geschieden.«

»Das tut mir leid. Dann sehen Sie Ihre Töchter wohl kaum einmal?«

»Sie leben bei mir.«

»Und das können Sie mit Ihrem Beruf vereinbaren?«

»Es geht alles, wenn man will. Meine Eltern wohnen außerdem um die Ecke.«

»Und Sie, Frau … Ich habe leider in der Aufregung Ihren Namen vergessen.«

»Eberl. Ich habe eine Tochter, wir haben sie adoptiert, als sie noch ganz klein war. Aber bevor wir zu privat werden – wo waren Sie gestern Abend zwischen halb zehn und Mitternacht?«

Wedel sah Eberl entgeistert ob dieser Frage an und antwortete nach kurzem Überlegen: »Ich war in Lissabon und bin um ziemlich genau einundzwanzig Uhr zwanzig wieder in Frankfurt gelandet. Danach haben meine Kollegen und ich ausgecheckt und sind nach Hause gefahren. Ich bin zumindest nach Hause gefahren, was die andern gemacht haben, entzieht sich meiner Kenntnis. Sie müssen diese Fragen stellen, richtig?«

»Richtig. Und wann waren Sie zu Hause?«

»Ich hab nicht auf die Uhr geschaut, aber so zwischen halb elf und elf.«

»Und Sie, Frau Wedel?«

»Ich war den ganzen Tag zu Hause, weil ich vor Kopfschmerzen kaum aus den Augen gucken konnte. Heute geht es mir schon wieder ein wenig besser. Aber warum fragen Sie uns das? Denken Sie etwa, wir hätten etwas mit dem Tod meines Schwagers zu tun? Das ist lächerlich, geradezu absurd.«

»Wir tun nur unsere Pflicht«, sagte Brandt und legte seine Karte auf den Tisch. »Falls Ihnen noch etwas einfällt, Sie können mich jederzeit erreichen. Sollte ich wider Erwarten einmal nicht erreichbar sein, hinterlassen Sie einfach eine Nachricht, ich rufe so schnell wie möglich zurück.«

»Danke, dass Sie gekommen sind«, sagte Wedel und begleitete die Beamten zur Tür. »Ich werde mein Möglichstes tun, um Ihnen zu helfen, den Bastard zu finden, der meinen Bruder auf dem Gewissen hat. Er mag zwar charakterliche Defizite gehabt haben, aber einen solchen Tod hat er nie im Leben verdient, denn er selbst hat körperliche Gewalt verabscheut und hätte keiner Fliege was zuleide tun können.« Er lachte auf und meinte kopfschüttelnd: »Das hört sich schon komisch an – den Tod hat er im Leben nicht verdient. Das nennt man wohl sprachlichen Zynismus. Ich wünsche Ihnen viel Erfolg bei der Suche nach dem Mörder. Wiedersehen.«

»Wiedersehen.«

Jochen Wedel schaute den Beamten nach, bis sie in ihren Wagen eingestiegen waren. Seine Frau trat zu ihm, und er nahm sie in den Arm. »Komm, gehen wir rein und entspannen uns. Kann ich irgendetwas für dich tun?«

»Nein, ich möchte mich eigentlich nur ausruhen. Das war jetzt etwas viel auf einmal.«

»Christine, ich habe dir heute noch gar nicht gesagt, dass ich dich liebe. Also tu ich's jetzt – ich liebe dich.«

Sie lächelte und erwiderte: »Ich dich auch. Mehr als du glaubst.«

Mittwoch, 14.50 Uhr

»Ich setz dich im Präsidium ab«, sagte Brandt zu Eberl, als sie in die Parkstraße einbogen. »Ich will gleich weiter zu den drei Damen.«

»Aha, der einsame Wolf ist wieder auf der Jagd. Und warum willst du das alleine machen?«

»Du kennst mich doch inzwischen lange genug. Ich muss rauskriegen, wo die Verbindung zwischen den Morden an Kaufung und Wedel liegt. Und das kann ich am besten allein. Es hat nichts mit dir zu tun.«

»Weiß ich doch. Mein Schreibtisch quillt sowieso über vor Arbeit. Und was ist, wenn die Klein nach dir verlangt?«

»Ich bin am Ermitteln, was nicht mal gelogen ist. Aber mal was anderes. Was hältst du von Wedels Bruder und seiner Frau?«

»Was soll ich von ihnen halten? Er hat zumindest kein Blatt vor den Mund genommen. Solche Leute gefallen mir immer, weil sie unsere Arbeit erleichtern.«

»Das meine ich nicht. Ist dir nicht aufgefallen, dass die beiden auch nicht gleich die Fahne auf Halbmast gezogen haben? Mein Gott, wenn ich einen Bruder hätte, ich wäre erst mal völlig von der Rolle, wenn man mir eine solche Nachricht überbringen würde.«

»Du hast aber keinen Bruder.«

»Sei ernst, bitte. Aber du hast eine Schwester. Angenommen, du kommst gleich ins Büro und Bernie teilt dir mit, dass sie umgebracht wurde. Wie würdest du reagieren?«

»Keine Ahnung, ich hab mir darüber noch keine Gedanken gemacht.«

»Nicole, ich bitte dich, versuch dich doch einfach mal in die Situation zu versetzen. Wie würdest du reagieren?«

»Entsetzt, wie sonst?«

»Und weiter?«

»Was willst du eigentlich von mir?«, fragte sie wütend, was bei ihr nur selten vorkam. »Soll ich jetzt sagen, dass ich einen Schreikrampf kriegen oder sonst irgendwas Verrücktes machen würde? Ich weiß es nicht! Ich wäre sicherlich schockiert, ja, ich wäre auch entsetzt und würde vermutlich sofort nach Hause fahren und versuchen, meine Eltern zu trösten. Vielleicht würde ich mir auch die Seele aus dem Leib kotzen und wie ein Schlosshund heulen, vielleicht würde ich mich besaufen und Gott und die Welt verfluchen … Vielleicht aber auch nur in der Ecke sitzen und noch mal alle Bilder vor meinem Auge vorüberziehen lassen, in denen meine Schwester vorkommt. Reicht dir das?«

»Genau das wollte ich von dir hören. Und jetzt überleg mal, wie Wedels Frau und sein Bruder reagiert haben. Nichts von dem, was du eben beschrieben hast, habe ich bei ihnen gesehen. Es herrschte eine eisige Kälte. Die Einzige, die auf mich keinen kalten Eindruck gemacht hat, war die Schwägerin. Das kann zwar auch an ihrer Migräne liegen, aber ich glaub nicht, dass es das war. Sie hat was Besonderes an sich, irgendwie zerbrechlich, wie kostbares Porzellan. Hast du sie mal beobachtet?«

»Ja, und?«

»Mein Gott, sie hat dagesessen, als würde sie einfach nur Schutz suchen. Die Nachricht hat sie umgehauen, ich habe es gesehen. Bei ihrem Mann war das ganz anders. Der hat so freiweg von der Leber geplaudert, als wäre es ihm scheißegal, was mit seinem Bruder passiert ist.«

»Und was willst du mir damit sagen?«, fragte Eberl.

»Weiß ich selbst nicht. Ich hab nur so ein blödes Gefühl, ohne dass ich dir beschreiben könnte, was das für ein Gefühl ist«, antwortete er leicht gereizt.

»Und was ist, wenn das ein reines Familienproblem ist? Die Brüder haben sich einfach nicht verstanden. Es kann doch sein, dass er einfach nur ehrlich ist.«

»Du meinst, die Kälte kommt aus dem Herzen?«

»Ja, warum nicht? Solche Leute sind mir lieber als die Heuchler. Da weiß ich wenigstens, woran ich bin.«

»Kann sein. Aber ich bin überzeugt, dass die Morde an Kaufung und Wedel in direktem Zusammenhang stehen. Wie ich schon sagte, wir müssen eine Verbindung herstellen. Finde doch mal raus, mit wem Wedel gestern alles telefoniert hat. Und dann brauche ich noch eine lückenlose Vita von ihm. Machst du das?«

»Wie könnte ich dir eine Bitte abschlagen. Ich werde mein Bestes tun.«

Sie fuhren auf den Parkplatz des Präsidiums, als Brandts Handy klingelte. Bernhard Spitzer. Er fragte, ob Brandt heute noch mal ins Büro komme.

»Ich bin in einer Minute oben.«

»Okay, bis gleich.«

»Nicole, du kannst schon mal vorgehen, ich muss noch kurz telefonieren.« Er tippte die Nummer seiner Eltern ein und erkundigte sich nach Sarah und Michelle. Seine Mutter sagte ihm, dass beide bei Freundinnen seien, um mit ihnen zu lernen.

»Ich werd heute nicht mehr vorbeikommen, sie sollen

spätestens um sieben nach Hause gehen. Falls ich noch nicht da sein sollte, Andrea kommt irgendwann zwischen sechs und sieben. Ich versuch aber rechtzeitig zu Hause zu sein.«

»Ist alles in Ordnung?«, fragte seine Mutter.

»Nur viel Arbeit. Ciao, Mama, ich muss los, sonst schaff ich mein Pensum nicht.«

In seinem Büro wurde er von Spitzer erwartet – und von Elvira Klein, die hinter Brandts Schreibtisch saß. Spitzer zuckte so unauffällig wie möglich mit den Schultern, als wollte er damit sagen, dass er nichts für die Anwesenheit der Klein könne.

»Bequem hinter meinem Schreibtisch?«, fragte er, woraufhin Elvira Klein ihm einen spöttischen Blick zuwarf und aufstand.

»Hab schon besser gesessen«, antwortete sie und machte die Zwischentür zu. »Herr Brandt, ich hatte heute einen nervenaufreibenden Gerichtstermin und bin mehr zufällig hier vorbeigekommen und habe quasi nebenbei von dem Mord an Wedel erfahren. Was können Sie mir denn bis jetzt sagen?«

»Was möchten Sie denn hören?«

»Was Sie bisher herausgefunden haben.«

»Nichts, wenn Sie's genau wissen wollen. Wir haben weder das Autopsieergebnis, noch kennen wir den genauen Todeszeitpunkt, die Spurensicherung ist noch vor Ort, und die bisherigen Befragungen haben nichts ergeben, was uns weiterführen könnte. Das ist mein ganzer vorläufiger Bericht. Sonst noch was?«

»Und mit wem haben Sie bis jetzt gesprochen? Angehörige?«, fragte sie und setzte sich auf eine freie Stelle des Schreibtischs, ein Fuß auf dem Boden, mit dem andern Bein schlenkerte sie hin und her. Ihr Rock war ein Stück übers Knie gerutscht, und Brandt musste anerkennend zugeben, dass sie lange und sehr schöne Beine hatte.

»Mitarbeiter und Angehörige. Aber da Wedel irgendwann heute Nacht umgebracht wurde und der, oder die Täter, das Band der Videoüberwachung hat mitgehen lassen, stehen wir noch am Anfang.«

»Nun, Herr Brandt, ich will ja nicht drängen, aber das ist jetzt schon der zweite Mord innerhalb von zwei Monaten, dazu noch an zwei Männern, die befreundet waren. Und Sie haben noch nicht einmal den ersten Mord gelöst …«

»Stopp, bevor Sie weitersprechen«, wurde sie von Brandt unterbrochen, der Mühe hatte, die Ruhe zu bewahren, »Sie sollten eigentlich wissen, dass manche Morde erst nach Jahren aufgeklärt werden können – und manche überhaupt nicht. Unser ganzes Team hat geackert wie verrückt, wir haben unzählige Leute aus Kaufungs Umfeld befragt, wir kennen sein Leben von der Geburt bis zu seinem Tod besser als er selbst, aber es war keine einzige heiße Spur darunter, nicht einmal ein klitzekleiner Hinweis. Und schon gar nicht ein Motiv. Aber der Mord an Wedel könnte, wohlgemerkt könnte ein Wendepunkt sein.«

»Und was für ein Wendepunkt könnte das Ihrer Meinung nach sein?«

»Das erkläre ich Ihnen, wenn ich Fakten habe. Wenn Sie mich jetzt bitte entschuldigen wollen, ich habe zu tun.«

»Und was, wenn ich fragen darf?«

»Als Erstes gehe ich pinkeln, und anschließend statte ich drei äußerst bezaubernden jungen Damen einen Besuch ab.«

»Da würde ich gerne mitkommen«, sagte Elvira Klein und postierte sich vor Brandt.

»Das kann ich mir vorstellen, ist aber leider nicht drin. Ich bin es nämlich gewohnt, gewisse Dinge allein zu erledigen. Sie haben doch bestimmt eine Menge Akten auf Ihrem Schreibtisch liegen.«

»Herr Brandt, Ihnen ist hoffentlich klar, dass der Mord an Wedel eine andere Qualität besitzt als der an Kaufung.«

»Inwiefern? Mord ist Mord, ich mache da keinen Qualitätsunterschied. Egal, ob Penner, Hausfrau oder Arzt, es sind alles Menschen, die ein Recht haben zu leben, bis sie auf natürliche Weise abberufen werden. Ist Ihnen das klar?«, entgegnete er bissig.

»So war das nicht gemeint. Aber Wedel war dabei, ein berühmter Mann zu werden und endlich einmal etwas Licht nach Offenbach zu bringen ...«

»Warum sind Sie dann hier, wenn es Ihnen zu dunkel ist?«

»Ich mag Ihren Zynismus nicht, Herr Brandt ...«

»Und ich nicht Ihre abwertende Meinung über Offenbach. Ich sag ja auch nichts gegen Ihr Frankfurt.« Er winkte genervt ab. »Lassen Sie mich einfach in Ruhe meine Arbeit machen, okay?«

»Okay. Ich gebe Ihnen eine Woche, und sollten Sie bis dahin nichts Verwertbares vorweisen können, sehe ich mich gezwungen, das LKA einzuschalten. Habe ich mich deutlich ausgedrückt?«

»Sie drücken sich doch immer deutlich aus, Frau Klein. Aber soll ich Ihnen was sagen – meine Leute und ich haben uns in den letzten zwei Monaten den Arsch aufgerissen, wir haben rund um die Uhr im Fall Kaufung ermittelt, wir mussten aber nebenbei auch noch mehrere Einbrüche, Raubüberfälle, zwei Vergewaltigungen, einen versuchten Totschlag und andere diverse Kleinigkeiten bearbeiten. Wir sind mit unseren achtzehn Männern und Frauen total unterbesetzt, und jeder von ihnen gibt sein Bestes. Aber wenn Sie uns jetzt mit dem LKA drohen, werden Sie bald alle achtzehn gegen sich haben.«

»Soll das etwa eine Drohung Ihrerseits sein?«, fragte sie mit hochgezogenen Brauen.

»Das ist keine Drohung, ich kenne nur meine Leute. So, und jetzt muss ich mal für kleine Jungs, und danach bin ich weg.«

Elvira Klein senkte den Blick und meinte in gedämpftem Ton, als würde sie ihre Worte von eben bereuen: »Bevor Sie gehen, wollte ich Ihnen nur noch etwas sagen – ich war für Freitagabend zur Vernissage bei Wedel eingeladen. Ich hätte gerne Herrn Patterson persönlich kennen gelernt.«

»Ist das Ihre einzige Sorge, dass Sie den großen Meister der Malerei und Fotografie nicht persönlich treffen können? Ich hab die Bilder vorhin gesehen, ich denke, es gibt Besseres. Kaufen Sie sich den Playboy, die Fotografen sind mindestens genauso gut.«

»Sie lesen den Playboy?«, fragte sie amüsiert, wobei ihre Augen spöttisch aufblitzten.

»Jeder Mann, der behauptet, ihn noch nicht gelesen zu haben, lügt. Aber mich interessieren natürlich nur die tollen Interviews und Berichte«, sagte er mit verschmitztem Lächeln, als er merkte, dass die Klein einzulenken versuchte, denn er hasste Streit jeglicher Art. Es verdarb ihm nur den Tag.

»Ach so, das ist natürlich etwas anderes. Ja, ich fahr dann mal rüber in mein Büro, Sie haben nämlich Recht, auf meinem Schreibtisch stapeln sich tatsächlich die Akten. Und viel Erfolg bei Ihren Ermittlungen.« Als sie bereits an der Tür war, hielt sie noch einmal inne und sagte mit dem Rücken zu Brandt: »Und das mit dem LKA vergessen Sie einfach. Sie werden das schon allein schaffen. Darf ich fragen, wohin Sie fahren?«

»Die Angestellten von Wedel einzeln befragen. Die Menschen sind meist gesprächiger, wenn ich unter vier Augen mit ihnen rede.«

»Ich wünsche Ihnen viel Erfolg. Tschüs.«

Brandt sah ihr verdutzt nach, als sie sein Büro verließ. Er hörte noch ihre Schritte auf dem Flur. Sie hatte noch nie tschüs zu ihm gesagt. Er zuckte mit den Schultern, dachte, gib bloß nicht zu viel auf das, was sie eben gesagt hat, ging auf die Toilette, wusch sich anschließend die Hände und das Gesicht, atmete ein paarmal tief ein und wieder aus und begab sich zurück in sein Büro. Eberl und Spitzer kamen herein.

»Was war denn hier los?«, fragte Spitzer. »Habt ihr euch gestritten? Du bist einmal ziemlich laut geworden.«

»Halb so schlimm. Alles in bester Ordnung«, erwiderte Brandt kurz angebunden.

»Hat sie wieder irgendwelchen Mist von sich gegeben?«

»Hör zu, ich hab's eilig«, beendete Brandt das Gespräch und lief mit schnellen Schritten nach draußen.

»Hast du ihr die Meinung geblasen?«, rief ihm Spitzer hinterher.

Brandt dachte, ich bin ja wohl der Einzige, der sich das traut, und tat, als hätte er die letzten Worte nicht mehr gehört, stieg in seinen Wagen, startete den Motor und fuhr los. Seine erste Station würde Sandra Heuser sein.

Mittwoch, 15.40 Uhr

Sandra Heuser hatte eine schmucke kleine Wohnung in der Friedrichstraße, nur wenige Minuten von der Galerie entfernt. Brandt begab sich in den zweiten Stock des erst vor kurzem renovierten Hausflurs, in dem noch der Geruch frischer Farbe hing. Die junge Frau hatte sich offensichtlich von dem ersten Schock erholt. Sie stand in der Tür, bekleidet mit einer legeren Sommerhose und einem hellblauen T-Shirt, an den Füßen trug sie weiße Leinenschuhe. Ein leichtes Lächeln zeichnete sich auf ihren Lippen ab, als wäre sie froh, endlich nicht mehr allein sein zu müssen, und bat Brandt herein. Die Einrichtung war ungewöhnlich, sie spiegelte offenbar die große Sehnsucht einer jungen Frau wider, die am liebsten nach Afrika auswandern würde – an den Wänden afrikanische Masken, Bilder und Fotos, Elefanten aus Holz, Glas und Porzellan in einer Vitrine, ein überdimensionaler Wandteppich aus buntschillernden Farben über dem Sofa. Alles erinnerte an Afrika, selbst die Möbel. Aus der Stereoanlage klang leise Musik, die er von irgendwoher kannte, aber im Moment nicht einzuordnen wusste, vielleicht, weil seine Gedanken zur Zeit mit zu vielen anderen Dingen beschäftigt waren. Sandra Heuser wollte schon zur Anlage gehen, um sie auszuschalten, als Brandt sagte: »Warten Sie, was ist das? Ich kenne es, aber ich komme nicht auf den Namen der Künstlerin.«

»Norah Jones. Ich liebe diese CD. Soll ich sie anlassen?«

»Gerne, solange wir uns dabei unterhalten können.« Natürlich, er erinnerte sich jetzt, bei Andrea zum ersten Mal diese CD gehört zu haben. Es war am ersten Abend und der ersten Nacht, die er bei ihr verbracht hatte. Sie hatten auf dem Sofa gesessen, Rotwein getrunken, sich unterhalten, bis sie ihn gefragt hatte, ob er die Nacht bei ihr bleiben wolle. Erst waren es zaghafte Annäherungsversuche ihrerseits gewesen, dann hatte sie sich in seinen Arm gekuschelt, und er war geblieben. Danach folgten viele Nächte bei ihr und bei ihm, und er war froh, dass sie sich immer noch so gut verstanden wie vor etwas mehr als einem halben Jahr. Und er hoffte, dass sich daran auch nichts ändern würde. Norah Jones, wie hatte er das nur vergessen können.

Und irgendwie erinnerte ihn Sandra Heuser an Andrea, die Art, wie sie sich bewegte, wie sie schaute, selbst ihre Stimme klang ähnlich. Sie war lediglich etwas größer und blond. Und sie war eine starke Frau, und doch meinte er zu erkennen, dass sie in ihrem tiefsten Innern sehr verletzlich war – wie Andrea.

»Kann ich Ihnen etwas zu trinken anbieten? Wasser, Cola, Kaffee, Tee?«

»Gegen ein Glas Cola hätte ich nichts einzuwenden«, antwortete er.

Die Sonne schien durch das breite Fenster, auf den Möbeln lag kein Staub, der Teppich über dem Parkettboden war sauber, aber es war eine gemütliche Sauberkeit, nicht steril und abweisend, sondern einladend. In einem Regal standen viele Bücher, Romane und Sachbücher, in der rechten Ecke neben dem Fenster waren ein Fernsehapparat und die Stereoanlage, auf dem Fensterbrett Blumen, links vom Fenster eine hohe Grünpflanze, deren Namen er nicht kannte. Er erschrak, als wie aus dem Nichts eine Katze direkt neben ihn auf das Sofa sprang und ihn beschnupperte. Sie war klein und zierlich und grau getigert, nur die Pfoten waren weiß, als hätte sie winzige Stiefel an. Er kraulte ihr den Kopf, was sie sich wohlig schnurrend gefallen ließ, und sie kam auf seinen Schoß. Brandt mochte Katzen, auch wenn er selbst keine hatte. Sie waren ihm lieber als Hunde, die viel Arbeit und Pflege erforderten und mit denen man bei Wind und Wetter rausmusste. Sarah und Michelle wünschten sich schon länger eine, aber noch zögerte er, denn wer würde sich um sie kümmern?

»Ah, Sie haben sich schon miteinander bekannt gemacht«, sagte Sandra Heuser und stellte die gefüllten Gläser auf den Tisch. »Sie ist mir vor ein paar Monaten zugelaufen, da war sie noch ganz klein und hatte sich wohl verirrt, und ich habe es nicht übers Herz gebracht, sie draußen zu lassen, weil es so kalt war. Sie ist eine ganz Liebe, sie kratzt nicht, sie beißt nicht und freut sich jedes Mal, wenn ich nach Hause komme. Na ja, in nächster Zeit werde ich wohl öfter zu Hause sein, wie es ausschaut.«

»Sehen Sie nicht so schwarz. Sie wohnen übrigens schön hier. Gefällt mir. Vor allem die ungewöhnliche Einrichtung.«

»Danke. Ich habe mich sofort in diese Wohnung verliebt, als ich sie gesehen habe. Ich habe mich einfach vom ersten Moment an wohl gefühlt. Tja, und irgendwann werde ich nach Afrika gehen. Ich war schon oft dort, und je öfter ich hinfliege, desto schwerer fällt mir der Abschied. Na ja, was soll's. Aber Sie sind bestimmt nicht gekommen, um sich mit mir über meine Wohnung und meine Träume zu unterhalten.«

»Nein, natürlich nicht. Trotzdem möchte ich Sie fragen, wie es Ihnen jetzt geht?«

»Ganz ehrlich? Ich weiß es nicht. Ich versuche mich abzulenken, aber ich krieg das Bild einfach nicht aus meinem Kopf. Wie er dagesessen hat … Ich habe noch nie zuvor einen Toten gesehen. Ich glaube, ich werde diesen Anblick nie vergessen.«

»Ganz vergessen vermutlich nicht, aber das Bild wird mit der Zeit immer blasser werden.«

»Ich hoffe, ich kann heute Nacht schlafen, ich will nicht davon träumen. Ich habe ein bisschen Angst davor.«

»Haben Sie niemanden, zu dem Sie gehen können?«

»Ich habe schon mit Frau Müller gesprochen, ob sie bei

mir übernachten möchte. Sie hat gesagt, dass sie es sich überlegen will. Wenn nicht anders, fahre ich zu meinen Eltern nach Hanau.«

Brandt trank einen Schluck Cola und sagte: »Ich müsste Ihnen jetzt noch ein paar Fragen stellen. Unter anderem, wo Sie gestern Abend zwischen einundzwanzig Uhr dreißig und Mitternacht waren. Ich weiß, Sie haben das schon meiner Kollegin gesagt, aber ich würde es trotzdem gerne noch einmal hören.«

»Ich war mit Doreen im Kino, die Karte habe ich noch.«

»Und wann sind Sie nach Hause gekommen?«

»So gegen halb eins. Wir waren hinterher noch in der Cafe Bar und haben einen Cocktail getrunken.«

»Sind Sie und Frau Müller befreundet?«

»Wir verstehen uns ganz gut und können über alles reden. Wir sind oft in der Bar, und dort wird man Ihnen auch bestätigen, dass wir gestern da waren.« Sie lächelte still vor sich hin und meinte kurz darauf: »Ich habe diese Fragen erwartet, aber glauben Sie mir, ich hätte Herrn Wedel niemals umbringen können, ich verabscheue Gewalt jeglicher Form.«

»Diese Fragen müssen einfach sein. Wie war denn Ihr Verhältnis zu Herrn Wedel?«

»Ganz gut. Mehr kann ich Ihnen nicht sagen. Er war mein Chef, und ich kann mich nicht beklagen.« Ihre Antwort klang glaubwürdig. Das Einzige, was Brandt störte, war, dass sie ihren Blick bei diesen Worten abwandte und für einen Moment aus dem Fenster schaute.

»Sie haben heute Vormittag gesagt, dass Sie seit drei Jahren für ihn arbeiten. Erzählen Sie doch mal, was für ein Mensch er war, damit ich mir ein Bild von ihm machen kann.«

»Haben Sie noch nicht mit seiner Frau gesprochen?«

»Ach wissen Sie«, sagte Brandt lächelnd, »Ehefrauen oder Ehemänner sind nur sehr selten objektiv. Sie setzen dem Verstorbenen in der Regel einen Heiligenschein auf, aber nachdem eine gewisse Zeit vergangen ist und man ein bisschen tiefer gebohrt hat, bleibt von dem Heiligenschein nicht mehr viel übrig, und hervor tritt ein ganz normaler Mensch mit allen Stärken, Fehlern und Schwächen, die Menschen nun mal haben.«

»Und Sie glauben, ich könnte Ihnen etwas anderes über ihn sagen?«

»Ich hatte es zumindest gehofft.«

Sandra Heuser zögerte, lehnte sich zurück, die Beine übereinander geschlagen, die Arme auf der Sessellehne. »Also gut, ich werde es versuchen. Er war kein Supermann, als den er sich gerne gesehen hat. Wedel konnte sehr charmant, sehr höflich, aber auch knallhart sein. Er hat manchmal eine Art an den Tag gelegt, die kaum zum Aushalten war. Bei ihm wusste man eigentlich nie, woran man war, weil seine Laune sich von einer Sekunde zur andern ändern konnte. Aber er war ein guter Geschäftsmann.«

»Und Sie kamen mit seinen Launen zurecht?«

»Ich habe ein dickes Fell und kann auch mal Kontra geben. Komischerweise hat er mir das nie übel genommen.«

»Hatte er Gegner oder Feinde?«

»Direkt Feinde würde ich nicht sagen. Aber es gibt schon jemanden, der einen ziemlichen Hals auf Wedel hat. Er hat mich einmal abgepasst, als ich die Galerie verlassen habe, und mir einige sehr unschöne Dinge über Wedel gesagt. Er sei ein Lügner und Betrüger und würde nicht zu seinem Wort stehen. Und ich soll bloß aufpassen, dass ich nicht auch irgendwann auf seine miesen Versprechungen reinfalle.«

Brandt wurde hellhörig und beugte sich nach vorn. »Wie

heißt der Mann, und wie kommt er darauf, so etwas von Wedel zu behaupten?«

»Banser, den Vornamen kenne ich nicht. Ihm hat die Galerie bis vor drei Jahren gehört, und er fühlt sich von Wedel übers Ohr gehauen. Angeblich schuldet er ihm noch vierhunderttausend Mark beziehungsweise zweihunderttausend Euro. Aber fragen Sie mich nicht, was da genau zwischen den beiden abgelaufen ist. Ich habe zwar Wedel darauf angesprochen, aber er hat nur abgewunken und gemeint, Banser sei ein durchgeknallter Spinner, der in die Psychiatrie gehört.«

»Und Sie wissen nicht, warum Wedel Banser angeblich so viel Geld schuldet?«

»Es muss mit dem Verkauf der Galerie zusammenhängen. Banser hat nur gemeint, ich soll mich vor Wedel in Acht nehmen, sonst würde ich eines Tages auch noch meine bittere Erfahrung mit ihm machen. Ich weiß nicht, was ich davon halten soll. Vor allem glaube ich, dass dieser Banser trinkt, denn jedes Mal, wenn ich ihn gesehen habe, hatte er eine Fahne.«

»Das heißt, Sie haben ihn nicht nur einmal gesehen?«

»Nein, der ist etliche Male bei uns reingeschneit, erst vor ein paar Tagen war er da. Er hat wieder einmal rumgeschrien und nach Wedel verlangt, bis Wedel aus seinem Büro kam, ihn einfach am Arm gepackt hat, und dann sind beide in Wedels Büro verschwunden. Doreen, Petra und ich haben nur gehört, wie sie ziemlich laut geworden sind, aber wir konnten nicht verstehen, was sie gesprochen haben. Jedenfalls kam Banser nach ein paar Minuten wieder rausgestürmt, hat ein paar wüste Beschimpfungen ausgestoßen und gemeint, Wedel würde eines Tages für all das büßen, was er ihm angetan hat.«

»Und wieso erzählen Sie mir das erst jetzt?«

Sandra Heuser zuckte mit den Schultern und antwortete: »Ich war vorhin so verwirrt, dass ich gar nicht daran gedacht habe. Außerdem kann ich mir nicht vorstellen, dass dieser Banser wirklich zu einem Mord fähig wäre, dafür ist er einfach nicht der Typ.«

»Wie sieht denn Ihrer Meinung nach ein Mörder aus?«

»Das hat damit überhaupt nichts zu tun, Herr Brandt. Banser dürfte so Anfang bis Mitte sechzig sein, macht einen etwas ungepflegten Eindruck und kommt mir vor wie ein bellender Hund. Aber bellende Hunde beißen in der Regel nicht.«

»Und Ausnahmen bestätigen die Regel. Sie wissen nicht zufällig, wo wir diesen Banser finden können?«

»Nein, tut mir leid, da kann ich Ihnen nicht helfen. Aber wenn ihm früher die Galerie gehört hat, dann lässt sich das doch bestimmt leicht rausfinden. Der ist jedenfalls ziemlich fertig mit der Welt, um nicht zu sagen verzweifelt.«

»Nun, Sie kennen beziehungsweise kannten Herrn Wedel recht gut. Würden Sie ihm zutrauen, dass er diesen Banser betrogen oder gelinkt hat?«

Sandra Heuser zuckte mit den Schultern und sah Brandt hilflos an. »Ich weiß es nicht.«

»Das hört sich sehr unsicher an. Nun sagen Sie schon – würden Sie es ihm zutrauen?«

»Es ist schwer, in die Menschen hineinzuschauen. Ich habe ja keine Ahnung, wie der Verkauf damals vonstatten gegangen ist. Normalerweise wird doch bei einem solch großen Geschäft ein Vertrag gemacht, und der ist bindend. Ich weiß nicht, wie viel die Galerie gekostet hat, aber sie war bestimmt nicht billig. Beste Lage, dreihundert Quadratmeter, das hat sicher eine Menge gekostet. Aber ganz gleich, was zwischen

Wedel und Banser vorgefallen ist, deswegen ermordet man doch keinen Menschen«, sagte sie mit einer Naivität, die Brandt fast schon sympathisch war. Etwas weltfremd, als könnte nicht sein, was nicht sein darf.

»Frau Heuser, viele werden schon wegen ein paar mickriger Euros umgebracht. Aber lassen wir das, ich werde mit Banser sprechen und ihn nach seinem Alibi befragen. Sie haben erwähnt, dass Sie und Frau Müller zur gleichen Zeit in der Galerie angefangen haben und dass Sie Freundinnen sind. Frau Johannsen ist jetzt neu dazugekommen. Verstehen Sie sich auch mit ihr gut?«

»Sie ist nett und umgänglich, und das sage ich nicht einfach so. Ich frage mich, warum sie überhaupt bei uns angefangen hat, bei der Ausbildung«, sagte sie anerkennend und neidlos. »Mein Gott, die Frau spricht sechs Sprachen perfekt, ich grade mal Englisch und Französisch, dazu ist sie noch super intelligent, lässt das aber die andern nicht spüren. Wedel wollte sie unbedingt haben, und er hat sie bekommen.«

»Die Initiative ging also von ihm aus.«

»Ganz sicher. So war es damals ja auch bei mir und Doreen.«

»Können Sie mir das näher erläutern?«

»Er hat eine Anzeige aufgegeben, dass er zwei Mitarbeiterinnen für seine Galerie sucht. Die Voraussetzungen waren ein abgeschlossenes Kunststudium und freundliches Auftreten. Ich habe Kunst und Germanistik studiert und danach einige Zeit bei einem Kunsthändler in Frankfurt gearbeitet, aber das war nicht das Gelbe vom Ei. Ich habe dann die Anzeige gelesen, mich vorgestellt, wir haben uns nicht einmal zehn Minuten unterhalten, und schon hatte ich den Job. Bei Doreen lief's ähnlich ab.«

»Nur noch ein paar Kleinigkeiten zum Abschluss. Kannten Sie auch den besten Freund von Wedel, Dr. Kaufung?«

»Natürlich. Er schaute ziemlich oft bei uns rein. Ich hab mich schon den ganzen Tag gefragt, ob die beiden Morde von ein und demselben Täter verübt wurden. Aber warum?«

»Das versuchen wir auch herauszufinden. Waren Sie auch bei Dr. Kaufung in Behandlung?«

Sandra Heuser zögerte einen Moment, bevor sie antwortete: »Ja, obwohl ich mir das eigentlich nicht hätte leisten können. Aber Dr. Kaufung hat auf sein übliches Honorar verzichtet, und ich war auch nicht oft bei ihm.«

»Ich will jetzt nicht indiskret erscheinen, aber steckten dahinter gewisse Absichten seitens Dr. Kaufung?«

»Ich verstehe Ihre Frage nicht«, erwiderte sie ausweichend.

»Ist auch nicht so wichtig.« Brandt merkte, dass die junge Frau seine Frage sehr wohl verstanden hatte, sich aber zierte, sie zu beantworten. Er dachte sich nur seinen Teil und würde sie, sollte es zur Aufklärung der Verbrechen dienen, noch einmal darauf ansprechen. Nachdem er einen Blick auf die Uhr geworfen hatte, sagte er: »Ich danke Ihnen sehr für Ihre Auskünfte, Sie haben mir sehr geholfen. Ich muss jetzt los, mein Tag ist nämlich noch lange nicht zu Ende.« Er hob vorsichtig die Katze von seinem Schoß und legte sie neben sich auf die Couch, woraufhin sie sich kurz übers Fell leckte, und stand auf. »Ich wünsche Ihnen alles Gute, und denken Sie einfach nicht mehr an heute Vormittag. Ich weiß, das klingt blöd, aber es funktioniert. Lenken Sie sich ab, und wenn nicht anders, sprechen Sie mit jemandem darüber.«

»Ich werde es schon schaffen. Und wenn ich Ihnen irgendwie helfen kann, sagen Sie einfach Bescheid, ich will, dass der Mörder von Herrn Wedel gefunden wird.«

»Machen Sie's gut, wir sehen uns bestimmt noch mal.«

»Sie auch. Ach ja, was ich noch sagen wollte – Sie sind ganz anders, als ich mir Kriminalkommissare immer vorgestellt habe. Sie sind irgendwie nett.«

»Danke, Sie aber auch.« Er fasste sich an die Stirn. »Beinahe hätte ich's vergessen – Frau Wedel hätte nichts dagegen, wenn Sie und Frau Müller die Galerie weiterführen, zumindest, bis die Ausstellung vorüber ist. Wurde eigentlich dieser Patterson schon von Wedels Tod informiert?«

Sandra Heuser schüttelte den Kopf. »Von mir nicht. Er ist aber in einem Hotel in Frankfurt abgestiegen. Mein Gott, er wollte ja morgen in die Galerie kommen und die letzten Vorbereitungen überwachen. Doreen hat die Nummer von ihm.«

»Ich werde ihr sagen, dass sie sich mit ihm in Verbindung setzen soll. Passen Sie gut auf sich auf. Tschüs.«

»Tschüs.«

Sandra Heuser blieb in der Tür stehen, bis sie die Haustür hinter Brandt ins Schloss fallen hörte, ging zurück in die Wohnung und legte sich auf die Couch. Tränen liefen ihr übers Gesicht. Die Katze kam auf ihren Bauch, als würde sie spüren, dass es Sandra nicht gut ging und sie jetzt Trost brauchte. Nach einer Weile fielen ihr die Augen zu, und sie schlief ein.

Mittwoch, 16.45 Uhr

Von unterwegs rief Brandt im Präsidium an und bat Spitzer, die Adresse von Banser herauszusuchen.

»Vorname?«

»Keinen Schimmer. Aber ihm hat die Galerie bis vor drei Jahren gehört. Ich brauch die Adresse und Telefonnummer so schnell wie möglich, ich muss den Typ heute noch aufsuchen. Und schau mal im Computer nach, ob irgendwas gegen ihn vorliegt.«

»Was ist mit ihm?«

»Kann ich dir jetzt nicht erklären. Ruf mich an, wenn du die Adresse hast. Hat sich Andrea schon gemeldet?«

»Vorhin. Sie hat das vorläufige Autopsieergebnis durchgegeben. Liest sich aber nicht sonderlich interessant. Außer, dass es auch diesmal keine Kampfspuren gegeben hat.«

»Todeszeitpunkt?«

»Zwischen zehn und halb elf, plus minus eine Viertelstunde.«

»Okay, noch was. Frag mal Nicole, ob sie schon rausgefunden hat, mit wem Wedel gestern telefoniert hat, ausgehende und eingehende Anrufe. Mich interessiert vor allem das letzte Telefonat, das er geführt hat. Bis dann.« Brandt drückte die Aus-Taste seines Handys und parkte in der Nähe des Hauses, in dem Doreen Müller wohnte. Er klingelte und wollte bereits wieder gehen, als der Türsummer ertönte.

Sie wirkte verschlafen, trug einen gelben Hausanzug auf der nackten Haut, unter dem sich ihre Brustwarzen deutlich abzeichneten, und sie war barfuß. Sie fuhr sich mit einer Hand durch das volle dunkelbraune, fast schwarze Haar, um das sie bestimmt von vielen Frauen beneidet wurde, und gähnte. Ihre Wohnung befand sich im ersten Stock eines Neubaus und war verspielter eingerichtet als die von Sandra Heuser. Aber auch hier die Gemütlichkeit einer Bücherwand, Grünpflanzen, ein flauschiger Teppich. Der Duft von Räucherstäbchen erfüllte das Zimmer, der Fernsehapparat lief und gleichzeitig Musik.

»Kommen Sie rein, ich habe Sie eigentlich schon viel früher erwartet. Ich bin eingeschlafen, was wohl das Beste ist, was einem im Augenblick passieren kann. Nehmen Sie Platz. Möchten Sie etwas trinken, ich habe allerdings nur Wasser da.«

Brandt wollte nicht nein sagen, obwohl er gerade erst eine Cola getrunken hatte und seine Blase drückte. »Gerne.«

Sie ging in die Küche und holte ein Glas Wasser, stellte es vor Brandt, während sie sich einen Cognac einschenkte und in einem Zug leerte. Sie zündete sich eine Zigarette an und lehnte sich zurück.

»Waren Sie schon bei Sandra?«, fragte sie.

»Ich komme gerade von ihr. Sie ist ziemlich mitgenommen. Und wie geht es Ihnen?«

»Wie soll's mir schon gehen?! Beschissen ist noch gelinde ausgedrückt. Da hilft nicht mal dieses Gesöff«, sagte sie und deutete auf die noch fast volle Flasche Cognac. »Die hab ich mir vorhin gekauft, obwohl ich normalerweise keine harten Sachen trinke. Mal ein Gläschen Rotwein oder Sekt, aber auch das nur in Maßen. Und das hier ist schon meine zweite Schachtel Zigaretten, normalerweise hält bei mir eine mindestens drei Tage. Aber heute ist mir das alles egal.«

»Frau Müller«, begann Brandt, dessen Blick immer wieder automatisch auf Doreen Müllers volle Brust fiel, »ich will und muss mich relativ kurz fassen. Wo waren Sie gestern Abend zwischen einundzwanzig Uhr dreißig und vierundzwanzig Uhr?«

»Wenn Sie Sandra schon dieselbe Frage gestellt haben, dann wissen Sie's doch. Wir waren im Kino und anschließend in der Café-Bar. Ich habe mit dem Mord nichts zu tun.«

»Das habe ich auch nicht behauptet.« Er wollte bereits die nächste Frage stellen, als sein Handy erneut diese nervtötende Melodie spielte, wieder eine, die Sarah ihm aus dem

Internet runtergeladen hatte, ohne ihn vorher zu fragen. Bernhard Spitzer.

»Der Typ heißt Kurt Banser und wohnt im Vorderwaldweg. Ich hab seinen Namen auch durch den Computer gejagt, aber Fehlanzeige. Bis jetzt ist der Mann sauber. Hast du was zu schreiben?«

»Nee, ruf du mal bei ihm an, ich will wissen, ob er zu Hause ist, damit ich nicht umsonst hinfahre.«

»Alles klar. Nicole lässt ausrichten, das mit dem Telefon dauert noch ein paar Minuten, sie meldet sich gleich bei dir.«

»Alles klar.« Er steckte sein Handy wieder in die Jackentasche und sagte: »Kennen Sie einen Kurt Banser?«

Doreen Müller lachte warm und kehlig auf. »Sie meinen diesen versoffenen Spinner. Natürlich kenne ich ihn, der war ja recht häufig bei uns in der Galerie. Er hat mich auch einmal angesprochen, als ich auf dem Nachhauseweg war, und hat mich vor Wedel gewarnt. Er hat gesagt, Wedel sei ein elender Betrüger und ein Verbrecher. Na ja, ernst hab ich ihn nie genommen, eigentlich musste ich immer nur lachen, vor allem, wenn er anrief und wie ein Berserker rumschimpfte. Auch wenn er mir in letzter Zeit doch gehörig auf die Nerven ging. Aber ich gebe zu, das eine Mal, als er mich abgefangen hat, habe ich auch Angst vor ihm gehabt, doch da hatte er wohl wieder zu viel getrunken und hat mich dabei auch angefasst. Banser ist ein Säufer, den man nicht mehr unter die Leute lassen sollte. Er hat erst gestern wieder angerufen, Wedel ist dabei ziemlich laut geworden, hat aber auch gleich die Tür wieder hinter sich zugemacht.«

»Hat Herr Banser jemals Drohungen gegen Herrn Wedel ausgesprochen?«

»Nicht nur einmal. Es ist noch gar nicht lange her, da hat er gesagt, irgendwann würde er ihm alles heimzahlen, was Wedel ihm angetan hat. Es ging um Geld, das Wedel ihm angeblich schuldete, so um die zweihunderttausend Euro, soweit ich weiß. Aber ich habe mich da rausgehalten. Sollte Wedel in irgendwelche krummen Geschäfte verwickelt gewesen sein, dann war das sein Problem und nicht meins.«

»Aber gesehen haben Sie diesen Banser gestern nicht, oder?«

»Doch, schon. Er hat auf der andern Straßenseite gestanden, als ich nach Hause gegangen bin.«

»War er auch in der Galerie?«

»Nein, nicht soviel ich weiß. Aber ich war gestern auch nicht den ganzen Tag dort, ich musste einige Besorgungen machen und war am Nachmittag für drei Stunden außer Haus und bin danach direkt zu mir gefahren.«

»Und wie kamen Sie mit Wedel aus?«

»Er war mein Chef«, antwortete sie und zog das verrutschte Oberteil ihres Hausanzugs nach unten, wodurch ihre Brüste noch deutlicher zum Vorschein kamen. »Er hatte seine Macken, aber wer hat die nicht? Ansonsten war er ganz okay.«

Brandt beobachtete Doreen Müller und hatte das Gefühl, als würde sie ihm etwas verschweigen oder sogar verheimlichen.

»Was heißt, ansonsten war er ganz okay?«

»Er hat gut bezahlt und … Ich weiß nicht, was ich Ihnen sagen soll. Er war kein schlechter Mensch, aber auch nicht gerade das, was man sich als Frau wünscht.«

»Wie soll ich das verstehen? Hat er Ihnen Avancen gemacht?«

Doreen Müller lachte wieder auf und sah Brandt direkt in die Augen. »Avancen?« Sie verzog den Mund und fuhr fort:

»Er hat's versucht, aber er ist verheiratet. Genügt Ihnen diese Antwort?«

»Vielleicht. Sie hatten also nie etwas mit ihm?«

»Sie stellen mir Fragen, auf die ich doch gar nicht antworten muss, oder?«

»Da haben Sie allerdings Recht, Sie müssen sie nicht beantworten. Aber keine Antwort ist manchmal auch eine.«

»Meinen Sie«, entgegnete sie spöttisch. »Denken Sie sich ruhig Ihren Teil, und kommen Sie zum nächsten Punkt, ich will mich nämlich gleich fertig machen und zu Sandra fahren. Sie möchte heute Nacht nicht allein sein und ich ehrlich gesagt auch nicht.«

Brandts Handy. »Entschuldigen Sie ... Ja?«

Es war Nicole Eberl. »Halt dich fest, mein Lieber, aber Wedel wurde gestern Abend um genau zweiundzwanzig Uhr eins von einer Telefonzelle in der Waldstraße aus angerufen, und zwar von einer mit Blick auf die Galerie. Das war das letzte Gespräch, das er geführt hat. Es könnte sein, dass er mit seinem Mörder telefoniert hat.«

»Sauber. Wir sehen uns morgen. Ciao.«

»Stopp. Banser ist zu Hause. Bernie hat bei ihm angerufen, aber gleich wieder aufgelegt, als er sich gemeldet hat.«

»Gut.« Und an Doreen Müller gewandt: »Sie haben mir im Prinzip alles beantwortet, was ich wissen wollte. Nur eine Frage noch – hatte Wedel vielleicht noch andere Feinde außer diesem Banser?«

»Schon möglich, bei seinem Lebenswandel.«

»Was für einen Lebenswandel hat er denn geführt?«

»Frauen waren sein Hobby. Er hat versucht es Kaufung gleichzumachen, und er hat es bis zu einem gewissen Punkt auch geschafft. Nur, dass Kaufung seine Grenzen kannte und Wedel nicht. Bei ihm durften die Mädchen ruhig auch mal dreizehn oder vierzehn sein. Alles, was über fünfunddreißig war, kam für ihn nicht mehr in Frage.«

»Woher wissen Sie das?«

»Das ist mein kleines Geheimnis. Ich weiß es einfach«, sagte sie mit abfällig heruntergezogenen Mundwinkeln. »Was glauben Sie, wieso Kaufung und Wedel so eng befreundet waren? Die beiden haben so etwas wie einen Wettkampf ausgetragen – wer die meisten ins Bett kriegt, hat gewonnen. Es ist ein verdammtes Scheißspiel, glauben Sie mir. Und jetzt sind beide tot, aber sie sind nicht im Bett gestorben.«

»Hat Wedel wirklich mit Minderjährigen …«

»Ja, wenn ich's doch sage! Ich weiß von zwei Dreizehnjährigen, mit denen er rumgevögelt hat, und das ist noch gar nicht so lange her, sechs, sieben Wochen vielleicht. Wedel war ein guter Geschäftsmann, aber er war auch ein gottverdammtes Arschloch. Und in einem kann ich Banser nur Recht geben – er war auch ein verdammter Lügner«, sagte sie bitter-zynisch.

Brandt wusste, was sie damit meinte, auch wenn sie es nicht offen aussprach. Dennoch hätte er gerne aus ihrem Mund gehört, was genau Sie mit Lügner meinte, verkniff sich aber die Frage.

»Kennen Sie die Mädchen?«

»Nein.«

»Und woher wissen Sie dann davon?«

»Ich hatte Feierabend, war noch in der Stadt, Besorgungen machen, hatte aber etwas in der Galerie vergessen. Also bin ich zurück und habe die beiden gesehen. Als Wedel mich bemerkt hat, ist er erst knallrot geworden und dann hat er so einen dummen Spruch losgelassen, das seien Verwandte von ihm.« Sie lachte auf und tippte sich an die Stirn. »Verwandte, die halb nackt bei ihm auf dem Schoß sitzen und mit ihm knutschen. Erst wollte ich meinen Augen nicht trauen. Er hat wohl gemeint, ich hätte dieses Gefummel nicht gesehen. Ich habe auch nichts weiter darauf gesagt und bin wieder gegangen. Ab da hatte ich ein völlig anderes Bild von ihm, was aber vorher schon nicht besonders gut war.«

»Und wer sagt Ihnen, dass die Mädchen nicht schon älter waren?«

»Ich habe ein Auge dafür, glauben Sie mir. Dreizehn, allerhöchstens vierzehn. Sie waren nicht einmal sonderlich zurechtgemacht.«

Brandt stand auf, bedankte und verabschiedete sich von Doreen Müller, die im Hinausgehen noch meinte: »Aber trotzdem tut es mir leid, was geschehen ist. Man hätte ihn kastrieren sollen, das hätte gereicht.«

»Zu spät. Frau Wedel sagt übrigens, dass Sie und Frau Heuser die Galerie vorläufig weiterführen können. Ich habe auch schon mit Ihrer Kollegin darüber gesprochen. Sie sagt, sie hätten die Telefonnummer von Patterson. Sie sollten ihm mitteilen, was passiert ist.«

»Auch das noch. Ich kann diesen Typen nicht ab. Der geht mir tierisch auf den Senkel mit seiner Besserwisserei. Er meint, nur weil er ein erfolgreicher und angesehener Fotograf ist, könnte er sich alles leisten. Aber seine Fotografien sind schlichtweg Schrott, genau wie seine Bilder. Ist jedenfalls meine subjektive Meinung.«

»Hatten Wedel und Patterson ein enges Verhältnis?«

»Keine Ahnung, interessiert mich auch nicht. Ich weiß nur, dass sie sich in New York kennen gelernt haben, das ist aber auch schon alles. Ich könnte mir vorstellen, dass Wedel ihn irgendwie um den Finger gewickelt hat, er hatte da so seine Methoden.«

»Sprechen Sie da aus Erfahrung?«, wollte Brandt jetzt doch wissen.

»Hätte ich Ihnen das alles sonst erzählt?«, war die Gegenfrage. »Aber gut, ich werde Patterson informieren und mit Sandra und Petra die Galerie erst einmal weiterführen. Es könnte natürlich auch sein, dass Patterson die Ausstellung kurzfristig noch platzen lässt, aber das wäre mir auch egal. Und ich garantiere Ihnen, Frau Wedel wird die Galerie verkaufen.«

»Wie kommen Sie darauf?«

»Ganz einfach, würde die Galerie sie interessieren, wäre sie in den drei Jahren nicht nur zweimal da gewesen. Das ist nicht ihre Welt, das heißt, sie will damit nichts zu tun haben.«

»Wie steht die Galerie denn finanziell da?«

»Anfangs hatten wir die üblichen Anlaufschwierigkeiten, aber seit zwei Jahren läuft es richtig gut. Wir haben einen festen Kundenstamm, und es kommen immer mehr dazu. Die Umsätze waren in letzter Zeit beträchtlich. Wedel hat einige Künstler für sich gewinnen können, die nicht gerade unbekannt sind, doch er hat auch ein paar ausgestellt, die bisher noch kaum einer kannte, die jetzt aber in aller Munde sind. Er hatte irgendwie immer den richtigen Riecher, wo was zu holen war. Und davon haben wir natürlich profitiert. Und der Coup mit Patterson war die bisherige Krönung.«

»Okay, das war's für heute. Die Presse wird von uns noch informiert, auch dass sie schreiben sollen, dass die Ausstellung fürs Erste abgesagt ist. Ihre Gäste müssten allerdings Sie informieren. Wir sehen uns noch.«

»Davon gehe ich aus.«

Brandt begab sich zu seinem Wagen, setzte sich hinein und überlegte. Die Müller hatte was mit Wedel, da bin ich mir ganz sicher. Fragt sich nur wann und wie lange das ging. Ich muss sie das fragen, wenn sie wieder klar im Kopf ist. Im Augenblick ist sie ziemlich durch den Wind. Interessant ist jedoch, dass Kaufung und Wedel ein gemeinsames Hobby hatten – Frauen. Und Wedel stand auch auf kleine Mädchen. Aber ist das ein Motiv? Ich weiß es nicht, vielleicht ist es ein Motiv, vielleicht auch nicht, ich glaube aber eher nicht. Höchstens, wenn Kaufung die gleichen Neigungen hatte. Ich frage mich nur, ob die Wedel nichts von den Seitensprüngen ihres Mannes wusste. Die muss doch was gemerkt haben. Harmonische Ehe? Blödsinn! Aber wer lügt? Macht euch alle auf was gefasst, ich werde es rauskriegen.

Er startete den Motor und machte sich auf den Weg zu Kurt Banser.

Mittwoch, 17.45 Uhr

Offenbach, Vorderwaldweg. Brandt fand einen Parkplatz unmittelbar vor dem Haus von Kurt Banser, das von außen einen ordentlichen Eindruck machte. Lediglich der Vorgarten sah aus, als hätte seit Jahren keiner mehr Hand angelegt, wild wucherndes Gras und Unkraut, die wenigen noch blühenden Blumen hatten kaum eine Chance, sich gegen dieses Gestrüpp durchzusetzen. Das Gartentor ließ sich einfach aufdrücken. Brandt ging die etwa zehn Meter bis zur Eingangstür, fand aber keine Klingel. Er klopfte, und als sich drinnen nichts rührte, schlug er ein paarmal kräftig dagegen. Nach einer Weile hörte er Schritte näher kommen und eine tiefe, rauchige Stimme fragen: »Wer ist da?«

»Herr Banser?«

»Ja. Wer sind Sie?«

»Mein Name ist Brandt, Kripo Offenbach. Ich würde mich gerne mit Ihnen unterhalten.«

Die Tür wurde einen Spaltbreit geöffnet, die Sicherungskette lag vor.

»Haben Sie auch einen Ausweis?«, wollte Banser wissen. Er hatte einen abweisenden Ton, seine Augen drückten tiefes Misstrauen aus.

»Hier, bitte.« Brandt hielt ihm den Ausweis hin, und nach eingehendem Betrachten entriegelte Banser die Kette.

»Kommen Sie rein. Die Schuhe können Sie anbehalten.« Banser, der noch eine Idee kleiner war als Brandt, ging vor dem Kommissar mit müden Schritten über einen langen, schmalen Flur bis fast ans Ende. Es roch muffig, als wäre seit Menschengedenken nicht gelüftet worden. Sie kamen an der Küche vorbei, deren Tür offen stand. Brandt warf einen Blick hinein. In einer Ecke lagen leere Pizzakartons, durch zwei volle blaue Müllsäcke schimmerten Bierdosen und Wodkaflaschen, schmutziges Geschirr stapelte sich in der Spüle. Dann im Wohnzimmer sah er etliche Stapel Bücher, die nicht mehr in die Schrankwand passten, auf einer sicherlich komfortablen und interessant gemusterten roten Sitzecke lag wahllos schmutzige Wäsche, auf dem Marmortisch standen mehrere Flaschen Wodka und Whiskey, die bis auf zwei alle leer waren, sowie ein überquellender Aschenbecher. Auf dem Parkettboden, der unter den Schuhen knarrte, lagen ebenfalls Flaschen und Wäschestücke. Die einst weiße Tapete war durch den Rauch vergilbt, lediglich eine Glasvitrine mit Fotos, die ihn und eine Frau zeigten, wirkte sauber und ansehnlich. Das große Fenster war schon seit langem nicht geputzt worden, die Pflanzen auf der Fensterbank waren verdorrt.

»Um was geht's?«, fragte Banser, ließ sich in einen alten

mit Goldnieten versehenen Ohrensessel aus Leder fallen und deutete auf die Couch. »Schieben Sie das Zeug einfach beiseite.«

Erst nachdem sie Platz genommen hatten, vermochte Brandt sich einen ersten Eindruck von Banser zu verschaffen. Er schätzte ihn auf Anfang bis Mitte sechzig. Er war unrasiert, sein volles graues Haar lang und hätte einen Schnitt dringend nötig gehabt. Er sieht aus wie ein in die Jahre gekommener Künstler, der mit seinem äußeren Erscheinungsbild etwas demonstrieren will, dachte Brandt. Sein Gesicht war von einem unnatürlichen Grau, die Augen eisblau, tiefe Furchen auf der Stirn und zwischen Nase und Mund. Auffällig waren die kleinen und trotz des Alkoholkonsums wachen Augen, die schmalen Lippen und wohlgeformten Hände, selbst die Fingernägel waren geschnitten und sauber.

»Ich will es kurz machen, Herr Banser«, begann Brandt vorsichtig und behutsam, denn er wollte den Mann nicht erschrecken, »Sie kennen einen gewissen Herrn Wedel, wie uns gesagt wurde …«

Banser lachte höhnisch auf, schenkte sich ein Wasserglas voll Wodka ein und trank es in einem Zug leer. »Allerdings kenne ich diesen gottverdammten Hurensohn. Was ist mit ihm?«

»Das wissen Sie nicht?«, fragte Brandt zweifelnd, der sich noch unschlüssig war, ob er Banser sympathisch oder unsympathisch finden sollte. Auch wenn er das eigentlich nicht durfte, er steckte Menschen immer in eine dieser beiden Kategorien, wobei er weder die Wertung gut oder schlecht verwendete. Er sagte sich nur, mit diesem oder jenem komme ich klar oder nicht. Banser war schwer zu durchschauen, er war offensichtlich Alkoholiker, er war zynisch, doch dies musste Gründe haben, denn keiner wurde als Zyniker geboren. Was Brandt jedoch sofort feststellte, war, dass Banser ein sehr intelligenter Mann war, auch wenn seine Wohnung ein einziger Saustall war.

»Nein, aber Sie werden's mir bestimmt gleich verraten. Oder lassen Sie mich überlegen.« Er strich sich mit einer Hand ein paarmal über das stopplige Kinn, dann fuhr er fort: »Er hat Sie geschickt, um mir zu sagen, dass er in Zukunft nicht mehr von mir belästigt werden möchte. Habe ich Recht?«

»Nein, er hat mich nicht geschickt. Herr Wedel ist tot, und ich denke, dass Ihnen das längst bekannt sein dürfte.«

Banser lachte meckernd auf und schlug sich auf die Schenkel. »Was, dieses Stinktier ist tot? Ich hätte damit rechnen müssen, dass er eines Tages abhaut. Große gottverdammte Scheiße! Und nein, ich höre das zum ersten Mal, ob Sie es glauben oder nicht.«

»Wann haben Sie ihn zuletzt gesehen?«

»Keine Ahnung. Warum interessiert Sie das?«

»Beantworten Sie nur meine Frage.«

»Ich sag doch, ich habe keine Ahnung«, erwiderte er scheinbar gelangweilt, um gleich darauf um so zynischer zu fragen: »Woran ist er denn krepiert?«

»Er wurde erschossen. Deshalb meine Frage an Sie – wo waren Sie zwischen einundzwanzig Uhr dreißig und Mitternacht?«

»Hier zu Hause. Ich hab ferngesehen und gesoffen. Was soll diese Frage überhaupt?«

»Und es gibt keine Zeugen?«

»Sehen Sie hier irgendjemanden? Ich lebe seit zwei Jahren allein in diesem großen verfluchten Haus.«

»Aber Sie hatten Streit mit Herrn Wedel. Um was ging's dabei?«

»Er hat mir Geld geschuldet, vierhunderttausend Mark, um genau zu sein, die Zinsen nicht mitgerechnet. Nicht gerade wenig, oder?«

»Und warum hat er Ihnen dieses Geld geschuldet?«

»Das ist eine Sache zwischen ihm und mir«, erwiderte Banser kurz angebunden.

»Jetzt nicht mehr, Herr Banser. Jetzt ist es nur noch eine Sache zwischen Ihnen und mir. Also, warum hat er Ihnen vierhunderttausend Mark beziehungsweise zweihunderttausend Euro geschuldet?«

»Wen juckt das noch, jetzt, wo er tot ist. Oder sehen Sie das anders?«

»Allerdings. Was ist nun, wollen Sie mir jetzt meine Frage beantworten, warum er Ihnen angeblich so viel Geld geschuldet hat, oder wäre es Ihnen lieber, wenn wir die Befragung auf dem Präsidium fortsetzen würden?«

»Sie können mich fragen, sooft Sie wollen, ich werde Ihnen darüber keine Auskunft geben, egal, ob hier oder in Ihrem Büro.«

»Aber Sie haben sich des Öfteren in der Galerie aufgehalten, haben dort angerufen, haben Herrn Wedel bedroht und auch seine Angestellten belästigt. Warum?«

»Wenn ich jemanden belästigt habe, der nicht Wedel heißt, dann will ich mich in aller Form dafür entschuldigen. Ansonsten ist das ganz allein meine gottverdammte Sache. Ich werde jedenfalls nichts mehr sagen. Und jetzt verschwinden Sie.«

Brandt beugte sich nach vorn und sah Banser an, der seinem Blick nicht auswich. »Herr Banser, warum machen Sie es mir so schwer? Ich weiß doch, dass die Galerie bis vor drei Jahren Ihnen gehört hat. Danach haben Sie sie an Wedel verkauft. Hat er Ihnen deshalb noch Geld geschuldet?«

»Kein Kommentar. Fragen Sie doch von mir aus seine Frau, die kann es Ihnen bestimmt sagen.«

»Sie kennen auch seine Frau?«

»Hab sie mal kennen gelernt. Ist ganz nett, aber viel zu schade für ein Arschloch wie Wedel.«

»Warum haben Sie die Galerie aufgegeben?«

»Hatte keine Lust mehr«, antwortete Banser gespielt gelangweilt und schenkte sich Wodka nach, wieder ein Wasserglas voll. »Einfach keine Lust mehr auf diesen Kunstkram.«

»Das glaube ich Ihnen nicht. Wie lange war denn die Galerie in Ihrem Besitz?«

»Fast dreißig Jahre. War schon 'ne tolle Zeit, bis …« Er stockte, kniff die Augen zusammen und schüttelte den Kopf. »Hören Sie, wenn Sie mich ausquetschen wollen, vergessen Sie's. Es ist vorbei, Schluss und Ende. Wenn es sonst nichts mehr gibt, Sie wissen ja, wo die Tür ist.«

»Sie wollen mir also nicht helfen?«

»Ihnen helfen? Schulde ich Ihnen etwa einen Gefallen?« Er kam ebenfalls nach vorn, die Ellbogen auf die Schenkel gestützt, und sah Brandt mit glühenden Augen an. »Wissen Sie was, diese gottverdammte, beschissene Welt hat sich alles in den Rachen gesteckt, was mir gehörte und mir etwas bedeutete, und mir hat kein Schwein geholfen. Und jetzt verschwinden Sie endlich, ich habe nämlich keine Lust mehr zu helfen«, stieß er hart hervor. Und als Brandt keine Anstalten machte, sich zu erheben, fuhr er noch lauter fort: »Worauf warten Sie, ich habe Ihnen nichts mehr zu sagen.«

Brandt holte wortlos sein Handy aus der Tasche und rief in der Einsatzzentrale an.

»Hier Brandt. Ich bin im Vorderwaldweg bei Banser. Schickt mal einen Einsatzwagen vorbei, der Herr möchte aufs Präsidium gebracht werden … In fünf Minuten? Bestens. Ich warte solange hier.«

Banser lächelte auf einmal und meinte nur: »Sie können's wohl nicht lassen. Was soll ich bei Ihnen auf dem Präsidium? Was erwarten Sie eigentlich von mir?«

»Zum Beispiel ein paar Auskünfte, was Ihr Verhältnis zu Wedel betrifft. Es scheint ja nicht gerade das beste gewesen zu sein. Haben Sie ihn gehasst?«

»Und wenn?«

»Sagen Sie einfach nur ja oder nein.«

»Wenn ich nein sage, glauben Sie es mir nicht, sage ich ja, dann bin ich gleich sein Mörder, richtig? Das ist wie im Mittelalter zu Zeiten der Inquisition oder der Hexenverfolgungen. Ganz gleich, was die unschuldigen Kreaturen gesagt haben, sie waren auf jeden Fall schuldig und mussten auf dem Scheiterhaufen brennen, aber erst, nachdem sie die furchtbarsten Torturen über sich hatten ergehen lassen müssen.« Er machte eine Pause und holte tief Luft. »Sie denken vielleicht, der Alte tickt nicht ganz richtig, der ist ja besoffen, aber glauben Sie mir eines, ich bin nicht besoffen, obwohl ich mir wünschte, ich wär's. Wedel hat mir Geld geschuldet, das ist alles, mehr gibt es nicht zu sagen.«

Brandt merkte, dass es keinen Zweck hatte, weitere Fragen zu stellen. Banser hatte sich in sein Schneckenhaus zurückgezogen, doch spätestens auf dem Präsidium, vielleicht auch nach einer Nacht in einer dieser kargen, nüchternen Zellen würde er reden. Wenn das grelle Licht ihn am Einschlafen hinderte und er nur noch aus diesen Klaustrophobie verursachenden kalten Wänden rauswollte. Und sollte er ein schwerer Alkoholiker sein, so würde er spätestens dann sein Schweigen brechen, wenn das große Zittern und die Schweißausbrüche kamen und damit das unstillbare Verlangen nach Wodka oder anderem Hochprozentigem.

Es klopfte an der Tür, weil die Klingel nicht funktionierte. Brandt erhob sich und machte den Streifenbeamten auf, die er persönlich kannte, mit einem von ihnen duzte er sich sogar.

Er sprach leise, so dass Banser es nicht hören konnte. »Bringt ihn in mein Büro. Aber geht behutsam mit ihm um, er hat schon einiges intus.«

»Wird gemacht.«

»Herr Banser«, sagte Brandt, als er wieder im Wohnzimmer war, »diese Beamten werden Sie jetzt in mein Büro fahren, wo wir die Befragung fortsetzen werden. Und sollten Sie nicht kooperieren, behalten wir Sie auch gerne über Nacht in einer unserer gemütlichen Zellen bei uns. Wenn Sie also bitte aufstehen wollen.«

»Bis jetzt habe ich geglaubt, wir würden in einem Rechtsstaat leben, aber in Wirklichkeit ist das ein Polizeistaat! Eine gottverdammte Diktatur! Die Kleinen hängt man, die Großen lässt man laufen. So war es immer, und so wird es auch in Zukunft sein.«

»Würden Sie jetzt bitte aufstehen?«, forderte ihn Brandt diesmal etwas schärfer auf, ohne auf die Ausführungen von Banser einzugehen, der für ihn nur wirres Zeug redete. Ob er mit dem Tod von Wedel etwas zu tun hatte, direkt oder indirekt, würde er noch erfahren. Alkoholiker, das wusste er, waren unberechenbar. Und Banser war Alkoholiker.

»Und wenn ich mich weigere?«

»Dann bleibt meinen Kollegen nichts weiter übrig, als Sie gewaltsam aus Ihrem Sessel zu entfernen. Sie kommen mit, und damit basta.«

»Bitte tun Sie sich keinen Zwang an, ich wollte schon

immer mal die Polizeigewalt am eigenen Leib spüren. Ich bleibe jedenfalls sitzen«, sagte er und griff zur Flasche, um sich ein weiteres Glas Wodka einzuschenken, doch Brandt war schneller und nahm die Flasche an sich.

»Vorläufig gibt es keinen Schnaps mehr. So, nehmt ihn mit, ich hab meine Zeit auch nicht gestohlen.«

»Kann ich wenigstens meine Zigaretten mitnehmen?«, fragte Banser ironisch.

»So viele Sie wollen. Und sollten Sie über Nacht bei uns bleiben, nehmen Sie besser gleich ein paar Packungen mit. Wo ist der Schlüssel für die Haustür?«

»Steckt«, antwortete Banser nur. »Ich müsste noch mal schnell auf die Toilette, wenn Sie gestatten. Es gibt dort auch kein Fenster, durch das ich abhauen könnte, falls Sie das denken. Sie können sich gerne überzeugen.«

»Sie sind ja nicht verhaftet, sondern sollen lediglich vernommen werden.«

Banser kam nach nicht einmal zwei Minuten wieder heraus und folgte den Beamten zum Streifenwagen. Brandt ging durch sämtliche Räume und überprüfte, ob alle Fenster geschlossen waren. Zuletzt betrat er das Schlafzimmer und betätigte den Lichtschalter, weil der Rollladen heruntergelassen war. Er glaubte seinen Augen nicht zu trauen, er hatte das Gefühl, in einer anderen Wohnung zu sein. Das Zimmer wirkte, als hätte sich darin schon seit sehr langer Zeit keiner mehr aufgehalten. Das Bett war gemacht, eine blaue Tagesdecke lag darüber, zu beiden Seiten des Bettes dichte Lammfellvorleger, die aussahen, als wären sie gerade erst frisch gebürstet worden, ein großer maßgefertigter Schrank mit orientalischen Intarsien erstreckte sich über die gesamte Wand und schloss exakt mit der Decke ab. Im Gegensatz zu den anderen Zimmern roch es hier nicht muffig, überhaupt war es der sauberste Raum im ganzen Haus. Auf den Nachtschränken je ein Bild von Banser und einer Frau, vermutlich seiner Frau. Brandt fragte sich, wo sie war. Abgehauen, weil sie ihren Mann und den Suff nicht mehr ertragen konnte? Vorstellbar ist es, dachte Brandt, blieb noch einen Augenblick stehen und verließ das Haus dann, ohne jedoch diesen letzten Eindruck zu vergessen. Die Beamten waren bereits mit Banser losgefahren. Er brachte noch ein Polizeisiegel an der Haustür an, bevor auch er sich auf den Weg ins Präsidium machte. Von unterwegs rief er zu Hause an, um zu hören, ob die Mädchen vielleicht schon da waren. Michelle meldete sich.

»Hallo, Mäuschen. Ich wollte nur kurz Bescheid sagen, dass es ein klein wenig später wird, ich muss noch mal schnell ins Büro und hoffe, dass ich spätestens um acht daheim bin. Ist Sarah auch da?«

»Ja, und Andrea auch. Wir kochen gerade was. Willst du sie haben?«

»Gib sie mir mal kurz.«

»Wo steckst du?«, fragte sie.

»Auf dem Weg ins Präsidium. Nicht sauer sein, aber es wird wohl noch etwa eine Stunde dauern.«

»Probleme?«

»Wir mussten jemanden mitnehmen, der partout nicht den Mund aufmachen wollte. Das erzähl ich dir aber alles nachher. So, ich bin gerade auf den Parkplatz gefahren. Was kocht ihr eigentlich Schönes? Michelle hat da was durchklingen lassen.«

»Ich hab da ein paar Teile aus der Pathologie mitgebracht«, sagte sie trocken.

»Hm, ich wollte immer schon mal wissen, wie so was schmeckt. Aber ehrlich, was gibt's denn?«

»Lass dich überraschen. Ciao, mein Lieber, und komm nicht zu spät, sonst essen wir dir alles weg. Bis nachher.«

Mittwoch, 18.45 Uhr

Banser saß bereits in Brandts Büro, bewacht von den beiden Beamten, die ihn hergebracht hatten. Er rauchte eine Zigarette und sah kurz auf, als Brandt hereinkam. Spitzer war in seinem Büro und telefonierte, die Tür war geschlossen.

»Danke, dass ihr gewartet habt. Bleibt nur noch einen Augenblick, dann seid ihr entlassen«, sagte Brandt zu seinen Kollegen von der Schutzpolizei, die nur nickten. Er öffnete die Tür zu Spitzers Büro und bedeutete ihm mit einer bestimmten Handbewegung, dass er ihn kurz sprechen wollte. Spitzer beendete das Telefonat, gähnte und streckte sich, stand auf und kam hinter seinem Schreibtisch hervor.

»Wen hast du denn da angeschleppt?«

»Diesen Banser. Er verheimlicht mir etwas, deswegen hab ich ihn herbringen lassen. Könnte sein, dass wir ihn über Nacht hier behalten werden. Irgendwas stimmt mit ihm nicht, aber er will nicht reden.«

»Hältst du ihn für …«

»Nicht so schnell. So weit bin ich noch längst nicht. Ich werde mir jetzt maximal eine Stunde nehmen, um ihn zu befragen, und sollte er den Mund bis dahin noch immer nicht aufgemacht haben, kommt er in eine Zelle.«

»Also hältst du ihn doch …«

»Bernie, bitte! Ich will wissen, was mit ihm los ist, und vor allem, was zwischen ihm und Wedel war. Die beiden hatten seit Jahren Streit, es ging um einen Haufen Geld, aber ich kenne nicht die genauen Hintergründe, die hab ich bis jetzt nur ansatzweise gehört. Ich geh jetzt wieder rüber und werde um Punkt Viertel vor acht diese heiligen Hallen verlassen. Okay?«

»Ist ja gut. Wenn's dir nichts ausmacht, verzieh ich mich auch nach Hause. Nicole ist auch schon seit einer Stunde weg.«

»Hat sich die KTU schon gemeldet?«

»Die sind noch immer in der Galerie zugange. Ich hab vorhin kurz mit dem Einsatzleiter gesprochen, das wird wohl noch ein bis zwei Stunden dauern, bis sie fertig sind. Theo hat mir jedoch versprochen, dass die ersten Auswertungen bis morgen Vormittag bei uns sind. Die Kugeln wurden aber bereits untersucht. Sie stammen aus einer 9 mm Beretta 92 FS. Ob ein Schalldämpfer verwendet wurde, können sie noch nicht mit Bestimmtheit sagen.«

»Fingerabdrücke?«

»Mann, die Spusi ist noch am Arbeiten, hab ich doch grade eben gesagt. Gedulde dich bis morgen.« Spitzer fuhr seinen PC herunter, warf einen letzten Blick auf seinen Schreibtisch und verabschiedete sich.

Brandt kehrte in sein Büro zurück, gab den Beamten ein Zeichen, dass sie gehen konnten, stellte sich mit dem Rücken ans Fenster, die Hände in den Hosentaschen, und sah Banser an, der nicht einen Hauch von Nervosität zeigte.

»Herr Banser, lassen Sie mich noch einmal erklären, um was es geht. Ich habe Sie nicht zu meinem Vergnügen hergebracht, damit Sie das wissen. Ich möchte lediglich einen Mord aufklären, und ich bin sicher, dass Sie mir dabei behilflich sein können. Warum also wollen Sie mir nicht sagen, was zwischen Ihnen und Wedel vorgefallen ist?«

»Weil es keinen etwas angeht.«

Brandt hatte Mühe, die Ruhe zu bewahren. Er war seit über zwölf Stunden auf den Beinen, hatte Hunger und wollte eigentlich schon längst zu Hause sein. Dennoch versuchte er sich seine Ungeduld nicht anmerken zu lassen. »Aber Sie haben Wedel permanent angerufen, waren bei ihm in der Galerie, haben seine Angestellten belästigt … Sie wissen, dass Sie sich damit zu einem Hauptverdächtigen machen, es sei denn, Sie überzeugen mich vom Gegenteil.« Brandt warf einen Blick auf die Uhr und fuhr fort: »Ich gebe Ihnen ab jetzt genau vierzig Minuten, dann mache ich Feierabend, fahre nach Hause zu meinen Kindern, verbringe den Abend mit ihnen, und Sie werden hier bei uns übernachten. Und morgen früh sehen wir uns wieder und fangen noch einmal von vorne an. Wollen Sie das wirklich?«

»Warum bin ich ein Hauptverdächtiger? Nur weil dieses Arschloch von Wedel tot ist und Sie unbedingt auf Gedeih und Verderb einen Mörder brauchen? Oder weil Wedel und dieser Kaufung Busenfreunde waren und Sie auch Kaufungs Mörder noch nicht haben?«

»Sie wissen also auch über Kaufung Bescheid.«

»Nur das, was in der Zeitung stand.«

»In der Zeitung stand nichts von der Freundschaft zwischen Kaufung und Wedel, eine solche Information ist nie an die Presse gelangt. Ganz abgesehen davon, dass über den Mord ohnehin kaum berichtet wurde.« Brandt löste sich vom Fensterbrett und setzte sich hinter seinen Schreibtisch. »Herr Banser, erzählen Sie mir doch bitte, was vorgefallen ist, damit ich mir ein Bild machen kann. Ich komme sonst nicht umhin …«

»Wedel hat mir Geld geschuldet, mehr war da nicht.«

»Ja, er hat Ihnen Geld geschuldet, aber nicht zehn Euro,

sondern zweihunderttausend! Mein Gott, hätte ich zweihunderttausend Euro, ich könnte endlich mal frei durchatmen.«

»Ich auch«, entgegnete Banser ruhig.

»Ihnen hat die Galerie bis vor drei Jahren gehört, danach ist sie in das Eigentum von Wedel übergegangen, das heißt, er hat sie Ihnen abgekauft. Wurden Sie dabei von ihm betrogen? Ich meine, Sie selbst haben mehrfach den Angestellten gegenüber betont, dass Wedel ein Lügner und Betrüger war. Hat er Sie bei dem Verkauf über den Tisch gezogen?«

»Kann sein.«

»Und wie hat er das angestellt?«

»Unwichtig. Was zählt, sind die Fakten. Aber jetzt ist das Geld sowieso futsch, also was sollen wir noch großartig darüber reden. Er hat's mit ins Grab genommen.«

»Haben Sie denn nichts Schriftliches von ihm? Einen Schuldschein zum Beispiel?«

Banser sah Brandt für einen Moment unschlüssig an, ob er auf die Frage antworten sollte, entschied sich aber dann, es zu tun: »Es gibt keinen Schuldschein. Nur einen Handschlag.«

»Was meinen Sie mit Handschlag?«

»Das ist unter Ehrenmännern so üblich. Allerdings entpuppen sich manche dieser sogenannten Ehrenmänner im Nachhinein als alles andere denn ehrenhaft. Ich war der festen Überzeugung, Wedel würde sein Versprechen halten.«

»Moment, damit ich das richtig verstehe – Sie haben Wedel die Galerie per Handschlag verkauft?«, fragte Brandt ungläubig.

»Sagen wir zwei Drittel.«

Brandt schloss kurz die Augen, bevor er zur nächsten Frage ansetzte: »Zwei Drittel. Und was ist mit dem andern Drittel?«

»Darüber haben wir einen Vertrag gemacht. Das Geld hat er mir auch bezahlt.«

»Und warum haben Sie für die andern zwei Drittel keinen Vertrag gemacht? Ich frage das, weil ich mich in Geschäftsangelegenheiten nicht im Geringsten auskenne.«

»Wir wollten den Fiskus nicht unnötig belästigen«, sagte Banser mit dem Anflug eines Lächelns.

»Können Sie vielleicht noch ein kleines bisschen deutlicher werden?«

»Wir wollten das Finanzamt bescheißen, ganz einfach. Das macht doch heutzutage fast jeder, oder nicht? Es war übrigens Wedels Vorschlag, und ich Depp bin drauf reingefallen.«

»Wenn Sie es sagen. Aber das steht hier nicht zur Debatte. Das heißt, Sie haben von Wedel nach Vertragsabschluss hunderttausend Euro erhalten, und auf den Rest warten Sie noch. Warum haben Sie die Galerie überhaupt verkauft, Sie sind doch noch gar nicht so alt?«

»Weil ich beschissen worden bin.«

»Können Sie mir auch das bitte näher erläutern? Und diesmal in mehr als nur einem kurzen Satz«, sagte Brandt scharf.

»Ich habe jetzt keine Lust. Wenn Sie mich hier behalten wollen, bitte schön, wenn nicht, würde ich jetzt gerne gehen.«

»Da muss ich Sie enttäuschen, aber unter diesen Umständen kann ich Sie nicht gehen lassen. Erst will ich von Ihnen die ganze Geschichte hören, und wenn zweifelsfrei bewiesen ist, dass Sie mit dem Mord an Wedel nichts zu tun haben, können Sie das Präsidium verlassen. Ich habe das Recht, Sie achtundvierzig Stunden in Gewahrsam zu nehmen, wenn auch nur der geringste Verdacht besteht, dass Sie in irgendeiner Weise an dem Mord beteiligt gewesen sein könnten.«

Banser winkte ab. »Auch gut. Gehen Sie nach Hause zu Ihrer Familie, die warten bestimmt schon sehnsüchtig auf Sie. Auf mich wartet keiner.«

»Es ist Ihre Entscheidung.«

Brandt griff zum Telefonhörer und bat einen Beamten, Banser abzuholen und in eine Zelle zu bringen. Dann sagte er: »Ich hoffe, Sie überlegen es sich und sind morgen etwas gesprächiger, sonst bleiben Sie mindestens noch eine Nacht hier.«

»Von mir aus, es ist doch sowieso alles egal. Wenn sich die Welt einmal gegen einen verschworen hat, hat man eh keine Chance mehr.«

Der von Brandt gerufene Beamte erschien, Brandt sagte ihm, er solle mit Banser vorher noch zur KTU gehen und Fingerabdrücke nehmen lassen und diese, sobald die Spurensicherung mit ihrer Arbeit fertig sei, mit den am Tatort sichergestellten vergleichen. Der Beamte führte Banser ab, der sich nicht mehr umdrehte. Brandt schüttelte den Kopf, seine Kiefer mahlten aufeinander. Er schloss kurz die Augen, in seinen Schläfen pochte das Blut. Er ärgerte sich weniger über Banser als über sich selbst. Es war eine falsche Taktik, die er angewandt hatte. Er wusste, er hatte Fehler bei der Befragung gemacht, obwohl er schon seit mehr als fünfundzwanzig Jahren im Dienst war und Befragungen zum Routinealltag gehörten, aber er war nach diesem langen und anstrengenden Tag nicht mehr in der Lage, wirklich klar zu denken. Ich werde wohl doch langsam alt, dachte er und stand auf. Erst jetzt merkte er, wie sehr ihn die letzten Stunden geschlaucht hatten, und wollte nur noch so schnell wie möglich nach Hause. Etwas essen, mit seinen Töchtern und Andrea zusammen sein und nicht mehr über den Tag nachdenken. Und doch wusste er, dass er nicht würde abschalten können.

Wie immer, wenn ihn ein Fall so sehr beschäftigte. Um fünf Minuten nach acht kam er zu Hause an.

Mittwoch, 20.05 Uhr

Andrea, Sarah und Michelle hatten den Tisch gedeckt und saßen im Wohnzimmer vor dem Fernseher und sahen sich die Quiz-Show auf SAT1 an.

»Hi, da bin ich endlich. Was duftet denn hier so köstlich?«, fragte er und setzte ein Lächeln auf, das sehr gezwungen wirkte. Ihm war nicht nach Lächeln oder gar Lachen zumute, am liebsten hätte er sich in eine Ecke verkrochen, eine Flasche Bier aufgemacht und sie in einem Zug ausgetrunken. Solche Momente kamen sehr selten bei ihm vor, er war wütend, enttäuscht und unzufrieden. Er hatte nette Personen kennen gelernt, aber auch welche, zu denen er keinen Zugang gefunden hatte. Katharina Wedel kannte er schon länger, aber die Kälte, die sie an den Tag gelegt hatte, hatte ihn erschreckt. Ähnlich fühlte er, was Jochen Wedel betraf. Dazu kam die Aussage von Doreen Müller, die ihm Dinge über Klaus Wedel erzählt hatte, welche, sollten sie sich bewahrheiten, ein noch schlechteres Bild von ihm zeichneten, als Brandt ohnehin schon hatte.

»Wir haben eine chinesische Reispfanne gemacht«, sagte Michelle, kam auf ihren Vater zu und gab ihm einen Kuss auf die rechte Wange. »Schmeckt auch lecker.«

»Ich sterbe vor Hunger«, erwiderte Brandt, begrüßte auch Sarah und Andrea mit einem Kuss und ging ins Bad, um sich frisch zu machen.

Während sie aßen, sprachen sie über den vergangenen Tag, wobei Brandt sich auffallend zurückhielt. Andrea beobachtete ihn ein paarmal aus dem Augenwinkel, was er bemerkte. Sarah hatte eine Mathearbeit zurückbekommen, die sie ihrem Vater nach dem Essen zeigte.

»Sauer?«, fragte sie mit diesem Augenaufschlag, der ihn wie immer weich machte.

»Warum sollte ich sauer sein. Eine Vier ist kein Weltuntergang. Außerdem solltest du mich inzwischen kennen. Trotzdem ist es verbesserungswürdig, vor allem bei deinen Fähigkeiten. Vielleicht gehst du abends in Zukunft nicht später als halb zehn in die Falle, wenn du morgens zur ersten Stunde Schule hast, anstatt noch bis um elf oder sogar länger mit Freundinnen zu telefonieren, die du sowieso jeden Tag siehst. Wie schaut's denn in den andern Fächern bis jetzt aus?«

»Ganz gut«, antwortete Sarah ausweichend und verschwand in ihrem Zimmer. Sie nahm das Telefon mit, und Brandt sah ihr nur hinterher. Seine Worte waren wieder einmal verpufft wie so oft in den letzten Wochen. Sarah war momentan schwierig, für sie war zur Zeit alles wichtiger als die Schule. Dabei war sie hochintelligent, was mehrere Lehrer ihm bestätigt hatten, aber sie war auch faul und setzte falsche Prioritäten. Und er war ziemlich hilflos, denn Sarah konnte sehr launisch sein, himmelhoch jauchzend und zu Tode betrübt. In einem Moment wütend, beinahe jähzornig, im nächsten suchte sie seine Nähe wie ein kleines Kind. Andrea meinte, das sei in dem Alter ganz natürlich, schließlich befinde sie sich mitten in der Pubertät. Im Januar würde sie fünfzehn werden, die Jungs waren bereits hinter ihr her wie der Teufel hinter der armen Seele, weil sie immer hübscher wurde, und Brandt hoffte nur, dass sie nicht wie so viele andere Mädchen in ihrem Alter schon früh anfangen würde, erste einschlägige Erfahrungen zu sammeln. Er fand, das hatte noch Zeit, schließlich war das Leben lang genug, und die Zeit rannte ihr nicht davon. Noch nicht. Er machte sich manchmal Sorgen um sie und wusste doch in seinem Innern, dass sie ihre Grenze noch kannte, aber wenn er nicht aufpasste und ihr zur rechten Zeit zur Seite stand, würde sie diese Grenze vielleicht bald überschreiten. Zum Glück gab es noch Andrea, die sich hervorragend mit ihr verstand und schon mehrere lange Gespräche mit ihr geführt hatte, nicht wie eine Mutter mit einer Tochter, was sie auch nie sein würde, sondern wie eine Freundin mit einer andern.

Michelle war ebenfalls in ihr Zimmer gegangen. Brandt und Andrea räumten den Tisch ab und das Geschirr in die Spülmaschine.

»Wollen wir eine Runde spazieren gehen?«, fragte sie, nachdem sie die Maschine angestellt hatte. »Einfach so, ein bisschen durch die Straßen bummeln?«

»Bleibst du heute Nacht hier?«

»Klar. Aber sag mir, was ich tun kann, um dich aufzuheitern?«

»Ich hab keine schlechte Laune.«

»Aber ich merke doch, dass dich was bedrückt. Ist es wegen Sarah?«

»Quatsch. Ich bin eigentlich müde, aber es ist vielleicht wirklich besser, wenn wir ein bisschen gehen, damit ich auf andere Gedanken komme.«

»Was geht denn in deinem Kopf vor? Ich würde zu gerne wissen, was du denkst.«

»Es war ein Scheißtag, das ist alles.«

»Du kannst es mir ja gleich erzählen. Sag Sarah und Michelle noch gute Nacht, ich muss noch mal ins Bad.«

Die Luft war mild, der Himmel sternenklar, von Regen weit und breit nichts zu sehen, nicht der Hauch einer Wolke. Sie gingen nach links zur Buchhügelallee, wo sie am Haus seiner Eltern vorbeikamen, hinter deren Fenstern wie immer um diese Zeit noch Licht brannte, da sie sich selten vor Mitternacht schlafen legten. Eine Weile liefen sie schweigend durch die beinahe menschenleeren Straßen, bis Andrea mitten in der Heinrich-Heine-Straße stehen blieb, ihn am Arm fasste und sagte: »So, jetzt raus mit der Sprache, was ist los?«

»Willst du das wirklich wissen?«

»Würde ich sonst fragen?«

Er holte tief Luft und antwortete, während sie ihren Spaziergang in Richtung Puteauxpromenade fortsetzten: »Ich hab den ganzen Tag Leute befragt, die beiden Angestellten von Wedel, die Johannsen hab ich nicht mehr geschafft, die kommt morgen dran.« Er hielt inne, als würde er überlegen, und fuhr dann fort: »Und ich habe einen Mann in Gewahrsam genommen, der von Wedel, wenn es stimmt, ganz übel übers Ohr gehauen wurde. Ich war in seinem Haus, dort sieht's aus wie auf einer Müllhalde. Aber weißt du, was das Seltsame ist? Das Schlafzimmer war picobello aufgeräumt. Ich wette, der Typ hat seit ewigen Zeiten nicht mehr in dem Bett geschlafen. Ich weiß nicht, was mit ihm los ist. Er säuft wie ein Loch, er hat mehrfach Drohungen gegenüber Wedel ausgesprochen und auch seine Angestellten belästigt oder zumindest versucht, sie über Wedel aufzuklären, aber mir gegenüber verhält er sich völlig verschlossen. Als ob ihm das alles scheißegal wäre.«

Als Brandt nicht weitersprach, fragte Andrea: »Und wo liegt das Problem? Glaubst du, dass er Wedel umgebracht hat?«

»Ich hab keine Ahnung, weil er mauert. Der hatte, als wir ihn mit aufs Präsidium genommen haben, mindestens 2,5 Promille im Blut, wenn nicht sogar mehr, doch er war vollkommen klar im Kopf. Aber er will einfach nicht reden. Mal sehen, wie's morgen früh aussieht, wenn er den Flattermann kriegt.«

»Wenn er wirklich so ein starker Trinker ist, müsst ihr nur aufpassen, dass er euch nicht umkippt. Hat er getrunken, während du bei ihm warst?«

»Zwei Wassergläser voll Wodka. Mein Gott, ich wär danach nicht mehr ansprechbar, weil ich im Koma liegen würde.«

»Dann ist er an den Stoff gewöhnt. Wenn ihr ihn festhaltet und er wirklich einen Tremor kriegt, kann es passieren, dass er euch kollabiert, im schlimmsten Fall bekommt er einen epileptischen Anfall. Nur 'ne kleine Anmerkung von mir.«

»Woher weißt du das?«

»Woher wohl?! Es gab mal einen Fall, da hat die Polizei einen Schwerstalkoholiker festgenommen, und nach nicht mal vierundzwanzig Stunden ohne Stoff hat er gekrampft und ist kurz darauf gestorben, weil er sich beim Krampfen an seiner Zunge verschluckt hat. Und keiner hat's mitgekriegt, weil er in der Zelle war. So ein Anfall kommt aus heiterem Himmel, und der Betroffene kann nicht um Hilfe rufen, er fällt einfach um. Pass also bitte auf, nicht dass man euch wegen unterlassener Hilfeleistung drankriegt, sollte euer Mann krampfen und nicht mehr aufwachen.«

»Aber ich wollte ihn vernehmen, wenn er nüchtern ist.«

»Das funktioniert nicht. Der wird spätestens morgen früh derart zittern, dass du gar nichts aus ihm rauskriegst, weil er nicht klar denken kann. Bei Alkoholikern funktioniert eben alles anders. Um ihn nüchtern zu kriegen, muss er erst entgiftet werden, und das dauert circa eine Woche.«

»Und was soll ich jetzt deiner Meinung nach tun?«

»Entweder einen Arzt kommen lassen, der ihm eine Beruhigungsspritze gibt, am besten Valium, oder …«

»Oder was?«

»Kauf eine Flasche Wodka«, sagte sie lapidar. »Gib ihm seinen Stoff, aber nur unter der Bedingung, dass er mit dir spricht. Du wirst sehen, er wird reden wie ein Wasserfall, sobald er die Flasche nur sieht. Dann gib ihm ein halbes Glas voll und stell die Flasche so auf den Tisch, dass er sie sehen kann, aber nicht an sie rankommt. Du hast damit die Trümpfe in der Hand.«

»Wenn das jemand mitkriegt ...«

»Was dann? Willst du lieber, dass er dir aus den Latschen kippt? Bist du denn sicher, dass er was mit dem Mord zu tun hat?«

»Nein, ich bin mir sogar überhaupt nicht sicher. Aber er weiß etwas, das mich weiterbringen könnte, da bin ich mir sicher. Er weiß zum Beispiel, dass Kaufung und Wedel Busenfreunde waren. Angeblich hat er das aus der Zeitung, aber das kann nicht sein, weil so etwas nicht erwähnt wurde. Und es kommt noch was dazu – eine der beiden Angestellten von Wedel hat mir erzählt, dass Wedel mit Minderjährigen rumgemacht hat. Sie hat ihn einmal dabei erwischt, aber so getan, als hätte sie nichts weiter gesehen, das heißt nichts Eindeutiges. Das ist noch gar nicht so lange her. Sie meint, dass Kaufung und Wedel so eine Art Wette abgeschlossen hatten, wer die meisten Frauen rumkriegt, das heißt für die war das ein Spiel. Das Alter war dabei anscheinend nicht von Bedeutung, zumindest was Kaufung betraf, während Wedel alles verpönte, was über fünfunddreißig war. Behauptet sie. Ich hab natürlich keine Ahnung, ob die werte Dame da nicht übertrieben hat, aber wenn ich mir Wedels Frau anschaue, die ist bestimmt schon über fünfunddreißig, und ich kann dir sagen, die war eiskalt, als wir ihr die Nachricht überbracht haben. Von Kaufung wissen wir definitiv, dass er sich in vielen Betten rumgetrieben hat, also warum sollte es bei Wedel anders gewesen sein?«

»Weil er verheiratet war.«

»Als ob das heutzutage noch ein Kriterium wäre! Wenn ich mir angucke, wer alles allein bei uns im Präsidium was nebenher laufen hat, obwohl er oder sie verheiratet ist. Manchmal glaub ich, dass die meisten heutzutage das Wort Treue gar nicht mehr buchstabieren können. Und wer von sich sagt, dass er treu ist, wird ausgelacht.«

»Aber er selbst und auch seine Frau haben doch nach dem Kaufung-Mord mehrfach betont, wie glücklich sie sind.«

»Na und?« Mit einem Mal hielt Brandt inne, dachte nach und fuhr fort: »Mensch, warum bin ich da nicht gleich draufgekommen! Seine beiden Angestellten.« Er blieb stehen und lächelte still vor sich hin. »Die beiden sehen echt gut aus …«

»Ja, ja …«

»Lass mich doch mal ausreden. Der hat mit den beiden auch schon mal was gehabt, zumindest mit der einen, dieser Müller, da war ich mir heute Nachmittag schon sicher. Aber jetzt ergibt es erst einen Sinn, dass er auch die Johannsen eingestellt hat. Der hatte auch was mit ihr und mit der Heuser. Ich muss sie nur dazu bringen, es mir auch zu sagen.«

»Und weiter? Was hat das mit dem Mord zu tun? Oder mit den Morden? Meinst du vielleicht, dieser Säufer, den du eingebuchtet hast, war ein Konkurrent?«

Brandt sah Andrea ratlos an. »Merkst du was – ich dreh mich mal wieder im Kreis. Okay, noch mal in aller Ruhe. Wedel hat von Banser, das ist der Säufer, vor drei Jahren die Galerie gekauft, hat Banser dabei aber gewaltig beschissen, um zweihunderttausend Euro, um genau zu sein. Wenn einer ein Motiv hatte, Wedel umzulegen, dann Banser. Hass, der sich über eine so lange Zeit aufbaut, endet irgendwann in körperlicher Gewalt. Und Banser hat Wedel gehasst, das kann ich dir sagen. Andererseits hatte Wedel, wenn man seiner Angestellten glauben kann, ständig wechselnde Affären. Ich glaub aber nicht, dass eine von diesen Frauen oder eines von diesen Mädchen Wedel umgebracht hat, denn auch bei Kaufung haben wir bei keiner einzigen der Befragten und zum Teil auch Verhörten auch nur den winzigsten Hinweis auf eine mögliche Täterschaft gefunden. Die Frauen sind zumindest bei Kaufung alle aus dem Rennen. Was wir aber wissen, ist, dass Wedel gestern Abend um kurz nach zehn einen letzten Anruf erhalten hat, und zwar aus einer Telefonzelle, von der aus man auf die Galerie blicken kann. Wenn das sein Mörder war, dann hat Wedel ihn gekannt und ihn arglos durch die Hintertür reingelassen, denn vorne war ja schon alles dicht. Die Frage ist, ob er Banser die Tür aufgemacht hätte.«

»Und wenn der Anrufer zufällig doch eine Frau gewesen ist?«, fragte Andrea.

»Möglich ist alles, nur kenne ich bis jetzt keine Frau mit einem Motiv.«

»Aber nach dem, was du mir bis jetzt erzählt hast, war seine Ehe alles andere als vorbildlich. Was, wenn seine Frau ihn für seine zahlreichen Affären bis aufs Blut gehasst hat?«

»Dann hätte sie ihn nicht nachts in der Galerie erschossen. Außerdem ist sie mir zu kalt, bei ihr spielen Emotionen keine so große Rolle. Vielleicht wusste sie sogar, dass er permanent fremdgegangen ist, aber es hat ihr nichts ausgemacht. Sie war vorhin dermaßen ruhig und gefasst, nein, die schließe ich erst mal aus. Hätte sie ihren Mann umgebracht, hätte sie auch versucht, uns zu täuschen, indem sie die trauernde Witwe spielt, und zwar mit allem Drum und Dran, Geheule, Geschrei und so weiter.«

»Aber wer wusste alles von dem Videoband, ich meine, wo es versteckt war?«

»Seine Angestellten und auch noch einige andere Personen.«

»Meinst du, dieser Banser wusste es?«

»Ich denke schon, ich werde ihn morgen jedenfalls danach fragen. Was sagt eigentlich dein Autopsiebericht?«

»Gleich. Ist in deinem Hinterkopf noch immer die Theorie, dass Wedel Kaufung ermordet haben könnte?«

»Sicher, nur wird sich das jetzt nicht mehr beweisen lassen.«

»Und wenn jemand wusste, dass Wedel …«

»Hätte der- oder diejenige dann über zwei Monate gewartet?«, antwortete Brandt schnell mit einer Gegenfrage. »Bis jetzt sehe ich nur eine Person mit einem handfesten Motiv – Banser.«

»Aber sehr sicher klingst du nicht«, bemerkte Andrea.

»Beenden wir das hier, es führt zu nichts. Ich werde Banser morgen vernehmen und dann weitersehen. Entweder lasse ich ihn laufen, oder er wird dem Haftrichter vorgeführt.«

»Du wirst schon das Richtige tun. Kurz zur Autopsie von Wedel – ohne Befund. Drei Einschüsse in die Brust, einer davon mitten durchs Herz. Bis auf die drei Löcher war der Typ topfit.«

»Wie schön für ihn, aber das nützt ihm jetzt auch nichts mehr. Und deine Freundin sitzt mir auch schon wieder im Nacken …«

»Wieso, was hat sie denn getan?«

»Erst hat sie versucht, mich heute fertig zu machen, ich hab Kontra gegeben, und mit einem Mal hat sie eingelenkt. Na ja, ich mag trotzdem nicht an morgen denken, denn sobald sie erfährt, dass ich einen möglichen Verdächtigen festgenommen habe … Was soll's. Ich kann nur hoffen, dass die KTU was ergibt. Wenn nicht, ist Banser aus dem Schneider, außer er gesteht von sich aus oder wir finden bei ihm die Tatwaffe. Das ist jedenfalls der mysteriöseste Fall, den ich je zu bearbeiten hatte. Habe ich es mit einem oder mit zwei Tätern zu tun? Hat Wedel Kaufung auf dem Gewissen und musste er dafür sterben, oder sind es zwei völlig voneinander getrennte Fälle? Ich habe keinen blassen Schimmer. Komm, gehen wir heim, ich bin müde.« Sie gingen Hand in Hand zurück zur Elisabethenstraße. Es war mittlerweile dreiundzwanzig Uhr geworden, die Luft war klar und angenehm kühl. Er würde sicher gut schlafen können nach diesem Tag. Er wünschte es sich.

Donnerstag, 5.50 Uhr

Peter Brandts Wunsch war nicht in Erfüllung gegangen. Er hatte eine ätzende Nacht hinter sich, hatte sich ständig hin und her gewälzt, geplagt von üblen Träumen, an die er sich jedoch nicht mehr oder nur schemenhaft erinnern konnte. Er kannte diesen Zustand, diese Träume hatte er immer, wenn er sich zu sehr in einen Fall verbiss und nicht vorankam. Entsprechend mürrisch war er an diesem Morgen, als er, während Andrea noch ruhig neben ihm atmete, auf Zehenspitzen das Schlafzimmer verließ und sich zum Bad begab. Das einzig Gute an diesem Morgen bestand darin, dass er der Erste in dem sonst heiß umkämpften Raum war, um den sich in spätestens zwanzig Minuten Sarah, Michelle und Andrea scharen würden. Er hatte geduscht und sich rasiert, und als er fertig war, stand bereits Sarah davor und sah ihn mit diesem Mann-musstdu-mir-so-früh-schon-die-Laune-verderben-Blick an. Er murmelte nur ein »Guten Morgen, Sarah«, während Andrea ihm verschlafen entgegenkam.

»Zu spät«, meinte er nur, gab ihr einen Kuss und ging in die Küche, um sich zwei Toasts und eine Tasse Kaffee zu machen. Er wollte so früh wie möglich im Präsidium sein, um Banser zu vernehmen. Andrea kam ihm nach, als sie merkte, dass sie in der nächsten Dreiviertelstunde keine Chance auf das Bad hatte, und setzte sich zu ihm. Ihre Haare waren verwuschelt, die Augen noch klein.

»Seit wann bist du auf? Ich hab dich gar nicht gehört.«

»Kurz vor sechs. Konnte nicht mehr schlafen, wenn man die letzten Stunden überhaupt als Schlafen bezeichnen kann.«

»Kannst wieder mal nicht abschalten.« Es war keine Frage, sondern eine Feststellung. »Dir ging ja schon gestern Abend die ganze Zeit im Kopf rum, was wohl heute sein wird.« Sie beugte sich nach vorn und berührte zärtlich seine Hand, indem sie sanft mit den Fingern darüberstrich. »Mach dir nicht immer Gedanken über das, was sein wird oder sein könnte. Lass die Dinge einfach auf dich zukommen. Du bist so ein intuitiver Mann …«

»Na wunderbar! Und wieso hat mir meine Intuition bis jetzt nicht verraten, wer Kaufung und Wedel umgebracht hat?!«

Die Toasts sprangen heraus, er stand auf, legte sie auf den Teller, bestrich sie mit Butter und Aprikosenmarmelade und schenkte sich einen Becher Kaffee ein.

»Weil du es nicht zulässt.«

»Was soll denn dieser Schwachsinn?! Ich bin heute früh nicht für so was aufgelegt. Außerdem, was lasse ich nicht zu?«

»Vergiss es.«

»Jetzt sag schon«, bat er in versöhnlichem Ton, biss von seinem Toast ab und spülte mit einem Schluck Kaffee hinterher.

»Manchmal lässt du dich von deiner inneren Stimme leiten, und dann wieder ignorierst du sie und willst Dinge erzwingen, die sich nicht erzwingen lassen. Das hat etwas mit innerer Lockerheit zu tun. Du ärgerst dich, dass du nicht schon nach einem oder zwei Tagen den Mörder von Kaufung aufgespürt hast, und jetzt ärgerst du dich noch mehr, dass dein eigentlicher Hauptverdächtiger ebenfalls tot ist. Und du ärgerst dich über Elvira und hast schon wieder Angst vor ihr, was sie wohl heute von dir wollen könnte. Und du bist sehr unsicher, was diesen Banser angeht.«

»Du hast gut reden«, sagte Brandt und lehnte sich zurück. »Du brauchst ja nur die Leichen aufzuschneiden, aber ich kann mich nicht bloß auf meine innere Stimme verlassen, ich muss auch Fakten berücksichtigen. Wenn ich der Klein mit Intuition komme, hält die mich doch für total durchgeknallt. Außerdem will ich nichts erzwingen, aber ich möchte meine Arbeit so gut wie möglich machen, und ich habe das Gefühl, als ob mir das momentan nicht sonderlich gelingt.«

»Versuch doch einfach mal Kopf und Bauch in Einklang zu bringen. Du sollst ja nicht nur auf deine innere Stimme hören, die Verbindung zwischen Kopf und Bauch ist wichtig.«

»Bis zu einem gewissen Punkt gebe ich dir ja Recht, Andrea. Mein Gefühl sagt mir, dass Banser mit dem Mord nichts zu tun hat, aber ich fürchte, man wird Beweise für seine Schuld finden. Und gegen Beweise komme ich nicht an. Und für die andern ist Banser allein schon deshalb schuldig, weil er erstens kein durch Zeugen belegtes Alibi vorweisen kann, zweitens ein ziemlich handfestes Motiv hat und drittens offenbar nicht mehr ganz zurechnungsfähig ist. Ich werde heute versuchen, Zeugen zu finden, die sich vorgestern Abend so gegen zehn in der Nähe der Galerie aufgehalten und eventuell jemanden gesehen haben, der die Galerie durch die Hintertür betreten hat. Sollten wir so jemanden finden, werden wir eine Gegenüberstellung machen, und sollte Banser als die Person identifiziert werden, wird es verdammt eng für ihn. Sollten wir aber wider Erwarten jemanden auftreiben, der Banser ein Alibi verschafft, dann ist er aus dem Rennen. Nur, so jemanden werde ich aller Wahrscheinlichkeit nach nicht finden. Und was mach ich dann mit meiner Intuition?«

»Du bearbeitest den Fall und wirst am besten wissen, was du zu tun hast. Es wird schon richtig sein. Sei nur nicht so verbissen. Du hast vorhin gesagt, ich müsse ja nur die Leichen aufschneiden. So einfach ist das nun auch wieder nicht. Ich muss höllisch aufpassen, dass ich nichts übersehe. Glaubst du, mir macht die Arbeit immer Spaß? Ich weiß, dass ich bestimmt schon das eine oder andere übersehen habe, was zur Aufklärung eines Verbrechens gedient hätte, aber ich kann das nicht mehr rückgängig machen, weil ich eben nicht weiß, was ich übersehen habe.«

Brandt griff sich ans Kinn und überlegte. Er trank seinen Kaffee aus und sagte: »Was meinst du, was könnte ich übersehen haben?«

»Fragst du mich das im Ernst? Du bist der Bulle«, antwortete sic grinsend.

»Schon, aber du bist die intuitive Frau an meiner Seite«, entgegnete er ebenfalls grinsend. Seine eben noch miese Laune war verschwunden, wie meist, wenn Andrea mit ihm sprach. Selbst wenn ihre Stimme einen Hauch von Vorwurf hatte, er konnte ihr nicht böse sein, während er bei seiner Ex innerlich jedes Mal kurz vor dem Explodieren stand, weil

Vorwürfe bei ihr zum Alltag gehörten. Als wollte sie ihn demütigen, nur weil er ein kleiner, lausiger Bulle war. Aber er war nie explodiert, er hatte sich immer zurückgehalten und war entweder spazieren gegangen oder hatte sich in ein anderes Zimmer verzogen.

Andrea schüttelte den Kopf. »Ich bin keine Polizistin …«

»Aber wir haben uns in den letzten Wochen häufig genug über den Fall Kaufung unterhalten. Mir fehlt das Motiv, und da frage ich mich doch: Was habe ich übersehen? Was, verdammt noch mal?!«

»Ich kann's dir nicht sagen, wirklich nicht.«

Michelle kam in die Küche, gähnte, setzte sich zu ihrem Vater auf den Schoß und umarmte ihn, wobei sie ihren Kopf an seine Schulter legte.

»Na, was ist?«, fragte Brandt sanft.

»Ich bin noch müde und hab so blödes Zeugs geträumt. Die ganze Zeit waren solche Tiere hinter mir her, aber sie haben mich nicht gekriegt.«

»Das war nur ein Alptraum, und außerdem hab ich letzte Nacht auch miserabel geschlafen«, sagte Brandt und streichelte ihr übers Haar. Sie war noch immer verschmust wie ein kleines Kind, ein kleines Mädchen, das in weniger als sechs Monaten ein Teenager sein würde. »Wann hast du heute Schule?«

»Zur zweiten. Und die fünfte und sechste fallen aus.«

»Mal wieder«, meinte Brandt kopfschüttelnd. »Bei euch fallen ja mehr Stunden aus, als ihr Unterricht habt. Bei uns gab's das früher nicht.«

»Ich find's ja auch blöd, aber ich geh nach der Schule mit zu Nadine.«

»Wissen Oma und Opa davon?«

»Ich ruf sie nachher noch an«, sagte Michelle, die wieder

aufstand, sich ein Glas Milch einschenkte und in langsamen Schlucken trank.

»Und Sarah?«

»Keine Ahnung, was die macht. Musst du heute lange arbeiten?«

»Kann ich noch nicht sagen. Aber sollte es später werden, geb ich Bescheid. Außerdem glaube ich, dass Andrea nach der Arbeit wieder herkommt. Tust du doch, oder?«

Sie lächelte und antwortete: »Ist das eine Bitte oder eine Einladung?«

»Beides. Du bist eben ein gerngesehener Gast in diesem Haus. Hab ich Recht, Michelle?«

»Hm.«

»Also gut, wenn ich so nett darum gebeten werde, nehme ich an. Aber vor halb sieben, sieben wird das nichts, ich muss noch bei mir vorbeischauen und ein paar Sachen erledigen.«

»Okay«, meinte Brandt nach einem Blick auf die Uhr, »ich fahr dann mal. Und ich werde Banser eine Flasche Wodka spendieren.«

»Braver Junge«, sagte Andrea. »Ich hoffe, er hat die Nacht gut überstanden.«

»Wird er schon, sonst hätte ich längst Bescheid gekriegt. Ciao, ihr beiden, bis später.« Er gab erst Andrea, dann Michelle einen Kuss, zog sich die Lederjacke über, auch wenn der Wetterbericht strahlenden Sonnenschein und Temperaturen von über zwanzig Grad vorausgesagt hatte. Doch die Nacht war kühl gewesen, und auch in den letzten Tagen war es erst zum Nachmittag hin wärmer geworden. Andrea begleitete ihn zur Tür, legte ihre Arme noch einmal um seinen Hals und sagte: »Mir ist da noch was zu deiner Frage vorhin eingefallen, aber ich wollte es nicht vor Michelle sagen.«

»Welche Frage?«

»Was du übersehen haben könntest. Leg doch mal alle Fakten auf den Tisch. Kaufung wurde mit fast hundertprozentiger Sicherheit im Affekt ermordet, das heißt, der Mörder muss in einem plötzlichen Anfall größter Wut oder Verzweiflung auf Kaufung eingestochen haben. Das ist ja auch aus den bisherigen Tatortanalysen eindeutig hervorgegangen. Wedel aber wurde, wie es aussieht, gezielt umgebracht. Jetzt stellt sich die Frage, was beim ersten Täter diese Affekthandlung ausgelöst haben könnte. Ich glaube, darüber wurde bisher nicht nachgedacht. Oder du hast es mir nicht gesagt.«

»Natürlich haben wir darüber nachgedacht, wir haben alle Möglichkeiten durchgespielt, und ich meine sogar auch schon mit dir darüber gesprochen zu haben. Doch zu einem Ergebnis sind wir bis heute nicht gekommen. Aber gut, was könnte denn deiner Meinung nach eine solche Affekthandlung auslösen?«

»Das kann schon ein falsches Wort zum falschen Zeitpunkt sein. Ich werde für dich mit überlegen.«

»Aber damit haben wir noch längst nicht den Mörder von Wedel, liebste Andrea«, sagte Brandt und tippte ihr an die Nase.

»Stimmt auch wieder. Ist wohl noch zu früh für mich, ich meine für globale Gedankenergüsse. Ich hoffe, Sarah beeilt sich ein bisschen, ich muss nämlich auch bald los.«

Donnerstag, 7.25 Uhr

Brandt hatte auf der Fahrt ins Präsidium an einem Kiosk gestoppt, seinem Kiosk, an dem er seit vielen Jahren morgens die *Bild*-Zeitung und die *Offenbach Post* kaufte und mit dessen Inhaber, einem älteren Mann mit einem grauen Schnauzer und grauen Haaren, er per du war, auch wenn er nur seinen Vornamen kannte, Georg, auch wenn alle ihn Schorschi nannten. Doch diesmal waren es nicht nur die Zeitungen, sondern auch eine Flasche Wodka. Schorschi sah ihn verdutzt an und meinte: »Sag mal, ist das jetzt neu? Am frühen Morgen die harten Sachen? Bier würd ich ja noch verstehen …«

»Ich bin ein verkappter Alkoholiker, wusstest du das nicht?«, sagte Brandt mit gespielt ernster Miene.

»Wie konnte ich das bloß vergessen, ihr Bullen seid doch alle irgendwie schräg drauf. Aber jetzt mal im Ernst, ist die wirklich für dich?«

»Seh ich etwa so aus? Nein, soll ein Geschenk sein, hab nur gestern vergessen, es zu besorgen.«

»Ach so. Nicht, dass du mir auch noch zum Alki wirst wie …« Er machte eine eindeutige Kopfbewegung dorthin, wo hinter dem Kiosk mehrere Bänke standen, auf denen jene verkümmerten Gestalten mit ihren Bierflaschen, Flachmännern und Zigaretten saßen, deren Lebensinhalt aus kaum mehr als Saufen und Schlafen bestand. Gestrandete Existenzen, die aus den verschiedensten Gründen von der Gesellschaft ausgespuckt worden waren, die nicht mehr auf ihr Äußeres achteten, sich nicht mehr pflegten, deren Augen glanzlos und stumpf waren und für die es nicht mehr viel gab, worüber sie sich unterhalten konnten. Im Laufe der Jahre waren einige von ihnen gegangen, vom Alkohol zerstört waren sie eines Tages nicht mehr aufgetaucht, bis er erfuhr, dass ebendieser Teufel ihren Körper von innen zerfressen und schließlich zerstört hatte. Aber es gab auch ein paar andere, die seit mehr als zehn Jahren an der Flasche hingen, deren Haut jenes unnatürliche Grau zeigte, das bei Schwerstabhängigen zur

Regel gehörte, bis irgendwann dieses Grau in Gelb überging und es nur eine Frage der Zeit war, bis die Zirrhose gesiegt haben würde. Ein ehemaliger Kollege von Brandt war auch hier gelandet, nachdem seine Ehe in die Brüche gegangen war und er seine Arbeit nicht mehr vorschriftsmäßig erledigte und der Schlussstrich gezogen wurde, als er bei einer Routinekontrolle einen unschuldigen Autofahrer angeschossen und lebensgefährlich verletzt hatte und dieser seitdem im Rollstuhl saß. Nachdem er bereits vorher zwei Abmahnungen wegen Verstößen gegen Dienstvorschriften erhalten hatte, kam es zu einem Prozess und damit zu der Kündigung und danach zum Absturz in den abgrundtiefen See des Alkohols. Er erkannte Brandt noch, einige Male wechselten sie ein paar Worte miteinander, aber auch bei ihm war es nur noch eine Frage der Zeit, bis sein Körper kapitulieren würde. Dabei war dieser ehemalige Kollege gerade einmal Ende dreißig.

Brandt zahlte und legte alles auf den Beifahrersitz. Auf dem Parkplatz angekommen, versteckte er vor dem Aussteigen die Flasche unter seiner Lederjacke und begab sich in sein Büro. Noch war fast alles verwaist, kein Bernie Spitzer, keine Nicole, nur drei Büros weiter waren bereits zwei Kollegen, die einen jungen Mann verhörten und, als sie Brandt sahen, die Tür schlossen. Er verstaute die Flasche in der untersten Schreibtischschublade, zog seine Jacke aus und überflog die Schlagzeilen der Zeitungen. In der *Offenbach Post* stand ein größerer Artikel über den Mord an Wedel und dazu die Mitteilung, dass die für Freitag geplante Vernissage und auch die Ausstellung auf einen unbestimmten Zeitpunkt verschoben sei. Patterson selbst war zu keiner Stellungnahme bereit, er sagte lediglich, dass er den Tod von Wedel aufs Tiefste bedauere. Brandt würde später, sollte er ein paar Minuten Zeit haben, in Ruhe lesen. Oder erst, wenn er zu Hause war und die Meldungen bereits Vergangenheit waren. Er griff zum Telefonhörer und bat einen Beamten aus dem Zellentrakt, Banser in sein Büro zu bringen.

Nur fünf Minuten später erschien der Beamte mit Banser, der Handschellen trug.

»Das wär doch nicht nötig gewesen«, sagte Brandt mit Blick auf die Handschellen. »Nimm sie ihm ab. Ich ruf dich, wenn ich dich wieder brauche.«

Bansers Gesicht war noch grauer als tags zuvor, seine Augen gerötet, darunter dunkelgraue Ringe, die ohnehin schon tiefen Furchen auf der Stirn und zwischen Nase und Mund schienen noch ein wenig tiefer geworden zu sein.

»Setzen Sie sich bitte«, sagte Brandt und deutete auf den Stuhl gegenüber. »Hatten Sie eine gute Nacht?«

»Ich will raus hier«, erwiderte Banser leise. Alles an ihm zitterte, sein Mund, während er sprach, seine Hände, seine Augen, die ziellos umherschweiften.

»Erst unterhalten wir uns noch ein bisschen. Haben Sie gefrühstückt?«

»Nein.«

»Möchten Sie auch nichts?«

»Nein, verdammt noch mal! Ich will endlich wieder nach Hause.«

»Wie geht es Ihnen? Der große Flattermann?«

»Und wenn? Ihnen kann das doch scheißegal sein. Außerdem, was kümmert Sie's, wie's mir geht?«

»Mehr, als Sie glauben.« Brandt beugte sich nach vorn und sagte leise: »Sind Sie bereit, heute mit mir zu reden?«

Banser schloss die Augen und antwortete: »Was wollen Sie denn von mir? Sie wissen doch sowieso schon alles über mich.«

»Gar nichts weiß ich über Sie. Oder glauben Sie, ich schlag mir die Nacht um die Ohren, um Erkundigungen über Sie einzuholen? Das hat auch heute noch Zeit. Es sei denn, Sie machen endlich den Mund auf und sagen mir klipp und klar, was zwischen Ihnen und Wedel gewesen ist.«

»Das hab ich doch schon«, erwiderte Banser ebenfalls leise. »Mir ist schlecht, ich brauch was zu trinken.«

»Was möchten Sie denn? Kaffee, Tee?«, fragte Brandt und spielte den Ahnungslosen.

»Sie wissen genau, was ich brauche. Ich bin ein Säufer, reicht Ihnen das?«

»Also gut, machen wir einen Deal«, sagte Brandt, holte die Flasche aus seinem Schreibtisch und stellte sie auf den Tisch, außer Reichweite von Banser, wie Andrea ihm geraten hatte. »Diese Flasche kann Ihnen gehören, vorausgesetzt, Sie spielen mit. Eigentlich verstoße ich damit gegen alle Regeln, aber ich will fair sein und erwarte das Gleiche auch von Ihnen. Sind Sie damit einverstanden?«

Banser schluckte schwer, seine Augen hingen gierig an der Flasche. Er nickte. Brandt holte einen Becher, schraubte den Verschluss von der Flasche ab und schenkte ein. Er schob den Becher über den Tisch, Banser nahm ihn mit beiden Händen und kippte die Flüssigkeit in einem Zug hinunter. Fast schlagartig hörte das Zittern auf. Er sagte kaum hörbar »danke«.

»Gut, ich verlasse mich auf Ihr Wort. Können wir anfangen?«

Banser nickte wieder nur.

»Waren Sie am Dienstagabend in der Galerie?«

»Nein.«

»Sie haben die Galerie am Dienstag zwischen einundzwanzig Uhr dreißig und Mitternacht also nicht betreten?«

»Nein.«

»Haben Sie mit Wedel am Dienstag telefoniert?«

»Nein.«

»Es gibt aber eine Zeugenaussage, laut der Sie am Dienstag bei Wedel angerufen haben.«

Banser rollte mit den Augen und meinte: »Mag sein, ich hab in letzter Zeit fast täglich dort angerufen. Ja, ich hab mit ihm telefoniert.«

»Und um welche Uhrzeit war das?«

»Ich hab doch nicht auf die Uhr geschaut. Irgendwann am Nachmittag.«

»Waren Sie am Abend in der Nähe der Galerie?«

»Nein.«

»Warum lügen Sie mich schon wieder an? Sie wurden dort gesehen.«

»Ja, okay, ich war in der Waldstraße, bin dann aber wieder nach Hause gegangen.«

»Um eins klarzustellen, ich will, dass Sie ab sofort die Wahrheit sagen, umso leichter machen Sie es sich und mir. Ich vertrödle nicht gerne meine kostbare Zeit.«

Die Tür im Nebenzimmer ging auf und Spitzer kam herein, kurz darauf gefolgt von Nicole Eberl. Brandt stand schnell auf, nicht ohne vorher die Flasche in seinem Schreibtisch verschlossen zu haben.

»Ich bin gleich zurück«, sagte er zu Banser, der sich eine Zigarette angezündet hatte. »Und Sie rühren sich bitte nicht von der Stelle.«

»Keine Angst, ich laufe Ihnen schon nicht weg.«

»Bist du aus dem Bett gefallen?«, meinte Spitzer, hängte seine Jacke über den Stuhl und setzte sich.

»Hört zu, ich wollte Banser so schnell wie möglich vernehmen, und ich möchte das alleine tun. Ich hab meine Gründe dafür.«

»So geheimnisvoll?«, fragte Spitzer misstrauisch.

»Ich muss den Mann zum Reden bringen, aber Andrea hat mir gestern gesagt, dass man bei Alkoholikern aufpassen muss, die können bei Entzug leicht umkippen oder einen epileptischen Anfall kriegen. Und Banser ist Alkoholiker.«

»Ja und? Wir haben's doch schon öfter mit Alkis zu tun gehabt.«

»Nichts ja und. Ich muss euch was sagen, aber es bleibt unter uns, klar?«

»Jetzt mach's doch nicht so spannend. Was bleibt unter uns?«

»Mein Gott, ich hab ihm was zu trinken mitgebracht ...«

»Sag mal, bist du jetzt total übergeschnappt?! Alkohol ist hier strengstens ...«

Brandt unterbrach seinen Freund und Vorgesetzten mit einer Handbewegung. »Du weißt es, Nicole weiß es, ich weiß es – hier in diesem Präsidium haben mindestens ein Drittel der Mitarbeiter ihre Geheimfächer mit Flachmännern. Das ist mein Fall, und solange ich nicht davon abgezogen werde, so lange gehe ich nach meinen Methoden vor. Er hat versprochen zu kooperieren. Kann ich jetzt wieder rübergehen?«

Spitzer schüttelte ungläubig den Kopf. »Du meine Scheiße, du bringst uns alle in Teufels Küche, wenn das rauskommt. Aber gut, tu, was du für richtig hältst.« Er griff sich an die Stirn und sah Brandt fassungslos an. »Du gibst einem dringend Tatverdächtigen was zum Saufen! Ich glaub's einfach nicht! Am besten schmeißen wir die Kaffeemaschine raus und stellen stattdessen einen Kasten Bier und ein paar Flaschen Schnaps hin.«

»Mein Gott, jetzt mach doch nicht so ein Drama draus! Es scheint mir derzeit die einzige Möglichkeit zu sein, an ihn ranzukommen. Er ist verschlossen wie eine Auster, und ich denke, ich kann ihn knacken. Aber solange er unter Entzugserscheinungen leidet und mir dann vielleicht auch noch vom Hocker fällt, dann doch lieber so. Außerdem kennst du mich gut genug, ich geb mich nun mal nicht mit den althergebrachten Methoden zufrieden. Manchmal muss man auch neue Wege beschreiten, um zum Ziel zu kommen.«

»Ich hoffe nur, deine gute Laune wird dir nicht so schnell vergehen. Aber deine Wege werde ich wohl nie begreifen. Mach doch, was du willst. Aber wenn die Klein reinschneit, ich weiß von nichts und auch Nicole nicht, damit das klar ist. Das ist dein Ding, und das ziehst du auch ganz alleine durch.«

»Du bist ein Schatz. Hast auch was gut bei mir. Ach ja, und wenn der Bericht der Spusi kommt, möchte ich ihn bitte gleich haben. Und sollten die noch keinen Abgleich der Fingerabdrücke gemacht haben, dann bitte sofort nachholen. Und schickt mal einen Trupp los, um Bansers Haus zu durchsuchen, vielleicht findet sich ja was. Die Tatwaffe, das Videoband …«

Er begab sich zurück in sein Büro, wo Banser sich bereits die zweite Zigarette angezündet hatte. Die Luft war rauchgeschwängert wie in einer Kneipe. Brandt machte das Fenster auf.

»Fahren wir fort. Wie haben Sie Wedel kennen gelernt?«

»Ich musste die Galerie verkaufen, also habe ich eine Annonce in die Zeitung gesetzt. Es haben sich mehrere Interessenten gemeldet, aber Wedel schien mir der vertrauenswürdigste zu sein, vor allem, weil ich schon von seiner Frau gehört hatte, die ja eine ziemlich erfolgreiche Schriftstellerin ist.«

»Beruhte die Vertrauenswürdigkeit darauf, dass er Ihnen die Sache mit der Steuerhinterziehung vorgeschlagen hat?«

»Wenn Sie's so sehen wollen, ja. Ich brauchte dringend das Geld, und ich bin fürchterlich auf die Schnauze gefallen. Eine innere Stimme hatte mich noch gewarnt, aber wie das so ist, im entscheidenden Moment hört man nicht auf sie.«

»Und als Wedel die noch ausstehende Summe nicht bezahlen wollte, haben Sie ihn unter Druck gesetzt.«

»Was hätte ich denn tun sollen? Abgemacht war, dass er innerhalb von zwei Jahren die restlichen vierhunderttausend Mark bezahlt, zinslos, versteht sich, ich bin ja kein Unmensch. Aber als ich ihn nach einem Jahr auf die erste Rate angesprochen habe, hat mir dieses verdammte Schwein doch tatsächlich ins Gesicht gelacht und gemeint, die Galerie würde viel weniger abwerfen, als ich ihm vorher gesagt hatte, was aber eine glatte Lüge war, denn er hat meine Kunden mit übernommen und sogar neue hinzugewonnen. Das war eine ganz faule Ausrede. Aber noch habe ich nichts unternommen, denn ich dachte mir, irgendwann wird er schon zahlen. Ich hatte immer nur eine Angestellte, er aber brauchte zwei. Sie haben sie ja bestimmt schon gesehen. Tolle Frauen, nicht? Wenn die wüssten, was für ein verkommener Dreckskerl ihr Chef war …«

»Sie sagen, Sie mussten die Galerie verkaufen. Können Sie mir bitte die Gründe dafür nennen, denn ich kann das nicht nachvollziehen, da sie ja angeblich so gut lief?«

Banser kaute auf der Unterlippe, nahm den Becher und setzte ihn demonstrativ an, um auch noch den letzten Tropfen aufzunehmen. Brandt holte die Flasche aus dem Schreibtisch und schenkte ihm einen Schluck nach.

Nachdem Banser getrunken hatte, antwortete er: »Ich befand mich in großen finanziellen Schwierigkeiten. Ich sagte doch schon, ich bin beschissen worden.«

»Und wie kamen diese finanziellen Schwierigkeiten zustande?«

»Ich hatte Ende der Achtziger innerhalb von zwei Jahren Aktien von einem aufstrebenden Computerunternehmen gekauft. Dann las ich die Meldung, dass das Unternehmen in Schwierigkeiten steckte. Okay, die Kurse waren in den letzten zwei Jahren vor dem Crash allmählich gefallen, aber nicht so dramatisch, dass ich mir Sorgen hätte machen müssen. Ich war der festen Überzeugung, dass sich die Lage wieder bessern würde ... Ich hab nur gedacht, bitte nicht auch noch das, doch dann kam mit einem Mal die Nachricht, dass ein Großunternehmen einsteigen würde. Sie glauben gar nicht, wie erleichtert ich da war. Die Kurse schnellten in astronomische Höhen, bis ich zwei Tage später in der Zeitung las, dass dieses Großunternehmen doch nicht einsteigen würde und meine Aktien damit nur noch für den Kamin gut waren. Das war ein abgekartetes Spiel von ein paar Bossen, bei dem die Großaktionäre schnell ihre Aktien auf dem höchsten Stand verkauft haben, während ich und viele andere mit leeren Händen dastanden. Insgesamt habe ich dadurch so an die fünfhunderttausend Mark verloren. Futsch und weg. Und da ich bei meiner Bank einen größeren Kredit laufen hatte, weil ich kurz zuvor die Galerie komplett renovieren ließ und mein Aktienpaket neben meinem Haus als Sicherheit diente, war ich natürlich völlig am Arsch. Die Bank wollte ihr Geld zurück, na ja, und so kam eins zum andern. Aber es ist nicht mehr zu ändern. Als ich merkte, dass es nicht mehr weiterging, habe ich schließlich die Galerie zum Verkauf angeboten und bin wieder reingefallen. Ich habe alles verloren, lediglich mein Leben noch nicht.« Er fuhr sich mit der Zunge über die spröden Lippen, sein Blick wirkte traurig und abwesend.

»Und dann haben Sie angefangen zu trinken.«

»Nein, da noch nicht. Ob Sie's glauben oder nicht, ich hänge erst seit knapp anderthalb Jahren an der Flasche. Ich brauche so an die zwei Flaschen Wodka am Tag. Was meinen Sie, wie beschissen es mir die Nacht über ging. Ich hab gezittert und gekotzt und nur gehofft, irgendjemand würde mir endlich was zu trinken geben.«

»Ich habe gestern noch einen Blick in alle Zimmer geworfen, und dabei ist mir aufgefallen, dass das Schlafzimmer offenbar schon lange nicht mehr benutzt wurde …«

Banser lachte bitter auf und unterbrach Brandt: »Das Schlafzimmer. Haben Sie die schöne Frau gesehen, ich meine die auf den Bildern? Das war meine Frau.«

Als er nicht weitersprach, sagte Brandt: »Hat sie Sie verlassen, weil Sie getrunken haben?«

Banser schüttelte den Kopf, und ein paar Tränen liefen ihm übers Gesicht. »Kann ich bitte noch einen Schluck haben? Bitte.« Er hielt Brandt den Becher hin, der ihm einschenkte. »Meine Frau hat mich verlassen, aber nicht, weil ich getrunken habe, sondern weil sie gestorben ist. Sie hat das alles unheimlich mitgenommen, wir hatten ja fast nichts mehr – außer uns. Und dann kam der Krebs, und es dauerte nicht einmal ein halbes Jahr, bis sie tot war. Sie ist am 16. März 2002 gestorben, einen Tag vor ihrem sechzigsten Geburtstag. Vierzig Jahre waren wir verheiratet, vierzig wunderschöne lange Jahre. Und doch viel zu kurz. Irgendwann haben wir uns einmal geschworen, gemeinsam zu sterben, aber auch das hat nicht geklappt.« Er seufzte auf, wischte sich die Tränen ab und fuhr mit sehr klarer Stimme fort: »Ich habe nichts mehr zu verlieren. Alles, was mir etwas bedeutet hat, wurde mir genommen. Selbst das Haus gehört mittlerweile fast komplett der Bank, weil ich meine Schulden nicht bezahlen kann.

Die hunderttausend haben ihnen nicht gereicht, und jetzt ist es nur noch eine Frage der Zeit, bis ich auf der Straße sitze und das Haus, in dem ich über fünfzig Jahre lang gelebt habe, irgendjemand anderem gehört. Hätte Wedel mir das restliche Geld gegeben, wäre ich aus dem Gröbsten raus gewesen und hätte wenigstens das Haus behalten oder es verkaufen können, um mir ein kleines Zimmer zu mieten. Aber es hat nicht sollen sein. Wissen Sie, wie er reagiert hat, als ich ihm von der Krankheit meiner Frau erzählt und ihn förmlich angefleht habe, mir doch wenigstens die Hälfte des noch ausstehenden Geldes zu geben, damit ich zumindest einen Teil meiner Bankschulden bezahlen kann? Er hat mich wie so oft ausgelacht und zynisch gemeint, was würde ihn mein Privatleben kümmern. Wenn ich so versessen auf die Kohle sei, hätte ich eben einen richtigen Vertrag mit allem Drum und Dran machen müssen. Ausgelacht hat er mich, immer wieder nur ausgelacht! Und als ich ihm einmal zu dicht auf die Pelle gerückt bin, hat er mir einen Tag später zwei Typen auf den Hals gehetzt, die mich zusammengeschlagen haben.«

»Ich kann Ihre Gefühle verstehen, Herr …«

»Sie können meine Gefühle verstehen?!« Banser lachte höhnisch auf und schüttelte den Kopf. »Was glauben Sie eigentlich, wer Sie sind?! Gott?«, schrie er wütend und mit wildem Blick. »Nein, nur Er kann meine Gefühle verstehen und sonst keiner. Was glauben Sie, wie oft ich Ihn gefragt habe, warum Er mich so hängen lässt, aber Er hat mir keine Antwort gegeben … Trotzdem habe ich nicht aufgehört, an Ihn und an die Gerechtigkeit zu glauben. Keiner kann das verstehen, auch Sie nicht. Bis vor drei Jahren war das Leben schön, und dann ging alles so rapide den Bach runter, ich hätte das vorher niemals für möglich gehalten.«

»Herr Banser, es tut mir leid, was Ihnen in den letzten Jahren widerfahren ist, wirklich, aber wir bearbeiten im Augenblick zwei ungeklärte Mordfälle, und bei einem kommen Sie nach derzeitigem Stand zumindest als Verdächtiger in Frage.«

»Na klar, ist wie gehabt, es sind immer die üblichen Verdächtigen. Der Gärtner, der Ehemann, die Ehefrau, der Geschäftspartner oder einer, der aufs Kreuz gelegt wurde. Irgendeinen Blöden werden Sie schon finden, dem Sie das alles anhängen können.«

»Wir werden Ihnen nichts anhängen, was wir nicht auch beweisen können, darauf gebe ich Ihnen mein Wort.«

»Wissen Sie, was ich auf Worte gebe – einen gottverdammten Scheißdreck! Wenn Sie keinen Schuldigen finden, dann basteln Sie sich eben einen zurecht. Meinen Sie, ich kenne das nicht!«

»Jetzt lassen wir mal die Kirche im Dorf. Kann es sein, dass Sie, als Sie keinen anderen Ausweg mehr sahen, beschlossen haben, Wedel umzubringen?«

»Was glauben Sie, wie oft ich in meinem Kopf durchgegangen bin, wie ich ihn am besten kaltmachen könnte. Es verging fast kein Tag, an dem ich mir nicht geschworen habe, ihm alles heimzuzahlen, was er mir angetan hat.«

»Haben Sie ihn umgebracht?«

»Finden Sie's doch raus.«

»Herr Banser, so kommen wir nicht weiter …«

»Glauben Sie denn, dass ich es war?«

»Was ich glaube oder nicht, spielt überhaupt keine Rolle. Für mich zählen ausschließlich Fakten. Und im Moment sind Sie der Einzige, der ein Motiv gehabt hätte, Wedel umzubringen. Und nach Ihren bisherigen Schilderungen bestätigen Sie mich nur in meiner Vermutung. Es sei denn, Sie überzeugen mich vom Gegenteil.«

Die Tür ging auf, und Spitzer kam ins Zimmer. »Hier, was zu lesen für dich«, sagte er mit ernstem Blick, legte einen dünnen Ordner auf den Tisch und verschwand gleich wieder in seinem Büro. Brandt nahm ihn in die Hand und schlug ihn auf. Es war der Bericht der Spurensicherung. Er las ihn zweimal und sagte schließlich: »Man hat Ihre Fingerabdrücke am Tatort gefunden, und zwar an mehreren Stellen, einschließlich der Hintertür und in Wedels Büro. Es wird allmählich eng für Sie. Nun sagen Sie doch schon, wie sich alles zugetragen hat.«

»Ich habe alles gesagt und nichts mehr hinzuzufügen«, betonte Banser mit fester Stimme.

»Herr Banser, ich werde ab sofort alles, was hier gesprochen wird, auf Band aufzeichnen. Sie haben selbstverständlich das Recht, einen Anwalt Ihrer Wahl hinzuzuziehen und sich mit ihm zu besprechen. Sie haben außerdem das Recht, die Aussage zu verweigern, allerdings kann alles, was Sie sagen, gegen Sie verwendet werden.« Brandt drückte auf den Aufnahmeknopf, lehnte sich zurück und sah Banser an. »Wollen Sie Ihren Anwalt verständigen?«

Banser schüttelte den Kopf. »Ich habe keinen Anwalt, ich könnte mir auch gar keinen mehr leisten. Haben Sie schon wieder vergessen, dass ich pleite bin? Ich komm auch so zu Rande.«

»Wovon leben Sie eigentlich?«

»Sozialhilfe. Knapp dreihundert Euro im Monat. Aber auch nur, weil da jemand Mitleid mit mir hat. Normalerweise hätte ich gar kein Anrecht auf Sozialhilfe, weil da ja noch das Haus ist. Aber bis Ende des Jahres muss ich dort raus, und wo ich dann unterkomme, das wissen die Götter.«

»Und was ist mit Rente oder einer Kapitallebensversicherung?«

Banser lachte erneut auf und entgegnete: »Keine Rente, nur eine Lebensversicherung, aber die hat längst die Bank einkassiert. Wie hätte ich auch ahnen können, dass es mir eines Tages so dreckig gehen würde. Wir hatten das Haus, die Galerie, die Aktien. Und nun ist da nichts mehr. Einfach futsch.«

»Wie viel hatten Sie am Dienstagabend getrunken?«

»Keine Ahnung, das Übliche, nehme ich an.«

»Waren Sie am Dienstag nicht nur in der Nähe, sondern auch in der Galerie?«

»Wie oft soll ich das noch wiederholen – nein!«

Brandt schaltete das Aufnahmegerät aus, entnahm der Akte die Telefonnummer von Sandra Heuser und rief bei ihr an. Sie meldete sich nach dem zehnten oder zwölften Läuten mit müder, verschlafener Stimme.

»Brandt hier. Nur eine kurze Frage. Wie oft wird in der Galerie geputzt, und gehört auch das Büro mit dazu?«

»Geputzt wird normalerweise dreimal in der Woche, montags, donnerstags und samstags. In den letzten vier Wochen aber jeden Tag. Wir haben zwei Putzfrauen, die sehr gründlich arbeiten. Vor allem jetzt vor der Ausstellung hat Herr Wedel verlangt, dass alles nicht nur sauber, sondern rein ist. Er wollte es eben perfekt haben. Warum fragen Sie?«

»Reines Interesse. Von wann bis wann waren die Putzfrauen da?«

»Montags und donnerstags von achtzehn bis neunzehn Uhr und samstags von sechzehn bis siebzehn Uhr.«

»Und Herr Wedel war jedes Mal so lange im Geschäft?«

»Nein, wenn er etwas vorhatte, hat er mich oder Frau Müller gebeten zu bleiben, bis alles fertig geputzt war. Das galt dann aber als Arbeitszeit.«

»Es interessiert mich nur, weil er sich regelmäßig mit Dr.

Kaufung zum Tennis verabredet hatte. Aber damit haben Sie meine Frage bereits beantwortet. Ich melde mich vielleicht später noch einmal bei Ihnen. Wiedersehen.« Er legte auf und sagte zu Banser: »Dort wird jeden Tag sehr gründlich geputzt, ganz besonders in den letzten Tagen. Sie wissen ja, warum. Deshalb erscheint es sehr merkwürdig, dass Ihre Fingerabdrücke an so vielen verschiedenen Stellen sichergestellt wurden, da Sie doch angeblich am Dienstag gar nicht dort waren.«

Schweigen.

»Wollen Sie mir das nicht erklären?«

»Was soll ich Ihnen noch erklären?«, erwiderte Banser schulterzuckend. »Ich habe Hunger und muss außerdem mal aufs Klo.«

»Auf die Toilette können Sie, aber nur in Begleitung eines Beamten. Und was möchten Sie essen?«

»Mir egal, irgendwas«, sagte Banser mit gleichgültiger Miene.

»Dann bestelle ich Ihnen belegte Brötchen und Kaffee.«

Banser wurde von einem gerufenen Wachbeamten zur Toilette geführt, Brandt bestellte in der Kantine Brötchen und Kaffee. Banser kehrte wenige Minuten später zurück, setzte sich wieder und zündete sich eine Zigarette an.

»Waren Sie's, oder waren Sie's nicht?«, fragte Brandt.

»Und wenn ich's war, was passiert dann mit mir? Wandere ich für den Rest meines beschissenen Lebens ins Gefängnis?«

»Das habe nicht ich, sondern der Richter zu entscheiden. Aber ich denke, angesichts Ihrer Lage wird der Richter möglicherweise Milde walten lassen. Und wenn Sie dazu noch einen guten Anwalt haben …«

»Ich sagte doch schon, ich kann mir keinen leisten.«

Ein junger Mann aus der Kantine kam und brachte das Essen und den Kaffee. Banser schlang die beiden Brötchen wie ein Verhungernder hinunter und trank zwei Becher Kaffee. Anschließend bat er Brandt, ihm noch einen Schluck Wodka zu geben.

»Herr Banser«, sagte Brandt, während er den Becher bis zum Rand voll schenkte, »das ist vorläufig der letzte Gefallen, den ich Ihnen tun werde. Sie werden, da Sie nichts vorbringen können oder wollen, das Sie entlasten könnte, aufgrund der bisherigen Indizien später dem Haftrichter vorgeführt, der dann entscheidet, was weiter mit Ihnen geschieht.«

Banser trank den Becher in einem Zug aus. »Alles klar, ich bin bereit. Ist da noch was drin in der Flasche?«

»Noch ein bisschen. Was soll's«, murmelte Brandt und kippte auch den Rest in den Becher, bevor er die Flasche in der untersten Schublade seines Schreibtischs verschwinden ließ. »Aber hier, nehmen Sie diese Rolle Pfefferminz und einen Kaugummi. Es sollte besser keiner riechen, dass ich Ihnen was zu trinken gegeben habe.« Und nach einer kurzen Pause: »Sie hätten es sich und mir leichter machen können, wissen Sie das?«

»Mir hat es in den vergangenen Jahren auch keiner leicht gemacht. Ich hätte jedenfalls nie für möglich gehalten, jemals so tief zu sinken. Was bin ich denn noch? Ein verkommener Säufer, nichts als ein gottverdammter, verkommener Säufer.«

Brandts Telefon klingelte, er nahm ab. »Brandt.«

Elvira Klein. »Welch ein Wunder, Sie einmal im Büro anzutreffen. Ich wollte nur hören, ob sich schon etwas im Fall Wedel ergeben hat.«

»Ich habe einen Tatverdächtigen hier.« Er hätte sich in den

Hintern treten können, das Wort Tatverdächtiger ausgesprochen zu haben, aber es war bereits zu spät.

»Ich bin in zehn Minuten bei Ihnen.«

»Moment …«

Sie hörte ihn nicht mehr, sie hatte einfach aufgelegt.

»Essen Sie Pfefferminz, und verpfeifen Sie mich nicht. Das ist nur eine Bitte.«

»Keine Sorge, Sie haben mir einen Gefallen getan, was in letzter Zeit selten genug vorgekommen ist. Aber was wird jetzt aus mir? Ich brauche Stoff, sonst krepier ich.«

»Keine Sorge, ich werde veranlassen, dass sich ein Arzt um Sie kümmert. Das eben war Staatsanwältin Klein, die sich gleich noch mit Ihnen unterhalten wird. Sagen Sie mir bitte, bevor sie kommt – waren Sie's, oder waren Sie's nicht?«

»Sie haben doch schon die Beweise für meine Schuld, wozu brauchen Sie dann noch mein Geständnis?«, entgegnete Banser verklärt lächelnd, was Brandt irritierte, aber er schob es auf den reichlichen Alkoholkonsum, auch wenn Banser sich sehr klar und deutlich artikulierte und seine Augen nicht glasig wirkten. »Vielleicht, vielleicht auch nicht.«

»Gut, es ist Ihr Problem. Sie tun mir nur leid.«

»Ich will aber niemandem leid tun. Es reicht schon, wenn ich mich ganz allein in meinem Selbstmitleid suhle. So sehen Sie es doch auch, oder?«

»Nein, so sehe ich es nicht. Besitzen Sie eigentlich eine Waffe?«

»Nein.«

»Haben Sie Kinder oder andere Verwandte?«

»Wir hatten einen Sohn. Ist aber vor neunzehn Jahren beim Bergsteigen ums Leben gekommen. Ansonsten gibt es niemanden mehr.«

»Wusste Frau Wedel von den Differenzen zwischen Ihnen und ihrem Mann?«

»Ich habe versucht, mit ihr zu sprechen. Einmal ist es mir gelungen, aber es hat nichts gebracht. Ein paarmal habe ich ihr auch geschrieben und sie gebeten, doch mit ihrem Mann zu sprechen, aber sie hat nie geantwortet. Und ich habe oft bei ihnen angerufen, bis sie ihre Nummer ändern ließen. Was hätte ich denn sonst noch tun sollen?«

»Sie hätten einen Anwalt einschalten können ...«

»Einen Anwalt?! Herr Brandt, woher hätte ich das Geld nehmen sollen? Am Ende hätte Wedel sowieso gewonnen. Sie wissen doch, es gibt einen Vertrag, er hat die darin eingetragene Summe bezahlt, und alles andere interessiert doch keine Sau.« Er kaute auf der Unterlippe. Brandt spürte, dass Banser noch etwas sagen wollte, und wartete nur darauf, dass er anfing. Schließlich fuhr er fort: »Ich werde Ihnen jetzt kurz beschreiben, was für ein Mensch Wedel war. Er war ein Wolf im Schafspelz. Oder noch besser, er war der Teufel, aber wer von uns ist schon in der Lage, den Teufel zu erkennen? Er kam mit schmeichlerischen Worten, er hat mich förmlich eingelullt mit seiner netten, freundlichen, zuvorkommenden Art. Er wirkte so ehrlich und aufrichtig, dass ich keinerlei Zweifel hatte, das Geld nach dem Handschlagabkommen innerhalb der Frist zu erhalten. Zudem war mir ja bekannt, aus was für einer Familie er stammte, alles anständige, seriöse Leute ...«

»Aber nicht so seriös, dass er Ihnen nicht einen Deal angeboten hat, bei dem Sie beide das Finanzamt umgehen wollten«, konnte Brandt sich nicht verkneifen zu bemerken.

»Das eine hat mit dem andern nichts zu tun. Er war ein Teufel in Menschengestalt, doch leider habe ich das erst gemerkt, als es zu spät war. Glauben Sie mir, er war das personifizierte Böse. Und er hat rumgefickt, ich habe ihn ja ständig beobachtet, wenn er immer wieder neue Damen hatte. Aber seit Kaufung tot war, wurde es erst richtig schlimm. Da hat er auch vor Kindern nicht mehr Halt gemacht. Ich glaube, der hat fast jeden Tag irgendjemand Neues gehabt. Der hat wahllos in der Gegend rumgefickt. Ich weiß nicht, was mit dem seit Kaufungs Tod auf einmal los war, aber irgendwas stimmte nicht mit ihm. Der hat sogar mit der Freundin von Kaufung, dieser Johannsen, was gehabt.«

Brandt verengte die Augen zu Schlitzen, faltete die Hände und sagte: »Woher wissen Sie das von Kaufung und Frau Johannsen? Haben Sie auch Kaufung beschattet?«

»Wenn man den lieben langen Tag Zeit hat, erfährt man unglaublich viel. Meine früheren Freunde haben sich alle von mir abgewandt, also hatte ich Zeit. Ich hab gesoffen, geschlafen und zwischendrin Wedel und Kaufung beobachtet. Eigentlich hab ich Kaufung immer nur gesehen, wenn ich Wedel gefolgt bin. Kaufung war in Ordnung, er hat seine Mädels gehabt, er hat aber keiner wehgetan.«

»Was meinen Sie mit wehgetan? Hat Wedel jemandem wehgetan?«

»Wie würden Sie es denn nennen, wenn ein gestandener Mann von Ende dreißig eine Zwölfjährige fickt? Ein Mädchen in diesem Alter weiß doch noch gar nicht, was es da tut. Zur Sexualität gehört für mich auch Liebe und eine gewisse Reife, aber Wedel hat sie alle rumgekriegt. Er hat in den letzten zwei Monaten so ziemlich alles gefickt, was er bekommen konnte. Und er hat sie alle bekommen.«

»Woher wissen Sie, wie alt die Mädchen waren?«

»Weil ich eine von ihnen mal gefragt habe, ganz einfach.«

»Ich denke, er hat sich so intensiv auf die Ausstellung vorbereitet? Wie konnte er da noch Zeit dafür haben?«

»Er hatte die Zeit. Manchmal hat er das Licht in der Galerie erst nachts um zwei oder drei ausgemacht.«

»Übertreiben Sie da nicht ein bisschen?«, fragte Brandt, der sich der Worte von Doreen Müller erinnerte, die ihm gestern gesagt hatte, dass sie Wedel mit jungen Dingern erwischt habe. In der Galerie. Nachdem alle gegangen waren und er sich sicher fühlte.

»Mag sein. Ich gebe zu, es klingt auch absurd, aber ich habe mit eigenen Augen gesehen, wie viele Frauen und Mädchen er in den letzten Wochen hatte. Er war ein ganz perverses Schwein.«

»Waren Sie neidisch auf ihn?«

Banser lachte auf und schüttelte den Kopf. »So ein Blödsinn! Schauen Sie mich doch an. Meinen Sie im Ernst, einer wie ich wäre neidisch auf die Eroberungen des Herrn Wedel? Ich bin in vierzig Jahren Ehe nicht ein einziges Mal fremdgegangen, weil ich meine Frau geliebt habe, und auch nach ihrem Tod würde ich das niemals tun, denn ich würde es als Ehebruch empfinden. Hört sich komisch an aus dem Mund eines heruntergekommenen Säufers, nicht?«

Brandt wollte noch etwas erwidern, wollte sagen, dass er Banser nicht als einen heruntergekommenen Säufer betrachtete, doch in dem Moment kam Elvira Klein ohne anzuklopfen durch die Tür gerauscht. Sofort war der Raum von ihrem holzigen Parfüm durchzogen, ein Duft, den er gemocht hätte, hätte nicht ausgerechnet sie ihn getragen, ihre Kleidung war elegant wie immer, ihr Blick aus den stahlblauen Augen kühl wie immer.

»Hallo«, sagte sie und sah Brandt kurz an. Dann bedachte sie Banser mit einem abschätzenden Blick, der in seinen ausgeleierten Jeans und dem Karohemd, den dichten Bartstoppeln und den ungekämmten langen Haaren ganz offensichtlich ihr ästhetisches Empfinden zutiefst verletzte. Sie stellte ihren Aktenkoffer auf den Boden und erklärte mit emotionsloser Stimme vor: »Ich bin Staatsanwältin Klein und werde mich jetzt mit Ihnen befassen. Herr Brandt, was können Sie mir bisher berichten?« Sie nahm ungefragt die Akten vom Tisch und blätterte darin.

»Wir haben die Fingerabdrücke von Herrn Banser in Wedels Büro gefunden, außerdem waren beide nicht gerade die besten Freunde. Die Gründe hierfür wird Herr Banser Ihnen sicherlich gerne noch einmal erläutern. Alles sonst Wissenswerte finden Sie in den Akten, die Sie ja bereits in Händen halten.«

»Wo kann ich mit Herrn Banser sprechen?«

»Sie können mein Büro nehmen, ich habe noch einiges außer Haus zu tun.«

»Sie haben die Vernehmung auf Band aufgezeichnet?«

»Ganz wie es Vorschrift ist«, entgegnete Brandt ironisch, dessen Tag alleine durch die Anwesenheit der Klein, wie er sie bisweilen abfällig nannte, gelaufen war. »Er gehört Ihnen.«

Brandt begab sich zu Spitzer und machte die Tür hinter sich zu. »Die Klein ist da«, sagte er nur, ging zur Kaffeemaschine und schenkte sich einen Kaffee ein. »Mir ist verdammt unwohl im Moment.«

»Warum? Hat Banser nicht gestanden?«

»Nein, hat er nicht. Und irgendwie hab ich so ein blödes Gefühl.«

»Könntest du vielleicht ein bisschen konkreter werden?«

»Es deutet alles auf ihn hin, aber irgendwas sagt mir, dass er es nicht war. Er hat sich ein paarmal so merkwürdig verhalten, ohne dass ich dieses Merkwürdig beschreiben könnte.«

»Er ist Alkoholiker, die verhalten sich eben nicht normal. Hör zu, seine Fingerabdrücke wurden an verschiedenen Stellen gefunden, unter anderem im Büro. Außerdem wurde er am Tatabend von einer Angestellten vor der Galerie gesehen. Die Indizienkette wird immer dichter und dichter, und jetzt hör um Himmels willen auf, die Augen vor den Fakten zu verschließen, nur weil du vielleicht Mitleid mit dem Kerl hast. Hier geht es um Mord …«

»Das brauchst du mir nicht zu sagen, okay?!«, fuhr Brandt Spitzer an. »Ich hab mit dem Mann lange gesprochen, ich kenne fast sein ganzes Leben.«

»Und wenn er dich angelogen hat?«

»Komm, Bernie, du warst doch gar nicht dabei. Er hat mich nicht angelogen, zumindest was sein Leben angeht. Er wurde von Wedel tierisch betrogen. Banser hat nichts, aber auch rein gar nichts mehr zu verlieren, außer sein Leben. Aber das dauert sowieso nicht mehr lange, weil er sich bald totgesoffen haben wird, sollte sich seine Unschuld herausstellen. Und wenn er im Bau landet, überlebt er das nicht ein Jahr, wenn er es überhaupt überleben will. Der Mann begeht jetzt schon Selbstmord auf Raten. Banser beteuert, Wedel nicht umgebracht zu haben, auch wenn die Beweise gegen ihn sprechen. Aber nehmen wir doch mal an, die Putzfrauen haben einfach nicht richtig sauber gemacht. Wie viele Fingerabdrücke außer denen von Banser und Wedel wurden denn noch gefunden? Fünf, zehn, hundert? Ich möchte wetten, da sind so unzählig viele Fingerabdrücke, und nur weil Banser das gefundene Fressen ist, wird er den Hyänen zum Fraß vorgeworfen.«

»Bist du fertig?«, fragte Spitzer ruhig.

»Leck mich. Mir kommt das alles so vor, als müssten wir nach zwei Morden endlich jemanden haben, den wir dem Pöbel präsentieren können. Und wer würde sich da besser eignen als ein Säufer, dessen Leben völlig aus den Fugen geraten ist. Irgendwas stinkt hier, ich weiß aber noch nicht, was. Doch ich find's raus, das schwör ich dir.«

»Du glaubst also tatsächlich, dass Banser unschuldig ist?«, fragte Spitzer und lehnte sich zurück.

»Im Augenblick glaube ich gar nichts. Außerdem hat er mir eben noch einige Dinge über Wedel erzählt, die ich verifiziert haben möchte. Wo ist eigentlich Nicole?«

»Mit drei Leuten in Bansers Haus, wie du es gewünscht hast. Was hat er denn erzählt?«

»Später. Ich muss das selbst erst einmal in Ruhe für mich allein durchgehen. Ich sag dir nur, die ganze Sache stinkt gewaltig zum Himmel.«

»Es ist immer noch dein Fall, auch wenn die Klein Banser nachher vielleicht dem Haftrichter vorführt. Du hast also freie Hand.«

»Okay, ich hau ab. Und Entschuldigung für den Wutausbruch vorhin.«

»Längst vergessen. Verrätst du mir, wo du hinwillst?«

»Zu Petra Johannsen und anschließend zu Wedels Witwe. Außerdem brauche ich dringend frische Luft. Ich will vor allem der Klein in den nächsten Stunden nicht mehr begegnen.«

Donnerstag, 10.05 Uhr

Elvira Klein wischte mit einer Hand über die Sitzfläche des Schreibtischstuhls von Peter Brandt und nahm Platz. Kurt Banser verfolgte jede ihrer Bewegungen aufmerksam.

»Herr Banser, Sie wurden von Kriminalhauptkommissar Brandt bereits über Ihre Rechte informiert, nehme ich an.«

»Ja.«

»Gut, dann will ich Ihnen ein paar Fragen stellen.«

Fast eine Stunde dauerte die Befragung, während der Elvira Klein zunehmend ungeduldiger und auch ungehaltener wurde. »Herr Banser, ich werde das Gefühl nicht los, dass Sie mich für dumm verkaufen wollen. Sie erzählen mir hier haarsträubende Geschichten, die für mich nicht nachvollziehbar sind und die ich Ihnen auch nicht abnehme.« Sie hielt inne, stand auf, ging ans Fenster und warf einen Blick hinaus, drehte sich wieder um und sagte dann in versöhnlicherem Ton und mit einem beinahe freundschaftlichen Lächeln: »Wir könnten jetzt noch stundenlang reden und reden und reden, aber das will ich nicht, und das kann auch nicht in Ihrem Sinn sein. Deshalb mache ich Ihnen ein Angebot. Sie gestehen, und ich werde die Anklage nicht auf vorsätzlichen Mord aufbauen, sondern auf Totschlag im Affekt. Ich garantiere Ihnen aber, sollten Sie nicht gestehen und wir weitere Beweise für Ihre Schuld finden, und davon bin ich fest überzeugt, wird die Anklage auf vorsätzlichen, kaltblütigen Mord lauten. Und was das bedeutet, können Sie sich an den Fingern einer Hand abzählen. Lebenslänglich. Wollen Sie das wirklich?«

Banser lächelte wieder so unergründlich und antwortete nach einigem Überlegen: »Also gut, ja, ich habe Wedel getötet. Aus genau den Gründen, die Sie bereits kennen.« Mit einem Mal wurde seine Miene ernst, und er fuhr fort: »Dieser verkommene Schweinehund durfte nicht länger am Leben bleiben und sein Unwesen treiben. Hören Sie gut zu, ich war es, und ich bereue es nicht.«

Elvira Klein verzog keine Miene, als sie sagte: »Schön,

dass Sie endlich zur Einsicht gekommen sind. Wo ist die Tatwaffe?«

»Hab ich weggeworfen, ich brauchte sie ja nicht mehr.«

»Und woher hatten Sie sie?«

»Das möchte ich nicht sagen, das ist auch unwichtig.«

»Dann erzählen Sie mir bitte, wie sich alles abgespielt hat.«

»Ich war am Dienstagabend nicht zu Hause, sondern bei Wedel. Leider wurde ich von Frau Müller gesehen. Ich habe ihn abgepasst, als er die Galerie verlassen wollte. Ich habe ihn wieder in die Galerie zurückgedrängt und ihn dann erschossen.«

»Um welche Uhrzeit haben Sie Herrn Wedel erschossen?«

»Irgendwann so gegen halb elf.«

»Was haben Sie vorher gemacht?«

»Was wohl, ich habe ihn beobachtet, wie immer.«

»Wo genau haben Sie ihn erschossen?«

»In seinem Büro.«

»Und wo in seinem Büro?«

»Ich habe ihn gezwungen, sich auf seinen Schreibtischstuhl zu setzen und habe zum wer weiß wievielten Mal versucht, mit ihm zu reden, aber er hat wieder nur Ausflüchte gehabt. Er hat mich ausgelacht und verhöhnt wie so oft und mir ins Gesicht gesagt, ich sei ein elender Feigling und hätte doch gar nicht den Mumm, abzudrücken. Und mein Geld würde ich niemals sehen, da könne ich machen, was ich wolle. Irgendwann konnte ich diese verdammte Visage nicht mehr sehen und habe einfach geschossen. Dreimal. Anschließend habe ich das Videoband aus dem Rekorder genommen und bin nach Hause gefahren, wo ich es verbrannt und danach weggeworfen habe.«

»Woher wussten Sie, wo das Band war?«

»Er hat es mir gesagt, als ich ihm die Pistole vor die Nase gehalten habe. Na ja, besser ein toter Wedel als einer, der mich nur verspottet und verhöhnt. Das Geld hätte ich sowieso nie gesehen, er hat es mir ja selbst gesagt.«

»Wie viel hatten Sie an diesem Abend getrunken?«

»Viel, aber nicht zu viel. Ich habe ihn umgebracht, mehr habe ich nicht zu sagen«, betonte er noch einmal nachdrücklich. »Er hat es nicht anders verdient. Wussten Sie, dass er in letzter Zeit auch kleine Mädchen gefickt hat? Der hat so viel rumgefickt … Ich hatte ihn ja schon lange beobachtet und wusste, dass er immer mehr Weiber hatte. Der hat in den letzten Monaten so ziemlich alles genommen, was ihm vor die Flinte gelaufen ist. Keine Ahnung, was mit dem auf einmal los war.«

»Das Sexualleben von Herrn Wedel interessiert mich herzlich wenig. Ich kann zwar Ihr Motiv nachvollziehen, zumindest teilweise, aber das rechtfertigt noch längst keinen Mord. Sie können jetzt nur hoffen, einen milden Richter zu finden. Und einen guten Anwalt«, fügte sie hinzu.

»Ich habe keinen Anwalt.«

»Dann wird Ihnen einer vom Gericht gestellt.« Sie ging zur Tür, die zu Spitzers Büro führte, öffnete sie und sagte: »Herr Banser hat den Mord zugegeben. Er muss nur noch unterschreiben, dann wird er dem Haftrichter vorgeführt. Wenn Sie bitte das Papier ausfüllen würden.«

»Er hat gestanden?«, fragte Spitzer ungläubig. »Wie …?«

»Nicht jetzt. Machen Sie einfach das Papier fertig, über alles andere können wir uns später in aller Ruhe unterhalten.« Sie begab sich zurück zu Banser, der ruhig und gefasst auf seinem Stuhl saß und stumm vor sich hin starrte. »Sie müssen gleich noch das Geständnis unterschreiben.«

»Ich weiß, ohne Unterschrift geht gar nichts. Das hätte

ich auch bei Wedel so machen sollen, dann hätte ich ihn nicht töten müssen«, sagte er wieder mit diesem verklärten Lächeln.

Spitzer kam mit dem Papier und legte es auf den Tisch. »Warum haben Sie auf einmal gestanden?«, fragte er.

»Sie hätten's doch sowieso über kurz oder lang rausgefunden«, antwortete Banser ruhig. »Ich habe nichts mehr zu verlieren.«

»Unterschreiben Sie hier unten«, sagte Spitzer.

Banser nahm einen Stift in die Hand und setzte seine Unterschrift in das dafür vorgesehene Feld. Elvira Klein nahm das Papier und steckte es in ihren Aktenkoffer.

»Damit wäre dieser Fall erledigt. Ich rufe jetzt noch schnell beim Haftrichter an und frage, wann wir kommen können. Anschließend werden Sie in Untersuchungshaft gebracht. Wann der Prozess sein wird, kann ich Ihnen allerdings noch nicht sagen. Es kann ein paar Monate dauern.«

»Das ist mir egal.«

Elvira Klein telefonierte mit dem Richter und sagte, nachdem sie aufgelegt hatte: »Wir sollen um zwei bei ihm sein. Bis dahin müssen Sie sich leider noch mit einer der Zellen hier begnügen. Ich bin in zwei Stunden wieder zurück.« Und an Spitzer gewandt: »Und sollte Herr Brandt sich zwischenzeitlich melden, richten Sie ihm aus, dass ab sofort die Staatsanwaltschaft die Ermittlungen führt. Der Fall ist abgeschlossen und liegt somit nicht länger im Zuständigkeitsbereich des K 11.«

»Aber …«

Sie verließ ohne einen Blick zurückzuwerfen das Büro, Spitzer rief einen Beamten, um Banser in seine Zelle zurückzubringen. Als Banser abgeführt war, tippte er die Nummer von Brandt ein.

Donnerstag, 10.20 Uhr

Peter Brandt war noch einmal zur Galerie gefahren, wo die Leute von der Spurensicherung ein Polizeisiegel am Hintereingang angebracht hatten. Er sah sich um und bemerkte die sechs Lampen zu beiden Seiten der Wände, die vermutlich mit Sensoren ausgestattet waren, die auf jede Bewegung reagierten, sodass von der Straße bis zur Tür mit Einbruch der Dunkelheit der Gang hell erleuchtet wurde, sobald jemand durch das Tor trat. Er ging in den Hinterhof mit den vielen Blumen und stellte fest, dass das Erdgeschoss wie Fort Knox gesichert war. Wedel hatte an alles gedacht und war doch in seinem Sicherheitsbunker ermordet worden. Je mehr Brandt überlegte, desto unsicherer wurde er, was Banser als Täter betraf. Aber wie waren dann seine Fingerabdrücke in die Galerie gekommen, davon sogar ein paar auf den Schreibtisch? Er hatte keine Antwort darauf. Er hoffte, Petra Johannsen würde sie ihm geben können und dazu noch einige andere Informationen, die er dringend benötigte.

Die Sonne schien von einem fast wolkenlosen Himmel, die Luft war klar und angenehm zu atmen. Ein leichter Wind strich durch die Straßen, die um diese Zeit in der Innenstadt voller Autos und Menschen waren, aber all dies nahm Brandt kaum wahr, zu sehr kreisten seine Gedanken um die Aussage von Banser. Nicht einmal zehn Minuten, nachdem er von der Galerie weggefahren war, hielt er vor dem Haus von Petra Johannsen.

»Hallo, Herr Brandt«, wurde er von ihr empfangen. Sie trug eine Jeans und ein Sweatshirt. Ein edler Duft umwehte sie, als er an ihr vorbei ins Haus ging.

»Frau Johannsen«, sagte er, »ich habe leider noch ein paar Fragen an Sie. Ich hoffe, ich komme nicht ungelegen?«

»Nein, überhaupt nicht. Aber nehmen Sie doch bitte Platz.«

»Haben Sie den Schock einigermaßen verdaut?«

»Es geht«, sagte sie schulterzuckend. »Seltsamerweise tangiert mich Wedels Tod nicht sonderlich, aber fragen Sie nicht, warum. Es ist einfach so. Bei Kaufung war das anders. Da habe ich eine ganze Weile gelitten, weil er mir sehr nahe stand. Mag sein, dass das sehr kalt klingt, aber …«

»Das ist schon in Ordnung. Sagen Sie, kennen Sie einen Kurt Banser?«

Petra Johannsen lachte auf und antwortete: »Natürlich. Ein komischer Kauz, bei dem ich nie weiß, was ich von ihm halten soll. Warum fragen Sie?«

»Wann haben Sie ihn das letzte Mal in der Galerie gesehen?«

»Vorgestern war er da. Er kam rein, ist gleich nach hinten in Wedels Büro gestürmt, es gab eine kurze und laute Auseinandersetzung, und dann ist er wieder verschwunden.«

»Vorgestern? Sind Sie sicher?«

»Absolut. Sandra und Doreen waren nach Frankfurt gefahren, um noch einige Besorgungen für den Freitag zu machen, und haben das deshalb gar nicht mitbekommen. Ich hab's ihnen auch nicht erzählt, weil es unwichtig war.«

»Aber Sie wissen nicht, was Banser wollte, oder?«

»Ich nehme an, es war das Übliche. Wedel soll Banser angeblich Geld geschuldet haben, ob da was dran ist, kann ich nicht beurteilen. Wie gesagt, ich kann diesen Banser ganz schlecht einschätzen.«

»Hat er während dieser Auseinandersetzung Drohungen gegenüber Wedel ausgesprochen?«

»Er hat immer irgendwelche Drohungen ausgesprochen. Er hat gebellt, aber nicht gebissen. Banser ist Alkoholiker …«

»Das weiß ich. Ich habe ihn gestern festgenommen, weil einiges auf ihn als Täter hinweist.«

»Bitte?!«, wurde er von Petra Johannsen unterbrochen, die ihn ungläubig ansah. »Banser soll Wedel umgebracht haben? Noch dazu mitten in der Nacht? Im Leben nicht, dazu wäre der gar nicht fähig. Aber das ist nur meine Meinung«, wiegelte sie gleich wieder ab.

»Wieso sagen Sie, noch dazu mitten in der Nacht?«

»Ganz einfach, weil Wedel ihn niemals nachts in die Galerie gelassen hätte. Und Banser kam auch immer nur in die Galerie, wenn keine Kunden da waren. Zumindest war das in den vergangenen zwei Monaten so.«

»Okay. Wie kam es überhaupt dazu, dass Sie dort arbeiten?«

»Wedel hat mich auf Kaufungs Beerdigung angesprochen und mich gefragt, ob ich nicht Lust hätte, bei ihm anzufangen. Aber das habe ich Ihnen doch bereits gestern erzählt. Er brauchte jemanden mit guten Fremdsprachenkenntnissen.«

»Hat Ihnen die Arbeit gefallen?«

»Es geht so. Ich hätte die Ausstellung noch mitgemacht und wäre dann wieder gegangen. Ich arbeite ehrlich gesagt lieber hier zu Hause.«

»Verzeihen Sie, wenn ich jetzt indiskret werde, aber hatten Sie in den vergangenen zwei Monaten engeren Kontakt zu Wedel?«

Petra Johannsen senkte für einen Moment den Blick, um nach einigen Sekunden zu antworten: »Was verstehen Sie unter enger?«

»Mir ist bekannt, dass Wedel nichts anbrennen ließ. Hatten Sie etwas mit ihm?«

»Er ist nicht mein Typ, besser gesagt, er war nicht mein Typ.«

»Das beantwortet aber nicht meine Frage. Hatten Sie sexuellen Kontakt mit ihm?«

»Also gut, wenn Sie's genau wissen wollen – ja, ich habe zweimal mit ihm geschlafen. Danach war Feierabend. Er konnte Kaufung in keiner Weise das Wasser reichen. Wedel war nicht zärtlich, er stand mehr auf die harte Tour, aber bitte, ich möchte nicht näher darauf eingehen.«

»Brauchen Sie auch nicht. Wissen Sie etwas davon, ob er auch mit Minderjährigen verkehrt hat?«

Sie seufzte auf, erhob sich und stellte sich ans Fenster, die Finger in die Potaschen ihrer Jeans gesteckt. »Bei ihm könnte ich mir alles vorstellen. Gesehen habe ich ihn allerdings nie mit kleinen Mädchen.« Sie zuckte mit den Schultern und drehte sich um. »Aber zuzutrauen wäre es ihm. Er scheint sowieso einen unglaublichen Frauenverschleiß gehabt zu haben, wenigstens in der Zeit, in der ich dort war. Ich ärgere mich heute noch darüber, mich mit ihm eingelassen zu haben. Er war ein sehr durchschnittlicher Liebhaber.«

»Auch wenn es mich nichts angeht, warum haben Sie sich überhaupt mit ihm eingelassen?«

Sie kaute auf der Unterlippe und zuckte wieder mit den Schultern. »Einfach so.«

»Und wann war das?«

»Das war ziemlich am Anfang. Er hat mich zum Essen eingeladen, wir haben etwas getrunken und sind nachts um zwei noch in die Galerie gefahren. Beim ersten Mal ging's noch, das zweite Mal gefiel mir überhaupt nicht.« Sie hielt inne und sah Brandt an. »Verraten Sie mir, warum Sie das alles interessiert?«

»Weil ich auf Motivsuche bin. Aber keine Sorge, Sie gehören nicht zum Kreis der Verdächtigen. Ich will lediglich wissen, was für ein Mensch Wedel war. Beschreiben Sie ihn doch bitte mal aus Ihrer Sicht.«

Sie holte tief Luft, als müsste sie ihre Gedanken sortieren, bevor sie antwortete. »Clever, charmant, abgebrüht und irgendwie durchgeknallt. Ich meine, ich kannte Wedel schon seit etlichen Jahren, aber so, wie er sich in den letzten zwei Monaten verhalten hat, so habe ich ihn vorher nie erlebt.«

»Warum haben Sie nach der Nacht nicht bei ihm aufgehört zu arbeiten?«

»Weil ich ihm versprochen hatte, ihm bei der Ausstellung zu helfen. Allerdings hatte ich ihm nach jener Nacht deutlich zu verstehen gegeben, dass wir in Zukunft nur noch geschäftlich miteinander verkehren würden.«

»Und er hat das einfach so akzeptiert?«

»Ja. Er hat sogar gelacht und gesagt, er hätte seinen Spaß gehabt, und mehr wollte er auch nicht. Und mehr wollte ich eigentlich auch nicht. Nur, mir hat es keinen Spaß gemacht.«

»Wissen Frau Müller und Frau Heuser davon?«

»Nein, aber ich weiß, dass er auch mit ihnen etwas hatte, er hat's mir nämlich erzählt. Aber bitte, das haben Sie nicht von mir.«

»Sie können sich auf meine Diskretion verlassen. Können Sie mir irgendetwas über die Ehe von Wedel sagen?«

»Ich kenne seine Frau nur vom Sehen, obwohl sie quasi gegenüber wohnt. Er hat auch nie über seine Ehe gesprochen. Aber sehr glücklich scheint sie nicht gewesen zu sein. Ist jedoch nur eine Vermutung von mir. Ich liebe meinen Mann über alles und habe trotzdem Affären, nur er hat nichts dagegen, aber das wissen Sie ja bereits.«

»Frau Johannsen, ich danke Ihnen für Ihre Offenheit. Ich werde dann mal wieder gehen.«

»Ich wünsche Ihnen viel Erfolg. Und dieser Banser«, sie schüttelte den Kopf, »ich kann mir einfach nicht vorstellen, dass er es war. Das ist aber nur ein reines Bauchgefühl.«

»Wiedersehen.«

Petra Johannsen blieb in der Tür stehen, bis Brandt gewendet hatte und um die Ecke gefahren war. Dann ging sie zurück ins Haus, holte eine Flasche Rotwein aus dem Keller, entkorkte sie und trank ein Glas. Warum wollte er das alles von mir wissen?, fragte sie sich, fand aber keine Antwort.

Donnerstag, 11.20 Uhr

Brandt hätte die wenigen Meter bis zu Katharina Wedel auch zu Fuß gehen können, aber ihm war heute nicht danach. Er musste mehrmals klingeln, bis ihm geöffnet wurde.

»Sie schon wieder?«, wurde er von ihr schroff begrüßt. »Was gibt es denn?«

»Nur ein paar Fragen. Ich bin auch gleich wieder weg. Aber es liegt doch bestimmt auch in Ihrem Interesse, dass der Mörder Ihres Mannes so schnell wie möglich gefasst wird.«

»So wie der von Dr. Kaufung?«, fragte sie spöttisch und ging vor ihm ins Haus. Brandt entgegnete nichts darauf, was hätte er auch schon sagen können, schließlich hatte sie ja Recht. Im Wohnzimmer lief ziemlich laute Musik, die Terrassentür stand offen. Katharina Wedel begab sich nach draußen, Brandt folgte ihr.

»Frau Wedel, sagt Ihnen der Name Kurt Banser etwas?«

»Ja. Was ist mit ihm?«

»Hatten Sie jemals etwas mit ihm zu tun?« Brandt ließ die Frage von Katharina Wedel unbeantwortet.

»Worauf wollen Sie hinaus?«

»Sie wissen doch bestimmt, dass Herr Banser und Ihr Mann nicht gerade die besten Freunde waren.«

»Das ist mir bekannt. Und?«

»Was wissen Sie über den Verkauf der Galerie? Wie ist das damals abgelaufen?«

»Keine Ahnung, ich bin weder Geschäftsfrau, noch habe ich mich je für die Galerie interessiert. Das ist einfach nicht mein Metier.«

»Aber dabei ging es doch um eine große Summe, und normalerweise spricht man als Ehepaar über so etwas.«

»Klaus hat seine Geschäfte getätigt, ohne mich groß einzuweihen. Es hätte auch keinen Sinn gehabt, ich hätte sowieso nur die Hälfte verstanden, weil ich eine kaufmännische Niete bin.«

»Haben Sie Herrn Banser je persönlich kennen gelernt?«

»Er ist des Öfteren ums Haus geschlichen, hat auch ein paarmal geklingelt, aber ich habe nur einmal aufgemacht und mit ihm gesprochen, das heißt, ich wollte wissen, warum er andauernd ums Haus schleicht und uns belästigt. Das war im Herbst vergangenen Jahres.« Sie zog die Mundwinkel nach unten und fuhr fort: »Dann hat er mir zwischen Tür und Angel seine Geschichte erzählt, die sich im ersten Moment doch ziemlich wirr und absurd angehört hat. Vor allem schien er ziemlich viel getrunken zu haben, er hatte nämlich eine fürchterliche Fahne. Danach habe ich nicht mehr aufgemacht, wenn ich sah, dass er vor der Tür stand. Er hat auch häufig hier angerufen und nach meinem Mann verlangt. Leider war Klaus fast nie da oder hat sich verleugnen lassen. Wir haben schließlich die Telefonnummer gewechselt, daraufhin haben die Anrufe aufgehört. Und er hat mir einige Male geschrieben, aber ich habe die Briefe nie gelesen, sondern gleich weggeworfen. Ich weiß, dass mein Mann ihm eine größere Summe Geld geschuldet haben soll und vielleicht sogar auch hat, denn er hat gerne mit andern gespielt. Ich habe ihn zwei- oder dreimal auf diesen Banser angesprochen, aber er hat immer nur abgewunken und gemeint, dass Banser ein Rad abhat und ich seinen Lügen bloß nicht glauben soll. Also hab ich mich da rausgehalten.«

»Sie haben aber Ihrem Mann geglaubt, wenn ich das richtig verstehe.«

»Warum hätte ich ihm nicht glauben sollen? Klaus war immer ehrlich zu mir, und seine Kunden können das bestimmt bestätigen. Und seine Angestellten mit Sicherheit auch. Andererseits erschien mir die Geschichte von Banser auch ziemlich einleuchtend, weil mein Mann eben ein Spieler war und gerne alles bis zum Schluss ausgereizt hat. Ich muss zugeben, dass Banser mir doch ziemlich leid getan hat. Aber wie hätte ich ihm helfen sollen? Was immer die beiden auch ausgehandelt hatten, ich wollte damit nichts zu tun haben.«

»Würden Sie Banser einen Mord zutrauen?«

Katharina Wedel überlegte einen Moment und schüttelte dann den Kopf. »Eher nein. Auf mich hat er zwar einen verzweifelten Eindruck gemacht, aber er hat sich mir gegenüber völlig korrekt verhalten. Nein. Er ist zwar ein komischer Kauz, aber Mord? Nein, der nicht. Steht er etwa unter Verdacht?«

»Es gibt einige Indizien, mehr nicht.«

»Dann haben Sie ja auch schon mit ihm gesprochen. Wie war denn Ihr Eindruck?«

»Sie müssen verstehen, dass ich Ihnen das nicht sagen kann. Ich wünsche Ihnen noch einen angenehmen Tag.« Er stand auf, während sie sitzen blieb. »Ach ja, eine Frage hätte ich noch – was wissen Sie von den außerehelichen Beziehungen Ihres Mannes?«

Katharina Wedels Augen funkelten Brandt wütend an, als sie antwortete: »Ob mein Mann Affären hatte oder nicht, geht Sie überhaupt nichts an. Genauso wenig, ob ich davon wusste.«

»Es geht mich schon etwas an, wenn es zur Aufklärung des Mordes dient. Aber Ihre Antwort genügt mir vorerst. Wiedersehen.«

Donnerstag, 11.45 Uhr

Brandt hatte Hunger und Durst, und so hielt er an einer Imbissbude und bestellte sich eine Dose Cola und eine Currywurst mit Pommes frites. Er fühlte sich schon jetzt müde und ausgebrannt, obwohl der Tag noch nicht einmal zur Hälfte vorüber war. Er hatte gerade den Verschluss der Dose abgerissen, als Spitzer anrief.

»Wo bist du gerade?«

»Was essen. Warum?«

»Dann halt dich mal schön fest und verschluck dich nicht. Banser hat gestanden.«

»Was?! Das gibt's doch nicht!«, entfuhr es Brandt.

»Doch, das gibt's. Er hat unterschrieben. Und die Klein ist triumphierend abgezogen. Du hättest mal ihr Gesicht sehen sollen.«

»Ich bin gleich da.« Er drückte auf Aus, steckte das Handy wieder in die Innentasche seiner Lederjacke, schlang im Eiltempo ein paar Stückchen der Currywurst runter und schob ein paar Pommes nach, warf dann aber den Rest in den Müllbeutel. Er hatte plötzlich keinen Hunger mehr und schon gar keinen Appetit, er war auf hundertachtzig und raste fast so schnell zurück zum Präsidium, wobei er den Blitzer am Straßenrand zu spät bemerkte. Er fluchte leise, aber eine Radarfalle war im Augenblick sein geringstes Problem.

Er rannte die Treppe hinauf und stürmte ins Büro.

»Wo ist Banser jetzt?«

»Mach mal piano und beruhig dich«, sagte Spitzer und deutete auf den Stuhl.

»Ich kann mich nicht beruhigen. Wo ist er?« Brandt blieb stehen und ging zum Fenster, die Hände in den Hosentaschen vergraben. Seine Kiefer mahlten aufeinander, er hatte Mühe, nicht die Kontrolle zu verlieren, rüber zur Klein zu fahren und sie zur Rede zu stellen.

»Wieder in seiner Zelle. Er wird um zwei dem Haftrichter vorgeführt. Ach ja, ich soll dir von der Klein ausrichten, dass wir nicht mehr für Banser zuständig sind und es dir ab sofort untersagt ist, noch einmal mit ihm zu sprechen.«

»Ich glaub, die werte Dame tickt nicht mehr ganz sauber! Die will mir allen Ernstes verbieten, mit Banser zu reden? Wo kommen wir denn hin, wenn eine dahergelaufene Staatsanwältin sich herausnimmt, uns solche Vorschriften zu machen?! Ich sag dir jetzt eins – solange Banser hier ist, nehme ich mir das Recht heraus, mit ihm zu sprechen wann und wo ich will. Die soll sich bloß warm anziehen, die kriegt heute noch was von mir zu hören.«

»Du bringst dich doch nur in Teufels Küche«, versuchte Spitzer Brandt zu beruhigen. »Ein Geständnis ist und bleibt ein Geständnis. Wie sie ihm das entlockt hat, ist mir egal.«

Brandt stützte sich auf dem Tisch ab, so dass Spitzer seinen Atem spüren konnte, und sah seinen Freund fassungslos an. »Ist es schon so weit mit dir? Hockst du jetzt auf dem Sessel der Gleichgültigkeit, ganz nach dem Motto, nach mir die Sintflut?«

Spitzer lehnte sich zurück. Er war nervös, weil er wusste, dass Brandt nicht so ganz Unrecht hatte. Er war im Laufe der Jahre vielleicht doch etwas gleichgültig geworden, er hatte seit Ewigkeiten nicht mehr im Außendienst gearbeitet, kannte kaum noch die Welt dort draußen, führte Vernehmungen nur noch durch, wenn es sich überhaupt nicht mehr umgehen ließ. Er war ein Meister im Delegieren geworden und überließ die unangenehmen Aufgaben gerne seinen Mitarbeitern. Er versuchte sich trotzdem zu rechtfertigen, indem er mehr halbherzig sagte: »Jetzt mach aber mal halblang …«

Doch Brandt unterbrach ihn mit einer schnellen Handbewegung. »Dir ist es vielleicht egal, mir aber nicht. Warum hat er der Klein den Mord gestanden und mir nicht? Da ist doch was faul. Oder kommt dir das nicht spanisch vor?«

»Er hat unterschrieben, und allein das zählt«, entgegnete Spitzer etwas kleinlaut.

Brandt beugte sich noch weiter nach vorn, die Hände immer noch auf dem Schreibtisch. »Komm, Bernie, sieh mir in die Augen und sag mir, dass du überzeugt bist, dass da alles mit rechten Dingen zugegangen ist. Bist du überzeugt?« Und als er keine Antwort bekam, wiederholte er seine Frage etwas lauter: »Bist du überzeugt?«

Auf Spitzers Stirn bildeten sich kleine Schweißperlen, er hielt dem Blick seines Freundes nicht mehr stand. »Mein Gott, was soll ich denn machen? Die Klein ist stärker. Und sie hat endlich bekommen, was sie wollte.«

»Genau das – sie hat bekommen, was sie wollte. Sie steht in der Hierarchie über uns und nutzt das gnadenlos aus. Weißt du, einen Typ wie Banser kann ich ganz leicht zu einem Geständnis bewegen, wenn ich es geschickt genug anstelle. Vorausgesetzt, ich bin eine schöne und clevere Staatsanwältin. Jetzt kapiert?«

»Du meinst, sie hat ihm irgendwelche Versprechungen gemacht?«

»Ich sehe, du fängst allmählich an nachzudenken. Die ist gerissener als wir beide zusammen. Mensch, Bernie, wir dürfen den Fall nicht so einfach abschließen.«

»Er ist aber abgeschlossen, finde dich damit ab.«

»Einen Teufel werde ich tun! Ich werde sie fragen, was sie Banser für sein Geständnis versprochen hat. Oder besser noch, ich werde erst mal mit Banser reden. Wann wird er abgeholt?«

»Die Klein wird so gegen Viertel vor zwei wieder hier sein.«

»Ich bin hinten.«

»Aber sie hat ...«

»Ich weiß von gar nichts, und du hast mich auch nicht gesehen. Das ist wohl das Geringste, was ich an Loyalität von dir erwarten kann.«

»Warte, bitte. Nur eine Frage. Hast du das vorhin wirklich so gemeint, wie du das gesagt hast?«

»Was denn?«

»Bin ich gleichgültig geworden?«

»Leg nicht alles auf die Goldwaage, was ich im Augenblick sag. Aber unter uns – du ziehst manchmal den Kopf zu sehr ein. Früher warst du anders. Denk mal drüber nach. Das ist übrigens als Kritik unter Freunden gemeint.«

»Was soll ich denn machen? Ich bin zwar der Kommissariatsleiter, aber es gibt noch Leute über mir. Verdammte Scheiße, Mann! Ich steh doch voll hinter dir!«

»Dann zeig mir das verdammt noch mal auch, und hör auf

mit der Katzbuckelei. Wir hatten es schon schwer genug, als die Klein noch nicht da war, aber jetzt ist es kaum noch zum Aushalten.«

Brandt riss die Tür auf, eilte nach draußen und zum Zellentrakt. Er bat den Beamten, die Zelle von Banser aufzuschließen und die Tür wieder hinter sich zuzumachen. Banser saß auf der kalten Pritsche, den Kopf in die Hände gestützt, und blickte nur kurz auf.

»Was wollen Sie noch?«, fragte er und schaute wieder zu Boden.

Brandt setzte sich neben ihn und sagte: »Herr Banser, wir haben uns stundenlang unterhalten, und Sie haben die ganze Zeit beteuert, den Mord nicht begangen zu haben, und ich …«

»Na und? Ich habe Sie eben angelogen. Soll öfter vorkommen, als man glaubt.«

»Und wenn ich Ihnen sagen würde, dass ich einen anderen Verdächtigen habe?«

»Blödsinn! Ich war's, und damit basta. Und jetzt lassen Sie mich zufrieden.«

»Wie Sie wünschen. Aber eines würde mich noch interessieren – was hat Ihnen Frau Klein versprochen, wenn Sie das Geständnis unterschreiben?«

Banser sah auf, seine Hände zitterten leicht, die Wirkung des Alkohols ließ schon wieder nach. »Sie hat mir nichts versprochen. Ich habe nur gemerkt, dass ich keine Chance mehr habe. Am Ende siegt doch die Wahrheit. Ich habe einen Menschen getötet und werde dafür büßen.«

»Wie werden Sie sich heute Abend fühlen, wenn der Tremor und das Verlangen nach Schnaps Sie fast um den Verstand bringt? Haben Sie darüber schon einmal nachgedacht?«

»Gibt es im Gefängnis keinen Arzt, der einem ein Beruhigungsmittel geben kann?«

»Gibt es. Fragt sich nur, ob der auch gleich zur Stelle ist. Aber Sie werden das schon schaffen. So, wie Sie auch Wedel geschafft haben«, bemerkte Brandt sarkastisch und stand auf. An der Tür drehte er sich um und sagte: »Und ich war der festen Überzeugung, dass Sie kein Mörder sind.«

»So kann man sich täuschen«, entgegnete Banser lapidar. »Und jetzt lassen Sie mich allein.«

Brandt klopfte an die Tür, die kurz darauf geöffnet wurde. Er war verwirrt und wütend zugleich und hätte alles kurz und klein schlagen können, so viel ohnmächtiger Zorn hatte sich in ihm aufgestaut. Er ging auf die Toilette und ließ eine ganze Weile kaltes Wasser über seine Unterarme laufen und wusch sich lange und ausgiebig das Gesicht. Als er in den Spiegel blickte, dachte er: Sollte ich mich so in Banser getäuscht haben? Das kann doch nicht sein, oder?

Wieder im Büro, griff er zum Hörer und tippte die Nummer von Elvira Klein ein. Es meldete sich ihre Sekretärin und sagte, dass sie zu Tisch sei und erst in einer halben Stunde zurückkomme. Brandt legte wieder auf. Nicole Eberl kam in sein Zimmer, gefolgt von Spitzer.

»Ich hab schon alles von Bernie erfahren. Unsere Hausdurchsuchung hat nichts ergeben, keine Waffe, kein Videoband, nur ein Haufen leerer Flaschen. Was wirst du jetzt tun?«

Brandt fuhr sich mit beiden Händen durch die Haare, legte den Kopf in den Nacken und antwortete: »Weiter ermitteln.«

»Aber der Fall ist abgeschlossen. Wie willst du das gegenüber der Klein begründen?«, fragte Spitzer.

»Das lass mal meine Sorge sein. Wedel hatte Dreck am Stecken, und ich will wissen, was für ein Dreck das war.«

»Er hat Banser übel mitgespielt. Aber das ist doch kein Einzelfall, wir …«

»Das mit Banser ist nur ein kleiner Teil eines großen Ganzen. Ich will alles über Wedel rausfinden. Hinter dem Mord steckt mehr als nur ein betrogener alter Mann, der zu so was gar nicht fähig wäre.«

»Du zweifelst an dem Geständnis?«, fragte Eberl mit ungläubigem Blick. »Das musst du mir erklären.«

»Kann ich nicht, ist nur so ein Gefühl. Aber wenn ich jetzt aufhöre, wandert womöglich ein Unschuldiger hinter Gitter. Und das will ich verhindern.«

»Dein Gefühl in allen Ehren, aber …«

»Nichts aber. Ich erwarte von euch allen, dass ihr mir den Rücken freihaltet. Mehr nicht. Meint ihr, ihr schafft wenigstens das?«, fiel er ihr ins Wort und sah bei dem letzten Satz Spitzer mit unbeweglicher Miene an.

»Und an was arbeitest du offiziell?«, wollte Spitzer wissen. »Nur so, falls die Klein fragt«, fügte er vorsichtig hinzu, denn er merkte, dass Brandt kurz vor einer gewaltigen Explosion stand, was selten genug vorkam. Er hatte es nur einmal bei seinem Freund erlebt, damals, als ihm Sarah und Michelle entrissen werden sollten, aber wenn er so in Rage war, war mit ihm nicht zu spaßen.

»Am Fall Kaufung, ganz einfach. Wir suchen doch noch immer seinen Mörder«, erwiderte Brandt ernst. »Oder haben wir den etwa inzwischen auch schon gefasst?«

»Wenn ich bloß deinen Ton deuten könnte«, sagte Eberl mit unergründlichem Lächeln.

»Kannst du aber nicht«, entgegnete Brandt ungewohnt abweisend. »Ab sofort arbeite ich ganz allein. Ihr habt genug mit andern Sachen zu tun. Was ist übrigens mit unserm albanischen Vergewaltiger? Hat er gestanden?«

»Nein. Ich musste ihn laufen lassen, die Beweislage war nicht eindeutig genug«, gab Spitzer kleinlaut zu.

Brandt lachte kehlig auf. »Komisch. Da ist ein junger Kerl, noch grün hinter den Ohren, aber mit einem Vorstrafenregister so lang wie die Berliner Straße, und doch reichen die Beweise nicht aus, obwohl die Frau ihn eindeutig identifiziert hat. Ist schon eine merkwürdige Welt. Und von Banser haben wir lediglich ein paar Fingerabdrücke gefunden, weder eine Waffe noch ein Band, nur die verdammten Fingerabdrücke.« Er presste die Lippen aufeinander und stieß die eingeatmete Luft hörbar aus. »Und dann war die Klein ein paar Minuten mit ihm zusammen, und schon hat er gestanden. Was für eine Frau!«, sagte er zynisch. »Ich sollte vielleicht doch meine Meinung über sie revidieren und sie fragen, ob es neuartige Verhörmethoden gibt, von denen wir hier in dem verschlafenen Nest Offenbach noch nichts mitbekommen haben.«

»Aber er ist der Einzige, der ein Motiv hat«, versuchte Spitzer ihn zu beschwichtigen.

»Er ist nicht der Einzige, der ein Motiv hat, glaub mir. Es gibt mindestens ein Dutzend Leute da draußen, die Wedel lieber tot als lebend gesehen hätten. Und ich bin sicher, der wahre Mörder läuft noch frei rum und lacht sich ins Fäustchen.«

»Was zum Teufel macht dich da so sicher?«, fuhr Spitzer seinen Freund an, weil er allmählich von Brandts Gereiztheit angesteckt wurde. »Was?«

»Ich habe einige Dinge über Wedel erfahren. Unter anderem von Banser. Wedel war kein Saubermann, ganz im Gegenteil. Und ich werde beweisen, dass hinter seiner Ermordung ein ganz anderes Motiv steckt als der schnöde Mammon.« Er stand abrupt auf und sah erst Spitzer und dann Eberl an. »Ich verzieh mich. Und fragt mich bitte nicht, wohin ich gehe. Ob ich heute noch mal wiederkomme«, er zuckte mit den Schultern, »keine Ahnung. Bis irgendwann.« Bevor er den Raum verließ, sagte er noch: »Ach ja, da ist noch etwas, warum ich so sicher bin, dass Banser es nicht war – ich habe ihm in die Augen gesehen.«

Spitzer und Eberl schauten sich an und wussten genau, was Brandt damit gemeint hatte. Er ging zu seinem Wagen, drehte den Zündschlüssel und fuhr los. Sein erstes Ziel war Sandra Heuser.

Donnerstag, 13.20 Uhr

Der Frühstückstisch war noch nicht abgeräumt, Rauch hing in der Luft, zwei volle Aschenbecher und mehrere Schachteln Zigaretten auf dem Glastisch, das Wohnzimmerfenster war gekippt. Sandra Heuser trug einen Morgenmantel und Doreen Müller den Hausanzug, den sie bereits gestern anhatte und dessen Stoff so durchsichtig war, dass der Phantasie nicht mehr viel Spielraum blieb. Sie sah Brandt von unten herauf mit diesem herausfordernden Blick an, den er von ihr schon kannte. Der Fernsehapparat lief, die *Oliver Geissen Show.* Brandt hatte sie einmal gesehen und war entsetzt über das erschreckend niedrige Niveau, das für ihn ein Spiegelbild der Gesellschaft war. Sich gegenseitig anpöbelnde Menschen, die keinen Respekt mehr vor andern hatten, die eine Sprache benutzten, die offenbar zur neuen Sprache in Deutschland wurde. Ey, Alter, was guckst du so blöd? Die dumme Tussi hat's doch gar nicht anders verdient. Ab und zu muss man den Weibern mal zeigen, wo der Hammer hängt! So und ähnlich war es in dieser einen

Show abgelaufen, Mittags um eins, wenn die meisten Kinder von der Schule nach Hause kamen. Brandt selbst hatte schon oft genug mit jungen Leuten zu tun gehabt, von denen er sich gefragt hatte, ob sie Deutsche oder Ausländer waren, und feststellen musste, dass sie Deutsche waren, mit deutschen Namen, deutschen Vorfahren und doch benutzten sie einen Gossenjargon, den alle nur Kanakensprache nannten.

Doreen Müller saß in einem Sessel, die Beine angewinkelt. Sie hatte etwas Provozierendes an sich, etwas, das Männer verrückt machen konnte, ganz im Gegensatz zu Sandra Heuser, die Brandt zwar als wesentlich hübscher, aber auch als zurückhaltender empfand. Sie hatte eine ganz besondere Ausstrahlung, eine, die auf eine angenehme Weise anziehend wirkte.

»Wundern Sie sich aber nicht, wie es hier aussieht«, sagte sie mit diesem bezaubernden Lächeln. »Wir haben fast die ganze Nacht durchgequatscht und sind erst am Morgen ins Bett. Als Sie vorhin angerufen haben, war ich gerade wach geworden.«

»Geht es Ihnen jetzt wenigstens etwas besser als gestern?«

»Ich hatte ja zum Glück Gesellschaft.«

»Meine Damen«, sagte er, nachdem er sich gesetzt hatte, »es ist gut, dass ich Sie beide hier antreffe, so kann ich mir einen Weg sparen. Leider habe ich ein paar Fragen, deren Beantwortung Ihnen sicherlich unangenehm ist, aber für mich sind sie eminent wichtig.« Er faltete die Hände und sah von einer zur andern. Ihre Gesichter wurden urplötzlich ernst und vor allem das von Doreen misstrauisch, vielleicht sogar abweisend. Brandt selbst fühlte sich nicht sonderlich wohl in seiner Haut, er hasste Fragen wie jene, die er gleich stellen würde, Fragen, die sehr persönlich waren und vor denen er sich in der Regel scheute. Doch nach dem, was er bisher über Wedel erfahren hatte, musste er es einfach tun.

»Jetzt machen Sie's nicht so spannend«, forderte Doreen Müller ihn auf, endlich anzufangen.

»Ich will Sie auch nicht lange auf die Folter spannen. Sie, Frau Müller, haben mir gestern andeutungsweise von Wedels sexuellen Aktivitäten berichtet. Und nun meine Frage an Sie beide, deren Beantwortung ich Ihnen natürlich völlig freistelle: Waren Sie jemals intim mit Herrn Wedel?«

Sandra Heuser wandte den Blick ab und errötete leicht, während Doreen Müller sich eine Zigarette anzündete und einen tiefen Zug nahm. Durch den ausgeblasenen Rauch hindurch sagte sie: »Warum interessiert Sie das? Soweit ich mich erinnern kann, haben Sie mir diese Frage bereits gestern gestellt, wenn auch etwas diskreter formuliert.«

»Frau Müller, so leid es mir tut, aber ich kann es mir nicht mehr erlauben, diskret zu sein. Mir würde schon ein einfaches Ja oder Nein genügen.«

»Ja«, sagte Sandra Heuser leise, den Blick noch immer verschämt zu Boden gerichtet, die Beine eng geschlossen, die Hände ineinander gekrampft, die Knöchel traten weiß hervor. Doreen sah ihre Freundin nur verständnislos an.

»Darf ich auch fragen, wann das war?«

»Vor einem Jahr etwa.«

»Und wie lange ging das?«

»Nicht lange, einen Monat vielleicht.«

»Und Sie, Frau Müller?«

»Also gut, wenn Sie's unbedingt wissen wollen, ja, auch ich habe mit ihm geschlafen. Ist das ein Verbrechen?«, fragte sie spöttisch.

»Nein, natürlich nicht. Wenn Sie mir noch sagen würden, wann das war?«

»Es war vor gut zwei Jahren und hat wie bei Sandra auch nur ein paar Wochen gedauert. Wedel war kein guter Liebhaber, deshalb war es nur so kurz. Jetzt zufrieden?«

»Er stand auf harten Sex, richtig?«, sagte Brandt.

»Woher wissen sie das?«, fragte Doreen Müller erstaunt mit hochgezogenen Brauen und sah Brandt durchdringend an.

»Ich habe es bereits von anderer Stelle erfahren. Aber Sie standen nicht auf diesen harten Sex und haben deshalb das Verhältnis beendet. Korrigieren Sie mich, wenn ich etwas Falsches sage.«

»Das ist nur bedingt richtig. Damals stand er auf ausgefallene Spielchen, aber mir hat das nichts ausgemacht, solange es in einem gewissen Rahmen blieb. Harter Sex war das nicht wirklich. Dass ich Schluss gemacht habe, hatte andere Gründe, die aber nicht wichtig sind.«

»Sie haben ja schon gesagt, dass er kein guter Liebhaber war. Gab es danach noch einmal irgendwelche sexuellen Kontakte zu Wedel?«

»Er hat es versucht«, antwortete Doreen Müller ausweichend.

»Wann hat er es versucht?«

»Vor ein paar Wochen.«

»Und, haben Sie nachgegeben?«

»Was wollen Sie eigentlich?«, sagte sie aufgebracht. »Was hat das alles mit dem Mord zu tun?«

»Es geht mir darum, die Person Klaus Wedel besser kennen zu lernen. Glauben Sie etwa, es macht mir Spaß, Ihnen diese Fragen zu stellen? Ganz sicher nicht.« Und nach einer kurzen Pause: »Haben Sie nachgegeben?«

»Mein Gott, ja, ich hab mich breitschlagen lassen. Er hat mir vorgejammert, wie schlecht es ihm geht, jetzt, wo sein bester Freund tot ist, und dass bei ihm zu Hause überhaupt nichts mehr läuft … Halt das übliche Blablabla. Es war aber nur einmal, und es war alles andere als berauschend für mich. Der muss einen ziemlichen Frust geschoben haben, so wie der drauf war. Mir hat jedenfalls am nächsten Tag alles wehgetan, weil er diesmal wirklich harten Sex praktiziert hat. Er war richtig brutal, wie ich ihn eigentlich gar nicht kannte. Deshalb hat mich Ihre Frage vorhin so gewundert. Und als ich ihn dann mit den Mädchen erwischt habe«, sie verzog angewidert das Gesicht, »da war mir klar, dass ich mich nie wieder von ihm anrühren lassen würde. Ich hatte mir vorgenommen, ihm direkt nach der Ausstellung meine Kündigung auf den Tisch zu legen. Fristgerecht zum 31. Dezember. Ich habe auch bereits etwas Neues gefunden. Allerdings jetzt, wo er tot ist, und sollte seine Frau die Galerie doch behalten wollen, werde ich es mir vielleicht noch mal überlegen.«

»Und Sie, Frau Heuser? Hat er auch mit Ihnen in den letzten zwei Monaten …«

»Gehen Sie bitte, ich will nicht darüber sprechen. Bitte.« Sie zitterte am ganzen Körper, als hätte sie Angst.

»Frau Heuser, Sie brauchen nur zu nicken.«

Sie kaute auf der Unterlippe und krampfte die Hände noch fester ineinander. Sie vermied es, Brandt anzusehen, als sie sagte: »Es war vor zwei Wochen. Er hat mich zum Essen eingeladen, ich habe wohl etwas zu viel getrunken, und … Na ja, danach hat er mich nach Hause gefahren und ich hatte nichts dagegen, dass er mit nach oben kam. Obwohl ich nicht mehr nüchtern war, war es schrecklich. Es war einfach nur pervers, was er gemacht hat. Am nächsten Tag hat er sich bei mir reumütig entschuldigt und mir diese sündhaft teure Stereoanlage geschenkt.« Sie deutete auf die gold glänzende

Anlage hinter sich, die sich Brandt bei seinem ersten Besuch noch gar nicht richtig angeschaut hatte. »Außerdem hat er mich gebeten, das alles zu vergessen und ihm den Ausrutscher zu verzeihen.«

»Haben Sie ihm verziehen?«

»Verzeihen wäre zu viel gesagt. Er war in letzter Zeit manchmal unausstehlich, und ich habe auch mit dem Gedanken gespielt zu kündigen. Ich weiß nicht, was er hatte, aber er war unberechenbar, oder?« Sie sah ihre Freundin hilfesuchend an, als würde sie von ihr eine Bestätigung erwarten.

»Sandra hat Recht. Seine Launen wechselten von einer Minute zur andern, nicht immer, aber immer öfter. Ich habe es auf den Stress geschoben, das heißt, wir haben es auf den Stress geschoben, den er hatte. Er wollte die Ausstellung eben zu einem ganz besonderen Event werden lassen. Dadurch war er häufig sehr gereizt.«

»Seit wann haben Sie diese Gereiztheit bei ihm festgestellt?«

»Das fing etwa mit Kaufungs Tod an. Er hat immer wieder gesagt, wenn er denjenigen finden sollte, der Kaufung auf dem Gewissen hat, dann würde er ihn umbringen. Ich glaube, das hat er nicht nur so dahingesagt.«

»Das kann natürlich eine Erklärung für sein Verhalten gewesen sein. Haben Sie beide denn nie über Ihre persönlichen Erfahrungen mit Wedel gesprochen?«

»Wenn Sie die Bettgeschichten meinen«, sagte Doreen Müller, »nein. Ich ärgere mich heute noch darüber, dass ich mich von ihm habe einlullen lassen. Er war wie ein wilder Stier, und er wurde immer wilder. Tja, und dann war da eben noch die Sache mit den zwei Mädchen. Da ist mir endgültig der Kragen geplatzt, und ich habe meine Kündigung geschrieben. Er hat mir übrigens auch ein sehr teures Geschenk gemacht, ebenfalls eine Anlage. Ich weiß, dass sie so um die fünftausend Euro wert ist.«

»Wirft die Galerie so viel Geld ab?«

»Ich habe Ihnen ja schon gesagt, dass sie ganz gut läuft, aber Wedel war nicht unvermögend, im Gegenteil, der hat Kohle ohne Ende. Hat wohl was mit dem Verkauf der Apotheken seines Vaters zu tun.«

»Und trotzdem hat er Herrn Banser sein Geld verweigert. Hat Sie das nicht gewundert?«

»Schon, aber woher sollte ich wissen, ob Banser im Recht war? Ich kannte beide Versionen, welche sollte ich also glauben?«

»Kennen Sie namentlich andere Frauen, mit denen Wedel verkehrt hat? Außer seiner eigenen natürlich.«

Sandra Heuser fuhr sich mit der Zunge über die Lippen, Doreen Müller schüttelte den Kopf. Schließlich sagte Sandra Heuser: »Ich bin mir nicht sicher, aber ich glaube, dass er auch etwas mit seiner Schwägerin hatte.«

»Was sagst du da?« Doreen Müller sah ihre Freundin entgeistert an. »Du meinst wirklich, der hatte was mit der … äh … wie heißt sie noch … Ich komm gerade nicht auf ihren Vornamen.«

»Christine. Sie hat doch gleich nach Eröffnung der Galerie bei uns ausgestellt.«

»Das weiß ich, ja. He, komm, du spinnst. Entschuldigung, aber der hat mit jeder gebumst, aber nicht mit seiner Schwägerin. Das hätte ich gemerkt. Wie kommst du überhaupt darauf?«

»Einfach nur so ein Gefühl.«

»Nur so ein Gefühl, oder haben Sie etwas mitbekommen, das darauf hindeutet?«, fragte Brandt, hellhörig geworden.

»Nein, mitbekommen habe ich nichts.« Sie schüttelte den

Kopf und meinte nach einigem Überlegen. »Ich rede dummes Zeug. Vergessen Sie's einfach. Ich will auf keinen Fall, dass wegen mir jemand Schwierigkeiten kriegt. Außerdem ist Frau Wedel eine sehr nette und zurückhaltende Frau, die sich bestimmt nicht mit ihrem Schwager eingelassen hätte. Bitte, vergessen Sie gleich wieder, was ich gesagt habe, das war dumm von mir. Ich bin einfach nur durcheinander.«

»Schon gut. Nur eine letzte Frage. Gibt es eine oder mehrere Frauen, denen Sie zutrauen würden, etwas mit dem Mord zu tun zu haben?«

»Also Sandra und ich waren es nicht«, sagte Doreen Müller. »Wir waren, wie Sie wissen, am Dienstagabend im Kino und anschließend in der Cafe Bar. Und mit Namen können wir leider nicht dienen.«

»Danke für Ihre Hilfe. Und Sie brauchen auch keine Angst zu haben, alles, was Sie mir gesagt haben, werden vorläufig nicht einmal meine Kollegen erfahren, wenn überhaupt jemals. Machen Sie's gut und tschüs.«

»Tschüs.«

Donnerstag, 14.45 Uhr

Büro von Elvira Klein. Brandt betrat das Vorzimmer. Frau Schulz, eine ältere Dame, die immer einen verkniffenen Gesichtsausdruck hatte, sagte, bevor er zu Wort kam: »Frau Klein ist nicht da.«

»Das macht nichts, Frau Schulz«, entgegnete er lächelnd. »Ich nehme an, Sie ist noch beim Haftrichter. Ich werde in ihrem Büro auf sie warten.«

»Moment, das geht aber nicht ...«

»Es geht, glauben Sie mir«, sagte er nur und ging an ihr vorbei. »Wann erwarten Sie sie zurück?«

»Woher soll ich das wissen?«, antwortete sie schnippisch. »In einer halben Stunde, vielleicht auch später.«

»Ich habe Zeit. Sie können ja immer mal gucken, ob ich auch schön artig bin.«

Er setzte sich auf den Schreibtischstuhl, lehnte sich zurück, die Arme hinter dem Kopf verschränkt, und schlug die Beine übereinander. Er schloss die Augen und ließ die vergangenen Stunden noch einmal Revue passieren. Wedel und Kaufung trugen also einen Wettkampf aus, bei dem es darum ging, wer die meisten Frauen ins Bett kriegte. Wobei Kaufung von den Frauen offenbar bessere Noten bekam als Wedel. Was für eine verrückte Welt, dachte Brandt. Wedel hat sie alle bekommen, aber die, mit denen ich gesprochen habe, lassen kaum ein gutes Haar an ihm. Und dass auch die Johannsen und die Heuser mit ihm gepennt haben … Bei der Müller kann ich's ja noch verstehen, die legt es ja geradezu darauf an. Aber warum hat Wedel mit einem Mal den Frauen so wehgetan? Und warum hatte er auch was mit Minderjährigen? Zumindest behaupten das die Müller und auch Banser. Zu beweisen wird das wohl nie sein. Hat Wedel doch was mit dem Mord an Kaufung zu tun? War er neidisch, weil Kaufung bei den Frauen besser ankam? Hat ihn vielleicht mal eine ausgelacht, die vorher was mit Kaufung hatte, und ihm sagte, um wie viel besser Kaufung im Bett war? Aber wer hat dann Wedel umgebracht? Doch Banser? Zwei Morde aus völlig unterschiedlichen Motiven? Wenn ich nur einen Zusammenhang erkennen könnte. Wäre es eine Frau gewesen, die herausgefunden hat, dass Wedel seinen Freund umgebracht hat, hätte sie dann zwei Monate verstreichen lassen, bis sie Wedel tötet? Unwahrscheinlich. Andererseits, wen hätte Wedel am Dienstagabend so spät noch in die Galerie gelassen, wenn nicht eine Frau, von der er nichts befürchtete? Sollte es doch Banser gewesen sein? Aber Wedel wäre doch nicht so blöd gewesen, Banser nachts reinzulassen. Außer Banser hat einen Weg gefunden, an die Hintertür zu gelangen, ohne bemerkt zu werden. Nein, einen solchen Weg gibt es nicht. Aber man hat auch schon Pferde vor der Apotheke kotzen sehen. Vielleicht …

Er wurde unsanft aus seinen Gedanken gerissen, als eine Stimme, die er nur zu gut kannte, mit einem Mal sagte: »Und, ist es bequem in meinem Sessel?«

Elvira Klein war hereingekommen, ohne dass er es bemerkt hatte. Er machte die Augen auf und erwiderte: »Es geht. Meiner gefällt mir besser. Aber Sie müssen sich Ihren hübschen Hintern ja drauf wund sitzen.«

»So sarkastisch! Darf ich fragen, was Sie zu mir führt?« Sie stellte ihren Aktenkoffer neben den Schreibtisch und sah ihn mit diesem Blick an, den er an ihr hasste. Herablassend und arrogant. Sie trug einen Hosenanzug, eine weiße Bluse und eine Krawatte. Du bist äußerlich ein attraktives Weib, aber innen drin ein gnadenloser Kerl, dachte er.

»Ich war gerade in der Gegend und dachte mir, ich schau mal kurz vorbei«, sagte er und erhob sich, damit sie sich setzen konnte. »Außerdem interessiert mich, wie Sie es geschafft haben, Banser zu einem Geständnis zu bewegen.«

»Herr Brandt, einen Mann wie Banser kleinzukriegen ist nicht schwer. Da genügt schon ein bisschen Einfühlungsvermögen.«

»Ach ja, Einfühlungsvermögen. Ich habe ganz vergessen, dass mir das ja völlig abgeht.«

»Das kann ich nicht beurteilen, ich war schließlich noch

nie dabei, wenn Sie jemanden vernommen haben. Es gehört natürlich auch eine gewisse Taktik dazu. Sie sollten sich vielleicht einmal mit den neuesten Verhörmethoden vertraut machen. Auch wenn Sie schon fünfundzwanzig Dienstjahre auf dem Buckel haben, heißt das noch längst nicht, dass Sie alles besser wissen und können.«

»Ich habe nie behauptet, dass ich perfekt bin. Was haben Sie ihm denn geboten, wenn er unterschreibt? Oder ist das ein Geheimnis?«

»Herr Brandt, was wollen Sie von mir? Ich habe meine Zeit nicht gestohlen ...«

»Was haben Sie ihm geboten? Banser hätte niemals freiwillig unterschrieben. Womit haben Sie ihn unter Druck gesetzt?« Er stützte sich wie schon vorhin bei Spitzer auf den Schreibtisch und blickte Elvira Klein in die stahlblauen Augen. »Sie können es mir ruhig sagen, es bleibt garantiert unter uns.«

»Ich habe ihn nicht unter Druck gesetzt«, erwiderte sie mit kühler Gelassenheit und lehnte sich zurück. »Aber Fakt ist, dass die Beweise ganz eindeutig gegen Banser sprechen. Ich habe ihm seine Situation klar gemacht und ihm gesagt, wenn er freiwillig gesteht, kann es sein, dass die Anklage auf Totschlag im Affekt lautet, ansonsten auf Mord. Ihn darauf hinzuweisen ist legitim, wie Sie wissen sollten. Als er gemerkt hat, dass ihm seine Felle davonschwimmen, hat er den Mord zugegeben und ihn mir in allen Details geschildert. Wie er in die Galerie gelangt ist, wie oft er auf Wedel geschossen hat et cetera pp. Details, die nur der Mörder kennen kann. Es ist alles auf Band dokumentiert, wie es Vorschrift ist. Und um unser kleines Gespräch zu beenden, der Fall liegt ab jetzt bei mir. Wenn Sie nicht in der Lage sind, einen Mörder so zu verhören, dass er aus der Sackgasse nicht mehr rauskommt, in die er sich selbst hineinmanövriert hat, kann ich Ihnen leider nicht helfen. Sie sollten mal darüber nachdenken.«

»Das tu ich schon seit ein paar Stunden. Ich bin eigentlich nur gekommen, um Ihnen zu Ihrem Erfolg zu gratulieren«, sagte Brandt ironisch.

»Sie können es wohl nicht ertragen, wenn jemand besser ist als Sie. Oder anders ausgedrückt, wenn eine Frau besser ist als Sie. Aber trösten Sie sich, jeder macht mal Fehler. Sie sollten deshalb nicht zu sehr mit sich ins Gericht gehen«, konterte sie mit dem ihr eigenen Spott, der ihn innerlich zur Raserei trieb.

Brandt ging auf ihre letzten Worte nicht ein und sagte stattdessen: »Und wie wird Ihre Anklage lauten?«

»Ich pflege meine Versprechen zu halten. Der Mann ist Mitte sechzig, ihn lebenslang hinter Gitter zu bringen, halte ich für nicht angemessen. Aber acht bis zehn Jahre sollten es schon sein. Danach kann er sich noch einen schönen Lebensabend machen.«

»Ihr Zynismus beeindruckt mich jedes Mal wieder aufs Neue, Frau Klein. Aber haben Sie schon mal drüber nachgedacht, dass er das Geständnis unter Umständen nur unterschrieben hat, weil er ohnehin nichts mehr zu verlieren hat? Der Mann wurde von Wedel betrogen, er hat seine Frau verloren, und sein Haus gehört auch schon der Bank. Er besitzt nichts mehr.«

»Das ist nicht mein Problem, und Ihres sollte es übrigens auch nicht sein. Wir sind für Fakten zuständig und nicht für Emotionen. Er hat ein Menschenleben auf dem Gewissen, und dafür wird er bestraft werden, wie es das Gesetz vorsieht. Wie hoch die Strafe ausfallen wird, liegt letztlich im Ermessen des Gerichts.«

»Selbstverständlich. Kümmert sich eigentlich ein Arzt um ihn?«

»Weshalb?«

»Banser ist Alkoholiker, und Sie wollen ihn doch sicher lebend vor Gericht stellen, oder?«

Elvira Klein lächelte süffisant, als sie antwortete: »Er wird lebend vor Gericht erscheinen, verlassen Sie sich drauf. Die Wärter werden schon auf ihn aufpassen. Eben hat er noch einen ziemlich stabilen Eindruck auf mich gemacht. Er wirkte sehr ruhig und gefasst, als wäre eine große Last von seinen Schultern gefallen.«

»Dann ist es ja gut. Ich wünsche Ihnen noch einen schönen Tag, und genießen Sie Ihren Triumph.«

Brandt machte kehrt, Elvira Klein entgegnete noch etwas, doch er hörte es nicht mehr, weil er es nicht hören wollte. Er begab sich zu seinem Fahrzeug, blickte auf die Uhr, zehn vor vier, und beschloss, nach Hause zu fahren. Abstand gewinnen, ein Bier trinken, auf Andrea und die Mädchen warten und abschalten. Auch wenn er wusste, dass ihm dies nicht gelingen würde.

Donnerstag, 18.35 Uhr

Brandt hatte sich hingelegt, war aber schon nach wenigen Minuten wieder aufgestanden, weil er keine Ruhe fand. Er trank eine Flasche Bier, räumte die Wohnung auf, saugte, wischte Staub und ging um kurz vor sechs noch in den Supermarkt, um ein paar Lebensmittel einzukaufen. Als er wieder nach Hause kam, waren Sarah und Michelle inzwischen eingetroffen, die vor dem Fernseher saßen und Videoclips auf Viva schauten. Er begrüßte sie und fragte, ob sie Lust auf Würstchen mit Butterbrot und Feldsalat hätten. Er wusste, dass er ihnen damit eine Freude machte, da sie bei seinen Eltern fast immer recht opulente Mahlzeiten vorgesetzt bekamen. Und er musste jedes Mal daran denken, dass sie Würstchen auch an dem Abend gegessen hatten, als Andrea Sievers zum ersten Mal zu ihm nach Hause gekommen war und er sie Sarah und Michelle vorstellte.

Er packte die beiden Taschen aus, holte einen Topf aus dem Schrank, füllte ihn mit Wasser und gab die Wiener Würstchen hinein. Während sie auf kleiner Flamme allmählich erhitzt wurden, schnitt er ein paar Scheiben Brot ab und schmierte Butter darauf, zuletzt bereitete er den Feldsalat zu. Sarah und Michelle deckten den Tisch, als es klingelte. Andrea. Brandt umarmte sie noch in der Tür. Er war froh, sie zu sehen.

»Ist irgendwas passiert?«, fragte sie.

»Nichts Besonderes, außer dass es ein beschissener Tag war.«

»Inwiefern?«

»Später.«

»Wie du willst. Was gibt's denn zu essen?«

»Die Spezialität des Hauses«, sagte Sarah nur und gab Andrea einen Kuss auf die Wange, was sie erst seit kurzem tat, aber nach etlichen längeren Gesprächen, die sie geführt hatten, waren sie wie Freundinnen geworden, auch wenn achtzehn Jahre zwischen ihnen lagen. Manchmal saßen Andrea, Sarah und Michelle auf der Couch, Andrea in der Mitte und zu beiden Seiten die Mädchen, die sich an sie kuschelten. Sie war endgültig in der Familie aufgenommen worden, was keinen mehr freute als Peter Brandt.

Sie aßen zu Abend, unterhielten sich über den Tag, wobei

Michelle in ihrem Erzähldrang kaum zu bremsen war, und auch nach dem Essen blieben sie noch eine ganze Weile am Tisch sitzen, bis Brandt zu seinen Töchtern sagte: »Könntet ihr uns bitte für einen Moment allein lassen? Ich muss mit Andrea was Wichtiges besprechen.«

»Heiratet ihr?«, fragte Michelle neugierig, während Sarah in ihrem Zimmer verschwand und dabei das Telefon mitnahm.

»Ab in dein Zimmer, dort hast du auch einen Fernseher«, sagte er lachend. »Außerdem geben wir euch schon rechtzeitig Bescheid, sollten wir vorhaben zu heiraten.«

»Sarah! Papa und Andrea heiraten!«, rief sie kichernd und rannte schnell in ihr Zimmer.

Brandt wartete, bis Michelle die Tür hinter sich zugemacht hatte und sagte: »Wir haben den Mörder von Wedel, auch wenn ich nicht so recht glauben will, dass er der Mörder ist.«

Andrea runzelte die Stirn und sah Brandt verständnislos an. »Kannst du das vielleicht noch mal wiederholen? Ihr habt den Mörder, aber du glaubst nicht, dass er's ist. Was ist das für eine Logik? Entweder er war's, oder er war's nicht.«

»Das ist ziemlich kompliziert. Ich hab dir doch gestern von diesem Banser erzählt. Ich hab ihn heute Vormittag über zwei Stunden vernommen, aber er hat die Tat abgestritten. Dann kam deine liebe Freundin, und nach einer Stunde hat er gestanden.«

»Ja und? Wo ist das Problem?«

»Das Problem ist, dass es noch immer zu viele Ungereimtheiten gibt. Wedel war ein Hurenbock und ein Charakterschwein …« Er wollte noch etwas hinzufügen, als sein Handy klingelte.

»Ja?«

»Meier hier. Ich hab gerade einen Anruf aus Weiterstadt

bekommen. Da hat ein gewisser Banser einen Brief für dich beim Pförtner hinterlegt. Der Wärter hat gesagt, Banser hat ihn gebeten, dass du ihn so schnell wie möglich bekommst. Wie sollen wir das handhaben? Wir haben im Augenblick keinen freien Einsatzwagen, das würde frühestens so um Mitternacht gehen.«

»Ich fahr gleich hin. Danke.«

»Wo fährst du gleich hin?«, wollte Andrea wissen.

»Nach Weiterstadt. Banser hat mir einen Brief geschrieben. Ich muss den sofort abholen und will auch sehen, dass ich noch mal mit ihm sprechen kann.«

»Der hat dir einen Brief geschrieben? Wenn er mit dir sprechen wollte, hätte er dir nicht zu schreiben brauchen.«

»Was meinst du damit?«, fragte Brandt mit zusammengekniffenen Augen.

»Nimmst du mich mit?«

»Gerne, aber …«

»Frag nicht«, unterbrach sie ihn, »ich hab da nur so eine Ahnung.«

»Was für eine Ahnung?«

»Lass uns den Mädchen gute Nacht sagen und fahren. Ich geh vorher noch mal schnell auf die Toilette.«

Brandt sagte Sarah und Michelle, dass sie spätestens um halb zehn das Licht löschen sollten, und gab ihnen noch den obligatorischen Gutenachtkuss, Andrea winkte ihnen von der Tür aus zu. Allmählich begriff er, was für eine Ahnung Andrea hatte, denn auch bei ihm machte sich ein ungutes Gefühl in der Magengegend breit. Er hoffte inständig, dass es nur ein Gefühl war, auch wenn sein Verstand etwas anderes sagte. Während der Fahrt hörten sie Musik und sprachen kaum ein Wort. Um fünf Minuten nach neun kamen sie in Weiterstadt an.

Donnerstag, 21.05 Uhr

Haftanstalt Weiterstadt, Untersuchungsgefängnis. Brandt hielt auf dem Parkplatz vor der Einfahrt, und sie stiegen aus. Er war schon oft hier gewesen, er kannte das Gefängnis und etliche seiner Insassen, manche davon schwere Jungs, die er selbst eingebuchtet hatte und die noch viele Jahre hier verbringen würden, zwei sogar lebenslänglich, einer davon ohne Chance auf vorzeitige Entlassung, da ihm wegen zweifachen Frauenmordes zusätzlich Sicherungsverwahrung auferlegt worden war.

Brandt zeigte dem Pförtner, den er recht gut kannte, seinen Dienstausweis, wechselte ein paar Worte mit ihm, der Mann nickte und reichte ihm den Brief, der in einem zugeklebten Umschlag steckte.

Er wog ihn in der Hand, sah Andrea nachdenklich an und gab ihr mit dem Kopf ein Zeichen, ihm wieder zum Wagen zu folgen. Sie setzten sich hinein, machten die Innenbeleuchtung an, Brandt riss den Umschlag auf und nahm den Brief heraus. Er hielt ihn so, dass Andrea mitlesen konnte.

Lieber Herr Brandt,
entschuldigen Sie bitte diese persönliche Anrede, aber ich denke, wir können jetzt die Förmlichkeiten, die auch etwas mit Kälte und Distanziertheit zu tun haben, beiseite lassen. Ich möchte mich auch für mein Verhalten von heute Mittag entschuldigen, es war nicht gegen Sie persönlich gerichtet. Doch nun zu dem eigentlichen Grund für diesen Brief, den ich auch nur schreiben kann, weil ich vorhin vom Arzt ein Beruhigungsmittel bekommen habe, sonst würde meine Hand zu sehr zittern.

Ich habe gelogen, als ich gesagt habe, ich hätte Wedel umgebracht. Ich bin mir sehr wohl bewusst, dass die Beweislage gegen mich spricht, und nachdem ich mit der Frau Staatsanwältin gesprochen habe, weiß ich, dass es für mich keine Möglichkeit mehr gibt, das Gefängnis lebend zu verlassen. Mir ist aber seit gestern durch die vielen Fragen, die Sie mir gestellt haben, und vor allem bei dem Verhör durch Frau Klein klar geworden, dass mein Leben sinnlos geworden ist und ich nichts mehr zu verlieren habe. Meine Festnahme war nur der traurige Höhepunkt oder auch Abschluss der verkorksten letzten drei Jahre. Ich habe nichts mehr, und ich würde auch in Zukunft nichts mehr haben als mein lausiges Leben, das so wertlos ist wie ein Auto ohne Motor.
Um es noch einmal zu betonen, ich habe mit dem Mord an Wedel nicht das Geringste zu tun. Aber ich möchte Ihnen sagen, dass ich eine Vermutung habe, in welchem Umfeld der Mörder zu finden sein könnte, doch ich werde Ihnen diese Vermutung nicht mitteilen, da ich sie nicht fundieren kann und auf keinen Fall Unschuldige in Schwierigkeiten bringen möchte, denn wie gesagt, es ist nur eine Vermutung.
Für Wedel hege ich weder irgendwelche Sympathien, noch habe ich auch nur das geringste Mitleid mit ihm. Mitleid habe ich jedoch mit jenen Menschen, denen er außer mir so viel Leid zugefügt hat. Sie werden herausfinden, wer für den Mord an Wedel verantwortlich ist, denn Sie sind

ein guter Polizist und ein guter Mensch (Sie wissen sicher, was im Speziellen ich meine).
Auf meine Menschenkenntnis habe ich mich immer verlassen können, bis ich Wedel und seine Verschlagenheit kennen lernte. Er hat Menschen nur für seine Zwecke benutzt und ausgenutzt und hat schließlich einen hohen Preis dafür bezahlen müssen.
Ich weiß auch, dass Sie noch immer nach dem Mörder von Kaufung suchen, aber ich bin fast sicher, dass Wedel seinen besten Freund umgebracht hat. Weshalb und warum, vermag ich jedoch nicht zu sagen.
Wenn Sie diese Zeilen lesen, bin ich bereits bei meiner Frau, die ich über alles geliebt habe und immer noch liebe. Sie erwartet mich. Diese Welt hat mir nichts mehr zu bieten, ich gehe gerne und ohne jedes Schuldgefühl, denn ich habe mir nichts vorzuwerfen, außer dass ich zu oft zu naiv gewesen bin.
Ich weiß nicht, ob man meinen toten Körper schon gefunden hat, aber ich kann Ihnen versichern, dass ich nicht lange leiden musste.
Erinnern Sie sich, wie ich Ihnen sagte, dass ich noch einmal auf die Toilette müsste, bevor Sie mich mit ins Präsidium nahmen? Ich hatte geahnt, was auf mich zukommen würde, denn nach all dem, was mir in den vergangenen drei Jahren widerfahren ist, wusste ich, dass das Schicksal sich endgültig gegen mich entschieden hatte.
Im Bad hatte ich eine Kapsel aufbewahrt, die ich nun direkt nach dem Schreiben dieses Briefes

schlucken werde. Sie war für mich eine Sicherheit für den Fall, dass es noch schlimmer kommen würde, und ich bin froh, diese Sicherheit gehabt zu haben. Es wird nicht schwer sein herauszufinden, wo ich sie an meinem Körper versteckt hatte. Verzeihen Sie mir die Umstände, die ich Ihnen gemacht habe, aber über kurz oder lang wäre ich sowieso am Alkohol zugrunde gegangen, und im Gefängnis wollte ich nicht langsam dahinvegetieren. Ich bin kein Verbrecher und habe auch niemals jemandem bewusst schaden wollen. Der einzige Mensch, dem ich geschadet habe, bin ich selbst. Sie brauchen sich also keine Vorwürfe zu machen, es ist besser, wenn ich dieser Welt den Rücken kehre.
Machen Sie's gut. Ich drücke Ihnen ganz fest die Daumen, dass Sie die Wahrheit ans Licht bringen.
Mit besten Grüßen
Ihr Kurt Banser

PS: Ich war übrigens am Dienstag in der Galerie, aber außer Wedel war nur noch Frau Johannsen da, vielleicht stammen daher meine Fingerabdrücke.

Brandt schluckte schwer, als er den Brief langsam zusammenfaltete und zurück in den Umschlag steckte. Er hatte Tränen in den Augen und wandte den Kopf zur Seite, damit Andrea sie nicht sah. Sie legte eine Hand auf seine Schulter und sagte: »Du hast keine Schuld. Er hat die Entscheidung für sich selbst getroffen, und zwar schon vor einiger Zeit, sonst hätte er diese Kapsel nicht gehabt.«

»Du hast doch keine Ahnung«, stieß er leise hervor. »Hätte ich ihn nicht über Nacht bei uns behalten, wäre er noch am Leben. Ich habe Bockmist gebaut, weil ich auf Gedeih und Verderb einen Mörder präsentieren wollte. Dabei habe ich gespürt, dass Banser unmöglich etwas mit dem Mord zu tun haben konnte. Dieser Mann war viel zu gutmütig, als dass er jemanden hätte umbringen können. Und ich habe ihn ans Messer geliefert.«

»Jetzt hör mal zu, du hast ihn nicht ans Messer geliefert. Und jetzt schau mich an, bitte.«

Brandt drehte langsam den Kopf, ohne etwas zu sagen.

»Schatz, wenn überhaupt jemand verantwortlich ist, dann Elvira. Du hast nicht im Geringsten ahnen können, dass Banser sich das Leben nehmen würde. Ich kenne dich, du hättest ihn laufen lassen, wenn die Beweise nicht ausreichend gewesen wären. Aber ich kenne auch Elvira und ihre Besessenheit. Doch auch sie hat ihrer Meinung nach nur ihre Pflicht getan. Banser wollte nicht mehr leben, er hat wohl nur auf eine Gelegenheit gewartet, seinen längst gefassten Plan in die Tat umsetzen zu können. Verstehst du das?«

»Sicher. Trotzdem mache ich mir Vorwürfe, denn ich habe zu leichtfertig gehandelt.«

»Hast du nicht …«

»Was weißt du denn schon! Wenn dir permanent jemand im Nacken sitzt und dich runtermacht, dann passieren die Fehler. Sie wollte einen Erfolg haben …«

»Den hat sie aber nicht, ganz im Gegenteil. Sie wird sich auch Vorwürfe machen, wenn sie das erfährt.«

»Die und sich Vorwürfe machen! Dass ich nicht lache! Was wetten wir, dass sie immer noch behaupten wird, richtig gehandelt zu haben? Sie wird jede Schuld von sich weisen und sagen, ich hätte Banser doch verhaftet. Dabei habe ich ihn gar nicht verhaftet, sondern lediglich über Nacht in Gewahrsam genommen. Und das nur, weil er nicht gleich geredet hat. Und dann kamen noch diese beschissenen Fingerabdrücke dazu, die aber noch überhaupt nichts beweisen. Und weil er so ein armer Teufel war, konnte er sich nicht mal einen Anwalt leisten.« Er hielt inne, runzelte die Stirn und fuhr nachdenklich geworden fort: »Aber woher wusste Banser die Details vom Mord? Er hat der Klein jede Einzelheit geschildert. Wie er in die Galerie gelangt ist, wie oft er abgedrückt hat, wie er das Band … Aber er lügt doch nicht in einem Abschiedsbrief. Jetzt kapier ich überhaupt nichts mehr. Er wusste Details, die nur wir kannten.«

Andrea nahm ihn in den Arm und sagte: »Auch dafür wird es sicherlich eine Erklärung geben …«

»Ich weiß jetzt, woher er es wusste«, wurde sie von Brandt unterbrochen. Er schlug sich mit einer Hand gegen den Kopf. »Ich war einmal für ein paar Minuten im Nebenzimmer bei Bernie und Nicole. Die Akte hat auf meinem Tisch gelegen, und er muss sie in der Zeit gelesen haben, es sind ja nur vier oder fünf Seiten. Das ist es, daher wusste er über alles Bescheid. Der Brief ist die Wahrheit, seine Aussage war eine glatte Lüge. Warum hab ich bloß diese verfluchte Akte da liegen gelassen?!«

»Es ist nicht mehr rückgängig zu machen. Du gehst da jetzt rein und bittest darum, zu Banser gebracht zu werden. Hätten sie ihn gefunden, wärst du längst benachrichtigt worden. Nun los, geh schon.«

»Ich möchte, dass du mitkommst. Dabei kannst du mir vielleicht auch gleich sagen, was er genommen hat.«

»Elvira wird Wind davon bekommen. Willst du das wirklich?«

»Diese Frau ist mir so was von egal. Aber sie ist deine Freundin.«

»Und das ist mir jetzt egal. Soll sie doch wissen, dass wir zusammen sind. Sie kommt in letzter Zeit sowieso nur noch, wenn sie wieder mal gefrustet ist. Ich mag ihre Geschichten nicht mehr hören. Und außerdem, wer sagt denn, dass sie's erfährt? Und noch mal außerdem – ich hab diese Geheimniskrämerei ohnehin satt.«

»Dann komm mit. Du würdest mir einen riesengroßen Gefallen tun.«

»Also los.«

Sie stiegen wieder aus und gingen zum Pförtner.

»Wir möchten bitte zu Herrn Banser. Er ist heute hergebracht worden.«

»Strafvollzug oder U-Haft?«

»U-Haft.«

»Moment«, er ging die Liste durch, »hier hab ich ihn. Bisschen spät, was?«

»Wir müssen mit ihm sprechen. Das ist übrigens Dr. Sievers von der Rechtsmedizin in Frankfurt. Hast du deinen Ausweis dabei?«

Sie holte ihn aus ihrer Jacke und hielt ihn hoch. Der Pförtner nickte wieder nur und machte das Tor auf. Sie passierten eine Schleuse, die selbst auf die kleinsten Metallgegenstände mit einem lauten Piepton reagierte. Sie gaben ihre Geldbörsen, Armbanduhren und andere Sachen ab, die in zwei Plastikschalen aufbewahrt wurden, bis sie das Gefängnis wieder verlassen würden. Sie füllten jeder einen Besucherschein aus und wurden schließlich von einem Wachmann zu Bansers Zelle geführt. Der Wachmann schloss auf und machte das Licht an.

Banser lag in völlig unnatürlicher Haltung auf dem Boden,

sein Gesicht war grimassenhaft verzerrt, blutiger Schaum hatte sich um seinen Mund gebildet, der durchdringende Geruch von Bittermandeln hing in der Luft.

»Mein Gott, was ist das denn?«, rief der Wachmann entsetzt aus und wollte bereits nach draußen rennen, um einen Kollegen zu holen, doch Brandt hielt ihn zurück.

»Bleiben Sie hier. Wir wussten schon, dass er tot ist. Dr. Sievers ist Rechtsmedizinerin und wird ihn kurz untersuchen. Danach kann der Gefängnisarzt sich um ihn kümmern.«

»Sind Sie Hellseher?«

»Nein, er hat uns einen Brief geschrieben«, antwortete Brandt trocken.

»Ach so. Ich bin erst seit einer Stunde im Dienst. Hat er geschrieben, dass er sich umbringen wollte?«

»Sonst wüssten wir es wohl kaum. Und, was kannst du sagen?«

»Ziemlich eindeutig Kaliumzyanid, besser bekannt als Zyankali. Der ist schon mindestens zwei Stunden tot, die Leichenstarre fängt an einzusetzen. Kein sonderlich schöner Tod.«

»Wie meinst du das? Ich denke, Zyankali wirkt schnell.«

»Diesem Irrtum unterliegen die meisten. Das kann manchmal fünf bis zehn Minuten dauern. Manche sterben gar nicht dran, weil sie die Dosierung zu niedrig gewählt haben.«

»Und wie hoch ist die tödliche Dosis?«

»Man sagt ein Milligramm pro Kilogramm Körpergewicht. Banser hat so an die siebzig bis achtzig Milligramm benötigt, was ganz leicht zum Beispiel in einer Vitaminkapsel unterzubringen ist. Ich schätze aber, er hat, um sicherzugehen, mindestens hundert bis hundertfünfzig Milligramm genommen. Wennschon, dennschon.«

»Und wie wirkt das Zeug?«

»Es wirkt erst in Verbindung mit der Magensäure. Überlebende berichten von einem fürchterlich brennenden Schmerz, als ob es ihre Innereien zerreißt. Und so, wie er hier liegt, ich meine, so verkrampft, hat er erst mal ganz schön gelitten, und wenn es nur ein oder zwei Minuten waren. Ich möchte nicht so sterben. Aber er hat's hinter sich.«

»Wie hat er das hier reingekriegt?«, fragte der Wachmann, der ganz bleich im Gesicht war.

Andrea hielt ein Taschentuch hoch, das deutlich sichtbare braune Spuren zeigte. »Er hat's in seinem Hintern versteckt, das heißt, vermutlich zwischen seinen Arschbacken. Dort sucht man ja auch normalerweise nicht nach Waffen. Und die Metalldetektoren schlagen bei Zyankali auch nicht an.«

»Komm, lass uns abhauen«, sagte Brandt, der einen letzten langen Blick auf Banser warf. »Ich mag das nicht mehr sehen.« Und an den Schließer gewandt: »Verständigen Sie bitte den Gefängnisarzt, damit er den Totenschein ausstellt. Und dann …«

»Langsam«, sagte Andrea und kam aus der Hocke wieder hoch. »Wenn ich schon hier bin, möchte ich auch kurz mit dem Arzt sprechen. Wie schnell kann er denn hier sein?«

»Fünf Minuten«, erwiderte der Wachmann.

»Dann holen Sie ihn, wir warten so lange.«

Sie setzten sich auf die Pritsche, und nachdem der Wachmann außer Sichtweite war, sagte Andrea: »Wenn ich mit dem Arzt gesprochen habe, machen wir einen Abstecher bei Elvira vorbei. Sprich am besten gleich mit ihr, dann hast du's wenigstens hinter dir. Ich warte im Auto. Was hältst du davon?«

»Vergiss es. Ich kann doch nicht mitten in der Nacht bei der klingeln! Die bringt mich um. Außerdem weiß ich gar nicht, wo die wohnt.«

»Ich weiß es aber. Und wenn sie blöde Fragen stellt, sagst du, du hättest die Adresse von mir. Ganz einfach.«

»Nein, ich mach das anders. Ich werde gleich morgen früh in ihr Büro fahren und kann nur hoffen, dass sie nicht bei Gericht ist. Das ist besser so, glaub mir.«

Nach kurzem Überlegen meinte Andrea: »Du hast wohl Recht. Dann fahren wir eben nach Hause, ich bin sowieso müde.«

Es dauerte keine fünf Minuten, bis der Gefängnisarzt mit dem Wachmann angerannt kam. Andrea erklärte ihm in knappen Worten, was geschehen war, und bat ihn, den Totenschein auszustellen und Banser in die Rechtsmedizin bringen zu lassen. Er begutachtete den Toten und nickte nur.

»Sie scheinen Recht zu haben, sieht wie Zyankali aus und riecht auch so. Möchte wissen, wie er das hier reingeschmuggelt hat. Ich muss das übrigens auch an die Staatsanwaltschaft melden«, sagte der Arzt, ein großer, glatzköpfiger, stiernackiger Typ, der allein schon von seiner Statur und seinem Aussehen her wie geschaffen für einen Knast wie diesen war, wie Brandt konstatierte.

»Es reicht doch, wenn Sie Staatsanwältin Klein ein Fax zukommen lassen. Die Nummer müssten sie eigentlich haben. Sie hat es dann morgen früh auf Ihrem Schreibtisch, und ich kann mich dann auch gleich mit ihr kurzschließen. Ich habe den Mann verhaftet, sie hat ihn dem Haftrichter vorgeführt. Um diese Zeit kriegen Sie sowieso nur einen Staatsanwalt, der Bereitschaft hat.«

»Die Meldung geht heute noch raus, ganz gleich, was Sie sagen, sonst bekomme ich Schwierigkeiten«, entgegnete er barsch, als hätte er gemerkt, dass Brandt Zeit schinden wollte. »Den Totenschein gebe ich Ihnen aber gleich mit und lass diesen Banser nach Frankfurt in die Rechtsmedizin bringen. Mehr kann ich nicht tun.« Er stellte den Schein aus und reichte ihn Brandt. »Ich hab dem übrigens vorhin noch ein Beruhigungsmittel gespritzt, der hat gezittert wie Espenlaub. Dieser Typ war Schwerstalkoholiker, er hat's auch zugegeben.«

»Was haben Sie ihm denn gespritzt?«, wollte Andrea wissen.

»Valium, zehn Milligramm. Wenn's sonst nichts weiter gibt, ich hab noch einen Notfall zu behandeln. Danach ruf ich die Men in Grey. Wiedersehen.« Er machte kehrt und verschwand nach draußen.

Brandt und Andrea holten ihre Sachen am Eingang ab und fuhren zurück nach Offenbach. Während der Fahrt sagte Brandt: »Das hätte nicht passieren dürfen. Und es ist meine Schuld, ganz gleich, was du auch sagst.«

»Jetzt hör doch endlich auf damit! Du hast deine Pflicht getan, und damit basta! Banser war nun mal verdächtig, allein schon durch seine jahrelange Fehde mit Wedel. Und wenn er auch noch um so viel Geld betrogen wurde, dann muss man doch annehmen, dass bei ihm irgendwann eine Sicherung durchbrennt. Dazu die Fingerabdrücke, und er ist beziehungsweise war Alkoholiker. Diese Leute sind unberechenbar. Bitte, tu mir den Gefallen und hör auf, dir Vorwürfe zu machen. Sonst will ich heute Nacht nicht bei dir bleiben.«

Brandt holte tief Luft und fuhr an den Straßenrand. Er stellte den Motor ab und drehte sich zu Andrea, um sie in den Arm zu nehmen. Er hielt sie eine ganze Weile fest und fing an zu weinen. Nachdem er sich einigermaßen beruhigt hatte, sagte er: »Tut mir leid, aber diese ganze Sache wächst mir über den Kopf. Ich weiß nicht mehr, was ich machen soll. Ich hatte noch nie einen derart verzwickten Fall.«

»Wenn wir zu Hause sind, trinken wir noch ein Gläschen, hören ein bisschen Musik und gehen dann ins Bett. Du wirst sehen, es dauert nur noch ein paar Tage, und du hast den gordischen Knoten gelöst.«

»Dein Wort in Gottes Ohr.«

»Ich glaube an dich, genügt dir das?«

»Ich bin unausstehlich, ich weiß. Dazu kommt noch was, aber darüber will ich jetzt nicht sprechen.«

»Was denn?«

»Zu Hause.«

»Nicht zu Hause, sofort! Du weißt, wie ungeduldig ich sein kann. Was ist noch los?«

»Ist nicht so wichtig.«

»Mensch, jetzt rück schon raus mit der Sprache.«

Brandt druckste herum, bis er leise sagte: »Ich hatte in den letzten Monaten mit vielen Frauen zu tun, ich meine, ich habe mit ihnen gesprochen. Frauen, mit denen Kaufung was hatte, und Frauen, die mit Wedel was hatten oder mit Wedel und Kaufung. Ich hab das Gefühl, ich leb in einer andern Welt und … Steht ihr eigentlich alle auf so Männer wie Kaufung und Wedel? Da wird mir erzählt, wie die im Bett waren und … Kommt es euch Frauen eigentlich nur darauf an, wie es im Bett läuft?«

Andrea sah ihn kopfschüttelnd, aber lächelnd an und erwiderte: »Das ist dein Problem? Jetzt will ich dir mal was sagen, Sex ist schön und irgendwie auch wichtig, aber nicht so wichtig. Ich habe mich in dich verliebt, als ich keinen blassen Schimmer hatte, wie du im Bett bist. Ich habe mich in dich verliebt, weil du mir einfach gefallen hast. Deine Art, wie du lachst, deine Ruhe, deine Gelassenheit, vor allem aber, weil du trotz deines Berufs noch Mensch geblieben bist. Wenn es dann auch noch körperlich passt, okay.

Aber das andere ist mir viel wichtiger, glaub mir. Die Frauen, von denen du sprichst, die wissen offensichtlich nicht, was wahre Liebe ist. Aber es gibt sehr viele Frauen, die genauso denken wie ich. Hab ich damit deine Frage zufriedenstellend beantwortet? Schau, ich liebe dich, ich mag deine Töchter und deine Eltern. Ich bin wahnsinnig gerne mit dir zusammen, und ich habe das Gefühl, dass es jeden Tag ein bisschen schöner wird. Auch wenn wir uns ab und zu mal zoffen.«

»Okay. Es ist nur …«

»Du brauchst gar nichts weiter zu sagen, du hast eine schlechte Erfahrung gemacht, aber ich bin nicht Carola. Und ich bin auch nicht nymphoman, ich bin nicht geldgierig, ich möchte einfach nur ein schönes Leben haben. Und das am liebsten mit dir. Und Banser hat in dem Brief doch auch geschrieben, dass du ein guter Mensch bist. Was für ein größeres Kompliment kann man jemandem machen? Denk dran, Banser hat das unmittelbar vor seinem Tod geschrieben. Er hat dich sehr gut erkannt. Und jetzt komm her und lass dich drücken.«

»Hältst du mich jetzt für ein Weichei?«, fragte Brandt, während er seinen Kopf an ihre Schulter lehnte.

»Blödsinn. Da draußen laufen Millionen von Weicheiern rum, die meinen, sie wären die Größten. Ich definiere Weichei anders. Und trau dich bloß nicht, dich zu ändern, sonst bist du mich nämlich ganz schnell los.«

»Danke«, sagte er, nahm ihr Gesicht zwischen beide Hände und legte seine Stirn an ihre. »Und jetzt fahren wir heim.«

Kurz bevor sie die Stadtgrenze von Offenbach erreichten, sagte Andrea plötzlich: »Du hast vorhin erwähnt, dass du mit Frauen gesprochen hast, die sowohl mit Kaufung als auch mit Wedel was hatten. Hatten sie was mit Wedel, nachdem Kaufung tot war?«

»Na ja, zumindest eine. Die Johannsen, du erinnerst dich bestimmt noch an sie.«

»Seltsam. Mit einem Mal hatte Wedel freie Bahn. Was sagen die Frauen denn über Wedel?«

»Sie lassen kein gutes Haar an ihm. Er hat auf ausgefallene Sexspielchen gestanden und vor allem seit Kaufungs Tod so ziemlich alles gebumst, was ihm in die Quere kam. Aber das bringt mich auch nicht weiter.«

»Kannst du mir das ein bisschen genauer erklären?«

»Wedel war früher schon ein Weiberheld, trotz Frau und trotz Kind. Angeblich gab es so etwas wie einen Wettkampf zwischen ihm und Kaufung, was Frauen angeht. Der hatte was mit seinen beiden Angestellten, aber das liegt schon eine ganze Weile zurück. Beide haben mit ihm Schluss gemacht, weil er nicht gerade der Supermann war, als der er sich gerne gesehen hätte. Aber vor kurzem hatte er noch mal sogenannte One-Night-Stands mit ihnen, bei denen er ziemlich rabiat gewesen sein soll. Anschließend hat er sich mit aufwendigen Geschenken bei den Damen entschuldigt.«

»Das erscheint mir seltsam«, meinte Andrea nachdenklich. »Du sagst, die Johannsen hat mit ihm geschlafen und seine beiden Angestellten. Letztere hatten aber schon vorher ein Verhältnis mit ihm, das sie jedoch beendet haben. Und nach Kaufungs Tod hat er es geschafft, beide doch noch mal ins Bett zu kriegen. Das ist wirklich ein bisschen seltsam, findest du nicht? Und er hatte angeblich auch was mit pubertierenden Mädchen. Und das alles in den letzten zwei Monaten?«

»Ja. Die Heuser hat sogar angedeutet, dass Wedel auch mit

seiner Schwägerin … Na ja, sie hat es wieder zurückgenommen, als ihre Freundin sagte, dass das Blödsinn sei.«

»Und was glaubst du? Hat er mit seiner Schwägerin?«

»Keinen Schimmer. Aber ich hatte sowieso vor, ihr morgen einen Besuch abzustatten.«

»Dann würde ich sie direkt darauf ansprechen.«

»Was geht bloß wieder in deinem hübschen Köpfchen vor?«

»Also, um noch mal auf die andern Damen zurückzukommen, wenn ich mit einem Kerl Schluss gemacht hätte, würde ich nicht noch mal mit ihm ins Bett steigen. Hast du noch mehr über ihn rausbekommen?«

»Das war eigentlich das Wesentliche. Bis jetzt habe ich nur das Bild eines Weiberhelden und eines Kotzbrockens, mehr nicht.«

»Hat er sich in den letzten zwei Monaten verändert?«

»Er soll gereizter gewesen sein, launisch, bisweilen unausstehlich. Die Damen behaupten, das hatte was mit Kaufungs Tod zu tun, denn Wedel hat gesagt, er würde den Mörder von seinem Freund umbringen, wenn er ihn in die Finger kriegen würde.«

»Das kann auch nur so dahergesagt gewesen sein.«

»Was meinst du damit? Lass mich doch mal an deinen Gedanken teilhaben«, forderte Brandt sie auf.

»Ich bin noch am Nachdenken. Diese extremen Verhaltensauffälligkeiten kommen mir merkwürdig vor. Ich glaube nicht, dass das nur was mit Kaufungs Tod zu tun hatte. Oder vielleicht gerade damit.«

»Bitte, bitte, bitte, sprich doch mal deutlich aus, was du denkst.«

»Kann ich noch nicht. Nicht sauer sein, okay? Ich will einfach nicht, dass ich jetzt was sage und du hinterher wieder enttäuscht bist. Lass uns für heute Nacht das Thema vergessen.«

»Du hast gut reden! Aber was soll's, du hast eben deinen eigenen Dickschädel.«

Andrea erwiderte nichts mehr darauf, legte nur ihre Hand auf seine und sah ihn von der Seite an, während er in die Elisabethenstraße einbog und einen Parkplatz etwa fünfzig Meter vom Haus entfernt fand. Sarah und Michelle schliefen längst, das Licht im Wohnzimmer aber brannte noch. Sie tranken ein Glas Rotwein und aßen ein paar Chips. Allmählich legte sich die Spannung, die Brandt in den letzten Stunden verspürt hatte, und bleierne Müdigkeit machte sich breit. Er begab sich ins Bad, duschte kurz, putzte sich die Zähne und ging als Erster ins Bett. Andrea blieb noch im Wohnzimmer sitzen, trank noch ein Glas und dachte nach. Zwanzig Minuten später ging auch sie ins Bad und legte sich anschließend zu Brandt ins Bett. Er war eingeschlafen. Und als er am Morgen nach einer traumlosen Nacht aufwachte, fühlte er sich wesentlich besser als noch am Abend zuvor. Vielleicht würde dies ein guter Tag werden. Andrea war schon aufgestanden, auf dem Tisch lag ein Zettel, dass sie bereits um halb sechs in die Rechtsmedizin gefahren war. Was zum Teufel machst du so früh dort? Er kratzte sich am Hinterkopf und griff zum Telefonhörer.

»Sag mal, was hat dich denn geritten, dass du schon um diese Zeit an deinen Leichen rumschnippelst?«

»Erst einmal guten Morgen, Schatz«, entgegnete sie. »Ich konnte kaum schlafen, und da hab ich mir gedacht, gehe ich eben arbeiten. Ich ruf dich so gegen Mittag mal an.«

»Warum?«

»Einfach so. Und jetzt tschüs, ich hab zu tun.«

Freitag, 7.25 Uhr

Staatsanwaltschaft Offenbach, Büro von Frau Elvira Klein.

Frau Schulz war gerade gekommen. Sie war dabei, den PC hochzufahren, und machte ihr typisch missmutiges Gesicht, als sie Brandt erblickte.

»Frau Klein ist noch nicht da.«

»Dachte ich mir schon. Aber Sie sind es und ich auch. Ich muss schon wieder mit ihr sprechen, können Sie sich das vorstellen?«, sagte er mit dem charmantesten Lächeln, zu dem er an diesem Morgen fähig war. Sie blieb davon jedoch unberührt. »Wann erwarten Sie denn Ihren Boss?«

»Sie müsste jeden Moment eintreffen, sie braucht noch einige Unterlagen, bevor sie zum Gericht geht.«

»Wunderbar, dann bin ich ja doch nicht so viel zu früh. Ich nehm wieder in Frau Kleins Büro Platz, dort ist es viel gemütlicher. Ach ja, da müsste ein Fax für Frau Klein aus Weiterstadt gekommen sein. Schauen Sie doch mal nach.«

»Ja, hier ist eins. Ich gebe es ihr, wenn sie kommt«, sagte Frau Schulz und wollte es gerade auf den Tisch legen, als Brandt es ihr entriss.

»Brauchen Sie nicht, das übernehme ich. Deshalb bin ich nämlich auch hier.«

»Aber …«

»Bis gleich.«

Elvira Klein kam wenige Minuten später. Brandt hörte, wie die beiden Frauen flüsterten, schließlich stürmte sie herein und fuhr ihn an: »Sagen Sie mal, was soll das hier werden? Sie entwenden meiner Sekretärin ein an mich gerichtetes Fax! Was bilden Sie sich eigentlich ein, wer Sie sind?! Das wird Konsequenzen haben, das verspreche ich Ihnen.« Sie stellte ihren Aktenkoffer neben den blankpolierten Schreibtisch. Brandt hatte ein Pokerface aufgesetzt und hielt das Fax in der Hand.

»Was ich mir einbilde? Nun, ich bilde mir ein, ein relativ guter Polizist zu sein. Gestern hatte ich noch meine Zweifel, heute nicht mehr so sehr. Ich habe ein kleines Geschenk für Sie, aber bevor ich es Ihnen gebe, sollten Sie sich besser hinsetzen.«

»Erst das Fax.«

»Hier, bitte schön.«

Sie nahm es, setzte sich, las und sagte schließlich lapidar: »Tja, das ist wohl ein ziemlich eindeutiges Schuldeingeständnis. Ist zwar traurig, aber er hat seine Konsequenzen gezogen.«

»Mehr haben Sie dazu nicht zu sagen? Banser hat sich das Leben genommen. Lässt Sie das völlig kalt?«

»Mein Gott, seine Schuldfrage stand völlig außer Zweifel. Wenn er meint, mit seinem selbst gewählten Ableben sich der weltlichen Gerichtsbarkeit zu entziehen«, sie zuckte die Schultern, »dann ist das sein Problem.«

»Nun gut, dann lesen Sie, was ich noch für Sie habe.« Er zog den Umschlag aus der Innentasche seiner Lederjacke und schob ihn über den Tisch. »Ist zwar an mich gerichtet, aber ausnahmsweise gestatte ich Ihnen, meine Post zu lesen.«

Elvira Kleins Kiefer mahlten aufeinander, ihr Blick war eisig.

»Was ist das?«

»Jetzt machen Sie schon. Das ist keine Briefbombe, höchstens so was Ähnliches.«

»Mein Gott, und das am frühen Morgen. Ich hab's aber eilig.«

»Wie immer. Ein Leben auf der Überholspur kann gefährlich sein, hat Ihnen das noch keiner gesagt? Aber es ist Ihr Leben.«

Klein lächelte nur süffisant, zog den Brief heraus und las. Ihr Gesichtsausdruck versteinerte sich von Sekunde zu Sekunde mehr, schließlich legte sie den Brief auf den Tisch und lehnte sich zurück. Brandt beobachtete sie und merkte, wie sich in ihm eine innere Genugtuung breit machte, als er registrierte, dass auch sie das Geschriebene mitnahm, wie sie feststellen musste, selbst zu voreilig gehandelt zu haben.

»Sie sehen so blass aus, geht es Ihnen nicht gut?«

»Er hat doch gestanden«, sagte sie mit tonloser Stimme. »Er hat gestanden, ich hab's auf Band und schriftlich.«

»Sie haben den Brief gelesen, er wollte nicht mehr leben. Wir fangen wieder von vorne an, Frau Staatsanwältin. Ihr Trick mit dem entweder Totschlag oder vorsätzlicher Mord hat funktioniert, aber nur dahingehend, dass endlich jemand da war, der Banser die Entscheidung abgenommen hat, ob er die Kapsel schlucken soll oder nicht.«

»Und wenn dieser Brief eine Lüge ist?«, fragte sie vorsichtig, obgleich sie genau wusste, dass sie die reine Wahrheit gelesen hatte.

»Ach kommen Sie, Sie Rationaldenkerin. Ist er nicht. Ich hätte Banser gar nicht erst in Gewahrsam nehmen sollen, allerdings war ich mir über die Konsequenzen nicht im Klaren. Ich habe meine Pflicht getan und Sie Ihre. Wir haben beide einen Beruf, in dem wir uns ständig auf dünnem Eis bewegen, und manchmal brechen wir auch ein, so wie diesmal. Waren Sie wirklich überzeugt, dass er es war? Waren Sie es tief in Ihrem Herzen?«

»Glauben Sie mir, ich wollte das nicht.«

»Ausnahmsweise glaube ich Ihnen. Ich kann mich in Bansers Situation hineinversetzen, zumindest versuche ich es, und ich weiß, dass er bestimmt schon lange mit dem Gedanken gespielt hat, seinem Leben ein Ende zu machen. Er hat gesoffen, aber das hat seinen Schmerz nur zum Teil gelindert. Im Grunde hatte er mit seinem Leben abgeschlossen. Sie und ich, wir haben ihm eine Entscheidung abgenommen. Er wollte einfach nicht mehr, weil er keine Perspektive mehr sah. Er wurde in den letzten drei Jahren wie ein räudiger Köter behandelt, dazu hat er auch noch seine Frau verloren, und Geld hatte er auch keins mehr. Dennoch sollten wir uns fragen, ob wir richtig gehandelt haben. Hätte ich ihn nicht in Gewahrsam genommen, hätten Sie ihn auch nicht zu verhören brauchen. Aber das alles ist nicht mehr rückgängig zu machen, und vielleicht war es sogar besser für ihn.«

»Mag sein. Und jetzt?«

»Tun Sie mir nur einen Gefallen, lassen Sie mich in Ruhe meine Ermittlungen fortführen und fragen Sie nicht ständig nach, ob ich schon irgendwelche Ergebnisse vorweisen kann. Ich erstatte Ihnen Bericht, wann ich es für angemessen erachte. Können wir uns darauf verständigen?«

»Selbstverständlich. Aber meinen Sie denn, dass Sie den wahren Mörder finden?«

»Absolut, und das sage ich nicht nur so. Mehr sage ich im Moment aber nicht. Wir haben beide einen Fehler gemacht, ich stehe zu meinem.«

»Ich habe doch nicht ahnen können, dass …«

»Keiner von uns konnte das ahnen. Aber bitte gestehen Sie sich auch ein, dass Fehler nur allzu menschlich sind. Nicht nur ich muss noch gewisse Dinge lernen, wenn Sie verstehen … Ach ja, eines will ich Ihnen doch nicht vorenthalten – Wedel war ein Schweinehund in vielerlei Hinsicht. Ich denke, wer immer ihn umgebracht hat, er oder sie hat einen sehr triftigen Grund gehabt.«

Elvira Klein sah Brandt an. Ihr Blick war nicht mehr eisig, sondern hatte etwas Entschuldigendes. Er drückte etwas aus, das sie niemals über die Lippen bringen würde, dazu war sie zu stolz. Doch Brandt verstand diesen Blick und nahm wortlos die unausgesprochene Bitte um Verzeihung an.

»Was war in der Kapsel?«, fragte sie.

»Zyankali. Er hatte sie in einer Körperöffnung versteckt, dort, wo man nur ganz selten nachsieht. Wer trägt schon ein Messer im Hintern?«

»Halten Sie mich auf dem Laufenden, aber nur, wenn Sie wirklich etwas Konkretes haben. Es tut mir leid, aber ich habe gleich einen Termin bei Gericht …«

»Ich wollte sowieso gehen, ich habe eine Menge zu tun. Sie hören von mir. Darf ich den Brief bitte wiederhaben, ich brauche ihn vorläufig noch.«

»Natürlich«, sagte sie leise und schob ihn etwas zögerlich über den Tisch.

»Wiedersehen«, sagte Brandt.

»Tschüs.«

Brandt fühlte keine Genugtuung, schon gar keinen Triumph, als er zu seinem Wagen ging. Er war jedoch auf eine seltsame Weise froh, dass Elvira Klein ihre verletzliche Seite gezeigt hatte. Sie war berührt, betroffen und auch ein wenig traurig. So hatte er sie nur einmal zuvor erlebt, ganz kurz. Aber das lag lange zurück. Und er fragte sich, wie lange es diesmal anhalten würde. Und er war erleichtert, dass sie nicht die Frage gestellt hatte, woher Banser die Details wusste, die nur der Mörder und die Polizei kannten.

Er fuhr ins Präsidium, um Spitzer und Eberl kurz von den

Ereignissen des gestrigen Abends zu berichten. Anschließend würde er Katharina und Christine Wedel aufsuchen, in der Hoffnung, dass wenigstens Katharina etwas kooperativer war als die Male zuvor.

Freitag, 8.25 Uhr

Spitzer und Eberl zeigten sich bestürzt, als Brandt ihnen von Bansers Tod und seinem Besuch bei Elvira Klein erzählte und auch ihnen den Brief zu lesen gab. Nachdem sie fertig waren, sagte Spitzer: »Du hattest also doch den richtigen Riecher. Tut mir leid, wenn ich dir nicht geglaubt habe.«

»Es braucht dir nicht leid zu tun, ich war selber schuld. Aber es ist nicht mehr zu ändern.«

»Was wirst du jetzt tun?«

»Fährten lesen und die Spuren verfolgen. Und ich weiß auch schon, wo ich ansetzen werde. Aber ihr braucht gar nicht zu fragen, ich verrat's nämlich nicht. Ich hab's schon der Klein gesagt, und ich sag's auch euch – ich zieh das Ding vorläufig ganz alleine durch.«

»Es ist deine Entscheidung.«

»Ganz genau. Und deshalb verschwinde ich auch gleich wieder. Bis dann.«

Wen nehme ich mir zuerst vor, Wedels Frau oder seine Schwägerin?, fragte er sich auf dem Weg nach unten. Er entschied sich für Wedels Frau. Diesmal würde sie ihm Rede und Antwort stehen müssen. Keine Ausflüchte mehr, kein Schönreden, nur klare Antworten auf ebenso klare Fragen. Die Zeit der Rücksichtnahme war endgültig vorbei.

Freitag, 9.40 Uhr

Nach einer kühlen und sternenklaren Nacht herrschte wieder strahlender Sonnenschein, und konnte man dem Wetterbericht glauben, so würde die Temperatur heute auf über zwanzig Grad steigen. Wir haben Ende September und noch immer ein Wetter wie im Sommer, irgendwann geht noch mal alles den Bach runter, dachte er auf der Fahrt zu Katharina Wedel. Er hatte das Seitenfenster heruntergelassen, das Radio spielte leise Musik, und Brandt wunderte sich, dass er so gutgelaunt, fast fröhlich war. Er summte die Melodie des Liedes mit, dessen Titel er nicht kannte, das er jedoch schon oft gehört hatte.

Es dauerte wieder eine ganze Weile, bis Katharina Wedel die Tür öffnete. Ihr Blick war diesmal nicht spöttisch, sondern eisig.

»Ja, bitte?« Sie trug eine schwarze Jeans, eine weiße Bluse und flache schwarze Schuhe, und sie schien auf dem Sprung zu sein. Sie war geschminkt und sah an diesem Morgen äußerst attraktiv aus, auch wenn ihr Blick ihn wie mit Dolchspitzen durchbohrte.

»Ich muss noch einmal mit Ihnen sprechen. Es ist sehr wichtig.«

»Herr Brandt, ich habe einen wichtigen Termin, der nicht warten kann.«

»Das wird er aber müssen, oder wollen Sie lieber aufs Präsidium kommen? Sie haben die Wahl.«

»Mein Gott, hat man denn vor Ihnen überhaupt keine Ruhe?! Kommen Sie rein, aber fassen Sie sich um Himmels willen kurz.«

»Das hängt ganz von Ihnen ab«, sagte er nur und folgte ihr ins Haus. Sie blieb demonstrativ stehen, die Arme vor der Brust verschränkt. »Also gut, machen wir's kurz. Wir haben uns doch gestern über Herrn Banser unterhalten. Er hat Selbstmord begangen, aber in einem Brief noch einmal ausdrücklich betont, mit dem Mord an Ihrem Mann nichts zu tun zu haben. Ich habe jedoch einige andere Informationen über Ihren Mann erhalten, die für mich sehr interessant sind.«

»Und um was für Informationen handelt es sich dabei?« Sie ging nicht auf Bansers Tod ein, es schien sie nicht zu interessieren.

»Sie haben mir gesagt, dass Ihre Ehe glücklich war. Beschreiben Sie mir doch bitte mal, wie Ihre glückliche Ehe ausgesehen hat.«

»Ich denke, das geht Sie überhaupt nichts an. Nächste Frage.«

»Nein, keine nächste Frage, ich erwarte erst eine Antwort von Ihnen«, sagte Brandt mit unnachgiebiger Stimme. »Wie war Ihre Ehe? Dass Sie eine offene Beziehung geführt haben, weiß ich bereits von Ihnen. Aber ich würde doch gerne etwas genauer wissen, wie offen Ihre Ehe war.«

»Jeder hat dem andern seine Freiheit gelassen. Was wollen Sie noch hören?«

»Wenn ich das recht verstehe, hatte Ihr Mann seine Affären und Sie Ihre. Richtig?«

Katharina Wedel lachte kehlig auf und antwortete: »Das hört sich ja an, als ob wir wild in der Gegend rumgehurt hätten. Mein Mann ist tot, verdammt noch mal, er ist tot! Und da ist es mir egal, was er in der Vergangenheit gemacht hat.«

»Mir aber nicht. Ich habe erfahren, dass Ihr Mann häufig wechselnden Geschlechtsverkehr hatte, vor allem seit Kaufungs Tod. Ich habe die Aussagen von mehreren Damen, die mit Ihrem Mann geschlafen haben. Und er war nicht zimperlich dabei. Wussten Sie, mit wem er alles verkehrte?«

»Nein, wir haben nie darüber gesprochen, das war so ausgemacht. Ich hatte meine Freiheit, er seine. Mit wem er im Bett war, hat mich nie interessiert.«

»Helfen Sie mir, aber irgendwie krieg ich das nicht auf die Reihe. Ich kann das einfach nicht glauben. Sie wollen mir allen Ernstes weismachen, dass Sie eine glückliche, harmonische Ehe geführt haben, obwohl jeder von Ihnen sich mit andern Partnern vergnügt hat? Worin bestand denn dann das Glück und die Harmonie Ihrer Ehe, wenn jeder sein eigenes Leben gelebt hat?«

»Ich muss darauf nicht antworten, oder?«, sagte sie kühl.

»Nein, Sie müssen auf keine meiner Fragen antworten, aber ich halte Sie für klug genug, es doch zu tun. Meine Geduld ist nämlich langsam zu Ende, denn ich bin sicher, dass die Ermordung Ihres Mannes mit seinen unzähligen Affären zu tun hat. Also wollen Sie mir jetzt etwas über Ihre ach so harmonische Ehe berichten oder nicht?«

Katharina Wedel setzte sich langsam hin und schlug die Beine übereinander. Ihr Blick schien ins Leere zu gehen, ihre ganze Haltung war angespannt, fast steif, ihre Mundwinkel zuckten. Es schien, als würde sie überlegen, ob sie Brandts Frage beantworten sollte, bis sie sich schließlich dazu durchrang.

»Also gut, es hat sowieso keinen Sinn. Irgendwann würden Sie es doch herausbekommen.« Sie wandte kurz den Blick ab, Brandt wartete geduldig. »Wir haben vor zehn Jahren geheiratet. Anfangs lief alles prima, wir haben uns blendend verstanden, unsere Tochter, die er sich so sehr gewünscht hatte, wurde geboren, ja, alles lief bestens. Dachte ich zumindest.« Sie stockte, stand auf, holte eine Flasche Cognac und ein Glas aus dem Schrank und schenkte sich ein. Sie trank aus, schenkte nach und setzte sich wieder, behielt das Glas aber in der Hand und schaute in die braune Flüssigkeit. »Wie gesagt, für mich war alles bestens, bis mein Mann vor fünf Jahren ein blutjunges Ding hier anschleppte und mich bat, bei einem flotten Dreier mitzumachen. Sie müssen sich das vorstellen, da kommt er mit einem Mal mit einer bildhübschen Neunzehnjährigen, die zwar nichts im Kopf, dafür aber riesige Titten hatte, und verlangt von mir, dass ich bei diesem perversen Spiel mitmache.« Sie schüttelte den Kopf, als könnte sie noch immer nicht glauben, was damals geschehen war, und fuhr fort: »Bis dahin hatte ich gedacht, die einzige Frau in seinem Leben zu sein, weil ich ihn wirklich geliebt habe und überzeugt war, dass es bei ihm genauso war. Liebe macht eben doch blind. Und wissen Sie was – ich habe damals mitgemacht, doch es war widerlich. Es war aber nicht die Schuld dieses Mädchens, sondern weil ich das Gefühl hatte, dass mir meine Unschuld genommen wurde, und zwar auf eine sehr brutale Weise. Meine schöne heile Welt war mit einem Mal kaputt. Alles, woran ich geglaubt hatte, war dahin. Ich habe mich schmutzig gefühlt, alles in diesem Haus war mit einem Mal schmutzig. Ich erkannte, dass ich einen Mann geheiratet hatte, von dem ich überhaupt nichts wusste. Seine Gedanken schienen nur noch um Sex zu kreisen, alles andere war Nebensache. Das Schlimmste dabei war für mich zu sehen, wie wild er es mit der andern getrieben hat, abwechselnd mit ihr und dann wieder mit mir. Und zum ersten Mal habe ich ihn von einer Seite kennen gelernt, die ich nie an ihm vermutet hätte. Da war keine Zärtlichkeit, nur brutales Ficken. Entschuldigen Sie diesen Ausdruck, doch genau so habe ich es empfunden.« Sie seufzte auf und sah wieder zu Brandt. Ihr Blick hatte nichts Spöttisches oder Abweisendes mehr. »Aber so seltsam das auch klingen mag, ich habe ihn immer noch geliebt und habe ihm schließlich den Vorschlag gemacht, dass ich ihm alle Freiheiten zugestehe, wenn er mich nicht verlässt. Erst hat er Theater gemacht, rumgeschrien und getobt, aber als er sich beruhigt hatte, kam er zu mir, hat mich in den Arm genommen und gesagt, wie sehr er mich liebe und dass er für seinen Trieb nichts könne. Und er versprach mir, ohne dass ich ihn darum gebeten hatte, eine Therapie zu machen.«

Als sie nicht weitersprach, weil Tränen über ihr Gesicht liefen und sie sich schnäuzte und auch das zweite Glas Cognac austrank, sagte Brandt behutsam: »Hat er die Therapie gemacht?«

Sie lachte gequält auf und antwortete: »Ja, er hat eine Therapie gemacht – bei Kaufung. Jetzt können Sie sich selbst ausrechnen, wie diese Therapie ausgesehen hat. Die beiden waren schon seit Jahren befreundet, und Kaufung war sicher ein guter Arzt, aber er war auch ein Weiberheld. Ich glaube, die beiden hatten sich gesucht und gefunden. Und womöglich war Kaufung der Auslöser für das ungehemmte Leben meines Mannes. Ich habe keine Ahnung, mit wie vielen Frauen Klaus in den letzten Jahren geschlafen hat, ich will es auch gar nicht wissen, aber es waren bestimmt mehr, als meine Vorstellung es zulässt. Als sein Vater gestorben ist, hat er die beiden Apotheken verkauft und sich den Erlös mit seinem Bruder geteilt. Jeder von ihnen hat so an die anderthalb Millionen Mark bekommen. Davon hat er sich den Traum von einer eigenen Galerie erfüllt. Dadurch war er natürlich noch weniger zu Hause als schon zuvor, aber ich habe ihn auch nicht kontrolliert, weil ich nicht sehen wollte, was er so treibt. Ich weiß nur, dass er sich zwei Angestellte geholt hat, die alles andere als graue Mäuse sind. Ich war in den drei

Jahren genau zweimal in der Galerie, das erste Mal zur Eröffnung, nach dem zweiten Mal habe ich sie nicht mehr betreten, weil ich genau wusste, dass er auch mit diesen beiden schon im Bett war.« Sie machte eine Pause, putzte sich ein weiteres Mal die Nase. Alle Distanziertheit und gespielte Arroganz waren verflogen. »Sie haben mich gestern gefragt, ob ich die Galerie verkaufen werde. Nein, warum sollte ich? Solange ich kein Geld investieren muss, um den Betrieb aufrechtzuerhalten, können die Damen das Geschäft weiterführen, vorausgesetzt, sie sind kaufmännisch dazu in der Lage. Man hat Ihnen bestimmt gesagt, ich würde mich für die Galerie nicht interessieren, oder habe ich das sogar selbst gesagt, ich weiß es nicht mehr … Na ja, ist auch egal, aber ich interessiere mich schon für Kunst, doch nicht für das, was mein Mann gemacht hat.«

»Verzeihen Sie die Frage, aber hatten Sie und Ihr Mann noch eine intime Beziehung?«

»Ab und zu kam er und hat mit mir geschlafen, aber das wurde immer seltener. Ich habe jedenfalls von mir aus keine Anstalten mehr gemacht, mit ihm … Er hat mich angeekelt, aber ich habe es über mich ergehen lassen. Wenn er zu mir kam, fühlte ich mich hinterher jedes Mal schmutzig und habe zwei oder drei Stunden gebadet. Ich war froh, wenn er sich woanders austobte.«

»Wie haben Sie das kompensiert? Ich meine, Sie sind eine attraktive Frau und …«

»Danke für das Kompliment, aber irgendwann findet man sich mit den Gegebenheiten ab. Ich werde einundvierzig und finde mich nicht hässlich, doch mir ist die Lust auf Männer vergangen. Ich lebe lieber enthaltsam, als noch einmal enttäuscht zu werden. Ich hatte einmal eine kurze Affäre mit einem andern Mann, aber es hat mir keinen Spaß gemacht. Er wollte auch nur Sex, was offenbar das Einzige ist, das Männern durch den Kopf geht. Dass wir Frauen auch andere Bedürfnisse haben, scheint den Männern egal zu sein.«

»Glauben Sie nicht, dass das ein Pauschalurteil ist?«, widersprach Brandt lächelnd.

»Vielleicht, aber ich habe leider bisher keine anderen kennen gelernt. Das ist nicht gegen Sie persönlich gerichtet, doch wie heißt es so schön – Männer sind vom Mars, Frauen von der Venus. Männer jagen, und wenn sie ihre Beute erlegt haben, ist für sie der Reiz verloren. Na ja, ich habe mich stattdessen in meine Arbeit vergraben, ich habe ein Buch nach dem andern geschrieben und Essays und Kolumnen für Zeitungen und Magazine verfasst. Sie glauben gar nicht, wie sehr das ablenkt. Und doch fühlt man sich innerlich hohl und leer wie ein Vakuum, in dem man keine Luft bekommt, weil es dort keine gibt. Das Leben fließt und fließt, und irgendwann fragt man sich, ob das alles gewesen sein soll. Wie es jetzt weitergeht, steht in den Sternen. Ich weiß nicht einmal, ob ich überhaupt hier bleibe oder mit Melanie wegziehe. Ich kann ja arbeiten, wo ich will.«

»Haben Sie Ihren Mann gehasst?«

»Ich habe ihn geliebt und gehasst. Liebe und Hass liegen so dicht beieinander, viel, viel dichter, als die meisten für möglich halten. Ich habe ihn geliebt, gehasst, verachtet, verabscheut – aber auch bewundert.«

»Haben Sie nicht manchmal daran gedacht, ihn umzubringen?«

Katharina Wedel lächelte verzeihend, Brandt spürte keine Ablehnung und auch keinen Spott mehr ihrerseits, im Gegenteil, ihm schien, als wäre sie erleichtert, sich endlich einmal alles von der Seele reden zu können. »Ich weiß genau, worauf Sie hinauswollen, aber hätte ich das gewollt, mein

Gott, dann hätte ich nicht so viele Jahre gewartet. Und ich hätte bestimmt auch keinen Unschuldigen ins Gefängnis gehen lassen.«

»Wenn Ihr Mann so viel Geld hatte, warum hat er dann Banser betrogen? Es wäre doch ein Klacks für ihn gewesen, ihm die volle Summe zu bezahlen.«

»Ich habe Ihnen doch schon gesagt, mein Mann war ein Spieler, genau wie Kaufung. Nur, dass Kaufung, soweit mir bekannt ist, andere nicht ausgenutzt hat, er hat sein Geld in den Kasinos verzockt. Mein Mann hingegen hat andere manchmal sehr schlecht behandelt. Wenn es aber um seinen Vorteil ging, trat er sehr überzeugend und charmant auf und wickelte jeden oder fast jeden um den Finger, ganz gleich ob Mann oder Frau.«

»Aber Banser muss ihm doch gehörig auf die Nerven gegangen sein …«

»Sie verstehen noch immer nicht, wie das bei ihm funktionierte. Er hat mit den Menschen gespielt. Und Banser war für ihn offensichtlich ein geradezu willkommenes Spielzeug, weil er sich nicht wehren konnte. Bei Stärkeren hätte er so etwas nie gemacht, aus Angst zu verlieren. Und er wusste immer, wenn er einen Stärkeren vor sich hatte.« Sie lachte auf, als sie nach einer kurzen Pause fortfuhr: »Ich habe einmal mitbekommen, dass Kaufung so ziemlich jedes Tennismatch gewonnen hat. Für meinen Mann war das bitter, andererseits war Kaufung sein bester und vor allem einziger Freund. Und Kaufung war zweifellos der Stärkere von beiden, aber sie haben eine Art Symbiose gebildet, wenn Sie verstehen. Sie waren vom Charakter total unterschiedlich, aber sie hatten eben ein gemeinsames Interesse – Frauen, Frauen, Frauen.«

»Hätten Sie Banser gerne geholfen?«

Sie sah Brandt in die Augen und antwortete: »Auf diese Frage habe ich eigentlich schon die ganze Zeit gewartet. Ja, ich hätte ihm gerne geholfen, aber wie hätte ich das tun sollen? Mit meinem Mann darüber zu sprechen war unmöglich. Ich habe es einmal versucht, aber er hat mich kalt abblitzen lassen und nur gemeint, dass mich das überhaupt nichts angehe und ich mich da raushalten solle. Und das habe ich getan.«

»Hatten Sie Angst?«

»Vor meinem Mann? Auf eine gewisse Weise ja, vor allem in den letzten Monaten. Manchmal blieb er einfach über Nacht weg, wobei ich mir lebhaft ausmalen konnte, wo er sich rumtrieb, und wenn ich ihn vorsichtig gefragt habe, wo er war, hat er mich angeschrien und gesagt, ich solle mich gefälligst um meinen eigenen Mist kümmern. Im Prinzip war es mir auch egal, es war sowieso alles erloschen. Verstehen Sie jetzt, warum ich keine Trauer trage? Die Einzige, die sicher leiden wird, ist Melanie. Aber auch sie wird darüber hinwegkommen, denn ihr Vater hat sich in letzter Zeit kaum noch um sie gekümmert.«

»Haben Sie es ihr noch gar nicht gesagt?«

»Offen gestanden nein, ich hatte noch nicht den Mut dazu. Vorgestern waren Jochen und Christine hier, um mir ihr Beileid auszudrücken. Zum Glück war Melanie bei einer Freundin. Ich weiß, ich bin ein Feigling.«

»Sprechen Sie bald mit ihr, bitte. Ich habe selbst zwei Töchter, die zwar etwas älter sind, aber sie würden es als großen Vertrauensbruch empfinden, wenn ich ihnen etwas derart Wichtiges verheimlichen würde.«

»Sie haben Kinder? Das hätte ich nicht erwartet. Wie alt sind sie?«

»Zwölf und vierzehn. Ein schwieriges Alter, vor allem,

wenn man Vater und Mutter in einer Person ist. Meine Frau hat sich von mir getrennt.«

»Dann stimmt also das Klischee, dass die meisten Polizistenehen zum Scheitern verurteilt sind.«

»Nur zum Teil. Unsere Scheidung hatte nichts mit meinem Beruf zu tun. Aber um noch mal auf Ihre Ehe zurückzukommen, weiß irgendjemand außer mir von Ihren Eheproblemen?«

»Ich habe das schon lange nicht mehr als Problem gesehen, ich habe es einfach akzeptiert. Und nein, ich habe bis jetzt mit keinem direkt darüber gesprochen.«

»Auch nicht mit Ihrem Schwager oder Ihrer Schwägerin?«

»Christine gegenüber habe ich mal Andeutungen gemacht, mehr aber auch nicht. Vielleicht weiß sie's, und wenn, ist es mir auch egal. Ich muss dazu gestehen, dass ich mit ihr nicht sonderlich gut klarkomme. Das liegt aber nicht an ihr, die Chemie zwischen uns stimmt einfach nicht. Mit Jochen komme ich viel besser aus, auch wenn wir uns manchmal im Zynismus übertreffen. Ich könnte nie mit ihm zusammenleben, wir würden uns vermutlich zerfleischen, trotzdem ist er ein liebenswürdiger Typ. Er ist ganz anders als Klaus, und ich habe ihn und Christine oft um ihre Ehe beneidet. Die zwei verstehen sich echt blendend.« Sie stockte, lachte kurz auf und sagte: »Wissen Sie, wie ich mir im Moment vorkomme? Wie eine Patientin, die sich bei ihrem Therapeuten ausheult. Ich habe das noch nie gemacht, ich habe immer alles in mich hineingefressen. Die einzige Freude, die ich in den vergangenen Jahren hatte, waren Melanie und wenn ich mich in meine Phantasiewelt des Schreibens zurückziehen konnte. Ich bin nur selten unter Menschen gekommen, außer wenn ich einkaufen war, aber da lernt man in der Regel auch niemanden kennen. Oder wenn ich Lesungen hatte. Ansonsten fühle ich mich einsam und allein.«

»Wo wollten Sie denn eben hin?«

»Zu einem Beerdigungsinstitut, um einen Sarg auszusuchen. Irgendwer muss sich ja um das alles kümmern. Ich bin froh, wenn es vorbei ist, ich hasse nämlich Beerdigungen, auch wenn ich Friedhöfe liebe. Womit ich wieder bei Liebe und Hass wäre. Wann glauben Sie denn wird die Beerdigung sein können?«

Brandt zuckte mit den Schultern. »Ich kann es nicht genau sagen, aber ich nehme an, die Leiche wird bald freigegeben werden.« Er schaute auf die Uhr, fast anderthalb Stunden war er jetzt schon bei Katharina Wedel, aber er hatte mehr über ihren Mann erfahren als von allen andern zuvor, die mit ihm zu tun hatten. Und er hatte zum ersten Mal Katharina von ihrer wahren, verletzlichen Seite kennen gelernt. Das Verhalten, das sie bei den vorherigen Begegnungen ihm gegenüber an den Tag gelegt hatte, war nichts als ein Schutzwall gegen Eindringlinge in ihre Privatsphäre gewesen, wo sie ihre intimsten und persönlichsten Gedanken und Gefühle hortete, wo sie niemandem Zutritt gewährte, wo sie sicher war. Ein Schutzwall aus Härte, Spott, Zynismus und kühler Distanziertheit. Ein Schutzwall, erbaut nach Enttäuschungen und bitteren Erfahrungen und Demütigungen. Aber jetzt hatte sie die einzige Tür geöffnet, die in dieses tiefste Innere führte.

Brandt war froh, allein mit ihr gesprochen zu haben, denn er war sicher, dass er, wäre Eberl oder irgendjemand anders, Andrea eingeschlossen, dabei gewesen, niemals all diese aufschlussreichen Informationen erhalten hätte. Hatte er Katharina Wedel noch am Mittwoch als kalte Hundeschnauze bezeichnet, so revidierte er nun seine Meinung über sie.

Er stand auf, reichte ihr die Hand und sagte: »Ich danke Ihnen für dieses offene Gespräch, Sie haben mir sehr geholfen.«

»Inwiefern? Ich habe Ihnen doch nur etwas vorgejammert.«

»Sie haben mir sehr viel über Ihren Mann erzählt. Es könnte sein, dass ich trotzdem noch die eine oder andere Frage habe.«

»Sie wissen ja, wo ich wohne«, sagte sie lächelnd, ein Lächeln, das er so bei ihr noch nicht gesehen hatte. Freundlich und offen. »Glauben Sie, dass Sie den Mörder finden?«

»Ich werde mein Bestes tun. Wissen Sie zufällig, ob Ihr Schwager und Ihre Schwägerin jetzt zu Hause sind?«

»Jochen hat gesagt, dass er gestern und heute fliegen muss. Er wird wohl irgendwann heute oder morgen wiederkommen. Aber Christine müsste eigentlich zu Hause sein. Soll ich mal anrufen und fragen?«

»Nein, bitte nicht. Ich komme gerne unangemeldet.«

»Stimmt ja, das habe ich ganz vergessen. Ich wünsche Ihnen viel Erfolg. Und heute Nachmittag spreche ich mit Melanie. Ehrenwort. Wiedersehen.«

»Wiedersehen.«

Freitag, 12.15 Uhr

Brandt rief nicht im Präsidium an, wie er es normalerweise getan hätte, um einen kurzen Bericht über seinen Besuch zu geben und dass er sich auf dem Weg zu Christine Wedel befand, er würde vielleicht heute Nachmittag im Büro vorbeischauen, aber auch nur vielleicht. Da er Hunger verspürte, hielt er an einer Imbissbude und bestellte sich eine Dose Cola und eine Currywurst mit Pommes frites. Danach fuhr er weiter nach Heusenstamm. Er hatte gerade die Ortseinfahrt passiert, als sein Handy diese dämliche Melodie spielte. Er schaute auf das Display, Andrea.

»Hallo, meine Liebe«, meldete er sich. »Schön, dass du anrufst, ich …«

»Kannst du herkommen?«

»Hast du solche Sehnsucht nach mir?«

»Kannst du oder kannst du nicht?«

»Ich wollte eigentlich zu Wedels Schwägerin, ich bin schon fast vor ihrer Haustür. Um was geht's denn?«

»Nicht am Telefon, ich muss das hier mit dir besprechen. Das ist auch der Grund, weshalb ich heute so früh in die Rechtsmedizin gefahren bin. Ich hab was sehr Interessantes für dich.«

»Okay, ich bin in spätestens einer halben Stunde da. Bis gleich.«

Er fuhr bis zur Autobahnauffahrt Obertshausen und dort auf die A3 Richtung Frankfurt. Nach zweiundzwanzig Minuten hielt er vor dem Institut für Rechtsmedizin. Er kannte Andrea gut genug, um zu wissen, dass sie ihn nicht grundlos zu sich bestellt hatte. Sie stand am Eingang des alten Gebäudes, eine Zigarette in der Hand, die sie ausdrückte, sobald er bei ihr war, weil sie nur selten in seiner Gegenwart rauchte, da er sich dieses Laster schon seit langem abgewöhnt hatte. Sie vergewisserte sich, dass keiner sie beobachtete, gab ihm schnell einen Kuss und bat ihn, ihr ins Untergeschoss zu folgen, das er nur betrat, wenn es unbedingt sein musste.

»Du brauchst dir keinen Kittel anzuziehen, wir gehen in mein Büro«, sagte sie und schloss die Tür hinter sich.

»Du machst es ja ganz schön spannend. Was gibt's denn so Aufregendes?«

»Immer mit der Ruhe. Ich hab kaum geschlafen, weil mir seit gestern Abend permanent so ein blöder Gedanke durch den Kopf gespukt ist. Als du mir das von Wedel erzählt hast, dass er seit Kaufungs Tod mit einer Frau nach der andern gepennt hat, ist mir eine ganz perfide Idee gekommen …«

»Wenn ich dich mal unterbrechen darf, aber Wedel hatte sich schon vorher in vielen Betten rumgetrieben, das habe ich eben von seiner Frau erfahren.«

»Ja, aber wenn ich dich recht verstanden habe, ist er in den letzten zwei Monaten extrem heißgelaufen. Er hat es ja sogar geschafft, seine beiden Angestellten zu bumsen, obwohl frühere Affären von deren Seite aus beendet wurden. Und du hast mir vor allem erzählt, dass er auf die harte Tour stand und sich hinterher bei den Damen entschuldigt hat. Erinnerst du dich?«

»Ja und? Worauf willst du hinaus?«

»Das alles kam mir doch sehr spanisch vor, also habe ich dem werten Herrn ein bisschen Rückenmark und Blut abgezapft und nach der neuesten Methode analysiert, auch wenn ich damit zum einen gegen Vorschriften verstoßen und unseren Kostenrahmen für dieses Jahr fast gesprengt habe. Aber das war mir egal, ich wollte wissen, ob ich richtig liege. Heutzutage geht es ganz schnell, bis man das Ergebnis hat, die Amis waren natürlich wieder mal die Schnellsten. Und jetzt halt dich fest – Wedel war HIV-positiv. Und er muss das Virus schon länger in sich getragen haben, denn die Anzahl seiner Antikörper oder auch Helferzellen lag weit unter zweihundert pro Mikroliter Blut. Normal sind fünfhundert bis zwölfhundert. Ein solcher Wert kommt nicht von jetzt auf gleich. Er hatte nur hundertsechzig pro Mikroliter, weitere Erklärungen will ich dir ersparen. Na, was sagst du jetzt?«

Brandt sah Andrea mit ungläubiger Miene an. Für einige

Sekunden herrschte vollkommene Stille, was in dieser Leichengruft nicht ungewöhnlich war, aber diesmal war die Stille noch stiller. Er lehnte sich gegen die Wand und meinte: »Moment, heißt das, er hatte Aids?«

»Falsch, die Krankheit war noch nicht ausgebrochen, er war nur positiv. Alles andere kannst du dir selbst zusammenreimen. Ist das eine Nachricht? Das wirft doch gleich ein ganz anderes Licht auf die Sache, oder etwa nicht?«

»Er hat sich das bei einer seiner vielen Liebschaften eingefangen, na und?«

»Komm, setz dich mal, du scheinst nämlich noch immer nicht ganz zu begreifen, was hier möglicherweise abgelaufen ist.« Brandt folgte ihrer Aufforderung und stützte sich mit einem Arm auf dem Schreibtisch ab. »Wedel und Kaufung waren beste Freunde, und Kaufung war gleichzeitig sein Arzt. Richtig?«

»Richtig. Aber was willst du damit …«

»Sag mal, stehst du heute auf dem Schlauch?« Sie zündete sich eine weitere Zigarette an und setzte sich auf den Tisch. »Mensch, Wedel war doch die ganze Zeit dein heimlicher Hauptverdächtiger im Fall Kaufung, aber du hattest absolut keinen Beweis gegen ihn in der Hand, weil es nicht die geringste Spur gab, die auf ihn hinwies. Das Einzige, was wir hatten, war der Beleg, dass er kurz vor der Tat bei Hugendubel war, wann genau, wissen wir aber nicht. Und jetzt überleg noch mal, wie das damals bei Kaufung war. Sein definitiv letztes Telefonat führte er mit Wedel. So, und jetzt wird's ein wenig kompliziert. Nehmen wir an, Wedel hat bei Kaufung eine Blutuntersuchung machen lassen und Kaufung hat ihm als Freund vielleicht geraten, sich auch mal auf HIV hin testen zu lassen. Wedel hat eingewilligt, ohne damit zu rechnen, dass das fast Unwahrscheinliche eintreten könnte. Dann kam das Ergebnis, das Kaufung möglicherweise an dem Freitag, als er ermordet wurde, auf den Tisch bekommen hat. Er wollte Wedel bestimmt vor, während oder nach dem Tennismatch mitteilen, dass das Ergebnis da sei, aber Wedel sagte das Spiel ab. Also sagt Kaufung Wedel bei diesem letzten Telefonat, dass das Ergebnis der Untersuchung eingetroffen ist, und macht mit ihm einen Termin aus, ohne seinem Freund den wahren Grund zu nennen, denn kein Arzt, selbst wenn ich mit ihm befreundet bin, wird mir am Telefon sagen: ›He, Alter, ich wollte dir nur mitteilen, dass du HIV-positiv bist. Nimm's locker, okay.‹«

Andrea nahm einen langen Zug an ihrer Zigarette und blies den Rauch weg von Brandt.

»Wedel ist aber ungeduldig, also verabreden sich beide für zwanzig Uhr in Kaufungs Praxis. Dort serviert ihm Kaufung schließlich die niederschmetternde Diagnose – HIV-positiv. Ein Todesurteil, zumindest langfristig gesehen. Das ist, als ob dir ein Arzt sagt, du hast Krebs, aber wie lange du noch lebst, das wissen die Götter. Was daraufhin geschehen ist, darüber kann ich nur spekulieren. Mit Sicherheit ist Wedel erst einmal völlig konsterniert gewesen. Und vielleicht hat Kaufung ihm zu verstehen gegeben, dass er ab sofort nur noch mit Kondom und so weiter. Was sich danach abgespielt hat, das wissen wieder nur die Götter. Jedenfalls hat meiner Meinung nach Wedel dann zugestochen. Und anschließend hat er seine Tournee gestartet, indem er so viele Frauen wie möglich infizieren wollte. Und ich kann dir sagen, die Wahrscheinlichkeit, dass eine Frau mit dem Virus infiziert wird, ist ungleich höher als bei einem Mann. Ein winziger Riss in der Schleimhaut kann schon ausreichen, um sich anzustecken. Und ich wette mit dir um ein Jahresgehalt, dass Wedel bei keiner der Frauen ein Kondom benutzt hat. Frag sie.«

Brandt holte tief Luft »Wie bist du darauf gekommen?«

»Vielleicht weibliche Intuition? Außerdem sind wir Rechtsmediziner auch irgendwo verkappte Polizisten. Und ich habe eins und eins zusammengezählt. Ich meine, ich kann auch völlig falsch liegen, aber ich glaube es nicht. Wedel hat ganz gezielt Mord auf Raten begangen, wenn du mich fragst. Aber irgendwer hat das mit seiner Infizierung rausgefunden und ihn kaltgemacht, bevor er noch mehr Unheil anrichten konnte. Ist aber wie gesagt nur eine Theorie von mir. Sie zu beweisen ist deine Sache.«

»Das ist ein Hammer. Ich hätte mit allem gerechnet, aber nicht mit so was. Damit macht auf einmal vieles Sinn, und auch die Frage nach dem Motiv wäre damit geklärt. Jetzt frag ich mich natürlich, wer von seiner Infizierung Wind bekommen hat. Die Heuser, die Johannsen und die Müller schließe ich aus, ich hätte gemerkt, wenn eine von ihnen mich angelogen hätte. Seine Frau auch, mit der habe ich vorhin ein richtig gutes Gespräch geführt. Und viel mehr kenne ich nicht, und die, die ich nach Kaufungs Tod befragt habe, haben alle ein wasserdichtes Alibi. Und vor allem glaube ich kaum, dass darunter welche sind, die in den letzten zwei Monaten was mit Wedel hatten.«

»Du wirst denjenigen oder diejenige finden, das weiß ich. Ich glaube, Banser kannte den Mörder, der wusste doch alles über Wedel und hat ihn ständig beobachtet. Auch wenn er dauernd betrunken war, er war nicht so zu, dass er die wichtigen Dinge nicht mitbekommen hätte. Lies den Brief noch mal, vielleicht findest du einen Hinweis.«

»Also hatte ich doch Recht, Wedel hat Kaufung auf dem Gewissen …«

»Was zu beweisen wäre.«

»Ja, ja, schon gut, ich werde es beweisen.«

»Was wirst du tun, wenn du Wedels Mörder findest?«

»Diese Frage ist nicht dein Ernst, oder? Mord bleibt Mord, ganz gleich, aus welchen Gründen er begangen wurde.«

»Also wenn ich mir vorstelle, mir würde einer bewusst eine solche Krankheit anhängen, ich weiß nicht, was ich tun würde. Du weißt, was ich meine.«

»Sicher, aber ich kann das Gesetz nicht beugen und einen Mörder weiter frei rumlaufen lassen. Außerdem haben sich alle Frauen freiwillig mit Wedel eingelassen. Sie alle oder zumindest die meisten wussten, dass er in vielen Betten zu Hause war. Sie hätten sich ihm entweder verweigern oder wenigstens verlangen können, dass er ein Kondom benutzt. Wenn sie's nicht getan haben, dann ist es ihre eigene Schuld. Dazu kommt, dass wir noch nicht einmal wissen, ob er ohne Kondom mit den Damen verkehrt hat.«

»Soll ich dir sagen, dass die Angst, sich mit dem Virus anzustecken, in den letzten Jahren fast völlig aus dem Bewusstsein der meisten verschwunden ist? Es ist leider eine traurige, aber wahre Tatsache. Die ganzen Aufklärungskampagnen haben nur kurzfristig Wirkung gezeigt, das belegen die Statistiken. Aids ist wieder auf dem Vormarsch, und die Dunkelziffer der Infizierten lässt sich nicht mal erahnen, weil viel zu viele Männer und Frauen denken, mich wird's schon nicht treffen. Die Syphilis ist übrigens auch wieder kräftig auf dem Vormarsch. Die Leute werden einfach nicht schlau.«

»Alles schön und gut, aber das hilft mir im Augenblick nicht weiter. Ich will diesen verflixten Fall lösen und möglichst bald die Akten zuschlagen. Trotzdem, ich weiß gar nicht, wie ich dir danken kann. Ohne deine Hilfe wäre ich nie auf diese geradezu absurde Idee gekommen. Ich war irgendwie auf ein Eifersuchtsdrama fixiert, aber dass dieser Dreckskerl Aids hatte und ...«

»Hatte er nicht. Er war positiv, das ist ein gewaltiger Unterschied. Manche leben zehn Jahre oder sogar länger mit dem Virus, bis die Krankheit ausbricht. Doch wenn sie einmal ausgebrochen ist, dann geht's auch allmählich dem Ende zu. Und wie du mir danken kannst«, sie sah Brandt lange an, »ich hätte da schon eine Idee. Aber die verrat ich dir erst, wenn ich wirklich Recht hatte mit meiner Vermutung. So, Liebster, ich muss mich wieder meiner normalen Arbeit widmen. Wir haben eine Frau reingekriegt, die von ihrem Sohn tot im Bett gefunden wurde. Sechsunddreißig Jahre alt, Todesursache ungeklärt. Der Junge ist gerade mal zehn. Das ist traurig, denn er hat allein mit seiner Mutter gelebt.«

»Das Leben ist eben manchmal zum Kotzen«, sagte er lakonisch.

»Zyniker. Fährst du jetzt zu Wedels Schwägerin?«

»Was soll ich sonst machen? Ich muss mit allen reden, die Wedel näher kannten.«

»Und du musst allen Frauen sagen, was mit Wedel war. Das wird hart, das kann ich dir versprechen.«

»Würdest du mir einen Gefallen tun? Nur noch einen.«

»Und was für einen?«, fragte sie mit diesem spitzbübischen Lächeln, bei dem sich Grübchen um die Mundwinkel bildeten, als würde sie die Frage bereits kennen, die Brandt gleich stellen würde.

»Na ja, du bist Ärztin und eine Frau und …«

»Ja, ja, du großer Held«, sagte sie lachend, »du brauchst gar nicht weiterzureden. Wann wollen wir das machen?«

»Morgen?«, fragte Brandt gequält lächelnd.

»Morgen? Wie lange brauchst du denn bei Wedels Schwägerin?«

»Ich schätze mal, dass ich spätestens um halb drei wieder in Offenbach bin.«

»Und ich bin hier so gegen halb vier fertig. Wir können uns um vier bei dir treffen und dann die ersten Besuche abstatten. Mein Wochenende möchte ich nur ungern opfern, höchstens morgen Vormittag noch. Ich will morgen ausschlafen, die letzte Nacht war verdammt kurz. Ich bin schon um fünf aufgestanden und war um halb sechs hier.«

»Okay.« Er legte seinen Mund an ihr Ohr und flüsterte: »Du bist einfach die Größte und die Beste. Bis nachher.«

Freitag, 13.05 Uhr

Brandt musste auf der Fahrt nach Heusenstamm fortwährend an das denken, was Andrea herausgefunden hatte. Sie hatte die Puzzleteilchen zu einem großen Teil zusammengefügt, sodass das Bild bereits zu erkennen war. Was fehlte, war die Person, die am Dienstag zwischen einundzwanzig Uhr dreißig und vierundzwanzig Uhr in der Galerie war, um Wedel zu erschießen. Es musste ein zutiefst verzweifelter und gedemütigter Mensch sein, einer, dem Wedel mehr als nur körperlichen Schaden zugefügt hatte. Wenn es stimmte, dass Wedel bewusst viele Frauen mit dem tödlichen Virus zu infizieren versucht hatte, dann war dieser Mord in Brandts Augen, auch wenn er das nicht einmal denken durfte, verständlich und für ihn sogar entschuldbar. Und nach dem, was er von Katharina Wedel über ihren Mann erfahren hatte, konnte er sich gut vorstellen, dass Wedel in seiner Wut und vielleicht auch seinem Hass diese Taten begangen hatte. Brandt hoffte nur, dass die Frauen, mit denen er in den letzten Tagen gesprochen hatte, geschützten Geschlechtsverkehr praktizierten, aber so recht glauben wollte er es nicht. Er dachte mit Grausen an die Gespräche mit Sandra Heuser, Doreen Müller, Petra Johannsen und Katharina Wedel, bei denen ihm zum Glück Andrea helfend zur Seite stehen würde. Wie würden sie reagieren, wenn sie erfuhren, was ihnen unter Umständen angetan worden war? Er wusste es nicht, aber er ahnte es.

Christine Wedel kam an die Tür. Ihre Augen blitzten kurz auf, als sie Brandt erblickte. Nachdem sie ihn begrüßt hatte, sagte sie: »Sie kommen bestimmt noch einmal wegen meines Schwagers. Mein Mann ist aber nicht da.«

»Das macht nichts, ich habe nur ein paar Fragen, die Sie mir bestimmt auch beantworten können. Darf ich reinkommen?«

»Natürlich.«

Er ging an ihr vorbei. Sie duftete nach einem herben und doch sinnlichen Parfüm, das aber nicht aufdringlich wirkte. Sie trug eine Jeans und ein weißes Sweatshirt und war barfuß. Im Gegensatz zum Mittwoch war sie heute nicht blass, und die Augen waren nicht klein und müde und von Kopfschmerzen gezeichnet. Sie führte ihn in das modern und nüchtern-elegant eingerichtete Wohnzimmer. Alles bestand aus hellen Farben, die jetzt durch die einfallende Sonne noch heller schienen, etwas, das Brandt vorgestern gar nicht wahrgenommen hatte. Es war eine trotz der Nüchternheit einladende Umgebung, wie eine Insel, auf der man kaum einmal einen Menschen traf, wo man allein war mit sich und der Welt. Die Bilder an der Wand, gemalt von Christine Wedel, verliehen dem allen einen besonderen Reiz, Bilder, die Freude und Melancholie ausdrückten, allesamt in sanften Pastelltönen. So sanft wie die junge Frau, die ihm gegenüberstand und ihn aus ihren rehbraunen Augen ansah.

Christine Wedel nahm in dem weißen Ledersessel Platz, während Brandt sich auf die breite und tiefe Couch setzte. Auf dem Glastisch, dessen Platte auf einem unbehauenen Granitblock lag, standen ein leeres Glas und ein Aschenbecher, in dem sich zwei Kippen befanden. Daneben eine Schachtel Zigaretten und ein silbernes Feuerzeug. Sie hatte die Beine eng geschlossen und die Hände gefaltet und sah Brandt aus ihren großen braunen Augen an.

»Auch wenn Sie mich vielleicht für aufdringlich halten, aber ich muss Ihnen leider noch ein paar Fragen zu Ihrem Schwager stellen. Zum Beispiel, wann Sie ihn zuletzt gesehen haben.«

»Das haben mein Mann und ich Ihnen doch schon am Mittwoch gesagt. Vor ein paar Wochen. Das genaue Datum weiß ich nicht mehr.«

Brandt beobachtete jede Reaktion der jungen Frau, die schon bei dieser ersten Frage einen nervösen Eindruck machte, auch wenn sie versuchte, sich das nicht anmerken zu lassen. Aber die gefalteten Hände, die sich ineinander verkrampften und die Knöchel weiß hervortreten ließen, verrieten diese innere Anspannung.

»Mich würde auch interessieren, wie Sie zu Ihrem Schwager standen? Mochten Sie ihn?«

»Was soll ich darauf antworten? Er war mein Schwager. Ich weiß nicht, warum Sie mich das fragen.«

»Sie haben Ihre Bilder bei ihm ausgestellt. Das allein zeigt doch schon, dass er großes Vertrauen in Ihre Fähigkeiten als Malerin hatte und Sie wahrscheinlich auch gemocht hat.«

»Ich hatte jedenfalls nicht die Probleme mit ihm wie mein Mann. Klaus war kein einfacher Mensch, aber ich kam ganz gut mit ihm zurecht.« Mit einem Mal wirkte sie selbstsicher, was Brandt irritierte. Ihre Stimme klang fest und bestimmt, sie lehnte sich zurück, die Arme locker auf die Oberschenkel gelegt.

»Inwiefern war er kein einfacher Mensch?«

Christine Wedel lächelte bei der Antwort. »Er war eigensinnig, scharfsinnig und durchsetzungsfähig. Das haben ihm viele übel genommen.«

»Aber Sie sind damit klargekommen, wenn ich Sie richtig verstehe.«

»Ja, man musste ihn nur zu nehmen wissen.«

»Wie haben Sie das geschafft? Er war sehr unbeliebt bei den meisten, mit denen ich bisher gesprochen habe.«

»So?«, sagte sie mit undefinierbarem Lächeln. »Das ist mir unbekannt.«

»Frau Wedel, selbst Ihr Mann hat sich nicht gerade sehr positiv über seinen Bruder geäußert. Sie waren dabei.«

»Die Beziehung zwischen meinem Mann und Klaus hatte sich aber in den letzten Jahren gebessert. Als ich Jochen kennen gelernt habe, da sind sich die beiden, so weit es möglich war, aus dem Weg gegangen. Das hat sich aber nach dem Tod ihres Vaters geändert. Sie haben die Apotheken verkauft und sich den Gewinn geteilt.«

»Trotzdem noch einmal die Frage: Mochten Sie Ihren Schwager?«

»Mögen ist vielleicht zu viel gesagt, aber ich bin mit ihm klargekommen.«

»Und mit Ihrer Schwägerin auch?«

»Ja.«

»Wann haben Sie denn bei ihm ausgestellt?«

»Kurz nachdem er die Galerie eröffnet hat. Entschuldigen Sie, aber ich habe gar nicht gefragt, ob Sie etwas trinken möchten. Einen Orangensaft oder ein Wasser?«

»Zu einem Orangensaft sage ich nicht nein.«

Christine Wedel ging in die Küche, aber es dauerte fast fünf Minuten, bis sie mit einem Glas und einer Flasche zurückkam. Sie schenkte erst Brandt und dann sich ein, wobei ihre Hand kaum merklich zitterte. Sie wirkte auf einmal wieder unruhig, als würde sie am liebsten aus dem Haus rennen.

Brandt stand auf und betrachtete die Bilder an der Wand. »Ihre Bilder gefallen mir sehr. Sie haben so etwas Beruhigendes. Darf ich fragen, wie viel ein Werk von Ihnen kostet?«

»Ach wissen Sie, ich male mehr zu meinem Vergnügen und nicht, um Geld damit zu verdienen.«

»Aber Sie haben doch bestimmt schon welche verkauft.«

»Ja, schon«, erwiderte sie verschämt lächelnd, »aber …«

»Das hier zum Beispiel«, sagte er und deutete auf ein Gemälde, das zwei ältere Frauen von hinten in einem Liegestuhl zeigte, an einem Strand, mit dem Meer im Hintergrund. »Erinnert mich irgendwie an Edward Hopper, nur nicht so hoffnungslos oder illusionslos. Es hat etwas Beruhigendes. Mir gefällt auch das Farbenspiel. Was würden Sie für so ein Bild verlangen?«

»Klaus hat meine Bilder für zwei- bis fünftausend Euro verkauft, aber ich selbst würde niemals so viel dafür nehmen. Es ist ein Hobby, mehr nicht.«

»Ich würde gerne eins kaufen, aber zweitausend sind mir doch zu viel. Ich bin nur ein Polizist.«

»Diese Bilder hier sind sowieso nicht verkäuflich, mein Mann hängt sehr daran. Aber ich habe in meinem Atelier noch einige stehen, die Ihnen vielleicht auch gefallen.«

»Die schaue ich mir gerne ein andermal an. Was machen Sie außer Malen?«

»Das Haus und der Garten beanspruchen viel Zeit. Ich lese außerdem gern und sehe leider auch viel zu viel fern.«

»Also wenn ich mir vorstelle, jeden Tag allein in diesem großen Haus zu sein, mir würde gelinde gesagt die Decke auf den Kopf fallen. Haben Sie keine Freunde oder Bekannten?«

»Mein Mann und ich gehen oft weg, das reicht mir«, antwortete sie ausweichend.

»Na ja, wenn Sie erst einmal ein Kind haben, sind Sie beschäftigt genug. Sie wünschen sich doch Kinder, wenn ich Ihren Mann richtig verstanden habe? Ich bin sicher, Kinder würden sich in diesem Haus wohl fühlen. Und Sie wären bestimmt eine gute Mutter.« Brandt nahm einen Schluck von seinem Orangensaft, den Blick scheinbar zum Fenster hin gerichtet, doch aus dem Augenwinkel registrierte er die Reaktion von Christine Wedel auf seine letzte Bemerkung.

»Ich weiß nicht, ob ich eine gute Mutter wäre. Ich glaube es eher nicht.« Sie ging zum Fenster und schaute hinaus in den Garten, die Hände in den Taschen ihrer Jeans vergraben. »Der Kinderwunsch ist schon da, aber ich weiß nicht, ob ich einem Kind diese Welt noch zumuten soll. Sie ist schlecht und verkommen, überall Gewalt und Elend, und es wird immer schlimmer. Ich habe keine Hoffnung, dass sich das je ändern wird, im Gegenteil, es ist eine Spirale ohne Ende. Jetzt ein Kind in diese Welt zu setzen halte ich für unverantwortlich.«

»Aber Ihr Mann wünscht sich ein Kind von Ihnen, das hat er jedenfalls gesagt.«

»Wir alle wünschen uns irgendetwas, doch manchmal muss es einfach beim Wunsch und beim Träumen bleiben. Was wäre unser Leben ohne Wünsche und Träume?«

»Ich denke aber, dass Sie eine gute Mutter abgeben würden. Warum haben Sie eigentlich noch keine Kinder? Sie sind noch jung, aber die Zeit bleibt nicht stehen, und in ein paar Jahren kann es schon zu spät sein.«

»Es hat bisher nicht geklappt. Außerdem bin ich schon vierunddreißig, auch wenn ich in der Regel jünger geschätzt werde. Aber darf ich erfahren, warum Sie mir diese intimen Fragen stellen? Was hat das mit Klaus zu tun?« Sie drehte sich wieder um, griff zu der Schachtel Zigaretten, holte eine heraus und zündete sie mit dem silbernen Feuerzeug an. Ihre Bewegungen waren fahrig, ihr Blick ging an Brandt vorbei an die Wand.

»Ja, was hat das mit Klaus zu tun.« Brandt presste die Lippen aufeinander, bevor er sagte: »Frau Wedel, ich habe bei meinen Nachforschungen herausgefunden, dass Ihr Schwager zahlreiche Verhältnisse hatte. Ich will auch nicht lange um den heißen Brei herumreden und Sie fragen, ob auch Sie etwas mit ihm hatten.«

Christine Wedels Nasenflügel bebten, sie inhalierte mehrmals kurz hintereinander, drückte die Zigarette aus und trank einen Schluck aus ihrem Glas.

»Wie kommen Sie auf diesen Unsinn?«, sagte sie leise.

»Sie sind eine sehr hübsche und attraktive Frau. Und dazu noch sehr intelligent.«

»Da draußen laufen Millionen attraktiver und intelligenter Frauen herum«, entgegnete sie mit bebender Stimme. Brandt wusste, er hatte ins Schwarze getroffen, er wollte nur noch die Bestätigung aus ihrem Mund hören.

»Ich weiß, aber da draußen laufen nur wenige Klaus Wedels herum, die fast jede Frau um den Finger wickeln können. Wie lange ging das Verhältnis zwischen Ihnen?«

»Woher wissen Sie davon?«, fragte sie mit tonloser Stimme.

»Ich wusste es bis eben gar nicht, es war nur ein Schuss ins Blaue. Ihr Mann ist häufig und manchmal auch sehr lange unterwegs, und dieses Haus erschlägt Sie. Sie langweilen sich, weil das Malen beileibe nicht die Erfüllung bringt, die Sie sich vorstellen. Und dann kommt Ihr Schwager und bietet Ihnen die Abwechslung an, nach der Sie sich so sehr sehnen. Sagen Sie mir, wie lange Sie ein Verhältnis mit ihm hatten.«

»Ein Jahr. Aber wir haben uns höchstens vier- oder fünfmal im Monat getroffen. Und das letzte Mal liegt schon lange zurück.«

Brandt kniff die Augen zusammen und fragte: »Wie lange?«

»Januar. Es war übrigens ein rein sexuelles Verhältnis. Und ich weiß auch, dass er noch andere Geliebte hatte, aber das war mir egal. Ich fühlte mich von ihm geliebt, zumindest körperlich.«

»Wusste Ihr Mann davon?«

»Wo denken Sie hin! Ich habe mich mit Klaus immer nur getroffen, wenn Jochen für mehrere Tage unterwegs war. Klaus war auch nie hier, sodass die Nachbarn nie etwas mitbekommen konnten. Weiß Katharina von mir und Klaus?«, fragte sie ängstlich.

»Sie hat nichts davon erwähnt.«

»Werden Sie es ihr sagen?«

»Ich sehe keinen Grund dafür. Aber ich muss Ihnen etwas sagen – Ihr Schwager war HIV-positiv. War Ihnen das bekannt?«

»Sein Pech. Er hätte eben besser aufpassen sollen, mit wem er ins Bett steigt.«

»Erschreckt Sie das gar nicht? Es könnte doch immerhin sein, dass er Sie angesteckt hat.«

»Er hat immer ein Kondom benutzt, das war meine Bedingung.«

»Trotzdem wäre es vielleicht ratsam, sich einem Test zu unterziehen, nur vorsichtshalber. Man kann ja nie wissen.«

»Warum denn? Man kann doch kein Aids kriegen, wenn man ein Kondom benutzt. Oder ist das inzwischen anders?«

Sie lügt, dachte Brandt, aber wie kann ich sie dazu bringen, mir die Wahrheit zu sagen? Und außerdem verschweigt sie mir etwas. Fragt sich nur, was.

»Zwingen kann ich Sie nicht, aber ich fände es trotzdem besser.«

Sie zündete sich eine neue Zigarette an und meinte schließlich: »Aber um Sie zu beruhigen, ich habe schon einen machen lassen. Er ist negativ.«

»Warum haben Sie das nicht gleich gesagt?«

»Weil ich nicht mit Ihren Fragen gerechnet habe. Ja, ich gebe zu, ich war einsam und habe deshalb die Affäre mit Klaus begonnen. Irgendwann kam ich zu der Erkenntnis, dass es so nicht weitergehen kann, und habe Schluss gemacht. Ich habe gemerkt, dass Sexualität nicht alles im Leben ist, es spielt nur eine untergeordnete Rolle. Klaus hatte ja genügend andere Frauen, mit denen er sich vergnügen konnte.«

»Haben Sie ihn geliebt?«

»Nein. Wenn ich jemanden liebe, dann meinen Mann. Aber manchmal frage ich mich, ob ich überhaupt lieben kann. Ich frage mich, was Liebe überhaupt ist, wo sie herkommt, was sie verursacht, ob sie einem nützt oder schadet. Ich glaube, das Wort Liebe ist undefinierbar und rational nicht zu erklären. Ich fühle mich zu meinem Mann hingezogen, ich bin gerne in seiner Nähe, ich wäre am liebsten Tag und Nacht mit ihm zusammen, aber das lässt sein Beruf nicht zu. Das war auch der Grund für die Affäre mit Klaus. Zum Glück habe ich sie beendet, wer weiß, was sonst daraus entstanden wäre. Ich hätte alles zerstören können, was mir etwas bedeutet.«

»Sie sagen, Sie haben Ihren Schwager nicht geliebt. Haben Sie ihn gehasst?«

»Wofür denn?«, fragte sie, ohne Brandt anzuschauen. »Er hat mir doch nichts getan, es war meine eigene Entscheidung, eine Affäre mit ihm zu haben. Ich hätte genauso gut nein sagen können. Und wenn Sie meinen, mich mit dieser Frage in eine Ecke drängen zu können, vergessen Sie's. Ich habe ihn nicht umgebracht.«

»Das habe ich auch nicht behauptet. Bereuen Sie die Affäre mit ihm?«

»Bereuen hat immer etwas mit Schuldgefühlen zu tun. Ich würde es bereuen, wenn Katharina oder Jochen oder auch noch andere es erfahren hätten. Aber so? Nein, ich bereue nichts von dem, was ich getan habe. Irgendjemand hat einmal gesagt, nichts bereuen ist aller Weisheit Anfang.«

Brandt musste unwillkürlich lächeln bei dem letzten Satz, der etwas seltsam aus dem Mund einer gerade einmal Vierunddreißigjährigen klang. »Haben Sie denn eine Ahnung oder Vermutung, wer für den Mord an Ihrem Schwager in Frage kommen könnte?«

Sie schüttelte den Kopf. »Nein, woher auch? Klaus hatte sicherlich eine Menge Feinde, er konnte sehr arrogant und herablassend sein, und er hat vielen Menschen wehgetan ...«

Brandt unterbrach sie, weil er diese Worte in den letzten Stunden und Tagen schon zu oft gehört hatte. »Von allen, mit denen ich bisher gesprochen habe, höre ich immer wieder, dass Ihr Schwager vielen Menschen wehgetan hat. Wie sah denn dieses Wehtun aus?«

»Schwer zu beschreiben. Sagen wir es so, er hatte sich häufig nicht unter Kontrolle und kontrollierte trotzdem alles. Ich weiß, das ist ein Widerspruch in sich selbst, aber es ist nun mal so. Er konnte der liebenswürdigste und charmanteste Mann sein, aber schon im nächsten Augenblick das genaue Gegenteil, brutal, herrschsüchtig und unausstehlich. Das war auch mit ein Grund, weshalb ich Schluss gemacht habe. Er hat sein wahres Gesicht erst gezeigt, wenn er die Kontrolle über einen andern hatte. So war es auch bei mir. Allerdings habe ich mich daraus gelöst.«

»Ich will jetzt nicht indiskret erscheinen, aber zeigte er diese Brutalität zeitweise auch, wenn Sie intim miteinander waren?«

»Ja, auch dann. Fragen Sie mich aber nicht, warum das so war.«

»Wie hat er denn reagiert, als Sie mit ihm Schluss gemacht haben? Wurde er da nicht ziemlich sauer?«

»Welcher Mann steht schon gerne als Verlierer da?«, antwortete sie lapidar.

Brandt erhob sich, nicht ohne vorher seinen Orangensaft ausgetrunken zu haben, und sagte: »Meine Karte haben Sie ja sicherlich noch, oder?«

»Ich weiß nicht, wo mein Mann sie hingelegt hat.«

»Hier, die ist für Sie. Wenn Ihnen noch irgendetwas einfällt, was mir weiterhelfen könnte, den Mörder Ihres Schwagers zu finden, ich bin rund um die Uhr erreichbar. Danke für das Gespräch, ich muss wieder los.«

»Keine Ursache.«

»Ach ja, hätt ich beinahe vergessen – wann kommt Ihr Mann wieder, ich müsste mich auch mit ihm noch einmal unterhalten?«

»Morgen Mittag. Die genaue Uhrzeit kann ich Ihnen allerdings nicht sagen, es kann zwölf, aber auch zwei werden. Er ist in Chicago, und diese Flüge kommen manchmal früher, manchmal auch später, aber nur selten pünktlich. Das hat mit den Windverhältnissen zu tun. Sie verraten ihm doch aber nichts von unserem Gespräch, oder?«, fragte sie besorgt.

»Keine Angst, meine Lippen sind versiegelt.«

Er reichte ihr die Hand. Ihre war kalt, obwohl es in dem Zimmer recht warm war. Er hatte ein seltsames Gefühl in der Magengegend, als er das Haus verließ. Christine Wedel hatte sich auffällig verhalten, ohne dass er dieses Auffällig konkret hätte beschreiben können. Was immer es war, irgendetwas stimmte nicht an dem, was sie gesagt hatte. Er schaute auf die Uhr, zehn vor halb drei. Noch genügend Zeit, um an einer Imbissbude zu halten und eine Kleinigkeit zu essen. Er würde nicht mehr ins Präsidium fahren, nicht mehr mit Spitzer und Eberl sprechen, auch wenn er mittlerweile über brisante Informationen verfügte, aber sein Bauchgefühl sagte ihm, dass er kurz vor dem großen Durchbruch stand, das letzte Puzzlesteinchen bald einfügen konnte, jenes Steinchen, das Wedels Mörder zeigte. Heute würde er nur noch die unangenehmen Besuche erledigen, wie ein Todesbote die noch unangenehmeren Nachrichten überbringen, aber zum Glück hatte sich Andrea bereit erklärt, ihm zur Seite zu stehen. Sie würde bestimmt die richtigen Worte finden, wenn er nicht mehr weiterwusste. Sie war ein Engel, der ihm zur rechten Zeit begegnet war, als er sein Leben nur noch als Vater und Polizist sah. Mit ihr war mit einem Mal alles anders geworden, schöner, freundlicher, selbst Regentage machten ihm jetzt nichts mehr aus, auch wenn es in diesem Jahr fast nie geregnet hatte. Hoffentlich kam bald der große Regen, der die Flüsse wieder auffüllte und die ausgetrocknete Erde tränkte. Aber das war in diesem Augenblick seine geringste Sorge.

Freitag, 15.15 Uhr

Brandt beschloss, nachdem er einen Hamburger und Pommes frites gegessen hatte, einen Abstecher bei seinen Eltern zu machen. Er wurde von seiner Mutter mit den Worten empfangen: »Dass du dich auch mal wieder blicken lässt. Wo treibst du dich bloß die ganze Zeit rum?« Dabei machte sie ein gespielt vorwurfsvolles Gesicht, das sie immer aufsetzte, wenn er sich länger als zwei Tage nicht bei ihr sehen ließ, doch ihre Augen blitzten schelmisch auf. Für sie war er immer noch der kleine Junge, den sie am liebsten ständig unter ihren Fittichen gehabt hätte. Aber es war eine liebenswerte Fürsorge, mit der er gut umzugehen verstand. Und sie war die beste Großmutter, die er sich für seine Töchter wünschen konnte, denn ohne sie und seinen Vater hätte er es unmöglich geschafft, Arbeit und Erziehung unter einen Hut zu bringen.

Er nahm sie kurz in den Arm und sagte dann: »Mama, ich hab unheimlich viel zu tun und bin froh, wenn ich abends total geschafft ins Bett falle. Sind die Mädchen da?«

»Nein. Ich soll dir ausrichten, dass sie mal wieder bei Freundinnen übernachten. Aber sie wollten dich sowieso noch anrufen und dir Bescheid sagen.«

»Und bei welchen Freundinnen?«

»Wo sie in letzter Zeit immer sind, du kennst sie doch. Aber lass dich anschauen.« Sie machte ein nachdenkliches Gesicht und meinte: »Du siehst abgespannt aus. Du solltest endlich mal Urlaub machen, sonst fällst du irgendwann noch mal tot um. Hast du Feierabend?«

»Mama, ich kenne meine Grenzen. Und Feierabend hab ich noch lange nicht. Wo ist Papa?«

»Im Garten. Ich weiß nicht, wann er wiederkommt. Willst du was von ihm?«

»Nein, nichts Besonderes. Ich wollte einfach mal kurz vorbeischauen und sehen, wie es euch geht.«

»Uns geht es doch immer gut. Möchtest du etwas essen? Ich habe eine Reispfanne gemacht, eines deiner Lieblingsgerichte.«

»Wenn ich das vorher gewusst hätte, aber ich hab gerade gegessen. Doch ich versprech dir, Andrea und ich kommen am Sonntag zum Essen. Vorausgesetzt, es macht euch nichts aus.«

»Ihr seid wie immer herzlich willkommen.«

»Mama, nicht böse sein, aber ich muss schon wieder los. Die Pflicht ruft.«

»Wie dein Vater, als er noch Polizist war. Warum habt ihr euch nur diesen Beruf ausgesucht? Ich werde das nie verstehen.«

»Weil es uns Spaß macht. Wir wurden eben dazu geboren. Und jetzt ciao und bis Sonntag. Sollte was dazwischenkommen, melde ich mich rechtzeitig.«

»Es wird etwas dazwischenkommen, das spüre ich. Mach's gut, mein Junge, und pass auf dich auf. Wir werden trotzdem zwei Plätze für euch freihalten.«

»Wenn schon, dann vier. Sarah und Michelle …«

»Für Sarah und Michelle ist sowieso immer mitgedeckt.«

Brandt fuhr in seine Wohnung, räumte schnell das Nötigste auf und wartete auf Andrea, die kurz nach vier kam. Sie trank ein Glas Wasser, machte sich im Bad frisch und zog sich um.

»So, ich bin so weit«, sagte sie.

»Ich auch gleich.« Er saß am Esstisch und machte sich ein paar Notizen.

»Was schreibst du da?«, wollte Andrea wissen und schaute ihm über die Schulter.

»Nur ein paar Dinge, die mit dem Fall zusammenhängen. Ich weiß, ich bin ganz nah an der Lösung, aber noch ist eine Wand dazwischen. Ich hab doch vorhin mit Wedels Schwägerin gesprochen, die hatte auch eine Affäre mit ihm. Sie behauptet jedoch, diese bereits im Januar beendet zu haben. Aber sie hat sich einem Aidstest unterzogen. Ist das nicht merkwürdig? Sie sagt, sie habe nur mit Kondom mit Wedel verkehrt, aber warum hat sie dann einen Test machen lassen? Kannst du mir das verraten?«

»Nein, aber sie sicherlich. Du musst sie fragen. Wie hat sie sich denn sonst verhalten?«

»Manchmal nervös, dann wieder ganz cool. Ich kann sie schwer einschätzen. Aber warum macht eine Frau einen Aidstest, wenn sie nichts zu befürchten hat?« Er seufzte auf und sagte: »Ich werde eben doch alt, ich hätte sie das gleich fragen müssen. Komm, fahren wir.«

Ihre erste Station war Sandra Heuser.

Freitag, 16.35 Uhr

Sie hatte die Wohnung aufgeräumt, gelüftet, es roch kaum noch nach Zigarettenqualm. Sandra Heuser, die wieder allein war, bot Brandt und Andrea einen Platz an. Sie setzten sich nebeneinander auf das Sofa, im Rücken den wunderschönen großen Wandteppich.

»Ich hätte Sie nicht schon wieder erwartet«, sagte sie. »Sie haben Glück, ich wollte gerade einkaufen gehen. Was kann ich für Sie tun?«

»Ja, Frau Heuser, das ist nicht ganz leicht«, druckste Brandt herum, dem es sichtlich schwer fiel zu sagen, was er zu sagen hatte. »Dr. Sievers kennen Sie sicherlich noch, sie war am Mittwoch in der Galerie, um Herrn Wedel zu untersuchen.«

»Frau Heuser«, riss Andrea das Wort an sich, »es gibt da etwas, worüber wir mit Ihnen sprechen müssen. Vielleicht wäre es sogar ganz gut, wenn wir beide unter vier Augen reden würden. Haben Sie noch ein Zimmer, in das wir uns zurückziehen können?«

»Sie machen es ja sehr spannend. Wir können in die Küche gehen, wenn Sie das möchten.«

»Gerne.« Und zu Brandt mit einem aufmunternden Augenzwinkern, das Sandra Heuser nicht sehen konnte: »Dauert nicht lange, wir sind gleich zurück.«

Brandt nickte erleichtert, nein, es war sogar mehr als nur Erleichterung, es war, als würde eine tonnenschwere Last von ihm genommen werden.

Andrea und Sandra gingen in die Küche, Andrea machte die Tür hinter sich zu. Sandra deutete auf einen der beiden Stühle an dem kleinen Esstisch. Sie nahm eine Zigarette aus der Schachtel, die auf dem Küchenunterschrank lag, und fragte Andrea, ob es ihr etwas ausmache, wenn sie rauche. Andrea schüttelte den Kopf und sagte lächelnd: »Im Gegenteil, dann kann ich mir endlich auch mal eine anstecken. Herr Brandt ist nämlich Nichtraucher, das heißt, er hat vor ein paar Jahren dieses Laster aufgegeben. Rauchen Sie viel?«

»Eine Schachtel am Tag, bei Stress auch mal mehr. Gestern waren's bestimmt zwei oder drei, ich hab nicht gezählt. Aber gestern war mir sowieso alles egal.«

»Wie Sie wissen, bin ich Rechtsmedizinerin. Herr Brandt hat mir berichtet, dass Sie in den letzten zwei Monaten mit Herrn Wedel Geschlechtsverkehr hatten. Das stimmt doch, oder?«

»Ja.«

»Ich will es kurz machen – ich habe Herrn Wedel heute Morgen noch einmal untersucht, und das Ergebnis war nicht sehr erfreulich. Er war HIV-positiv.«

Sandra Heuser sah Andrea wie ein Gespenst an, alle Farbe wich aus ihrem Gesicht, die Hand, mit der sie die Zigarette hielt, fing an zu zittern. Sie sagte mit schwerer Stimme: »Er war was? Heißt das, er hatte Aids?«

»Nicht ganz, aber über kurz oder lang wäre die Krankheit ausgebrochen.«

»Mein Gott, und ich habe noch einmal mit ihm geschlafen! Nein, nein, nein, das kann doch nicht wahr sein! Was ist jetzt mit mir? Habe ich das jetzt auch?«

»Sie sollten sich auf jeden Fall testen lassen. Es tut mir wirklich leid, Ihnen das sagen zu müssen, aber wir können einen derart schwerwiegenden Befund nicht einfach verschweigen. Frau Heuser, hören Sie mich?«

Sandra Heuser war aufgestanden, sie wirkte geistesabwesend, wie unter Schock, Asche fiel auf den Boden. »Hat er es gewusst?«

»Das kann ich nicht beantworten, es könnte aber sein.«

»Dieses Schwein, dieses elende Schwein! Dieses elende, gottverdammte Schwein!«, schrie sie und schlug mit der Faust gegen die Wand. Die Zigarette fiel zu Boden, und Andrea drückte sie einfach mit der Schuhspitze aus. »Warum hat er mir das angetan?! Warum?« Sie schrie, schluchzte und trommelte mit beiden Fäusten wie wild gegen die Wand.

Andrea stand auf, legte einen Arm um ihre Schulter und redete beruhigend auf sie ein. Sie wartete, bis Sandra sich einigermaßen gefangen hatte, was mehrere Minuten und drei Zigaretten dauerte, und sagte: »Sie hatten also ungeschützten Geschlechtsverkehr, wie wir schon vermutet hatten. Wie

Herr Brandt mir sagte, war Wedel beim letzten Mal ziemlich brutal. Haben Sie sich dabei irgendwelche Verletzungen zugezogen?«

»Ja«, stieß Sandra mit tränenerstickter Stimme hervor.

»Wo? In der Vagina oder an anderer Stelle?«

»An einer anderen Stelle. Er ist von hinten in mich eingedrungen, und es hat diesmal unheimlich wehgetan. Als ich hinterher aufs Klo bin, war Blut am Papier, daran kann ich mich erinnern, auch wenn ich an diesem Abend ziemlich viel getrunken hatte. Aber wer denkt denn schon, dass einer wie Wedel Aids hat?!« Sie vergrub das Gesicht in den Händen und ließ sich erneut von Andrea trösten, die sie in den Arm nahm.

»Das alles muss noch nicht bedeuten, dass Sie infiziert sind. Ich möchte Ihnen aber ganz dringend raten, sich untersuchen zu lassen. Und selbst wenn Sie infiziert sein sollten, dann ist das noch längst kein Todesurteil. Die Forschung macht immer weitere Fortschritte, und mit den entsprechenden Medikamenten kann man den Ausbruch der Krankheit inzwischen auf zehn und mehr Jahre hinauszögern. Und ich bin fast sicher, dass man schon bald ein Mittel gefunden haben wird. Ich weiß, diese Nachricht ist ein großer Schock für Sie, aber erstens wissen Sie nicht, ob Sie überhaupt infiziert sind, und zweitens, Sie werden trotz allem weiterleben.«

»Ja, aber wie lange?«, schrie Sandra mit bitter-höhnischem Lachen. »Wie lange?! Können Sie mir das sagen? Ich habe solche verfluchte Angst, so eine verfluchte Angst, das können Sie sich nicht vorstellen. Schwule haben Aids, Drogensüchtige, aber ich … Ich habe solche Angst, mich untersuchen zu lassen.«

»Das haben die meisten, glauben Sie mir. Aber Sie müssen es machen lassen, damit Sie Gewissheit haben und auch andere, mit denen Sie in Zukunft zusammen sind, schützen können. Mit andere meine ich Männer.«

»Ich will von Männern nichts mehr wissen! Die können mir alle gestohlen bleiben. Alle! Warum ich, warum ausgerechnet ich?!«

»Frau Heuser, diese Frage stellen sich auch die meisten. Aber wie ich Ihnen schon sagte, noch gibt es keinen Befund. Vielleicht sind Sie gar nicht betroffen.« Warum lüge ich sie an, dachte Andrea. Nach dem, was sie mir geschildert hat, ist es fast ausgeschlossen, dass sie sich nicht infiziert hat.

»Wie hoch ist die Wahrscheinlichkeit, dass ich mich angesteckt habe? Seien Sie ganz ehrlich zu mir, Sie sind doch vom Fach. Wie hoch?« Sandra Heuser versuchte einen gefassten Eindruck zu machen, doch ihre Augen spiegelten deutlich die Angst wider, die sie umklammert hielt. Sie zündete sich eine weitere Zigarette an, inhalierte tief und sah Andrea durch den Rauch hindurch an.

»Ich kann es nicht sagen, das hängt von zu vielen Faktoren ab. Es kann sein, dass Sie sich angesteckt haben, es kann genauso gut sein, dass Sie noch mal Glück hatten«, antwortete Andrea diplomatisch. »Sollte Letzteres der Fall sein, dann hoffe ich, dass Sie in Zukunft vorsichtiger sind.«

»Sie können es ruhig so ausdrücken, wie Sie es meinen. Wenn ich Glück gehabt haben sollte, dann hoffen Sie, dass ich meine Lehren aus der Vergangenheit gezogen habe. Wo kann ich diesen Test machen lassen?«

»Bei Ihrem Hausarzt. Sie können allerdings auch einen Ihnen fremden Arzt wählen, wenn Sie nicht wollen, dass Ihr Hausarzt davon erfährt.«

»Können Sie das nicht machen?«, fragte Sandra mit flehendem Blick.

»Nein, leider nicht. Ich bin für die Toten zuständig und

nicht für die Lebenden. Dass ich mit Ihnen gesprochen habe, liegt daran, dass ich eine Frau bin und mich eher in Ihre Lage versetzen kann als ein Mann. Gehen Sie gleich am Montag zum Arzt, dann haben Sie am Mittwoch schon das Ergebnis. Bringen Sie's ganz schnell hinter sich. Versprechen Sie mir das?«

»Natürlich. Ich bin sicher, er hat gewusst, dass er krank war, und hat mit Absicht versucht, mich anzustecken. Anders kann ich es mir nicht erklären. Und vielleicht hat er es ja geschafft. So ein verdammtes Schwein! In der Hölle soll er schmoren!« Sie sah Andrea an und lachte bitter auf. »Wissen Sie, was ich heute mache? Ich werde mich besaufen, damit ich nicht an diese Scheiße denken muss. Und am Montag früh gehe ich zum Arzt und dann warte ich bis Mittwoch. Und in der Zwischenzeit werde ich mich weiter besaufen.«

»Das ist zwar keine Lösung, aber ich kann Sie verstehen. Herr Brandt und ich werden auch gleich noch mit Frau Müller sprechen. Ich möchte Sie aber bitten, nicht bei ihr anzurufen, bevor wir bei ihr gewesen sind. Ich werde ihr sagen, dass sie sich bei Ihnen melden soll, nachdem ich mit ihr gesprochen habe. Ist Ihnen das recht?«

»Ja. Angenommen, ich habe mich angesteckt, wer erfährt alles davon?«

»Niemand außer Ihnen und Ihrem Arzt. Diese Daten werden absolut vertraulich behandelt, das heißt, sie werden verschlüsselt. Ihr Name wird nicht öffentlich gemacht.«

»Wenigstens was. Wenn ich mir vorstelle, dass er auch noch andere angesteckt hat, wird mir ganz schlecht. Er hat ja auch mit kleinen Mädchen rumgemacht, das hat mir Doreen erzählt. Der muss es gewusst haben, denn so brutal war er früher nicht. Er hat sich seit Kaufungs Tod verändert, aber

Doreen und ich haben es auf den Stress vor der Ausstellung geschoben. Wie viele solcher Schweine laufen eigentlich frei draußen herum?«

»Wahrscheinlich viel zu viele. Haben Sie im Moment einen Freund?«

»Nein. Und ich hatte auch seit mehreren Wochen keinen Sex.«

»Auch nicht, nachdem Sie mit Wedel geschlafen haben?«

»Doch, aber es war ein One-Night-Stand. Ich weiß nicht, wie der Typ heißt, aber er hat ein Kondom benutzt. Sollte ich mir was eingefangen haben, ich hab's ihm garantiert nicht weitergegeben.«

»Gut so. Aber ganz gleich, wie das Ergebnis auch ausfällt, bitte in Zukunft keinen ungeschützten Verkehr mehr.«

»Darauf können Sie Gift nehmen. Ich glaube, ich werde in nächster Zeit sowieso niemanden an mich ranlassen. Und sollte ich nichts haben, dann stelle ich tausend Kerzen in der Kirche auf.«

»Ja, Frau Heuser, es tut mir leid, dass ich dieses Gespräch mit Ihnen führen musste, aber es ließ sich nun mal nicht vermeiden.«

»Besser Sie als Herr Brandt, auch wenn ich ihn sehr schätze. Sie können ja nichts dafür und brauchen sich auch nicht zu entschuldigen. Ich mach mal das Fenster auf, man sieht ja kaum noch die Hand vor Augen vor lauter Qualm.«

Andrea erhob sich ebenfalls, reichte Sandra die Hand und sagte: »Ich wäre Ihnen dankbar, wenn Sie mich anrufen würden, sobald Sie das Ergebnis haben. Ich lasse Ihnen meine Karte hier, Sie können mich am besten in der Rechtsmedizin oder auf meinem Handy erreichen. Und Kopf hoch, okay?«

»Ich versuch's. Und danke, dass Sie's mir gesagt haben,

auch wenn ich's eigentlich gar nicht hören wollte. Aber den Kopf in den Sand zu stecken wäre wohl so ziemlich das Verkehrteste. Ich melde mich bei Ihnen, versprochen.«

Sie gingen zurück ins Wohnzimmer, wo Brandt noch immer auf dem Sofa saß und in einem Buch über Afrika blätterte. Er schaute auf und blickte in das ernste Gesicht von Andrea und das verheulte von Sandra, deren Schminke durch die vielen Tränen verlaufen war.

»Bist du bereit?«, fragte Andrea. »Hat doch ein bisschen länger gedauert. Alles Gute, Frau Heuser. Das meine ich ehrlich.«

»Ich weiß. Und vergessen Sie nicht, Doreen zu sagen, dass Sie mich anrufen soll. Tschüs.«

»Tschüs.«

»Warten Sie, ich möchte Ihnen noch etwas sagen. Ich habe doch diese Andeutung gemacht, dass Wedel mit seiner Schwägerin, na ja, Sie wissen schon. Aber als Doreen so kategorisch verneint hat, war ich still. Doch ich weiß, dass da was gelaufen ist.«

»Wann und wie lange?«, fragte Brandt.

»Wie lange, kann ich nicht sagen, aber ich habe die beiden vor vielleicht einem Vierteljahr oder vier Monaten zufällig gesehen, und zwar in Frankfurt in einem Straßencafé. Sie haben mich aber nicht gesehen. Sie haben Händchen gehalten, und wie sie sich angeschaut haben, das war nicht wie zwischen Schwager und Schwägerin.«

»Sind Sie da ganz sicher?«

»Absolut. Die hatten eine Affäre.«

»Vielen Dank für diese Info.«

»Keine Ursache. Ich wollte es nur sagen, damit Sie auch mit Frau Wedel sprechen können.«

Auf dem Weg zum Auto meinte Brandt: »Das war ja ganz

schön heftig. Ich wollte schon reinkommen, als sie angefangen hat rumzuschreien. Die ist ziemlich fertig, was?«

»Wie würdest du denn reagieren, wenn mit einem Mal jemand kommt und dir aus heiterem Himmel mitteilt, dass du wahrscheinlich HIV-positiv bist und du von einer Sekunde zur andern realisierst, dass dein Tod absehbar ist?«

»Was denkst du denn wie groß die Wahrscheinlichkeit ist, dass sie sich infiziert hat?«

»99,9 Prozent. Sie hat beim letzten Mal geblutet. Sie hatten Analverkehr. Sie sagt selbst, dass sie betrunken war, die Schmerzen aber trotzdem gespürt hat. Ich versteh nur nicht, wie eine solch intelligente junge Frau in diesen Zeiten einen Mann, von dem sie genau weiß, dass er es mit so ziemlich jeder getrieben hat, ohne Kondom an sich ran- beziehungsweise in sich reinlässt. So was werde ich nie verstehen.«

»Das ist ganz natürlich. Die Medien berichten kaum noch über Aids, Aufklärungskampagnen fast null, und die Leute denken, mich wird's schon nicht treffen. Ich frag mich nur, warum die Wedel mich angelogen hat. Sie hat behauptet, im Januar Schluss gemacht zu haben. Aber wenn sie erst im Mai oder Juni Händchen haltend gesehen wurden … Schaffst du die Müller überhaupt noch?«

»Ich bin doch sooo stark«, antwortete sie ironisch. »Die kleine Andrea ist ja so unglaublich stark.« Sie seufzte auf und sah Brandt von der Seite an, der den Motor startete. »Wir machen nicht nur die Müller, sondern auch noch die Johannsen und Wedels Frau, dann haben wir's hinter uns oder besser, ich hinter mir. Ich möchte morgen frei haben, ausschlafen, vielleicht mal ein bisschen shoppen gehen, ich hab mir lange nichts gegönnt, und mal sehen, was sonst noch so anliegt.«

»Darf ich mitkommen?«

»Nur wenn du artig bist.«

Freitag, 17.50 Uhr

Der Besuch bei Doreen Müller gestaltete sich ähnlich wie der bei Sandra Heuser, nur mit dem Unterschied, dass sie, nachdem sie die Nachricht erhalten hatte, für Minuten regungslos dasaß und wie in Trance die Worte wahrzunehmen schien, die wie aus weiter Ferne an ihr Ohr drangen. Schließlich sprang sie auf, fegte mit einer Hand alles vom Tisch und riss Tassen und Teller aus dem Schrank, bis sie mit einem Weinkrampf in einer Ecke zu Boden sank, die Knie angezogen, den Kopf in den Händen vergraben, und immer wieder hysterisch schrie. Andrea hatte wesentlich mehr Mühe, sie zu beruhigen, als es bei Sandra der Fall war. Doch auch sie berichtete von der Nacht, als sie mit Wedel geschlafen hatte, von dem harten Sex, den er praktizierte.

»Haben Sie sich verletzt, als Sie mit ihm geschlafen haben?«

»Ich glaube schon. Und wissen Sie, was das Schlimme ist? Eine innere Stimme hat mich noch gewarnt, mit ihm zu schlafen. Sie kennen doch diese innere Stimme, oder? Ich hatte an diesem Abend eigentlich etwas anderes vor, aber er hat mich so lange bequatscht, bis ich mit ihm essen gegangen bin. Hinterher hat er mich gefragt, ob er noch mit nach oben kommen kann, und ich blöde Kuh hab ja gesagt. Er ist über mich hergefallen wie ein Tier, als hätte er seit Jahren keine Frau mehr gehabt. Ich war heilfroh, als er endlich gegangen war. Ich glaube, ich habe noch nie so lange geduscht wie nach dieser Nacht.«

»Hatten Sie danach ungeschützten Geschlechtsverkehr mit einem oder mehreren anderen Männern?«

»Das hört sich ja gerade so an, als würde ich die Männer

wie meine Unterwäsche wechseln. Nein, ich hatte seitdem keinen sexuellen Kontakt zu irgendwem. Es hat sich einfach nicht ergeben.«

»Sie müssen sich einem Test unterziehen«, sagte Andrea.

»Hätte ich sowieso gemacht. Ich weiß, dass ich mich angesteckt habe, ich werd's aber trotzdem tun. Dann habe ich wenigstens schwarz auf weiß, was mit mir los ist, und kann allmählich mein Testament aufsetzen. Aber viel zu vermachen hab ich sowieso nicht.«

Andrea sagte ihr noch, dass sie sich bei Sandra melden solle, es sei vielleicht sogar ganz gut, wenn sie das Wochenende miteinander verbringen würden, um so die Zeit bis zum Montag nicht allein überbrücken zu müssen.

Danach fuhren Brandt und Andrea zu Petra Johannsen, die sich erstaunlich gefasst zeigte, als Andrea ihr die Nachricht übermittelte.

»Jetzt macht auf einmal alles Sinn«, sagte Petra. »Er hat die vielen Frauen nicht gehabt, weil er unbedingt Sex wollte, er wollte ihnen das geben, was er hatte – das Virus. Tja, vielleicht hat er's bei mir ja geschafft. Ist aber auch meine eigene Schuld, ich hätte eben besser aufpassen müssen. Und jetzt möchte ich bitte allein sein. Ich lasse Sie wissen, wenn ich das Ergebnis vorliegen habe.« Und zu Brandt: »Soll ich Ihnen etwas sagen – wer immer Wedel umgebracht hat, er hat einen Orden verdient und nicht das Gefängnis. Wedel war ein Mörder, in mehrfacher Hinsicht. Er wusste immer, was er tat. Ich bin inzwischen überzeugt, dass er auch Kaufung auf dem Gewissen hat.«

»Wie kommen Sie darauf?«

»Mein IQ von hundertsechsundfünfzig. Es hat was mit logischem Denken zu tun. Sie vermuten das doch auch, oder?«

»Wir schließen es zumindest nicht aus«, versuchte Brandt die Frage diplomatisch zu beantworten.

»Wenn Sie alle Fakten auf den Tisch legen, dann wissen Sie's. Und ich halte Sie für klug genug, das schon getan zu haben.«

»Sie hätten zur Kripo gehen sollen«, sagte Brandt lächelnd.

»Ich hätte es dort bestimmt nicht lange ausgehalten. Das meiste spielt sich doch hinter dem Schreibtisch ab. Ich würde eine lausige Ermittlerin abgeben.«

»Wieso sind Sie so ruhig? Frau Heuser und Frau Müller konnten sich kaum beruhigen, und Sie nehmen es so gelassen.«

»Das ist ganz einfach zu erklären. Ich hatte Sex mit Wedel, zweimal, um genau zu sein, aber ich habe bestimmte Dinge nicht zugelassen, die er wollte. Zum Beispiel Analverkehr. Und da Wedel weiß, dass ich den braunen Gürtel in Karate besitze, hätte er es nicht gewagt, etwas zu tun, womit ich nicht einverstanden gewesen wäre, weil er sonst von mir fürchterlich eins reingekriegt hätte. Zudem sagt mir mein Verstand, dass die Wahrscheinlichkeit, infiziert zu sein, bei fünfzig Prozent liegt. Bei Männern ist sie wesentlich niedriger, außer sie sind schwul und haben zusätzlich noch Syphilis. Also werde ich mich einfach überraschen lassen, aber bis dahin wird für mich das Glas halb voll und nicht halb leer sein. Zufrieden?«

»Hatten Sie danach noch ungeschützten Sex mit anderen Männern, Ihrem eigenen zum Beispiel?«

»Leider ja.«

»Sollte das Ergebnis positiv ausfallen …«

»Keine Sorge, ich werde die Karten auf den Tisch legen und die jeweiligen Männer informieren. Mir täte es nur in der Seele weh, wenn mein Mann auch betroffen wäre. Ich glaube aber kaum, dass seine Großzügigkeit so weit geht, dass er mir das auch noch verzeihen würde. Nun, hoffen wir also das Beste. Ich melde mich bei Ihnen. Ach ja, und wenn Sie Wedels Mörder finden, wobei ich ihn beim besten Willen nicht als Mörder sehe, richten Sie ihm einen schönen Gruß von mir aus, er hat meinen vollsten Respekt, denn er hat die Stadt von einem wahren Mörder befreit. Und sollte ich zufällig nicht befallen sein, dann verspreche ich hoch und heilig, nie mehr ohne Kondom mit einem Mann zu schlafen, außer mit meinem eigenen.«

Schließlich verabschiedeten sich Andrea und Brandt von Petra Johannsen.

»Statten wir Katharina Wedel noch einen Besuch ab?«, fragte Brandt vorsichtig.

»Ich hab dir doch vorhin schon gesagt, dass ich möglichst heute alles hinter mich bringen will. Die Johannsen ist wirklich grandios. Ich hab mich schon auf das gleiche Theater eingestellt wie bei der Heuser und der Müller, und was macht die? Die reagiert so cool, damit habe ich wirklich nicht gerechnet. Und das war nicht gespielt, die Frau ist so. An ihr könnte der Kelch noch mal vorübergegangen sein. Und einen IQ von hundertsechsundfünfzig! Mein lieber Scholli, so jemanden hab ich auch noch nicht kennen gelernt.«

»Sie spricht mehrere Sprachen fließend und denkt rational. Aber ob sie auch noch so denkt, wenn sie das Ergebnis hat?«

»Tut sie«, sagte Andrea nur, als sie vor Katharina Wedels Haus hielten. Das Innere war hell erleuchtet, hinter jedem Fenster brannte Licht. »Diesmal überbringst du die freudige Botschaft«, meinte sie, steckte sich auf der Straße noch eine Zigarette an und lehnte sich gegen das Auto. »Ich weiß, ich weiß, ich rauche zu viel, aber heute muss das sein. Die zwei Minuten machen jetzt auch nichts mehr.« Und nach den ersten zwei Zügen: »Hast du eigentlich Mitleid mit den Frauen?«

»Warum willst du das wissen?«

»Nur so.«

»Nein. Jeder weiß heutzutage um die Risiken ungeschützten Geschlechtsverkehrs mit Partnern, die man nicht genau kennt. Und diese Frauen sind alle intelligent genug, um dieses Risikos auch bewusst zu sein. Sorry, aber kein Mitleid.«

»Das klingt ziemlich hart.«

»Kann sein, aber wenn ich von dieser ganz Rumbumserei höre, krieg ich sowieso zu viel. Jeder mit jedem und … Ach, mir ist scheißegal, ob sie sich was eingefangen haben oder nicht. So, können wir jetzt endlich reingehen?«

»Ja, ja, können wir, du alter Griesgram«, sagte Andrea lächelnd und drückte ihre Zigarette aus. »Außerdem bin ich voll und ganz deiner Meinung, was diese Frauen angeht. Zufrieden?«

Freitag, 20.13 Uhr

Katharina Wedel hatte ein verweintes Gesicht, als sie an die Tür kam. Ihre Augen waren klein und rot. Sie schien froh zu sein, als sie Brandt und Andrea erblickte. So war sie nicht mehr allein mit sich und ihrem Kummer.

»Sie haben Verstärkung mitgebracht?«, sagte sie mit einem müden Lächeln, bat sie herein und machte die Tür hinter sich zu. Auf dem Wohnzimmertisch stand ein leeres Weinglas, neben dem Tisch eine geöffnete, aber noch nicht angebrochene Flasche Rotwein.

»Das ist Dr. Sievers, sie ist Rechtsmedizinerin. Geht es Ihnen nicht gut?«, fragte Brandt besorgt.

»Sieht man mir das etwa an? Na ja, kein Wunder, wenn man den ganzen Nachmittag nur dasitzt und rumheult. Ich merke erst seit unserem Gespräch von heute Vormittag, wie sehr mich das alles mitgenommen hat. Und damit meine ich nicht nur den Tod meines Mannes, mir ist auch bewusst geworden, wie schlimm die letzten Jahre waren. Ich empfinde keine Trauer, nicht ein Stück. Da fragt man sich schon, warum das so ist. Und je länger ich darüber grüble, desto mehr stelle ich mich selbst in Frage. Aber ich will nicht zu lange über mich sprechen. Nehmen Sie doch bitte Platz.«

Brandt und Andrea sahen sich kurz an, setzten sich, dann sagte er: »Frau Wedel, meine Kollegin hat heute Vormittag Ihren Mann noch einmal untersucht und ...«

»Es ist richtig«, wurde er von Andrea schnell unterbrochen, »ich habe ihn untersucht, weil ich einen Verdacht hatte, der sich leider auch bestätigt hat. War Ihnen bekannt, dass Ihr Mann HIV-positiv war?«

Katharina Wedel schüttelte den Kopf und setzte sich aufrecht hin. »Was war er? Mein Gott, auch das noch! Aber bei seinen vielen Liebschaften musste es ja irgendwann so kommen. Er konnte den Hals einfach nicht voll kriegen. Doch was hat das mit seinem Tod zu tun?«

»Unter Umständen eine ganze Menge.«

»Was meinen Sie damit?«

»Wir gehen davon aus, dass er bewusst versucht hat, andere Frauen anzustecken. Und eventuell hat er auch Dr. Kaufung umgebracht.«

»Klaus ein Mörder?« Sie schien nicht einmal sonderlich überrascht zu sein, zog lediglich die Augenbrauen hoch und sah von Brandt zu Andrea. »Warum hätte er Kaufung umbringen sollen?«

»Vielleicht wollte er nicht, dass irgendjemand von seiner Infizierung erfährt. Deshalb.«

»Ich kann dazu nichts sagen, aber wenn er einen Mord begangen hat, dann hat er auch den Tod verdient. Das erklärt mit einem Mal auch sein häufig gereiztes und aufbrausendes Verhalten in den letzten zwei Monaten. Ich weiß überhaupt nicht mehr, was ich noch denken soll.«

»Wann hatten Sie das letzte Mal mit Ihrem Mann Geschlechtsverkehr?«

»Du meine Güte, das ist eine halbe Ewigkeit her. Ich glaube, das liegt so etwa zwei Jahre zurück.«

»Bitte? Sie haben zwei Jahre nicht miteinander geschlafen?«, fragte Brandt überrascht. »Sie haben mir doch vorhin gesagt, dass Ihr Mann ab und zu noch zu Ihnen kam und …«

»Ich habe gelogen, tut mir leid. Wer gibt schon gerne zu, wie ein Mönch oder eine Nonne zu leben? Aber als seine sexuellen Phantasien immer perverser wurden, habe ich mich ihm entzogen. Ich wollte nicht nur sein Spielzeug sein, ich wollte geliebt werden. Er hat mich seit mindestens zwei Jahren nicht mehr angerührt. Es war aber meine Entscheidung. Bevor ich geheiratet habe, hatte ich eine klare Vorstellung von der Ehe, ich war schließlich schon dreißig. Ich wollte abends mit meinem Mann einschlafen, ich wollte in den Arm genommen werden, wenn es mir nicht gut ging, ich wollte morgens mit ihm aufwachen, mit ihm in Urlaub fahren, drei oder vier Kinder haben, mit ihm lachen und weinen, alles mit ihm teilen und so weiter und so fort.« Sie nahm ein Taschentuch und wischte sich über die feuchten Augen. »Anfangs lief alles ganz gut, aber schon bald war da nichts mehr. Er ist nur noch andern Frauen hinterhergerannt, und als sein Vater starb und ihm und seinem Bruder das Erbe vermacht hat, war es endgültig vorbei. Ich habe ihn kaum noch zu Gesicht bekommen, manchmal tagelang nicht. Ich wusste ja, dass er sich bei andern Frauen rumtreibt, und irgendwann habe ich aufgehört, ihm nachzuschnüffeln.«

»Aber Sie haben doch auch gesagt, dass Ihr Mann Ihr bester Lektor war …«

»Auch gelogen. Er hat nie auch nur eine Seite von dem gelesen, was ich geschrieben habe. Er kannte meine Bücher gar nicht. Hätte er nur eines gelesen, hätte er gewusst, welche Bedürfnisse ich habe. Ich denke, er ahnte, was drinsteht, und hat sie deshalb nicht gelesen. Sie sehen, unsere Ehe war ein einziger Trümmerhaufen.«

»Dann erübrigt sich eigentlich alles Weitere, was wir Ihnen noch hätten sagen müssen. Tut mir leid, wenn wir Sie noch einmal belästigt haben«, meinte Brandt.

»Nein, nein, Sie haben mich nicht belästigt, ganz im Gegenteil, ich bin froh, wenn jemand hier ist, ich hab nämlich heute einen ganz schlimmen Tag. Kann ich Ihnen irgendwie helfen?«

»Ich wüsste nicht, wie.« Brandt zuckte ratlos mit den Schultern.

»Ich schon«, antwortete Andrea. »Kennen Sie Namen von Frauen, mit denen Ihr Mann verkehrt hat?«

»Das wurde ich schon einmal gefragt. Seine Angestellten und …« Sie machte eine Pause, fuhr sich mit der Zunge über die ungeschminkten Lippen, als würde sie überlegen, ob sie eben nicht vielleicht zu viel gesagt hatte, und fragte, indem sie das Thema wechselte: »Sind Sie noch im Dienst, oder darf ich Ihnen ein Glas Rotwein anbieten? Es ist ein Bordeaux mit dem höchsten Prädikat, Premier Grand Cru Classé, dazu ein exzellenter Jahrgang. Oder sind Sie keine Weintrinker?«

»Gegen ein Gläschen haben wir nichts einzuwenden, oder?«, sagte Brandt und schaute Andrea an, die nur nickte. »Darf ich die Flasche mal sehen?«

»Bitte schön. Es ist ein Cheval Blanc, ich weiß nicht, ob Ihnen das etwas sagt. Ich habe die Flasche gerade aufgemacht, als Sie geklingelt haben.«

Katharina Wedel holte zwei weitere Römer aus dem Schrank und schenkte ein. Sie prosteten sich zu, Andrea behielt ihr Glas in der Hand.

»Sie haben vorhin den Satz nicht beendet«, sagte Brandt.

»Welchen Satz?«

»Namen von Frauen, die mit Ihrem Mann ein Verhältnis hatten. Sie sagten, seine Angestellten und …?«

»Also gut, ich kenne noch jemanden, aber diejenige weiß nicht, dass ich es weiß …« Sie richtete den Blick zur Decke und fuhr fort: »Es ist Christine, meine Schwägerin. Ich habe keine Ahnung, wie lange das Verhältnis ging, aber es muss lange gewesen sein …«

»Und bis wann?«, wurde sie von Brandt unterbrochen.

»Bis vor nicht allzu langer Zeit. Aber als Jochen und Christine das letzte Mal bei uns waren, da hatte ich das Gefühl, dass zwischen ihnen nichts mehr war. Ich kann mich allerdings auch täuschen.« Sie holte tief Luft, gähnte verstohlen und sagte weiter: »Fragen Sie mich nicht, was sie an Klaus gefunden hat, aber anscheinend stand sie auf die gleichen Sachen wie er. Und Sie können Ihr ruhig sagen, dass ich sehr wohl davon wusste. Wenn sie mit Jochen hier war, hat sie immer die Unschuldige vom Land gespielt, das kleine Mädchen, das ja so naiv und prüde ist«, Katharina lachte kehlig auf, »dabei hat sie's faustdick hinter den Ohren. Sie haben sie doch auch schon kennen gelernt«, sagte sie zu Brandt, »wie war denn Ihr Eindruck von ihr? Hat sie Sie mit ihren großen rehbraunen Augen angesehen, das kleine, zarte Lämmchen, das doch ach so verletzlich und zerbrechlich ist? Und hat sie Ihnen vielleicht die herzzerreißende Geschichte von ihrer Ehe vorgejammert, dass ihr Mann so oft unterwegs ist und sie sich dann so einsam fühlt? Sie hat mir einmal dieses Märchen erzählt, aber da wusste ich schon von dem Verhältnis. Ich hab sie einfach reden lassen und gedacht, wenn du wüsstest, du kleine Schlampe. Aber wenn die beiden ihren Spaß hatten, soll's mir nur recht sein. Sie ist jedenfalls alles andere als zerbrechlich, die ist zäh wie Leder, zäher als wir alle hier. Hat sie Ihnen auch von ihrer angeblichen Migräne erzählt? Ich nehme es an, denn es ist eine ihrer Lieblingsgeschichten.« Katharina machte eine theatralische Handbewegung, indem sie sich mit einer Hand an den Kopf fasste und die Augen zusammenkniff. »›Diese Migräne bringt mich wieder einmal fast um. Seit zwei Tagen geht das schon so, ich hoffe, das hört bald auf. Na ja, morgen fahre ich zu Jürgen, um mich akupunktieren zu lassen.‹ Scheiße! Von wegen Akupunktur! Ich hab zwar keine Beweise, aber ich kann mir schon vorstellen, wie diese Akupunktur ausgesehen hat.«

»Sie meinen, Ihre Schwägerin und Dr. Kaufung …«

»Natürlich. Vergessen Sie alles, was Ihnen dieses Unschuldslamm bis jetzt erzählt hat, es ist von vorne bis hinten erstunken und erlogen.«

»Und Sie haben immer geschwiegen? Auch Ihrem Schwager gegenüber?«

Katharina rollte mit den Augen, nahm einen Schluck von dem Wein und antwortete: »Warum hätte ich etwas sagen sollen? Wenn Jochen nicht selbst draufkommt, kann ich ihm nicht helfen. Aber er ist vor Liebe immer noch blind und merkt nicht, wie er von dieser kleinen Schlange hintergangen wird. Der Verletzliche in der Familie ist Jochen, auch wenn er nach außen hin vielleicht den stärksten Eindruck macht, weil er eben manchmal auch das Herz auf der Zunge trägt. Aber ich mag ihn, ganz ehrlich, weil er sich eine gewisse Naivität bewahrt hat. Ein erfolgreicher Pilot, ein besorgter Ehemann, was will eine Frau schon mehr? Aber es hat ihr offensichtlich nicht gereicht. Nur, so blöd, wie sie vielleicht meint, dass ich bin, so blöd bin ich nicht. Wir leben in verschiedenen Welten, und ich weiß nicht, welche die bessere ist. Vielleicht lebe ich auch nur in einer Traumwelt und mache mir etwas vor, aber ich glaube immer noch an das Gute und die Liebe. Zum Glück habe ich meine Bücher, in denen ich meine ganzen Gefühle niederschreiben kann. So wie fast jeder Schriftsteller oder jede Schriftstellerin. Das Schreiben ist mein Ventil, sonst wäre ich bestimmt längst geplatzt oder hätte mich umgebracht. So, ich denke, nun wissen Sie eine ganze Menge über mich.«

»Aber Sie haben mit dem Mord an Ihrem Mann nichts zu tun, oder?«, fragte Brandt noch einmal nach.

Katharina lachte wieder auf und schüttelte den Kopf. »Ich würde das alles bestimmt nicht erzählen, wenn ich ihn umgebracht hätte. Ich kenne aber leider auch niemanden, den ich verdächtigen könnte. Nicht einmal Christine, auch wenn sie's faustdick hinter den Ohren hat. Aber fremdgehen und ein Mord sind doch zwei völlig verschiedene Paar Schuhe. Ich kann nur vermuten, aber vielleicht war es jemand, der von Klaus' Krankheit wusste und sich jetzt dafür rächte. Eine Frau, die von ihm angesteckt wurde, zum Beispiel.«

»Wir haben mit einigen dieser Damen bereits gesprochen,

aber für den Tatabend hat jede von ihnen ein einwandfreies Alibi.«

»Dann fällt mir auch niemand mehr ein. Ich würde Ihnen wirklich gerne helfen, aber ich kenne niemanden, dem ich einen Mord zutrauen würde. Allerdings kenne ich auch die wenigsten seiner Liebschaften namentlich. Ich war doch froh, wenn er sich mit andern vergnügte. Und ob das jetzt meine Schwägerin oder irgendwelche wildfremden Frauen waren, das ist mir gelinde gesagt am Arsch vorbeigegangen. Hätte ich sie darauf ansprechen sollen? Einen Teufel hätte ich getan! Und deswegen einen Streit vom Zaun brechen, nein, niemals. Wissen Sie, wie das abgelaufen wäre? Ich hätte mit ihr gesprochen, sie mit Klaus, und dann wäre hier die Hölle los gewesen.«

Katharina, die sich sonst so vornehm und distanziert, bisweilen aber auch spöttisch verhalten hatte, hatte sich zum. ersten Mal so richtig in Rage geredet.

»Ist Ihr Mann jemals handgreiflich geworden?«

»Sie meinen, ob er mich geschlagen hat? Einmal hat er mich richtig verprügelt, das war nach der Nacht mit diesem jungen Ding, ich hab Ihnen davon erzählt. Ich hab seiner Meinung nach nicht so mitgemacht, wie er das gerne gehabt hätte. Es kam zu einem richtigen Streit, ich habe entsprechende Widerworte gegeben, und er hat zugelangt. Danach hat er mich nicht mehr geschlagen, dafür hat er es bestens verstanden, mich mit Worten niederzumachen.«

Brandt trank sein Glas leer und stellte es auf den Tisch. Hatte Christine Wedel nicht zu ihm gesagt, dass ihre letzte Begegnung mit Klaus Wedel schon lange zurückliege, ging es ihm durch den Kopf. Er blickte zur Uhr, die links von ihm an der Wand hing. Das würde er noch klären, diesen einen Besuch noch machen, auch wenn es bereits halb zehn war.

Sie zur Rede stellen und sie fragen, wie lange die Beziehung zwischen ihr und Klaus Wedel wirklich ging.

»Wir müssen uns leider verabschieden, denn wir haben noch eine Adresse auf unserer Liste, und es wird immer später.« Er erhob sich zusammen mit Andrea.

»Schade, ich hätte ein wenig Gesellschaft gut gebrauchen können, doch ich kann Sie auch verstehen. Aber Sie sind herzlich eingeladen, wieder vorbeizukommen, wenn Sie nicht im Dienst sind. Sie beide natürlich.«

»Danke, wir werden das Angebot sicher annehmen, wenn alles abgeschlossen ist. Und Ihnen wünsche ich alles Gute.«

»Es kann nur aufwärts gehen. Wann kann ich meinen Mann beerdigen?«

»Die Leiche ist freigegeben«, sagte Andrea.

»Gut, dann will ich es auch so schnell wie möglich hinter mich bringen. Einen schönen Abend noch. Ach ja, was ich Ihnen noch sagen wollte«, sie sah dabei Brandt an, »ich habe mit Melanie gesprochen. Ich hatte eine schlimmere Reaktion erwartet, aber ihr scheint es auch nicht sonderlich viel auszumachen, dass ihr Vater tot ist. Sie ist acht Jahre alt und hat gemeint, dass er sowieso nie viel Zeit für sie hatte. Das war alles.«

»Wo ist sie jetzt?«

»Oben auf ihrem Zimmer, eine Freundin ist bei ihr. Sie kennen das ja sicherlich, mal wird hier übernachtet, mal dort. So, jetzt will ich Sie aber wirklich nicht länger aufhalten. Tschüs und danke für alles.«

»Wofür?«, fragte Brandt.

»Sie sind anders, als ich mir Polizisten immer vorgestellt habe. Im Fernsehen treten sie jedenfalls immer so tough und hart auf.«

»Soll ich das als Kompliment werten?«, fragte er lächelnd.

»Eigentlich war es so gemeint.«

Sie wartete, bis Brandt und Andrea in den Wagen eingestiegen und losgefahren waren, dann ging sie ins Haus zurück. Sie ließ sich in den Sessel fallen und trank und weinte, trank und weinte …

Freitag, 21.55 Uhr

Sie hatten sich nur kurz über Katharina Wedel unterhalten, denn ihre Gedanken waren fast die gleichen. Andrea hatte nichts dagegen, Christine Wedel noch einen Besuch abzustatten, sie sagte sogar, es sei wichtig, es gleich zu erledigen.

Die Rollläden waren heruntergelassen, doch durch die Eingangstür schimmerte Licht. Brandt klingelte. Nach einer Weile meldete sie sich und öffnete, nachdem Brandt sich zu erkennen gegeben hatte, das Tor.

»Sie, um diese Zeit?«

»Wir sind eben immer im Dienst, vor allem, wenn es um Mord geht. Dürfen wir reinkommen?«

»Bitte«, sagte sie kühl und machte die Tür frei. »Ich dachte, ich hätte Ihnen schon alles gesagt.«

»Das dachte ich auch«, entgegnete Brandt auf dem Weg ins Wohnzimmer.

»Was soll das denn heißen?«

»Das werden Sie uns bestimmt gleich erklären können. Das ist übrigens Dr. Sievers, sie ist Rechtsmedizinerin.«

»Schön, aber …«

»Setzen wir uns doch einfach, Sie beantworten mir ein paar Fragen, und umso schneller sind wir wieder weg.«

»Also, ich höre«, sagte sie, die Arme in Abwehrhaltung über der Brust verschränkt.

»Frau Wedel, ich glaube, Sie haben mir heute Nachmittag nicht die Wahrheit gesagt. Zumindest nicht die ganze. Deshalb noch einmal meine Frage – wie lange ging das Verhältnis zwischen Ihnen und Ihrem Schwager?«

»Das habe ich Ihnen doch gesagt. Bis Januar.«

»Aha. Es gibt aber zwei Ungereimtheiten in Ihrer Aussage, die ich gerne aus dem Weg geräumt haben möchte. Die eine ist, Sie haben sich einem Aidstest unterzogen, obwohl Sie mit Ihrem Schwager angeblich nur mit Kondom verkehrt haben. Warum haben Sie diesen Aidstest dann gemacht, wenn Sie nichts zu befürchten hatten?«

»Ich habe meine jährliche Blutuntersuchung machen lassen und dabei hat mich der Arzt gefragt, ob ich mich nicht auch auf Aids hin testen lassen möchte. Ich habe zugestimmt.«

»Frau Wedel«, mischte sich jetzt Andrea ein, die Mühe hatte, die Ruhe zu bewahren, ihr Ton war scharf, fast unerbittlich, »kein Arzt in Deutschland wird Ihnen einfach so vorschlagen, diesen Test zu machen. Dafür müssen ausreichende Gründe vorliegen, wie zum Beispiel ein schlechtes Blutbild, bestimmte Krankheitserscheinungen und so weiter. Wenn Sie gesund sind, gibt es keinen Grund anzunehmen, dass Sie HIV-positiv sind. Ich weiß das, denn ich bin Ärztin, wenn auch nur Rechtsmedizinerin. Warum also haben Sie diesen Test gemacht, und vor allem, wann?«

»Was wollen Sie eigentlich von mir?! Sie schneien hier mitten in der Nacht rein und bezichtigen mich der Lüge! Bitte, verlassen Sie sofort mein Haus, ich habe alles gesagt.«

»Nein, das haben Sie nicht«, entgegnete Brandt ebenfalls scharf. »Dr. Sievers hat Recht, kein Arzt wird Ihnen zu einem solchen Test raten, es sei denn, es liegt die Vermutung nahe, dass Sie das Virus in sich tragen. Wer hat den Test gemacht? Dr. Kaufung?«

»Nein.«

»Frau Wedel, bitte, seien Sie nicht so verstockt, sonst müssen wir annehmen, dass Sie uns etwas ganz Wesentliches verschweigen. Und wenn Sie jetzt nicht reden, lade ich Sie aufs Präsidium vor, wo es um einiges unangenehmer wird als hier. Also, wann haben Sie den Test machen lassen und warum? Nachdem Ihr Schwager Ihnen von seiner Infektion berichtet hat?«

Christine senkte den Blick, ihr ganzer Körper wurde von einem plötzlichen Weinkrampf durchgeschüttelt. Sie sprang auf, rannte an das Barfach, holte eine Flasche Cognac heraus, schüttete ein auf dem Tisch stehendes Wasserglas halb voll und trank es in einem Zug aus. Anschließend zündete sie sich eine Zigarette an und nahm einen tiefen Zug. Brandt ließ ihr Zeit, sich zu beruhigen, und legte eine Hand auf Andreas Arm, die schon wieder etwas sagen wollte. Nach einer Weile sagte Christine mit einem Blick, der in die Leere zu gehen schien: »Dieses verdammte Schwein hat mir das angehängt!« Sie sah Brandt aus traurigen Augen an. »Es war ungefähr eine Woche, nachdem Kaufung ermordet worden war. Mein Mann war für zehn Tage unterwegs, Malaysia, Australien. Klaus und ich haben uns in einer Wohnung getroffen, die ihm gehörte …«

»Moment, von was für einer Wohnung sprechen Sie?«

»Sie ist in der Bismarckstraße, wir haben uns immer dort getroffen. Ich war im zweiten Monat schwanger und habe es Klaus an diesem Abend mitgeteilt und gleichzeitig gesagt, dass wir das Verhältnis nicht länger fortführen können. Wissen Sie, wie er reagiert hat? Nein, das können Sie nicht wissen. Er hat eiskalt gesagt, mach es weg. Einfach so, mach es weg! Dieser verdammte Bastard! Ich wollte immer ein Kind, und letztlich war es mir egal, ob es von Klaus oder Jochen ist, aber ich wusste, dass ich das Verhältnis beenden musste. Ich habe ihn gefragt, warum er das von mir verlangt, und da hat er mir doch tatsächlich kalt lächelnd ins Gesicht gesagt, dass er HIV-positiv ist und ich wahrscheinlich auch und damit auch das Baby. Er war so eiskalt, dass ich trotz der Hitze gefroren habe. Als ich ihn gefragt habe, seit wann er das weiß, hat er geantwortet, noch nicht lange. Ich bin aus der Wohnung gestürmt und einfach stundenlang ziellos in der Gegend herumgefahren. Ich habe noch nie einen Menschen so gehasst wie Klaus in diesem Moment. Und es gab niemanden, mit dem ich darüber sprechen konnte. Ich bin ein paar Tage später zum Arzt gegangen und habe den Test machen lassen. Er fiel natürlich so aus, wie ich es erwartet hatte. Zwei Wochen später habe ich abgetrieben. Es wird nie ein Kind in diesem Haus geben, weil ich mich auf dieses teuflische Spiel eingelassen habe. Aber all diese Erkenntnis nützt mir jetzt nichts mehr. Irgendwann wird die Krankheit ausbrechen, und dann wird es nicht mehr lange dauern, bis ich tot bin. So, jetzt wissen Sie alles«, sagte sie und wischte sich die Tränen aus dem Gesicht.

»Er hat es Ihnen eine Woche nach der Ermordung seines besten Freundes gesagt?«

»Ja doch!«

»Und Sie sind nicht stutzig geworden? Haben Sie ihn nicht gefragt, bei welchem Arzt er war?«

»Nein, ich war völlig durcheinander. Ich wollte nur raus aus dieser verfluchten Wohnung!«

»Haben Sie sich jemals gefragt, wer der Mörder von Kaufung sein könnte?«

»Sicher, aber es wird irgendjemand …« Sie hielt mitten im Satz inne und sah Brandt ungläubig an. »Meinen Sie etwa, dass Klaus … Daran habe ich noch nicht gedacht, ich schwöre es.«

»Es deutet alles darauf hin. Kaufung hat ihm gesagt, was mit ihm los ist, und Ihr Schwager ist durchgedreht. Und danach hat er alle Frauen flachgelegt, die er bekommen konnte, einschließlich Minderjähriger. War Ihnen das bekannt?«

»Nein, woher auch, ich hatte ja Schluss gemacht und wollte ihn eigentlich nie mehr sehen, was sich aber nicht ganz vermeiden ließ, weil es eben diese ›Familientreffen‹ gibt. Ich habe ihn so für das gehasst, was er mir angetan hat, so sehr.« Sie ballte die Fäuste und presste die Lippen aufeinander.

»Sie haben ihn so sehr gehasst, dass Sie ihn umgebracht haben, richtig?«

Christine sah Brandt ungläubig an und antwortete: »Nein, das habe ich nicht. Auch wenn ich es liebend gern getan hätte. Dieses verfluchte Schwein hat mir eine tödliche Krankheit angehängt, und er hatte es verdient zu sterben. Aber ich habe damit nichts zu tun, das müssen Sie mir glauben.«

»Wo waren Sie am Dienstagabend zwischen einundzwanzig Uhr dreißig und vierundzwanzig Uhr?«

»Hier zu Hause. Ich habe auf meinen Mann gewartet. Ich war hier, als er nach Hause kam. Er wird Ihnen das bestätigen können.«

»Wann kam Ihr Mann noch mal nach Hause?«

»Halb elf, elf, ich kann mich nicht genau erinnern, weil ich solche Kopfschmerzen hatte.«

»Ach ja, Sie wurden ja wegen dieser Migräne von Dr. Kaufung behandelt. Hatten Sie auch schon mal eine Affäre mit ihm?«

»Warum können Sie mit diesen blöden Fragen nicht aufhören?«, sagte sie weinend.

»Weil es zu meinem Job gehört, blöde Fragen zu stellen. Antworten Sie nur mit Ja oder Nein.«

»Ja. Und jetzt? Werde ich jetzt etwa auch verdächtigt, ihn umgebracht zu haben?«

»Nein. Aber wir haben uns die ganze Zeit gefragt, wer um zweiundzwanzig Uhr am Dienstagabend von einer Telefonzelle aus mit Blick auf die Galerie bei Ihrem Schwager angerufen haben könnte. Es muss jemand gewesen sein, von dem er nichts befürchtete. Vielleicht haben Sie ihm irgendwas Nettes in den Hörer gesäuselt, er hat Sie reingelassen, Sie kannten sich bestens in den Räumlichkeiten aus, haben ihn in Ihrem Hass erschossen, das Videoband mitgenommen und sind wieder nach Hause gefahren. Man braucht um diese Zeit allerhöchstens zwanzig Minuten von der Waldstraße bis zu Ihnen. Korrigieren Sie mich, wenn ich falsch liege.«

»Das ist Wahnsinn, das ist der blanke Wahnsinn! Ich habe Klaus nicht umgebracht, er hat mich umgebracht. Hören Sie, er hat mich umgebracht, auch wenn ich noch lebe! Aber jeden Morgen, wenn ich aufstehe, sehe ich in den Spiegel und denke: Wie lange wird es wohl dauern, bis man mir ansieht, dass ich krank bin. Ich werde allmählich sterben, in spätestens zehn Jahren, hat mein Arzt gesagt, wird die Krankheit ausbrechen. Das ist Mord! Aber ich habe nie in meinem Leben eine Waffe in der Hand gehalten, geschweige denn mit einer geschossen. Solche Dinger machen mir Angst. Ich war es nicht! Ich habe die Galerie außerdem seit ewigen Zeiten nicht betreten, und das ist die Wahrheit. Wenn ich Klaus hätte umbringen wollen, dann hätte ich es wahrscheinlich an dem Abend getan, als er mir sagte, dass er HIV-positiv ist.«

»Was haben Sie am Dienstagabend hier gemacht? Haben Sie mit jemandem telefoniert, sodass wir das nachprüfen können?«

Mit einem Mal hellte sich Christine Wedels Gesicht auf. »Du meine Güte, warum bin ich nicht gleich draufgekommen! Ja, ich habe telefoniert. Bestimmt zwei Stunden mit meiner Mutter, sie wird Ihnen das bestätigen.«

»Trotz der Migräne?«

»Gerade deshalb. Ich brauchte Ablenkung. Wir haben so von neun bis elf telefoniert. Bitte fragen Sie sie. Aber Sie können das doch auch anders feststellen, oder?«

»Also gut, wir werden das überprüfen, und wenn Ihre Angaben richtig sind, haben Sie nichts zu befürchten. Würden Sie mir bitte die Telefonnummer Ihrer Mutter geben?«

»Natürlich.« Christine Wedel schrieb die Nummer auf einen Zettel und reichte ihn Brandt.

»Frau Wedel, ich würde Ihnen gerne eine Frage stellen«, sagte Andrea. »Haben Sie in den letzten Wochen oder Monaten eine Grippe gehabt?«

»Ja, sogar eine ziemlich schwere. Aber das war im Mai oder Juni. Ich hatte hohes Fieber, Schüttelfrost und habe mehrere Tage im Bett gelegen. Warum?«

»Versuchen Sie sich zu erinnern, wann genau das war.«

»Das war zu Pfingsten. Ich habe über Pfingsten im Bett gelegen, weil es mir so dreckig ging. Es hat ungefähr eine Woche gedauert, bis ich wieder einigermaßen auf dem Damm war.«

»Haben Sie einen Kalender hier? Ich weiß nicht mehr, wann Pfingsten in diesem Jahr war.«

»Moment.« Christine holte einen Taschenkalender und sah nach. »8. Juni war Pfingstsonntag.«

»Dann haben Sie sich zwischen Ende April und Mitte

Mai angesteckt. Wie oft hatten Sie Intimverkehr mit Ihrem Schwager?«

»Vier- bis fünfmal im Monat.«

Andrea überlegte und sagte schließlich: »Dann müsste er sich so zwischen März und April infiziert haben. Hatte er auch eine schwere Grippe in diesem Jahr?«

»Ja, es war so ähnlich wie bei mir. Er hat noch zu mir gesagt, dass er seit Ewigkeiten kein Fieber hatte. Es war auch für mich die erste schwere Grippe, an die ich mich erinnern kann. Würden Sie mir bitte sagen, warum Sie das interessiert?«

»In der Regel treten grippeartige Symptome zwei bis sechs Wochen nach der Infizierung auf. So, wie Sie es eben beschrieben haben. Die Viren bahnen sich ihren Weg durch den Körper, die Antikörper versuchen sie zu vertreiben, aber das Aids-Virus ist stärker. Es kommt zu einem Kampf, den die Antikörper grundsätzlich verlieren. Durch diesen Kampf kommt es zu den bereits angesprochenen grippalen Infekten mit Husten, Heiserkeit, Fieber, Schüttelfrost und so weiter. Wenn dieser erste Schub vorüber ist, haben Sie vorläufig Ruhe. Bekommen Sie Medikamente?«

»Ja. Der Arzt sagt, sie würden mein Immunsystem stärken.«

»Und Ihr Mann weiß nichts davon?«

»Nein, bis jetzt nicht. Die Medikamente habe ich auch gut versteckt.«

»Aber wenn Sie miteinander schlafen, wie machen Sie das? Ungeschützt?«

Christine schüttelte den Kopf. »Als mein Mann aus Australien zurückkam, habe ich ihm vorgeschwindelt, einen Pilz zu haben, der ansteckend ist. Als ich dann erfahren habe, dass ich positiv bin, habe ich ihn gebeten, dass wir vorläufig nur mit Kondom … Wegen des Pilzes. Ich weiß, ich kann ihm das nicht ewig verheimlichen. Und wenn es stimmt, dass ich mich bereits vor vier oder fünf Monaten infiziert habe, dann …« Sie fing wieder an zu weinen und ließ sich in den Sessel fallen, das Gesicht mit den Händen bedeckt.

»Hatte Ihr Mann seit Mai oder Juni eine Grippe?«

Christine schüttelte den Kopf, sie war unfähig zu sprechen.

»Dann hat er sich wahrscheinlich noch nicht angesteckt. Er sollte sich trotzdem testen lassen, nicht bei jedem müssen die genannten Symptome auftreten.«

»Ich hatte sowieso vor, es ihm zu sagen. Er wird mich zum Teufel jagen, aber das ist auch sein gutes Recht. Ich habe alles kaputtgemacht, einfach alles. Und ich frage mich, warum. Warum kann ich nicht mit dem zufrieden sein, was ich habe? Er hat sich immer ein Kind gewünscht, aber ich habe die Pille genommen. Dann hab ich sie abgesetzt und wurde sofort schwanger. Und ich kann nicht mal sagen, wer denn nun der Vater gewesen wäre. Jochen liebt mich über alles, und ich habe seine Liebe mit Füßen getreten. Und nun habe ich meine gerechte Strafe dafür erhalten.«

»Hat Ihnen Ihr Arzt nicht gesagt, dass die Wahrscheinlichkeit, dass das Baby ebenfalls das Virus in sich trägt, nur bei zwanzig Prozent liegt? Sie hätten vermutlich ein gesundes Kind zur Welt gebracht.«

»Zwanzig Prozent? Er hat mir sogar zur Abtreibung geraten, weil das Baby angeblich automatisch infiziert sei.«

»Das ist ein sehr schlechter Arzt. Sie sollten sich nach einem besseren umsehen.« Sie wandte sich an Peter Brandt. »Hast du noch Fragen?«

»Nein, ich denke, wir haben alles, was wir brauchen. Wir würden uns aber gerne einmal in dieser Wohnung in der Bismarckstraße umschauen. Vielleicht finden wir dort einen Hinweis, der uns weiterhilft.«

Christine holte einen Zettel und schrieb die genaue Adresse auf. »Ich war es wirklich nicht«, sagte sie und reichte ihm den Zettel. »Und ich wüsste auch nicht, wer es sonst gewesen sein könnte. Haben Sie Katharina schon gefragt, wo sie am Dienstag war?«

»Sie hat ein Alibi«, antwortete Brandt ruhig. Er wollte es ihr eigentlich nicht sagen, dass Katharina von dem Verhältnis wusste, aber nach dieser Frage konnte er nicht mehr an sich halten. »Seltsam, dass Sie Ihre Schwägerin verdächtigen. Sie hat Sie nämlich in Schutz genommen, obwohl sie von dem Verhältnis wusste. Da staunen Sie, was?«

»Bitte?«

»Sie hat gemeint, wir dürfen Ihnen das ruhig sagen. Und das habe ich hiermit getan. Komm, Andrea, ich bin müde und will endlich Feierabend machen.«

Sie verabschiedeten sich von Christine Wedel und fuhren zurück nach Offenbach.

»Das sind Abgründe«, sagte er. »Da haben die Leute alles und sind doch nicht zufrieden. Und so wird einer nach dem andern ins Unglück gestoßen, und ich meine damit nicht die Heuser, die Müller, die Johannsen oder Christine Wedel. Es sind immer die Ahnungslosen wie Jochen Wedel. Der Kerl tut mir irgendwie leid. Wenn der erfährt, was seine Frau getrieben hat, während er unterwegs war … Für ihn bricht eine Welt zusammen.«

»Aber es ist nicht unsere Aufgabe, es ihm zu sagen. Sie wird es tun, spätestens wenn er misstrauisch wird, warum er immer noch ein Kondom benutzen soll, wo doch so eine Pilzinfektion relativ schnell beseitigt ist. Mich wundert sowieso, dass er noch nicht misstrauisch geworden ist. Wie würdest du denn reagieren, wenn ich mit einem Mal verlangen würde, dass wir nur noch mit Präser …?« Sie sah ihn prüfend von der Seite an.

»Ich würde dich fragen, ob du neuerdings darauf stehst.«

»Mehr nicht?«

»Klar würde ich mich wundern. Aber wenn du mir eine plausible Begründung lieferst …«

»Und wenn ich nach zwei Monaten immer noch darauf bestehen würde?«

»Worauf willst du hinaus?«

»Keine Ahnung, ich rede dummes Zeug. Ich bin einfach saumüde und will nur noch ins Bett. Ich bin jetzt seit achtzehn Stunden auf den Beinen, ich kann nicht mehr. Auch nicht mehr denken.«

»Ich auch nicht.«

Sie bogen in die Elisabethenstraße ein, parkten hinter einem Jaguar, und Brandt sagte: »Das ist ein Schlitten. Davon träum ich schon, seit ich ein Kind bin.«

»Es ist doch auch nur ein Auto«, bemerkte Andrea und gähnte herzhaft.

»Ihr Frauen habt doch keine Ahnung. Das ist ein Jaguar, eines der schönsten Autos, die es gibt.«

»Ja, ja. Deiner ist auch nicht schlecht. Können wir jetzt endlich nach oben gehen?«

Andrea begab sich sofort ins Bad, während Brandt sich noch eine Flasche Bier aus dem Kühlschrank holte und den Fernseher anmachte. Es war fast Mitternacht, und eigentlich hätte er müde sein müssen, aber die Gedanken kreisten in einem fort in seinem Kopf. Was habe ich übersehen?, dachte er, während im Bad das Wasser lief. Die Frauen scheiden aus, Banser ist tot und war's auch nicht. Er holte einen Block und schrieb alles auf, was er an diesem Tag gehört hatte, und wollte sehen, ob es noch Ungereimtheiten gab. Er verglich die Aussagen der befragten Damen – ohne Ergebnis. Andrea kam aus dem Bad, sie trug nur einen Slip und ein weites T-Shirt, das bis über ihren Po fiel.

»Was machst du denn jetzt noch? Weißt du eigentlich, wie spät es ist?«

»Ich bin gleich fertig … Hier, die Frauen haben alle ein Alibi für Dienstagabend. Und Wedel war an dem Tag in Lissabon und ist um einundzwanzig Uhr zwanzig in Frankfurt gelandet … Augenblick«, meinte er nachdenklich und kratzte sich am Kinn. »Was hat seine Frau heute Nachmittag gleich gesagt? Ich habe sie gefragt, wann ihr Mann morgen wieder zu Hause ist, weil ich mit ihm sprechen möchte. Darauf hat sie geantwortet, irgendwann gegen Mittag, genau könne sie es nicht sagen, weil die Flüge selten pünktlich ankommen würden, das hinge mit den Windverhältnissen zusammen. Momentan ist er in Chicago, am Dienstag war er in Lissabon … Ich muss sofort am Flughafen anrufen. Das ist zwar verrückt, aber du hast vorhin was gesagt, nämlich dass du dich wunderst, dass er noch nicht misstrauisch geworden ist. Was, wenn er schon längst misstrauisch geworden ist?«

»Und weiter? Wie soll er eine Verbindung zwischen seiner Frau und seinem Bruder herstellen? Und vor allem, woher soll er wissen, dass sie HIV-positiv ist und sein Bruder ihr das angehängt hat? Es gibt keine Auskunftspflicht und auch keine Stellen, wo man einsehen könnte, wer positiv ist. Die Einzigen, die auch namentlich registriert werden, sind positive Junkies, Stricher und Huren. Die Daten aller andern Personen werden verschlüsselt, sodass keiner außer Arzt und Patient davon weiß.«

»Er hat die Medikamente gefunden, ganz einfach.«

»Dann hätte er sie mit Sicherheit gefragt, warum sie diese

Medikamente nimmt. Außerdem verkennst du den Einfallsreichtum von Frauen, wenn es um Verstecke geht. Wenn die in dem Haus was verstecken will, findet er das nie, Hand drauf.«

»Ich werde trotzdem am Flughafen anrufen. Ich will wissen, wann seine Maschine am Dienstagabend gelandet ist. Es ist doch immerhin eine Möglichkeit, oder?«

»Aber nicht noch heute Nacht.«

»Okay, ich mach das morgen nach dem Frühstück. Ich bin sowieso viel zu müde. Ich brauche diese Information aber. Und dann gehen wir shoppen, versprochen.«

»Versprochen?«, fragte sie mit hochgezogenen Brauen und einem minimalistischen Lächeln.

»Wenn ich's doch sage.«

»Also gut, dann husch, husch, ab ins Bad und ins Bett. Ich will in deinem Arm einschlafen.«

»Zu Befehl.«

Als Brandt nur fünf Minuten später aus dem Bad kam, schlief Andrea bereits, was kein Wunder war, wenn sie um fünf aufgestanden und den ganzen Tag auf den Beinen war. Er schlich auf Zehenspitzen zurück ins Wohnzimmer, nahm das Telefon, und da fiel ihm ein, dass er gleich zwei Fliegen mit einer Klappe schlagen könnte, und rief seinen Freund Walter beim KDD an.

»Hi, ich bin's, Peter. Hör zu, du musst mir gleich einen Riesengefallen tun. Schreibst du mit? Okay, dann pass auf. Am vergangenen Dienstagabend ist eine Maschine aus Lissabon kommend laut Flugplan um einundzwanzig Uhr zwanzig in Frankfurt gelandet. Versuch doch mal rauszukriegen, ob die Maschine nicht schon früher angekommen ist, und ruf mich zurück, sobald du was weißt. Das müsste doch relativ schnell zu machen sein. Und wenn du schon dabei bist, überprüf doch mal zwei Nummern, ob die Teilnehmer am vergangenen Dienstag irgendwann zwischen acht und elf telefoniert haben und wie lange.« Er gab die Nummern durch und wartete, bis Walter mit dem Schreiben fertig war.

»Ich tu, was ich kann, aber ich verspreche nichts. Nachts ist am Flughafen nicht viel los. Das andere hab ich in ein paar Minuten.«

»Wenn das mit dem Flughafen nicht klappt, fahr ich nachher dorthin. Versuch's trotzdem, ich bleib neben dem Telefon sitzen.«

»Alles klar. Bis gleich.«

Brandt trank noch ein Glas Bier, stellte sich ans Fenster, das Telefon in der Hand. Zwanzig Minuten vergingen, bis es klingelte.

»Ja?«

»Also Folgendes. Die Maschine ist nicht um einundzwanzig Uhr zwanzig, sondern schon um zwanzig Uhr fünfundfünfzig gelandet. Wieso und weshalb, kann ich nicht sagen. Die Überprüfung der beiden Nummern hat ergeben …«

»Jetzt sei doch nicht so furztrocken«, unterbrach ihn Brandt, der endlich auch ins Bett wollte.

»Haha. Also, die haben von genau zwanzig Uhr achtundzwanzig bis zweiundzwanzig Uhr siebenundvierzig telefoniert.«

»Du bist ein Schatz! Wir gehen demnächst mal einen trinken, und ich schmeiß die Runde. Bis dann und schöne Nacht noch.«

»Witzbold.«

Ja, ja, ja, das könnte es sein! Lieber Freund Wedel, du hast behauptet, pünktlich um einundzwanzig Uhr zwanzig gelandet zu sein. Und das war eine große Lüge, die du mir erklären wirst. Wir sehen uns.

Er ging zu Bett, wo Andrea auf dem Bauch lag und kaum merklich atmete. Er legte sich so leise wie möglich hin und zog die Bettdecke hoch. Er hatte trotz des langen und anstrengenden Tages Mühe, einzuschlafen. Brandt ging durch den Kopf, was wäre, sollte Jochen der Mörder seines Bruders sein. Hatte er eben noch gejubelt, ihn in den engeren Kreis der Tatverdächtigen einbeziehen zu können, so dachte er jetzt, dass es alles andere als ein Triumph wäre, ihn festzunehmen, denn er konnte sich vorstellen, aus welcher Verzweiflung heraus er gehandelt hatte. Nein, dachte er, du wirst ihn lediglich fragen, warum er nicht gesagt hat, dass er fast eine halbe Stunde früher als vorgesehen gelandet ist. Punkt.

Samstag, 9.30 Uhr

Während Andrea die Nacht fast regungslos neben ihm verbracht hatte, konnte Brandt trotz aller Bemühungen bis zum Morgengrauen nicht einschlafen, zu sehr beschäftigte ihn die Frage, ob Jochen Wedel seinen Bruder getötet hat. Sein Kopf sagte ihm, dass es noch keinerlei Beweise gegen ihn gab, sein Bauch sprach jedoch eine andere Sprache. So wie bei Banser, der zwar ein handfestes Motiv vorweisen konnte und dessen Fingerabdrücke am Tatort sichergestellt wurden, von dem Brandt aber dennoch nicht glaubte, dass er zu einem Mord fähig war. Und auf seinen Bauch konnte er sich verlassen, während es mit den Fakten oftmals haperte. Ein paar Fingerabdrücke, Abdrücke von Schuhsohlen, ein Zeuge, der einen vermeintlichen Täter zur Tatzeit in der Nähe des Tatorts gesehen haben wollte, ein scheinbares Motiv reichten den meisten Beamten und auch der Staatsanwaltschaft schon aus, jemanden festzunehmen und in Untersuchungshaft zu stecken. Und nicht selten kam es vor, nicht nur in Offenbach, sondern überall in Deutschland, dass Unschuldige für ein Verbrechen hinter Gitter gebracht wurden, weil sie lediglich kein nachprüfbares Alibi vorweisen konnten. Brandt kannte mehrere solcher Fälle, auch von Kollegen aus anderen Dienststellen, wie schnell jemand zum Verbrecher abgestempelt wurde, obgleich der- oder diejenige mit der ihm oder ihr vorgeworfenen Tat nicht das Geringste zu tun hatte und dennoch aufgrund fragwürdiger Indizien und Zeugenaussagen für eine lange Zeit im Gefängnis verschwunden war. Und die Gerichte ließen sich nur schwer zu einem Wiederaufnahmeverfahren überreden. Stand die Schuld in den Augen der Justiz einmal fest, so war das Urteil unumstößlich. Brandt kannte gute und faire Richter und Staatsanwälte, er kannte aber auch andere, die gnadenlos selbst den kleinsten Gauner zu hohen Strafen verdonnerten, einen Steuersünder, der ein paar tausend Euro am Finanzamt vorbeigeschleust hatte, während sie die Verbrechergrößen häufig wie VIPs behandelten. Und zu diesen Größen zählte Brandt auch den einen oder andern Banker, Aufsichtsratsvorsitzenden, Großunternehmer, die sich die besten Anwälte leisten konnten und das nötige Geld besaßen, einem Staatsanwalt und Richter einige Gefälligkeiten zu erweisen. Ein neues Auto, der Ausbau eines Hauses oder eine Eigentumswohnung, wo jemand ungestört seine Schäferstündchen abhalten konnte, eine größere Summe auf ein Auslandskonto …

Aber Korruption war bei der Polizei ein Tabuthema. Jeder wusste von den Schmierereien, viele machten mit, doch keiner würde es wagen, den Mund aufzumachen, aus Angst vor Repressalien, denen erst vor kurzem eine junge Kollegin in Frankfurt zum Opfer gefallen war. Angeblich hatte sie Selbstmord begangen, doch hinter vorgehaltener Hand wurde getuschelt, dass sie umgebracht worden war. Sie war zu mutig und engagiert aufgetreten und ins offene Messer der Kollegen gelaufen. Brandt kannte selbst einige Kollegen aus seinem Präsidium, die gerne die Hand aufhielten und dafür beide Augen zudrückten. Doch die Ganoven, mit denen er es oft zu tun hatte, Zuhälter, Dealer und andere Kriminelle, wussten, dass er unbestechlich war, und würden nie den Versuch wagen, ihn zu bestechen. Sein Vater hatte ihm einmal gesagt: Wenn du dem Teufel jemals auch nur den kleinen Finger hinhältst, wird er dich in den Abgrund reißen. Ein Pakt mit ihm, und du wirst ihn nie wieder los. Du hast einen Eid geschworen, dem Gesetz zu dienen, und diesen Eid darfst du niemals brechen, und wenn andere es tausendmal tun und nichts dabei finden, du wirst deinen Stolz bewahren, wenn du ehrlich bleibst. Es waren Sätze, die ihm im Gedächtnis haften geblieben waren. Wenn Brandt einen Menschen kannte, der auch in Zeiten finanzieller Krisen immer seinen Prinzipien treu geblieben war, dann sein Vater und großes Vorbild. Und bis zu diesem Tag hatte er sich nicht einmal von jemandem zu einem Essen einladen lassen, der in einen Fall direkt oder auch nur indirekt verwickelt war.

All diese Gedanken schossen ihm durch den Kopf, als er wach dalag und ab und zu einen Blick auf die schlafende Andrea warf, die er ihm Dunkeln nur schemenhaft wahrnahm, die er gerne in den Arm genommen oder gestreichelt hätte, sie aber nicht wecken wollte, auch wenn sie einmal gesagt hatte, es würde ihr nichts ausmachen, er dürfe sie jederzeit wecken.

Er würde sich erkundigen, wann die Landung des Fliegers

aus Chicago geplant war, und Wedel am Nachmittag aufsuchen. Je länger er nachdachte, desto mehr hoffte er, einer falschen Fährte nachzulaufen, denn er hatte Wedel kennen gelernt und schätzte ihn als einen aufrichtigen und ernsthaften Menschen ein. Aber auch die aufrichtigsten und ernsthaftesten Menschen waren in Ausnahmesituationen zu Dingen fähig, die scheinbar jeglicher Vernunft widersprachen. Und Brandt wollte herauskriegen, ob Wedel sich in einer solchen Ausnahmesituation befunden hatte. Was durchaus möglich war, wenn er hinter das dunkle Geheimnis seiner Frau und seines Bruders gekommen sein sollte.

Mitten in all diesen Gedanken schlief er mit Einbruch der Dämmerung doch noch ein. Er wurde geweckt, als Andrea unter seine Bettdecke gekrochen kam und sich an ihn kuschelte. Es war, als würde sie wie eine Katze schnurren, während ihr Kopf an seiner Brust lag. Im ersten Moment hatte er Mühe, sich zu orientieren, obwohl er schon seit fünfzehn Jahren in dieser Wohnung lebte und in diesem Bett schlief, das er aber bald auf den Sperrmüll geben würde, denn er empfand es als unpassend, mit der Frau, die er liebte, in einem Bett zu schlafen, in dem auch jahrelang seine Ex geschlafen hatte. Hier hatten sie Sarah und Michelle gezeugt, einige schöne Nächte verbracht, nur in den letzten Ehejahren vor der Trennung war fast nichts mehr zwischen ihnen gelaufen. Überhaupt würde er peu à peu die Wohnung neu gestalten, neue Tapeten, neuer Teppichboden, vor allem aber neue Möbel. Es sollte ein Heim werden, in dem sich Andrea wirklich zu Hause fühlte, auch wenn sie ihre Wohnung vorläufig noch nicht aufgeben wollte. Aber auch er selbst brauchte diese Veränderung, dieses Neue. Er musste lernen, das Alte und Vergangene loszulassen, denn er merkte, dass Andrea, so gern sie auch mit ihm zusammen war, sich bis jetzt nicht richtig akklimatisiert hatte.

»Wie spät ist es?«, schnurrte sie und kraulte seine Brust.

»Keine Ahnung«, antwortete Brandt, der die Augen noch geschlossen hatte und ihr übers Haar streichelte.

»Es ist schon so hell.« Sie hob den Kopf. »Halb zehn! Du meine Güte, so lange hab ich ja ewig nicht geschlafen. Ich kann mich gar nicht mehr erinnern, wann wir ins Bett gegangen sind.«

Brandt hatte die Augen immer noch geschlossen und brummte: »Du bist zur Geisterstunde ins Bett.«

»Was heißt hier du?«

»Ich hatte noch was zu tun.«

»Und was, wenn ich fragen darf, du alter Brummbär?«

»Ich musste noch was checken.«

»Alter Morgenmuffel«, sagte sie lachend und boxte ihn leicht auf den Arm. »Was musstest du denn checken?«

Mit einem Mal sprang er hoch, warf sie auf den Rücken und setzte sich über sie. »Dreimal darfst du raten?«

»Es hat mit Wedel zu tun, Jochen Wedel.«

»Richtig. Und weiter?«

»Du hast am Flughafen angerufen – sagt man eigentlich am Flughafen oder im Flughafen? – na ja, ist auch egal, und hast dich erkundigt, wann die Maschine am Dienstagabend aus Lissabon gelandet ist.«

»Fast richtig. Ein Kollege vom KDD hat mir den Gefallen getan und dort angerufen. Wedel ist nicht um einundzwanzig Uhr zwanzig, sondern schon um zwanzig Uhr fünfundfünfzig gelandet. Das heißt, der gute Mann hatte genügend Zeit, um zweiundzwanzig Uhr in Offenbach zu sein und seinen Bruder aufzusuchen. Klingt doch logisch, oder?«

Andrea setzte sich auf und schlang ihre Arme um Brandt.

»Logisch klingt das logisch. Aber das will noch lange nichts heißen, mein lieber Schatz. Denk an die Fingerabdrücke von Banser. Und der ist jetzt tot.«

»Ich muss trotzdem mit ihm reden, denn ich denke, die Lösung liegt in der Familie. Entweder seine Frau oder sein Bruder. Einer von diesen beiden war's. Die Schwägerin fällt raus, sie hat genau zu der Zeit telefoniert, wie sie es uns auch gesagt hat. Und seine Frau hat schon vor Jahren sämtliche Gefühle über Bord geworfen, die hätte vielleicht irgendwann ihre Sachen gepackt und wäre klammheimlich mit ihrer Tochter verschwunden, aber ihren Mann umzubringen, auch wenn er noch so ein Schwein war, das wäre unter ihrem Niveau gewesen. Bleibt eigentlich nur noch der Bruder.«

»Tu mir nur einen Gefallen«, sagte Andrea ernst, »nicht wieder so einen Schnellschuss wie bei Banser.«

»Keine Sorge, so ein Fehler unterläuft mir nicht noch mal. Ich werde ihn mit Samthandschuhen anfassen. Sollte er seinen Bruder getötet haben, dann ...«

»Was dann?«

»Wenn er ein eiskalter Killer wäre, okay, dann ab in den Bau. Aber dieser Typ ist kein Killer, und so jemanden festzunehmen fällt mir verdammt schwer.«

»Kann ich verstehen. Aber im Fall des Falles wirst du nicht drum rumkommen.«

»Weiß ich selbst.«

»Dann fällt also unser Einkaufsbummel ins Wasser, oder?«

»Warum denn? Es reicht doch, wenn ich um vier bei Wedel bin. Wir stehen jetzt auf, ich geh Brötchen holen, und du bügelst dir die Falten aus dem Gesicht.«

»He, du Mistkerl, ich und Falten! Das kannst du vielleicht in zehn Jahren zu mir sagen, aber noch habe ich eine Haut wie ein Babypopo«, entgegnete sie und nahm, ohne dass er es sah, ihr Kissen und schleuderte es ihm ins Gesicht. Sie kabbelten sich eine Weile, bis Andrea ihm einen Kuss auf die Stirn gab und aus dem Bett sprang. Sie streckte sich, machte das Fenster auf, schaute auf das Thermometer und dann zum Himmel, der leicht bewölkt war.

»Ideales Wetter, um mal wieder ein paar Euro auf den Kopf zu hauen. Ich weiß gar nicht mehr, wie lange das her ist, seit ich das letzte Mal so richtig shoppen war. Hast du wirklich Lust, mitzukommen?«

»Klar.«

»Glatte Lüge.« Sie drehte sich wieder um und meinte: »Hör mal, wenn dir andere Sachen durch den Kopf gehen, dann bleib lieber hier, ich komm auch ganz gut ohne dich zurecht. Ich möchte in ein paar Boutiquen stöbern, nach Schuhen gucken, das ist bestimmt stinklangweilig für dich. Ich will mich außerdem in aller Ruhe fertig machen, in aller Ruhe frühstücken und in aller Ruhe nach Frankfurt fahren. Ich seh dir doch an, dass du mit deinen Gedanken ganz woanders bist. Ich bin auch überhaupt nicht sauer, Ehrenwort, ich kann dich sogar verstehen. Und heute Abend machen wir's uns so richtig gemütlich. Wir leihen uns eine DVD aus, schauen sie mit Sarah und Michelle, lassen uns Pizza kommen und legen einfach die Beine hoch. Ist das ein Vorschlag? Mir zuliebe musst du nicht mitkommen.«

»Überredet. Aber Brötchen darf ich trotzdem holen, oder?«

»Ich bitte sogar darum. Außerdem herrscht im Kühlschrank gähnende Leere.«

»Ich geh nachher einkaufen. Wir sind übrigens morgen zum Mittagessen bei meinen Eltern eingeladen.«

»Oh. Was gibt's denn?«

»Keine Ahnung, was meine liebe Mama macht.«

»Egal, schmeckt sowieso immer. Ich glaub, ich sollte mal einen Kochkurs bei ihr belegen.«

»Sie würde dir bestimmt den einen oder andern Trick verraten, aber nur, weil sie dich so gerne mag. Normalerweise hütet sie ihre Rezepte wie einen kostbaren Schatz. So, und jetzt verschwinde ich mal schnell im Bad, und dann hole ich Brötchen und die Zeitungen.«

Er stand auf, erledigte seine Morgentoilette, zog sich an und ging zum Bäcker. Als er zurückkam, war Andrea noch im Bad. Er deckte den Tisch, kochte Kaffee und lüftete die Wohnung durch. Ich müsste mal wieder saugen und Staub wischen, dachte er, als die Sonne den Staub auf den Möbeln mehr als deutlich sichtbar werden ließ. Er zuckte mit den Schultern, schlug erst die *Bild*-Zeitung auf, überflog den Sportteil und las einen größeren Artikel über seine Offenbacher Kickers und verzog kopfschüttelnd den Mund. Sie hatten gestern Abend auf dem Bieberer Berg null zu vier gegen die Bayern München Amateure verloren und rangierten jetzt auf dem vorletzten Platz in der Regionalliga. Und euer Ziel war der Aufstieg in die 2. Liga. Ihr Deppen. Wenn ihr nicht aufpasst, spielt ihr in der nächsten Saison in der Oberliga gegen Ober-Roden oder Bad Vilbel. Der Bericht in der *Offenbach Post* war noch vernichtender. Er legte die Zeitungen auf den Tisch und warf einen Blick auf die Uhr. Viertel vor elf, der Kaffee war längst durch den Filter gelaufen. Um elf kam Andrea endlich aus dem Bad. Sie hatte sich schick gemacht, trug, was nicht sehr oft vorkam, obwohl sie makellose Beine hatte, einen Rock mit einem Muster in verschiedenen Blautönen und eine dunkelgelbe Bluse, war geschminkt und sah so verführerisch aus, dass Brandt Appetit auf etwas ganz anderes als Brötchen mit Marmelade bekam. Doch er behielt seine Gedanken für sich und sagte nur: »Du siehst toll aus. Willst wohl den Männern imponieren.«

»Mal sehen, vielleicht läuft mir ja ein knackiges Kerlchen über den Weg«, entgegnete sie mit spitzbübischem Lächeln.

»So wie du aussiehst, bestimmt nicht nur ein Kerl«, brummte er.

»Du bist doch nicht etwa eifersüchtig? Das wäre ja was ganz Neues. Komm, mach ein freundliches Gesicht, du weißt doch genau, dass alle andern Männer niemals mit dir konkurrieren können. Oder muss ich dir das etwa jeden Tag neu aufs Brot schmieren?«

»War doch gar nicht so gemeint von mir. Ich denk halt immer nur, du bist so jung, so hübsch und hast ausgerechnet mich ausgewählt. Ich kann das immer noch nicht fassen. Manchmal glaub ich, ich träume.«

»Tust du nicht. Was kann ich denn machen, um dir zu beweisen, dass du genau der Mann bist, den ich mir immer gewünscht habe und der mir zugewiesen wurde? Mehr als dir sagen und zeigen kann ich nicht.«

»Schon gut, aber jedes Mal, wenn ich dich so sehe, denke ich, dass dir eigentlich alle Männer zu Füßen liegen müssten. Ich kann auch nichts dafür.«

»Und wenn sie mir zu Füßen liegen, weißt du, was ich dann mache? Ich steige über sie hinweg und gehe zu dir. Ich heiße schließlich nicht Petra Johannsen oder Christine Wedel. Ich habe meine Prinzipien. So, und jetzt hab ich Hunger und will dich nicht länger bauchpinseln.«

Samstag, 12.10 Uhr

Andrea verabschiedete sich mit einem langen Kuss von Brandt, sah ihm noch einmal tief in die Augen und stupste ihn mit dem Zeigefinger an die Nasenspitze. Ohne etwas zu sagen, nahm sie ihre Handtasche, die Autoschlüssel und verließ die Wohnung. Brandt erstellte einen Einkaufszettel, rief danach erst Sarah und dann Michelle an, von denen jede seit kurzem ein Handy besaß, und fragte, wann sie nach Hause kämen. Irgendwann am Nachmittag, sagten sie.

»Ich muss gleich einkaufen und danach noch arbeiten, ihr könnt euch also Zeit lassen. Ich bin aber spätestens um sieben wieder zu Hause.«

»Und Andrea?«, fragte Sarah.

»Die ist in der Stadt. Bis nachher dann.«

Um halb zwei hatte er seinen Einkauf erledigt und die Sachen im Kühlschrank und im Vorratsschrank verstaut. Er trank noch eine Tasse Kaffee und begab sich zu seinem Wagen. Eigentlich hatte er bis sechzehn Uhr warten wollen, aber er war ungeduldig und hoffte, Jochen Wedel schon jetzt anzutreffen. Seine Frau hatte gesagt, er würde irgendwann zwischen zwölf und zwei nach Hause kommen. Er war gespannt, wie Wedel auf seine Fragen reagieren würde.

Samstag, 13.55 Uhr

Brandt war langsam gefahren und er hatte das Radio laut gestellt, um sich abzulenken. Als er einige Meter von dem Haus entfernt hielt, wartete er noch einen Moment, bis er ausstieg. Beide Fahrzeuge standen in der offenen Garage. Er klingelte, Jochen Wedel kam an die Tür, nur bekleidet mit einer Jeans und einem T-Shirt, war braun gebrannt und sah übernächtigt aus. Er machte von innen das Tor auf und begrüßte Brandt freundlich.

»Guten Tag, Herr Brandt. Was führt Sie zu uns?«

»Nichts Besonderes. Ich hätte da nur noch ein paar Fragen an Sie.«

»Ich stehe zu Ihren Diensten. Bitte, treten Sie ein.«

Im Wohnzimmer nahm Brandt wieder auf der Couch Platz, während sich Wedel ihm gegenüber in den Sessel setzte.

»Ist Ihre Frau gar nicht da?«

»Sie ist in der Küche. Soll ich sie holen?«

»Nein, nicht nötig. Ich wollte sowieso mit Ihnen allein sprechen. Können wir uns irgendwo ungestört unterhalten?«

»Sie machen es ja äußerst spannend. Aber gut, gehen wir in die Bibliothek. Kann ich Ihnen etwas anbieten? Einen Whiskey vielleicht?«

»Nein, danke, dazu ist es mir noch ein wenig zu früh am Tag. Außerdem stehe ich nicht auf das Hochprozentige.«

»Aber Sie haben sicher nichts dagegen, wenn ich mir einen genehmige. Ich war zwei Tage in Chicago und bin erst vor einer Stunde nach Hause gekommen, und im Dienst ist Alkohol strengstens verboten. Meine Frau bereitet gerade das Essen zu.«

Er schenkte sich einen Whiskey ein und bat Brandt, ihm in die Bibliothek zu folgen. Es war ein mittelgroßer gemütlicher Raum, der zum Verweilen einlud.

»Nehmen Sie Platz, ich sage nur schnell meiner Frau Bescheid, dass wir nicht gestört werden möchten.«

Als Wedel zurückkam, fragte Brandt: »Haben Sie die Bücher alle gelesen?«

Jochen Wedel lachte auf und schüttelte den Kopf. »Um Himmels willen, nein. Ich bin nur ein Büchernarr und bringe von überall auf der Welt irgendwelche Kostbarkeiten mit. Ich habe hier Bücher, die zum Teil über zweihundert Jahre alt sind und die ich, wie man so schön sagt, für'n Appel und 'n Ei erstanden habe. Die Leute, die mir diese Bücher verkaufen, wissen oft nicht, was sie wert sind, und ich ehrlich gesagt manchmal auch nicht. Hier, ein Atlas von 1870, hab ich in Tschechien bei einem Antiquar erstanden. Zwanzig Dollar wollte er dafür haben, dabei ist das gute Stück über fünftausend Euro wert, das habe ich aber erst später erfahren.« Er reichte ihn Brandt, der kurz darin blätterte, nickte und ihn wieder Wedel gab.

»Herr Wedel, wie Sie sicher schon von Ihrer Frau wissen, haben wir den Mörder Ihres Bruders noch nicht gefunden. Aber es gibt ein paar Ungereimtheiten in dem Fall, die mir Kopfzerbrechen bereiten. Wussten Sie, dass Ihr Bruder HIV-positiv war?«

Wedel machte ein überraschtes Gesicht und schüttelte den Kopf. »Nein, das ist mir völlig neu. Aber bei seinem Frauenverschleiß wundert mich das nicht. Er hätte eben besser aufpassen müssen. Hat er andere angesteckt?«

»Das ist sehr gut möglich. Es gibt auf jeden Fall einige Frauen, die sich in den nächsten Tagen einem entsprechenden Test unterziehen werden.« Brandt beobachtete unauffällig und doch genau die Reaktion von Jochen Wedel, aber er zeigte keinerlei Anflug von Nervosität. Er saß gelassen und entspannt in seinem grünen Ohrensessel aus feinstem Leder, das mit Goldnieten an der Rücken- und den Armlehnen und am unteren Rand befestigt war. Vielleicht ist es auch nur Zierde, dachte Brandt.

»Das ist wohl sehr ratsam«, entgegnete er nur.

»Ja, sicher. Sagen Sie, wo waren Sie am Dienstagabend zwischen halb zehn und zwölf?«

»Herr Brandt, diese Frage haben Sie mir bereits gestellt, erinnern Sie sich nicht?«, antwortete Wedel lachend. »Ich war in Lissabon und bin erst um zwanzig nach neun gelandet. Ich war so gegen halb elf, Viertel vor elf zu Hause. Sie wissen vielleicht nicht, wie das ist, aber da ist noch die Übergabe, der Check-out und so weiter. Das dauert immer seine Zeit.«

»Ach ja, stimmt, das haben Sie mir bereits gesagt. Nur, sind Sie sicher, dass Sie um zwanzig nach neun gelandet sind?«

Wedel kniff die Augen zusammen. Erstmals meinte Brandt eine Spur von Nervosität bei ihm zu entdecken. »Moment, was soll diese Frage?«

»Ich wäre Ihnen dankbar, wenn Sie sie mir einfach nur beantworten würden.«

»Es kann auch schon um Viertel nach neun gewesen sein oder auch erst um halb zehn. Die planmäßigen Ankunftszeiten können bei Mittel- und Langstreckenflügen nur selten exakt eingehalten werden. Das hat mit den Wetter- und Windverhältnissen zu tun. Aber …«

»Herr Wedel, ich habe mich erkundigt, Sie sind am Dienstag um genau zwanzig Uhr fünfundfünfzig in Frankfurt gelandet. Ich denke, so etwas vergisst man nicht, oder?«

»Na gut, dann sind wir eben um zwanzig Uhr fünfundfünfzig gelandet. Wenn Sie es überprüft haben, wird es wohl stimmen. Und weiter?«

»Als ich Sie am Mittwoch gefragt habe, wann Sie nach Hause gekommen sind, antworteten Sie wie eben auch, zwischen halb elf und elf. Außerdem sagten Sie, dass Sie nach dem Auschecken gleich nach Hause gefahren sind. Aber zwischen zwanzig Uhr fünfundfünfzig und sagen wir zweiundzwanzig Uhr fünfundvierzig, um die goldene Mitte zu nehmen, liegen fast zwei Stunden. Doch vom Flughafen bis zu Ihnen dauert es um diese Uhrzeit gerade mal zwanzig Minuten, höchstens eine halbe Stunde. Wo waren Sie in der Zwischenzeit?«

»Kann ich Ihren Worten entnehmen, dass Sie mich verdächtigen, etwas mit dem Tod meines Bruders zu tun zu haben?« Wedel lächelte gequält. Er schien zu ahnen, was in den nächsten Minuten kommen würde.

»Beantworten Sie doch bitte einfach nur meine Frage – wo waren Sie in den zwei Stunden?«

»Vielleicht war ich ja auch schon vor halb elf zu Hause, ich habe nicht auf die Uhr geschaut. Ich war einfach nur müde und wollte zu meiner Frau.«

»Wir kommen so nicht weiter. Was hat Ihre Frau bei Ihrer Rückkehr gemacht?«

»Tut mir leid, ich kann mich nicht erinnern. Ich meine, sie hat auf dem Sofa gesessen und vor sich hin gedöst. Sie hatte ja wieder diese Migräne.«

»Ich kann Ihnen sagen, was Ihre Frau gemacht hat – sie hat telefoniert, und zwar bis zweiundzwanzig Uhr achtundvierzig. Aber das ist jetzt nebensächlich. Bei einem Flug von Portugal nach Deutschland müssen Sie nicht den Zoll passieren. Sie checken alle Geräte, steigen aus dem Flugzeug aus, wechseln vielleicht noch ein paar Worte mit Kollegen und sehen zu, dass Sie so schnell wie möglich nach Hause kommen. Das dürfte unter normalen Umständen sechzig bis siebzig Minuten dauern. Ich gehe aber davon aus, dass Sie es an diesem Abend besonders eilig hatten, was leicht nachzuprüfen sein dürfte, wenn ich Ihre Kollegen frage. Habe ich Recht?«

Wedels Gelassenheit schwand zusehends. Er atmete schwer, stand auf und stellte sich mit dem Rücken zu Brandt ans Fenster, das auf den Garten hinausging.

»Und wenn Sie Recht haben, was beweist das schon? Ich wollte nur schnell zu meiner Frau, das habe ich bereits gesagt.«

»Sie lieben Ihre Frau sehr, zumindest macht es den Eindruck auf mich.«

»Ja, ich liebe sie über alles. Ist das ein Verbrechen?«

»Es gibt nichts Schöneres als die Liebe. Und nichts Schlimmeres, wenn sie zerstört wird. Ich kann da mitreden, wenn vielleicht auch nicht so wie Sie.«

Wedel stand noch immer am Fenster, eine Hand in der Hosentasche, in der andern das leere Glas. Seine Stimme klang unnatürlich, kehlig, als er sagte: »Also gut, ich werde Ihnen etwas erzählen. Die Liebe ist schön und oft nicht fair. Christine hat auf eine ganz besondere Weise mein Leben bereichert. Wissen Sie, wie das ist, wenn man gerade mal zehn und elf ist und die Mutter Knall auf Fall über Nacht mit ihrem Liebhaber durchbrennt und der Vater die einzige Bezugsperson ist? Er hat aber keine Zeit, sich um uns zu kümmern, weil die Arbeit ihn voll und ganz in Anspruch nimmt. Was hat er also getan? Er hat uns ins Internat gesteckt. Anfangs habe ich ihn dafür gehasst, als ich älter wurde, habe ich ihn verstanden. Er hatte gar keine andere Wahl. Er hat unter der Trennung unglaublich gelitten und wollte von Frauen nichts mehr wissen. Das blieb bis zu seinem Tod so. Er ist regelmäßig in ein Edelbordell gegangen, wo er seine Stammhuren hatte, aber eine feste Bindung wollte er nicht mehr eingehen. Klaus und ich haben das Internat durchgestanden, wir haben unser Abitur gemacht, und während Klaus BWL studiert hat, habe ich meine Pilotenausbildung absolviert. Ich hatte über die Jahre hinweg einige Freundinnen, aber keine von ihnen hat mir wirklich etwas bedeutet. Bis ich Christine kennen lernte. Es hat sofort zwischen uns gefunkt, ich war vom ersten Moment verliebt wie ein Schuljunge. Sie erschien mir wie eine Rose, die gerade am Aufblühen war, zart, zerbrechlich, wunderschön, aber natürlich auch mit Dornen, die ich jedoch nicht gesehen habe oder sehen wollte.

Sie hatte Kunst studiert, und ihre Bilder haben mich von Anfang an fasziniert. Ich weiß nicht, wie es Ihnen geht, wenn Sie diese Bilder dort draußen sehen«, er deutete auf das Wohnzimmer, »aber ich finde, sie stecken voller Gefühl, Sehnsucht und verborgener Leidenschaft. Ich habe nie erkannt, dass diese verborgene Leidenschaft ein Teil von Christines Persönlichkeit ist. Sie hat sich selbst in diesen Bildern ausgedrückt, was ich nie erkannt habe … Nun ja, wir waren fast zwei Jahre zusammen, bis wir endlich heirateten. Wir haben das in aller Stille getan, in Las Vegas, in einer dieser vielen kitschigen Kapellen, wo noch kitschigere Musik gespielt wird und ein Typ ein paar Standardsätze runterleiert und schließlich sagt, dass wir jetzt Mann und Frau sind. Das ist im Dezember acht Jahre her.«

Er hielt inne, drehte die Tischplatte, unter der sich mehrere Flaschen Whiskey, Cognac, Wodka und andere hochprozentige Getränke befanden, holte eine Flasche Whiskey heraus und schenkte sich nach.

»Klaus und ich sind grundverschieden. Ich sehe das Leben aus zwei Blickwinkeln, zum einen aus dem ernsten, der aus Verpflichtungen, Hingabe und Arbeit besteht, und zum andern aus jenem, der uns Freude, Spaß und die Leichtigkeit des Seins vermittelt. Und wenn man beides kombiniert, ist das Leben schön. Klaus aber sah das Leben immer nur aus einem Blickwinkel – es musste Spaß machen. Ihm ging jede Ernsthaftigkeit abhanden, er suchte Spaß, und er fand ihn. Dabei machte er vor andern nicht Halt, er benutzte Menschen, er nutzte sie für seine Zwecke aus und warf sie weg wie Müll, wenn er sie nicht mehr brauchte. Nur Katharina hat sich nicht wegwerfen lassen, aber ich weiß, dass sie alles andere als glücklich ist oder besser war. Die Ehe war eine Katastrophe, was aber nicht an Katharina lag, sondern an meinem Bruder. Ich habe Ihnen gesagt, dass ich es mit Katharina nicht eine Stunde aushalten würde – das stimmt nicht. Sie ist eine wunderbare Frau. Sie hat zwar eine raue, harte Schale, aber innen drin ist sie zart und sehr verletzlich. Sie hat es nie geschafft, sich von ihm zu lösen. Klaus war ein Mensch mit zwei Gesichtern, höflich, charmant, zuvorkommend, hilfsbereit, aber auch eiskalt berechnend und allein auf seinen Vorteil bedacht. Der höfliche, charmante Klaus hat an alles, was er andern Gutes tat, Bedingungen geknüpft. Er machte nichts umsonst. Wie gesagt, er hat alle nur ausgenutzt. Ich habe ihn nie verstanden und er mich nicht. In den letzten Jahren haben wir uns zwar einigermaßen zusammengerauft, aber es war keine Bruderliebe, weiß Gott nicht. In unsern Adern fließt das gleiche Blut, aber unsere Charaktere unterscheiden sich wie die Elemente Feuer und Wasser.«

Er presste die Lippen aufeinander und schaute Brandt an, der einfach nur zuhörte, denn ihn interessierte die ganze Geschichte. Als Wedel nicht weitersprach, sagte Brandt: »Fahren Sie fort, ich höre gerne zu.«

»Ich glaube, ich brauche nicht mehr viel zu sagen, weil Sie ohnehin schon alles wissen. Habe ich Recht?«

»Nein, ich weiß noch längst nicht alles. Erzählen Sie es mir.«

»Ich kann das zwar nicht ganz glauben, aber gut. Ich habe Ihnen am Mittwoch gesagt, ich wüsste nichts von den Frauengeschichten meines Bruders. Auch das war nicht die Wahrheit. Soweit ich mich erinnern kann, hat er rumgehurt, seit er siebzehn oder achtzehn war. Ich dachte, das hätte aufgehört, als er Katharina kennen gelernt und geheiratet hat, aber das war ein Trugschluss. Einer wie Klaus ändert sich nicht. Er hatte weiterhin seine Affären, was ich aber erst später erfahren habe. Er war hinter allem her, was Brüste und einen schönen Hintern hatte. Und jung mussten sie sein, am besten siebzehn oder achtzehn, meine Frau war da wohl eine Ausnahme.«

»Woher wissen Sie das? Hat er es Ihnen gesagt?«

»Ja, hat er.«

»Und wann? Am Dienstagabend so gegen halb elf?«

»Ich bin vom Flughafen direkt nach Offenbach gefahren und habe ihn von einer Telefonzelle aus angerufen, weil ich wusste, dass er bis spät in die Nacht arbeiten würde, da die Ausstellung unmittelbar bevorstand. Ich hatte ihn am letzten Wochenende kurz besucht und gefragt, ob es ihm recht sei, wenn ich mal in der Galerie vorbeikäme, auch abends. Er hat gemeint, ich könne jederzeit kommen, weil er wegen der Ausstellung meist bis Mitternacht dort zu finden sei, ich solle nur vorher anrufen, sollte es spät werden. Wie gesagt, ich habe ihn angerufen und gefragt, ob ich gleich vorbeikommen könne. Ich bin über die Straße zum Hintereingang … Zwei Minuten später war ich drin.« Er holte tief Luft und schloss für einen Moment die Augen. »Er dachte, ich käme wegen der Bilder, und wollte sie mir zeigen, aber was interessieren mich diese verdammten Bilder von Patterson! Ich hatte ganz andere Sorgen. Ich habe nicht lange um den heißen Brei herumgeredet, sondern ihn einfach nur gefragt, warum er das gemacht hat. Er hat mich erstaunt angesehen und mich in seiner typisch aufgesetzt unschuldigen Art gefragt, was ich meinen würde.«

»Sie haben ihn auf Ihre Frau angesprochen, richtig?«

»Ich hätte niemals für möglich gehalten, dass er und Christine …« Er schluckte schwer, Tränen liefen ihm übers Gesicht, die er mit dem Handrücken abwischte. »Die beiden hatten fast zwei Jahre lang ein Verhältnis, ohne dass ich Idiot auch nur das Geringste bemerkt habe. Aber das ist wohl auch meine Schuld, denn ich habe Christine viel zu oft allein gelassen. Stutzig bin ich erst geworden, als ich kurz nach Kaufungs Tod von einer zehntägigen Reise zurückkam und meine Frau plötzlich nicht mit mir schlafen wollte. Sie sagte, sie habe einen ansteckenden Pilz, und ich dachte, okay, dann warten wir eben, bis er weg ist. Aber er ging nicht weg. Schließlich hat sie gesagt, mit Kondom sei es kein Problem. Seltsamerweise hat sie sich aber auch kaum noch von mir in den Arm nehmen lassen, unsere Konversation beschränkte sich auf das Notwendigste, und ich habe mich gefragt, was mit ihr los ist.

Und dann sind fast zwei Monate vergangen, und ich sollte noch immer ein Kondom benutzen. Ich habe gedacht, irgendetwas stimmt hier nicht, aber ich wäre nicht im Entferntesten darauf gekommen, dass sie ein Geheimnis mit sich herumschleppt, das nicht nur ihr, sondern auch mein Leben völlig auf den Kopf gestellt hat. Als sie am Freitag letzter Woche nach Frankfurt gefahren ist, habe ich zum ersten Mal etwas getan, was ich sonst nie getan hätte, weil die Privatsphäre des andern mir heilig ist. Ich schwöre Ihnen, ich habe noch nie zuvor in den Sachen anderer herumgeschnüffelt, auch nicht in denen meiner Frau. Aber irgendetwas drängte mich, es zu tun, und dann fand ich es.« Er lachte bitter auf und goss wieder Whiskey in sein Glas. »Sie hatte es gut versteckt, aber eben nicht gut genug. Und sie vertraute wohl darauf, dass ich gar nicht erst suchen würde. Es waren Tabletten, um das Immunsystem zu stärken, der Bescheid vom 7. August, dass sie HIV-positiv ist, und ein Tagebuch, in dem sie alles niedergeschrieben hatte. Auf jeder zweiten Seite stand irgendwas über Klaus. ›Habe Klaus getroffen, war wieder mal wunderschön‹, ›Klaus macht mit mir Sachen, die Jochen nie macht. Warum ist er bloß so verklemmt?‹ Lauter solche Einträge habe ich gelesen, manche von ihnen waren sehr verletzend und demütigend. Ich war immer der Überzeugung, der einzige Mann im Leben meiner Frau zu sein, dass sie sich bei mir wohl fühlt und dass ihr auch der Sex mit mir Spaß macht. Nun, so kann man sich täuschen.

Aber die letzten Einträge waren ganz anders. In denen schreibt sie, wie sehr sie Klaus dafür hasst, dass er sie angesteckt hat. Und dass sie abgetrieben hat, nachdem sie es erfahren hatte. Sie weiß nicht einmal, von wem das Baby war … Es war wie ein Hammerschlag vor den Kopf, das alles zu lesen. Zu lesen, dass die Frau, die man über alles liebt, einen so hintergeht, dazu noch mit dem eigenen Bruder. Und sie war schwanger, dabei hatte ich mir so sehr ein Kind gewünscht. Ich wollte sie zur Rede stellen, wenn sie wieder zu Hause war, aber dann habe ich auf einmal gedacht: Sie hat das vermutlich gar nicht freiwillig getan, sondern weil Klaus mit seiner unwiderstehlich charmanten Art sie um den Finger gewickelt hat. Und Christine ist leicht zu beeindrucken, was Klaus gnadenlos ausgenutzt hat …«

»Aber Ihre Frau ist erwachsen und weiß, was sie tut und getan hat.«

»Das sagt sich so leicht, doch wie oft machen wir so schlauen und reifen Erwachsenen Fehler und denken hinterher: Warum habe ich das bloß gemacht? Sie werden zugeben müssen, dass auch Sie trotz Ihres Erwachsenseins nicht fehlerfrei sind, auch was den Umgang mit dem andern Geschlecht betrifft.«

Brandt musste bei diesen Worten an das Gespräch mit Andrea am Frühstückstisch denken und an seine Unzulänglichkeit, wenn es um seine Gefühle und Ängste ging. Er kam sich vor, als hätte Wedel ihm in diesem Moment bis auf den Grund seiner Seele geblickt.

»Nun, ich habe alles wieder an seinen Platz zurückgelegt und Christine nicht zur Rede gestellt, auch wenn alles in mir in Aufruhr war, aber ich ließ es mir nicht anmerken. Ich habe mich am Abend in mein Auto gesetzt und bin durch die Gegend gefahren, ich habe an einer Kneipe Halt gemacht und mir ein paar Bier und Korn reingekippt. Doch es hat nichts geholfen. Im Auto hab ich geheult wie ein kleines Kind, ich hab die ganze Welt verflucht.

Aber ich hatte mir eines ganz fest vorgenommen, ich wollte mit Klaus sprechen und ihn fragen, warum er auch noch unser Leben zerstört hat, ob es ihm ein Dorn im Auge war, dass Christine und ich glücklich waren. Doch er hat mich nur ausgelacht und verspottet und gesagt, wenn ich ihr nicht geben könne, was sie brauche, dann müsse er es eben tun.« Wedel richtete seinen Blick zur Decke, lachte noch bitterer als zuvor und trank sein Glas aus. »Wenn ich ihr nicht geben könne, was sie brauche – was für ein Hohn, was für eine Demütigung! Mein Bruder sagt so etwas zu mir. Dabei habe ich für Christine getan, was ich tun konnte, aber offenbar war es nicht genug.

Glauben Sie mir, ich hatte nicht vor, ihn umzubringen, ich wollte ihm nur eine Lektion erteilen, doch als er mir so ins Gesicht lachte, konnte ich nicht mehr anders. Ich habe die Pistole aus meiner Jackentasche gezogen und ihn gezwungen, mit dem verdammten Lachen aufzuhören. Und wissen Sie, was er dann gesagt hat? Er hat gesagt, ich würde mich ja doch nicht trauen zu schießen, ich könnte ja nicht mal Spinnen umbringen. ›Aber ich‹, hat er gesagt, ›ich kann jemanden töten.‹ Sie hätten seinen Blick dabei sehen müssen. Als er das sagte, wusste ich sofort, was er meinte. Ich habe ihn gefragt, ob er Kaufung umgebracht hat. Er hat nur wieder gelacht, mit den Schultern gezuckt und geantwortet: ›Ja, ich war's, aber keiner kann's mir beweisen. Du nicht, die Bullen nicht, keiner. Und solltest du zu den Bullen gehen, die werden dich nur auslachen. Es gibt offensichtlich doch das perfekte Verbrechen, auch wenn ich ihn eigentlich gar nicht töten wollte. Es war im Affekt. Doch hinterher habe ich mich irgendwie gut gefühlt. Was erzähl ich dir da, du hast ja noch niemanden umgelegt und wirst es auch nie tun. Aber es ist im Nachhinein betrachtet ein geiles Gefühl. Und Jürgen hatte so viel Spaß in seinem Leben, irgendwann musste Schluss damit sein. Ich hätte eben den Test nicht bei ihm machen lassen sollen, aber das ist Schicksal. Und das Schicksal kann man nicht beeinflussen, es ist da und bestimmt unser Leben. Es ist unberechenbar, aber immer präsent. Schöne Weisheit, nicht?‹

Ich dachte nur: Das kann unmöglich dein Bruder sein. Er gesteht mir, dass er Kaufung umgebracht hat, und meint auch noch, es sei eben Schicksal gewesen. Und dann kam der Satz, den er nie hätte sagen dürfen.« Wedel hielt inne, schenkte sich inzwischen den vierten Whiskey ein und leerte das Glas in einem Zug.

»Was hat er gesagt?«

»›Und dein liebes Frauchen war gut zu ficken‹ – entschuldigen Sie bitte diesen Ausdruck, aber ich gebe nur seine Worte wieder –, ›doch jetzt will sie ja nicht mehr. Sie mag es übrigens …‹« Wedel schüttelte den Kopf und rieb sich die Augen. »Ich habe einfach abgedrückt, dreimal. Er hat mich entsetzt angeschaut, aber er war nach wenigen Sekunden tot. Ich habe die Videokassette aus dem Rekorder genommen und in den Main geworfen. Danach bin ich nach Hause gefahren, wo ich um Punkt zehn vor elf ankam. So, und jetzt können Sie mich wegen Mordes verhaften.«

»Wo hatten Sie die Pistole her, und was für eine Marke war das?«

»Ich habe einen Waffenschein, ganz legal, und ich habe die Pistole vor zwei Jahren bei einem Waffenhändler in der Schweiz gekauft. Auch ganz legal. Eine Beretta 92 FS. Ich habe sie gut versteckt im Keller aufbewahrt.«

»Lieben Sie Ihre Frau noch?«

»Ob Sie's glauben oder nicht, ja. Aber im Moment ist eine unglaubliche Leere in mir. Ich möchte sie einerseits in den Arm nehmen und ihr beistehen, andererseits verabscheue ich, was sie getan hat.«

»Bereuen Sie es, Ihren Bruder getötet zu haben?«

»Ich weiß es nicht. Ich weiß es wirklich nicht. Im Augenblick fühle ich überhaupt nichts mehr, weder Liebe noch Hass, noch Reue, es ist eine vollkommene Leere in mir. Ich arbeite, ich trinke, aber alles das, was mir bisher etwas bedeutet hat, ist wie von einem Sturm weggefegt worden. Da ist nichts mehr. Sie sind ein Mann und verstehen mich vielleicht, auch wenn Sie nicht gutheißen können, was ich getan habe. Aber hätte ich nichts unternommen, wer weiß, wie viele Frauen mein Bruder noch angesteckt hätte. Er kannte keinerlei Skrupel, und das war schon immer so.«

»Ich denke, das reicht fürs Erste. Wir fahren jetzt aufs Präsidium, wo Sie jedoch Ihre Aussage wiederholen müssen, da sie nicht dokumentiert wurde. Am besten schildern Sie alle Einzelheiten noch einmal.«

»Warum? Es ist doch sowieso alles vorbei.«

»Tun Sie's einfach«, sagte Brandt, der mit Jochen Wedel mitfühlen konnte, auch wenn er nie in einer solch verzweifelten Situation gewesen war.

»Wie Sie wünschen. Ich müsste mir aber noch was überziehen. Sie können gerne mitkommen. Eine Frage hätte ich an Sie – wie sind Sie darauf gekommen, meinen Flugplan zu überprüfen?«

»Ihre Frau hat mich darauf gebracht. Ich wollte Ihnen eigentlich nur ein paar Routinefragen stellen, aber Ihre Frau sagte, dass Sie in Chicago sind und irgendwann heute Mittag zurückkommen würden. Wann genau, konnte sie jedoch nicht sagen, das hinge mit den Windverhältnissen zusammen. Es war mehr ein Zufall, denn ich hatte Sie bis dahin nicht im Geringsten in Verdacht.«

»Es gibt keine Zufälle, Herr Brandt. Es ist alles Fügung.«

Sie gingen ins Wohnzimmer, wo Christine Wedel auf dem Sofa saß und ihren Mann erwartungsvoll ansah. Er blieb stehen und erwiderte ihren Blick, ohne etwas zu sagen.

»Was ist los?«, fragte sie, den Mund zu einem gekünstelten Lächeln verzogen.

»Was los ist? Ich werde mit Herrn Brandt aufs Präsidium fahren und nicht mehr nach Hause kommen. Ich habe Klaus getötet. Ich weiß alles von euch und von deiner Infizierung.«

Christine Wedel sprang auf und wollte ihren Mann umarmen, doch er machte eine abwehrende Handbewegung. »Nicht. Ich bin genug verletzt worden.«

»Es tut mir leid, ich wollte das doch nicht …«

»Du hast es aber getan, das allein zählt. Mach's gut, meine Rose, wir werden uns lange nicht sehen. Vielleicht sogar nie mehr.«

»Aber ich kann dich doch besuchen kommen! Jochen, ich liebe dich …«

»Nein, wenn du mich lieben würdest, hättest du mich nicht mit meinem Bruder hintergangen. Es ist vorbei.«

»Bitte, lass mich nicht so fallen«, flehte sie. »Es tut mir alles so unendlich leid, ich wünschte, ich könnte es rückgängig machen.«

»Zu spät. Ich muss mich anziehen.«

»Warte. Ich werde dich besuchen und alles tun, dass …«

»Das musst du nicht. Du hast mich ja nie geliebt. Pass gut auf dich auf, und nimm vor allem deine Medikamente.«

Er ging vor Brandt in den ersten Stock, packte eine Reisetasche mit Kleidungsstücken und Hygieneartikeln, zog sich einen Pullover über und gab schließlich das Zeichen, dass er bereit war zu gehen. Christine lehnte mit ausgebreiteten Armen an der Haustür.

»Ich liebe dich, ich habe dich immer geliebt.«

»Schön. Aber ich glaube es dir nicht mehr. Doch um dich zu beruhigen, ich war am Montag beim Arzt und habe mich testen lassen. Am Mittwoch kam das Ergebnis, ich habe mich nicht angesteckt. Leider. Und jetzt mach die Tür frei, bitte!«

Samstag, 16.20 Uhr

Polizeipräsidium. Büro von Peter Brandt.

Er hatte das Aufnahmegerät eingeschaltet, stellte fast die gleichen Fragen wie bei Jochen Wedel zu Hause, und dieser erzählte noch einmal die Geschichte, wie er zum Mörder seines Bruders geworden war. Als er geendet hatte, war es fast achtzehn Uhr.

Brandt schaltete das Gerät aus und lehnte sich zurück. Wedel saß aufrecht vor ihm, die Arme über der Brust verschränkt, aber es war keine Abwehrhaltung, sondern eine Art Schutz, die er für sich selbst suchte.

»Herr Wedel, ich werde jetzt die Staatsanwaltschaft informieren, alles andere liegt ab nun in deren Händen. Ich kann Ihnen nur viel Glück wünschen.«

»Danke, aber Glück wobei? Am Ende heißt es doch, Kain

hat seinen Bruder Abel erschlagen. Mein Bruder war dabei, etwas Kultur nach Offenbach zu bringen, und das werden die Medien entsprechend ausschlachten. Hier der Gute, dort der Böse.«

»Denken Sie nicht so negativ, es gibt sicherlich einige Personen, die zu Ihren Gunsten aussagen werden. Lassen Sie die Dinge einfach auf sich zukommen. Und wenn die Presse davon erfährt, was Ihr Bruder getan hat, vor allem, dass er selbst ein Mörder war und zahlreiche Frauen wissentlich und mit voller Absicht mit dem Aids-Virus infiziert hat, was glauben Sie, was die schreiben? Da ist denen eine Ausstellung mit ein paar schlechten Bildern völlig wurscht. Glauben Sie einem erfahrenen Bullen.«

»Also gut, dann lass ich mich eben überraschen.«

»Haben Sie einen Anwalt?«

»Ja. Wann kann ich ihn sprechen?«

»Nachdem die Staatsanwältin Sie noch einmal vernommen hat.«

Brandt tippte die Handynummer von Elvira Klein ein, die sich mit einem barschen »Ja« meldete.

»Brandt hier. Ich möchte Sie bitten, in mein Büro zu kommen.«

»Wir haben Samstagabend, achtzehn Uhr. Ich wollte gleich die Sportschau gucken.«

Brandt hatte Mühe, nicht laut loszulachen, denn er hatte mit allem gerechnet, aber nicht damit, dass eine wie die Klein sich für Fußball interessierte.

»Es gibt heute leider etwas Wichtigeres als die Eintracht. Ich habe hier einen Mann sitzen, der ein Geständnis abgelegt hat. Sie haben doch bestimmt einen Videorekorder. Und beeilen Sie sich bitte, ich möchte auch noch etwas vom Wochenende haben.«

Er legte auf, ohne eine Erwiderung abzuwarten. »Sie wird in ein paar Minuten hier sein. Möchten Sie etwas essen?«

»Nein, danke, jetzt nicht.«

Sie warteten zwanzig Minuten, bis Elvira Klein kam. Sie trug eine ausgewaschene Jeans, einen sportlichen Pulli und Tennisschuhe, ein Aufzug, in dem er sie noch nie gesehen hatte. Er dachte immer, sie würde auch geschminkt und wie eine Diva gestylt ins Bett gehen.

»Guten Tag«, begrüßte sie Jochen Wedel. »Ich bin Staatsanwältin Klein und für den Fall zuständig. Ich werde mich kurz mit Herrn Brandt im Nebenzimmer besprechen, ein Beamter wird so lange hier bei Ihnen bleiben.« Sie machte die Tür auf und bat den im Flur postierten Beamten herein.

In Spitzers Büro sagte sie: »Wer ist das?«

»Jochen Wedel, der Bruder.«

»Und er hat ein Geständnis abgelegt?«, fragte sie mit ungläubigem Blick.

»Ein besseres Geständnis kann es gar nicht geben. Ich habe ihn zuerst zu Hause befragt, aber er hat nach ein paar Minuten gemerkt, dass er keine Chance mehr hat. Es ist alles nur so aus ihm rausgesprudelt, das ganze Drama um das Ereignis herum. Aber am besten sprechen Sie selbst mit ihm und bilden sich Ihr eigenes Urteil. Und hören Sie sich auch das Band an, es ist sehr aufschlussreich.«

»Was für ein Drama?«

»Ich sage nur so viel – Klaus Wedel war ein verkommenes Subjekt und ein Mörder. Er hat Kaufung umgebracht, er hat es seinem Bruder am Dienstagabend gestanden. Und er hat noch viel mehr Sauereien angerichtet. Sind Sie immer noch traurig, dass Sie das Spiel der Eintracht nicht sehen können?«

»Erstens bin ich kein Eintracht-Fan, sondern leidenschaftliche Anhängerin von Borussia Mönchengladbach. Und wenn es Sie stört, dass eine Frau sich für Fußball interessiert, dann ist das Ihr Problem.«

»Es stört mich überhaupt nicht, ganz im Gegenteil«, erwiderte Brandt, der erneut große Mühe hatte, nicht laut loszuprusten. »Wir können bei Gelegenheit ja mal fachsimpeln.«

»Um Ihren OFC ist es nicht sonderlich gut bestellt. Null zu vier verloren, und das zu Hause gegen die Bayern Amateure, was für eine Schande. Ich an Ihrer Stelle würde mir einen andern Verein suchen.«

»Werd ich ganz bestimmt nicht. Und nun gehen Sie schon zu Wedel, ich mach mich ab nach Hause.«

»Moment noch. Wie sind Sie überhaupt auf ihn gekommen?«

»Das erzähl ich Ihnen ein andermal. Ich bin eben ein guter Bulle.«

Sie gingen in sein Büro, er nahm seine Lederjacke von der Stuhllehne und zog sie über. Elvira Klein bat ihn noch einmal kurz ins Nebenzimmer und meinte: »Sehr gute Arbeit. Das wollte ich Ihnen nur noch sagen.«

»Danke. Aber auf Sie kommt jetzt eine schwere Aufgabe zu.«

»Inwiefern?«

»Sie müssen mit ihm sprechen und sich vor allem das Band anhören, dann wissen Sie's. Schönen Abend noch. Ach ja, wie haben denn Ihre Borussen gespielt?«

»Zwei zu zwei.«

»Gegen wen?«

»Bochum.«

»Zu Hause oder auswärts?«

»Zu Hause.«

»Die müssen sich dieses Jahr aber auch warm anziehen, genau wie mein OFC. Ciao.«

Er verabschiedete sich von Jochen Wedel, indem er ihm die Hand gab. Er hatte einen schalen Geschmack im Mund, wenn er daran dachte, was alles auf Wedel zukommen würde. Es gab Fälle, die ihm an die Nieren gingen, und dieser gehörte dazu.

Samstag, 19.10 Uhr

Als er zu Hause ankam, waren Andrea, Sarah und Michelle damit beschäftigt, die Wohnung aufzuräumen. Andrea saugte den Boden, Sarah wischte Staub, und Michelle schaffte Ordnung in ihrem Zimmer.

»Du siehst erschöpft aus«, sagte Andrea zu ihm.

»So, tu ich das?«

»War er's?«

»Ja.«

»Und es hat dich mal wieder mitgenommen.«

»Lass mich einfach für einen Moment in Ruhe«, entgegnete Brandt, ging mit schnellen Schritten ins Bad und schloss die Tür hinter sich ab. Nach einer Viertelstunde kam er wieder heraus, holte eine Flasche Bier aus dem Kühlschrank, ließ den Verschluss aufschnappen und trank in langen Schlucken.

»Willst du darüber reden?«, fragte Andrea vorsichtig, die merkte, dass es ihm nicht gut ging.

»Später. Wusstest du, dass die Klein Fußballfan ist?«, wechselte er schnell das Thema.

»Nein. Aber woher weißt du das?«

»Sie hat sich am Telefon verplappert. Sie ist laut eigenen Worten eine leidenschaftliche Anhängerin von Borussia Mönchengladbach. Alles hätte ich von ihr erwartet, aber nicht so was. Die Frau wird mir allmählich sympathisch.«

»Sag ich doch, sie ist nicht so übel, wie sie sich immer gibt. Was wollen wir heute Abend machen?«

»Das hatten wir doch schon besprochen. DVD und Pizza. Oder hast du was anderes vor?«

»Nein. Ich habe auch schon zwei DVDs mitgebracht. Ich hoffe, sie gefallen dir.«

»Und was?«

»*Erin Brokovich* und *Copykill.* Ich hoffe, du kennst die Filme noch nicht.«

»Nein«, log er, obwohl er *Copykill* schon mindestens fünfmal gesehen hatte.

»Den ersten schauen wir mit den Mädchen, den zweiten wir beide allein. Ist ein ziemlich harter Thriller.«

»Wenn du's sagst. Wann soll ich die Pizza bestellen?«

»In einer halben Stunde, dann sind wir auch mit dem Saubermachen fertig. Ich war übrigens nur zwei Stunden in der Stadt, viel zu viele Menschen, und außerdem macht es ohne dich doch nicht so viel Spaß.«

»Wusst ich's doch. Hast du trotzdem was gekauft?«

»Nur eine CD und ein Buch. Wir können ja nächstes Wochenende mal gehen, aber nur, wenn du Lust hast.«

»Klar.«

Der Pizzaservice kam um acht, sie sahen sich *Erin Brokovich* mit Sarah und Michelle an, danach sagte Brandt, dass er gerne mit Andrea allein wäre. Die Mädchen gingen in Sarahs Zimmer, wo sie weiter fernsahen. Er berichtete Andrea von seinem Besuch bei Jochen Wedel und dessen Verhaftung. Andrea hörte wie immer aufmerksam zu, ohne ihn zu unterbrechen.

»Ich kann nur hoffen, dass die Klein das Feingefühl besitzt und ihn nicht wegen vorsätzlichen Mordes anklagt. Ich habe selten einen sensibleren und feineren Mann kennen gelernt.

Er hat alles verloren, was ihm etwas bedeutet hat. Deshalb hab ich mich vorhin im Bad eingeschlossen.«

»Kann ich verstehen. Aber genau deshalb liebe ich dich, weil du deine Gefühle auch zeigen kannst. Wollen wir den andern Film noch sehen?«

»Logisch. Um was geht's denn da?«, fragte er und spielte den Ahnungslosen.

»Lass dich überraschen.«

Er legte den Film ein und drückte auf die Fernbedienung.

»Komm in meinen Arm«, sagte er zu Andrea.

Es war wieder einmal weit nach Mitternacht, als sie zu Bett gingen. Dafür konnten sie am nächsten Morgen lange schlafen und mussten sich auch nicht um das Mittagessen kümmern, schließlich waren sie bei seinen Eltern eingeladen.

Epilog

Der Prozess gegen Jochen Wedel fand im Dezember statt. Die Anklage lautete auf Totschlag im Affekt, die Anklagevertretung hatte Elvira Klein übernommen. Brandt hatte sich mit ihr mehrfach ausführlich über den Fall unterhalten, und beide waren überzeugt, dass Wedel seinen Bruder nicht vorsätzlich töten wollte, auch wenn er am Tatabend eine Waffe bei sich trug.

Katharina Wedel hatte darauf verzichtet, als Nebenklägerin aufzutreten, sie sagte sogar für ihren Schwager aus. Außerdem sagten vor Gericht Sandra Heuser, Doreen Müller und Petra Johannsen aus, die an Klaus Wedel kein gutes Haar ließen.

Das Verfahren dauerte drei Tage, bis der Vorsitzende Richter das Urteil verlas – drei Jahre und sechs Monate Gefängnis, von denen zwei Jahre zur Bewährung ausgesetzt wurden. Von der Fluggesellschaft erhielt Wedel die Zusicherung, nach Absitzen der Strafe wieder als Pilot arbeiten zu dürfen.

Christine Wedel besuchte ihren Mann, der sich nur in den ersten zwei Wochen weigerte, sie zu sehen, regelmäßig im Gefängnis. Sie schrieb ihm jeden Tag einen Brief und beteuerte immer wieder, wie leid es ihr tue, was sie ihm angetan habe. Auch ihre Aussage hatte letztlich zu dem milden Urteil beigetragen.

Von den drei Frauen war nur Doreen Müller mit dem Aids-Virus infiziert. Als sie das Ergebnis bekam, erlitt sie einen Nervenzusammenbruch und musste für einen Monat in einer psychiatrischen Klinik behandelt werden. Sandra Heuser, die die größte Angst gehabt hatte und bei der Andrea fast hundertprozentig sicher war, dass sie sich infiziert hatte, konnte ihr Glück kaum fassen, als sie erfuhr, dass der bittere Kelch noch einmal an ihr vorübergegangen war, während Petra Johannsen sich nur still freute.

Die Ausstellung mit den Gemälden und Fotos von Patterson wurde von dem Meister persönlich abgesagt. Seine Begründung lautete: »In einer Galerie, in der ein heimtückischer Mord geschehen ist, werde ich meine Kunstwerke nicht ausstellen.«

Brandt dachte nur: Bleib doch in deinem beschissenen New York, wir brauchen dich hier in Offenbach nicht. Lieber eine Kulturwüste als einen Idioten wie dich.

Doreen Müller wollte nicht länger in der Galerie tätig sein. Sie brach ihre Zelte ab und verzog mit unbekanntem Ziel. Katharina Wedel bat Sandra Heuser und Petra Johannsen, die Galerie weiterzuführen. Sie gestalteten alles um, aus der Galerie wurde ein Kulturtreff, in dem Vernissagen stattfinden, Lesungen gehalten werden, es wurde ein kleines Bistro eingerichtet und in Offenbach wenigstens auf diese Weise etwas für das kulturelle Leben getan.

Von Mitte Oktober bis Ende November ließ Brandt die Wohnung von zwei Kollegen renovieren, die berühmt waren für ihre perfekte Arbeit und die schon etliche Wohnungen und Häuser von anderen Kollegen auf Vordermann gebracht hatten. Sie waren die Heimwerker- und Baumarktkönige im Offenbacher Präsidium, beide ledig, immer zu Späßen aufgelegt, und die einzige Lektüre, die sie neben der *Bild*-Zeitung interessierte, waren Baumarktprospekte. Sie tapezierten nach Dienstschluss und am Wochenende jedes Zimmer, strichen die Decken, verlegten Teppichboden, brachten neue Lampen an, gaben den Türen ein besseres Aussehen, bauten ein zusätzliches Bad ein … Und sie verlangten für diese sechs Wochen harter Arbeit nichts als ein gutes Essen und ein paar Flaschen Bier, schließlich waren sie keine Schwarzarbeiter, sondern nur Kollegen, die Freude an dieser Arbeit hatten – behauptete zumindest Brandt (wer's glaubt!) …

Und zu guter Letzt kamen noch die neuen Möbel, die Brandt mit Andrea sowie Sarah und Michelle ausgesucht hatte und mit denen endgültig der Muff der Vergangenheit aus der Wohnung verschwand. Sein Konto war zwar heillos überzogen, aber das kümmerte ihn wenig, er war schließlich Beamter.

Kurz nach Prozessende stand am Abend des 19. Dezember 2003 ein großes, rechteckiges, schmales Paket vor Brandts Wohnungstür. Auf der Verpackung war kein Absender vermerkt, nur in großen Lettern der Name Peter Brandt. Als er es auspackte, musste er lächeln. Es war das Bild aus Wedels Wohnzimmer, das ihm am besten gefallen hatte, das Bild mit den beiden älteren Frauen, die auf das Meer schauten. Auf der Rückseite klebte ein Umschlag. Brandt öffnete ihn und las den Brief.

Lieber Herr Brandt,
ich möchte Ihnen nur kurz danken für alles, was Sie für meinen Mann getan haben. Ich hoffe, Sie empfinden mein kleines Geschenk nicht als Bestechung, wie könnte ich Sie auch jetzt noch bestechen, nachdem alles vorüber ist.
Ich würde mich freuen, wenn Sie es annehmen würden, sofern Sie dürfen.
Mit herzlichen Grüßen
Christine Wedel

Dann werde ich mal einen schönen Platz für dich aussuchen, dachte er. Als Andrea das Bild sah, sagte sie: »Wow, wie kommst du denn zu dieser Ehre?«

»Keine Ahnung. Darf ich es überhaupt behalten, oder ist das illegal?«

»Das fragst du mich? Also Bestechung ist doch nur, wenn du etwas bekommst und jemand eine Gegenleistung dafür erwartet, oder?«

»Genau.«

»Erwartet sie eine Gegenleistung?«

»Nein.«

»Warum fragst du mich dann noch? Wo hängen wir's hin? Ich denke, es würde sich hervorragend über dem Fernseher machen. Es ist sogar der perfekte Platz. Oder?«

»Ganz deiner Meinung.«

Die Weihnachtsferien kamen und mit ihnen die Reise nach Gran Canaria. Drei Wochen Erholung pur für Brandt, Andrea, Sarah und Michelle. Drei ganze Wochen, in denen Offenbach Lichtjahre entfernt war.

Ein neues Ermittlerduo betritt die Bühne!

Andreas Franz

Tod eines Lehrers

Kriminalroman

Als Oberstudienrat Schirner ermordet und grausam verstümmelt aufgefunden wird, reagiert seine Umgebung zunächst fassungslos: Der Lehrer war überall beliebt und führte eine glückliche Ehe. Hauptkommissar Peter Brandt beginnt, gründlicher in Schirners beruflichem Umfeld zu recherchieren, und entdeckt, dass an dem Gymnasium Dinge vorgingen, die offenbar nicht an die Öffentlichkeit dringen sollten. An seiner Seite: die coole Offenbacher Jung-Staatsanwältin Elvira Klein.

Ein neues Ermittlerduo stellt sich vor –
ihre gegensätzlichen Charaktere sorgen für Zündstoff;
Spannung garantiert die bewährte Hand
des Erfolgsautors Andreas Franz!